LES LETTRES DE CAPRI

Né à Turin en 1906, Mario Soldati a fait ses études à la Faculté de Lettres. Dès 1929, il publie son premier recueil de nouvelles, *Salmace*. Il obtient une bourse d'études en histoire de l'art à la Columbia University de New York et travaille ensuite dans le monde du cinéma. De retour en Italie, il réalise de nombreux films tout en continuant à écrire. Il publie plusieurs romans dont *Amérique, premier amour, La Confession, L'Affaire Motta...*
Les Lettres de Capri obtient le prix Strega, et devient un immense succès international.

MARIO SOLDATI

Les Lettres de Capri

NOUVELLE TRADUCTION DE L'ITALIEN ET POSTFACE PAR NATHALIE BAUER

OUVRAGE TRADUIT AVEC LE CONCOURS DU CENTRE NATIONAL DU LIVRE

ÉDITIONS AUTREMENT

Avertissement de l'auteur

Bien que l'histoire et les personnages de ce roman s'inspirent de la réalité, toute ressemblance avec des noms réels ne peut être que fortuite.

1

Par un matin de printemps, l'année dernière, j'empruntais la via Margutta. Je me dirigeais vers un petit studio de doublage, dont le siège se trouve dans l'une de ces vieilles cours qui séparent les flancs du Pincio de cette rue : des îlots de tranquillité imprévus au milieu d'un enchevêtrement frénétique de murs, escaliers, balustrades, maisons et bicoques.

Moitié ombre, moitié soleil, la via Margutta se présentait au moment le plus gai de la journée : onze heures. Passé midi, la roue tourne. Pour l'arrêter, c'est vrai, les Romains retardent leur déjeuner, étirent la matinée jusqu'à deux heures, et même plus. Il reste que onze heures est le moment le plus gai de la journée. Je marchais parmi les boutiques des artisans, encadreurs, menuisiers, un petit atelier de réparations mécaniques, qui avait sans doute succédé à un ancien forgeron, un marchand de vins, une blanchisserie. Les ouvriers travaillaient aussi dans la rue, encombrée de leurs outils, de voitures et de motos en stationnement. Et ils travaillaient gaiement : ils martelaient bois et tôles en produisant un vacarme exagéré, ils s'interpellaient l'un l'autre, quelques-uns chantaient. Je marchais lentement comme pour recueillir cette joie, et un peu plus encore, avant d'arriver au studio de doublage. Mon travail m'y attendait.

Soudain, j'entendis qu'on m'appelait ; je me retournai et reconnus l'homme qui me rejoignait en toute hâte, presque en courant, de son pas long et dégingandé, une bouteille de lait à la main : mon ami américain, Harry Perkins.

Cela faisait plusieurs mois, un peu plus d'un an peut-être, que je ne l'avais pas vu. Il avait changé. Ses yeux noisette, clairs, paraissaient las, et son visage plus pâle que de coutume. Décoiffé, pas rasé : je ne l'avais jamais vu, je n'aurais jamais pu l'imaginer, ainsi. Sa barbe — quelques poils tirant sur le blond, comme ses cheveux, disséminés sur un menton délicat — semblait appartenir à un adolescent. On aurait dit qu'il lui était arrivé quelque chose. Compagnons de travail dans une radio américaine durant la guerre, nous étions amis ; mais pas assez pour que je puisse lui demander ainsi, à brûle-pourpoint, ce qui s'était passé.

Il vint à ma rencontre avec sa gentillesse habituelle, en souriant — toujours ce même sourire mélancolique —, et me serra dans ses bras un instant ; je sentais la bouteille de lait contre mon dos.

Tandis que nous parlions du temps que nous avions laissé s'écouler sans nous voir, que j'arguais de mon travail, qui m'avait tenu éloigné de mes amis pendant de longs mois, et lui du sien, qui l'avait poussé à effectuer de fréquents voyages à Paris, à Londres et à New York, je me rendis compte que ses vêtements aussi étaient étranges. Une fois la guerre finie, il avait substitué à l'élégance simple de l'uniforme américain la sévérité des étoffes grises et des vestons croisés qui convenaient mieux à ses nouvelles et hautes fonctions. Attaché à l'Unesco, il résidait à Paris mais devait faire de fréquents séjours à Londres et à Rome pour organiser l'échange d'expositions d'art ancien et moderne entre les États-Unis et l'Europe. Comme un diplomate, il était obligé, presque tous les jours, de rendre visite à des personnages importants, et de participer à des réceptions et des réunions.

Je fus donc surpris de lui voir un pantalon de flanelle, une chemise ouverte, sans cravate, et un pull-over usé : une tenue négligée, piteuse, qui s'accordait pourtant avec l'étrange expression de son visage. Je n'étais pas assez proche de lui pour lui demander ce qui lui était arrivé, mais ses vêtements et la bouteille de lait me fournirent un prétexte facile :

— Tu es en vacances, je vois.

— Oui, et définitivement, me répondit-il avec un empressement forcé et un sourire amer.

— Qu'est-ce que cela veut dire ? Tu ne travailles plus à l'Unesco ?

— Grâce à Dieu, non ! J'ai choisi la liberté, moi aussi. J'en avais assez. La diplomatie n'est pas mon fort. Je n'aime que l'histoire de l'art. Ou plutôt, je n'aime que Jacopo Torriti et Piero Cavallini !

Il avait écrit des monographies (jamais publiées) sur ces deux peintres romains du XIIIe siècle, qu'il était venu étudier en Italie avant la guerre.

— J'ai tout planté. Je ne supporte plus Paris. Là-bas, comme l'a dit quelqu'un dont j'ai oublié le nom, les gens se croient éternels. Pas en Italie. Ici, la mort est toujours présente, s'il plaît à Dieu ! Je ne fais plus rien. Je ne vois plus personne. Je vais tous les jours au Trastevere pour étudier les fresques de Donna Regina.

— Et tu n'es pas content ?

— Oh ! je pourrais être ravi, crois-moi ! » Il eut de nouveau un rire amer. « Mais il y a un petit problème. Il m'est désormais impossible de continuer cette vie. Je n'aurai bientôt plus d'argent, et il faudra que je rentre aux États-Unis. C'est pour cette raison que je me suis lancé à tes trousses dès que je t'ai vu. Je voulais te téléphoner ; mais j'avais perdu ton numéro. Toi seul es capable de m'aider. Tu es l'homme..., conclut-il en riant plus fort, en me fixant de ses grands yeux doux et en posant une main sur mon épaule en une fiction moqueuse et pudique, comme s'il m'offrait son aide au lieu de me demander la mienne, tu es l'homme de la providence !

Il m'était très sympathique et je l'aimais bien. Pourtant, je ressentis ce petit pincement (Mon Dieu, qu'est-ce que je vais faire maintenant ? Un autre problème !) qui nous serre le cœur quand notre meilleur ami se met, lui aussi, à nous demander de l'aide ou de l'argent. En vain, alors, profitant de la contrariété que l'égoïsme a peint sur notre visage, nous tentons de la transformer en une expression de tristesse affectueuse. Nos premiers mots, pour répondre à la requête imprévue de notre ami, sont toujours incertains, laborieux. À qui la charité est-elle naturelle ? Peut-être seulement aux saints.

Mais Harry, qui était aussi intelligent que sympathique, savait fort bien que moi non plus, je n'étais pas un saint : il remarqua mon embarras sans le moindre étonnement, et poursuivit. Il ne voulait à aucun prix rentrer aux États-Unis. Il voulait rester en Italie. Et pour rester en Italie, il lui fallait de l'argent. Je me souvins alors qu'il avait une famille : une femme, deux enfants. Je hasardai une question, pour gagner du temps.

— Oh ! les enfants sont aux États-Unis, répondit-il. À Philadelphie, avec leurs grands-parents. Ils vont très bien. Je pourrais vivre et travailler là-bas, moi aussi. J'ai toujours mon poste de professeur à l'université de Princeton. Mais ce serait la fin, tu comprends ? La mort de l'esprit. J'ai besoin de vivre ici, parmi ces pierres, ces gens, cette lumière.

Il jeta un regard autour de lui. La via Margutta était, en cet instant précis, l'image parfaite de la vieille Italie et du vieux monde — vieux, mais vivants. Je lui dis :

— Tu as besoin d'argent ? Mais pourquoi as-tu quitté l'Unesco ?

— C'est une trop longue histoire. Je te la raconterai un autre jour. Maintenant, tu dois m'aider à gagner de l'argent.

— Pourquoi n'écris-tu pas des articles ? Pourquoi n'envoies-tu pas des correspondances à un journal américain ?

— J'en écris, mais quand on n'est pas du métier, ou déjà lancé, on est payé une misère. Non. Toi seul peux m'aider.

— Que veux-tu faire ?

— Ce que tu veux. Tu es metteur en scène, à toi de voir. Je pourrais faire mille choses dans le cinéma : être acteur, assistant du metteur en scène, scénariste, traducteur, doubleur... Je n'ai pas besoin de beaucoup d'argent.

Il m'apprit alors qu'il avait loué pour une somme relativement modeste un atelier de peintre, tout près de là ; ainsi, avec quelques articles de temps en temps, il était certain de s'en tirer si je lui procurais un peu de travail.

— Viens prendre un *drink*. Tu te rendras compte toi-même.

Je consultai ma montre et refusai en le remerciant : j'étais déjà en retard pour mon doublage. Nous nous mîmes en route. Je lui expliquai que, même dans le meilleur des cas, il me serait impossible de lui trouver un emploi avant mon prochain film, c'est-à-dire avant l'été suivant. Mon équipe était déjà au complet.

Il n'était pas convaincu, et m'accompagna jusqu'aux studios en insistant. Il pouvait écrire des scénarios, disait-il. Il connaissait le prix d'un bon sujet : c'était ce qui lui permettrait de vivre un an à Rome. Je lui répondis que les scénarios ne se vendaient que sur un coup de chance : moi-même, qui en avais écrit au moins une cinquantaine durant toutes ces années de cinéma, n'y étais jamais parvenu. Mais parce que c'était un coup de chance justement, il ne perdait rien à essayer. Je lui garantissais mon aide.

Nous étions arrivés dans la cour. Les acteurs du doublage et les techniciens, reconnaissables à leur tablier noir, se promenaient au soleil, en fumant et en bavardant, devant les portes-fenêtres du petit studio. Croyant qu'ils m'attendaient, je m'excusai aussitôt de mon retard ; mais l'ingénieur du son me dit en riant de ne pas m'inquiéter. Une panne d'électricité les contraignait à l'immobilité encore une demi-heure.

Harry en profita pour renouveler son invitation : son atelier se trouvait à deux pas.

Nous reprîmes la via Margutta et quelques mètres plus loin franchîmes une petite porte.

Après avoir parcouru un couloir étroit, sombre et très long, nous gravîmes un escalier de pierre pourvu d'une rampe en fer et traversâmes une terrasse crasseuse, pavée de vieux carreaux, presque tous cassés ou disjoints, entre les vitres dépolies des ateliers de peintres et les balcons bourrés de plants de tomates et de basilic — des logements de petits bourgeois ou d'artisans. Une jeune fille en combinaison, qui étendait du linge, nous jeta un regard indifférent. Un autre couloir, un autre escalier, nous atteignîmes enfin une petite cour fermée sur trois côtés par d'autres maisons et d'autres verrières, mais ouverte, devant nous, sur la masse verte, imposante et feuillue, du Pincio. Un tel spectacle vous clouait sur place et vous coupait le souffle.

— Comme c'est beau ! dis-je.

— Tu ne connais pas ces ateliers ?

— D'autres, pas loin, identiques. Mais je n'étais jamais venu ici.

Harry me serra le bras.

— Tu vois, dit-il tout bas, si j'avais un *boat-house* dans le Minnesota, sur le lac, ou un pavillon de chasse dans les forêts du Wyoming, j'aimerais peut-être vivre aux States. Mais Princeton ! mais Philadelphie ! et même New York ! Non, non.

Il se tut, puis il se retourna rapidement, m'indiqua une petite terrasse dans notre dos, un peu plus haute que nos têtes, à laquelle on accédait par un escalier étroit recouvert de maïolique. Il conclut :

— C'est là que j'habite.

Nous nous y dirigeâmes, mais il s'arrêta aussitôt, me serra de nouveau le bras et me regarda sans rien dire, en souriant. Puis il posa son regard vers la petite terrasse, hésita encore, et finit par m'avouer avec un filet de voix :

— Je dois t'avertir d'une chose, mais je suis embarrassé. La femme, la femme que tu vas voir n'est pas... n'est pas la femme de ménage, voilà.

— Tu me prends pour un imbécile ? Alors, elle est italienne ?

— *Ciociara,* répondit-il avec son sourire amer. Mais ce fut, cette fois-ci, presque un rictus.

« *Ciociara* », ce mot semblait, à lui seul, lui procurer un douloureux plaisir.

2

Tout en gravissant le petit escalier de maïolique, je me félicitai. Un peu plus tôt, lorsque je lui avais demandé des nouvelles de sa famille, j'avais été bien inspiré de ne pas faire allusion à sa femme, mais plutôt à ses enfants. J'avais rencontré celle-ci deux ou trois fois aux réceptions du British Council, quelques années auparavant. C'était une petite brune, ni laide ni belle, maigre, très élégante. Une touffe de cheveux sur le front, en un désordre étudié ; des yeux vifs ; un air, une allure raffinés, nerveux, intelligents. Je savais qu'ils se disputaient sans cesse ; à l'époque, Harry parlait déjà de séparation.

La femme qui n'était pas une employée s'annonça par un cri traînant, à peine Harry eut-il ouvert la porte :

— Harry ! » ou plutôt Arry, sans aspirer le *h* « Qu'est-ce que tu fabriques avec ce lait ? Dépêche-toi !

— Le voici, chérie.

Et il disparut rapidement derrière une cloison de bois sombre qui partageait la vaste pièce. C'était un atelier de peintre, un de ces ateliers dont regorge la via Margutta. À côté de l'entrée, une grande baie vitrée encadrait la vue du Pincio. La cloison se trouvait sur la gauche. Les deux autres murs étaient traversés par une soupente triangulaire qui reposait sur de grosses poutres. Soupente et poutres étaient peintes en noir, tout comme la cloison ; là-haut, on entrevoyait un grand lit. L'ameublement était celui de la bohème romaine, qui plaît tant aux intellectuels étrangers. Des fauteuils à moitié défoncés, un sommier métallique pour divan, des coussins usés, du tissu imprimé sur les murs, une grande table et un buffet massifs, ouvragés, imitations du style Renaissance. Désordre, poussière, crasse. Sur la table, au milieu des bouteilles et des assiettes, il y avait des livres, des journaux, une machine à écrire et un verre contenant des bleuets.

Harry réapparut aussitôt, en compagnie de la femme.

Grande, forte, bien en chair, les hanches rondes, de gros seins fermes et saillants. Ses cheveux de jais, lisses, très brillants, étaient tirés sur sa petite tête bien faite, et finissaient sur sa nuque en un chignon compact, à l'ancienne. De grands yeux vert clair, magnifiques. Un nez droit, classique, une bouche charnue. Un corps de modèle. Son visage semblait tout droit sorti, justement, d'une mosaïque de Cavallini. Quoi qu'il en fût, j'eus aussitôt l'impression, sinon de la connaître, du moins de l'avoir déjà vue. Où et quand, je ne m'en souvenais pas, mais je me dis aussitôt que cette impression était due à l'aspect agressif, provocant, et même impudique de cette femme, troqué, pour l'instant, contre une modestie qui n'était peut-être qu'apparente. On ne pouvait s'y tromper, c'était l'aspect des « professionnelles » au repos, qui s'efforcent de donner le change et croient y réussir.

Elle portait un tablier de toile autour des hanches. Elle fit tout juste deux pas dans ma direction, et dit, en indiquant son tablier et en s'essuyant les mains :

— Bonjour. Excusez-moi, je ne vous serre pas la main, je suis en train de cuisiner.

— Martini ? Pink-gin ? me demanda Harry en s'approchant de la table.

Il souleva une bouteille et l'examina à contre-jour pour voir s'il y restait encore du liquide. Il s'apprêtait à la déboucher, mais interrompit brusquement son geste pour se tourner vers la femme :

— Excuse-moi, Dora, je ne t'ai pas demandé ce que tu voulais.

— Oh ! ce que tu veux. Tu sais bien que ça m'est égal. Je n'y comprends rien à vos mélanges. D'ailleurs, tu ne devrais pas boire, toi non plus, c'est très mauvais pour toi !

— Mais pourquoi dis-tu ça ? Tu as bu des milliers de Martini dans ta vie. Tu ne sais pas préparer un Martini ? Essaie donc !

— À quoi bon ! Je ne sais même pas ce que c'est. » Et, en me regardant : « C'est un drôle d'oiseau, votre ami ! Dites-le-lui donc, il ne veut pas comprendre que nous autres Italiennes, nous ne faisons pas de manières.

— Harry le sait très bien, dis-je. Et c'est ce qui lui plaît. Il veut juste plaisanter.

Harry versait le gin, riait, semblait content.

— Excusez le désordre, reprit Dora. C'est une drôle de maison. Mais en plein centre, à deux pas de la piazza del Popolo.

Nous bûmes un Martini. Harry rappela à Dora qu'ils avaient parlé de moi plusieurs fois.

— Tu ne la connais pas, m'expliqua-t-il. Mais elle, si. Elle t'a vu souvent. Et même en photo, dans les revues de cinéma. Elle a aussi travaillé avec toi, comme figurante.

Elle dit le nom du film. Je me rappelai alors où je l'avais rencontrée ; mais cela ne corrigea pas, naturellement, ma première impression. Harry conclut :

— Si tu as besoin de figurants, nous sommes deux, à présent. Pourquoi ne nous engages-tu pas ? Elle, en tout cas, si ce n'est pas possible pour moi.

Tout en prononçant ces mots, il me fixait en souriant. Je lui rendis son regard un instant, droit dans les yeux. Je comprenais, je devinais qu'il était amoureux de cette femme. Mais, en cet instant, je compris et devinai autre chose. Harry avait une grande noblesse d'âme. S'il s'abaissait à me demander du travail devant elle — et pour elle, qui plus est —, s'il avait, ainsi faisant, l'air de m'offrir sa femme, ce n'était certes pas par besoin d'argent, mais par une impulsion peut-être plus profonde.

J'étais certain, pour la même raison, que si j'avais osé courtiser Dora, je l'aurais blessé et me serais attiré son mépris. Je dois avouer toutefois que l'ambiguïté de la situation m'excitait. Et cette femme me plaisait. Je me laissai glisser dans ce jeu dangereux, et donnai à Harry un peu plus d'espoir :

— Je ne te promets rien, mais je t'assure que je ferai tout mon possible. J'espère... je crois... dans quinze jours. Donne-moi ton numéro de téléphone. Voici le mien.

Je me levai : il était temps de partir. Cette fois, Dora me tendit la main. Elle avait de gros bras nus. Mais sa main était menue ; et son poignet, ceint d'un bracelet-montre, relativement fin. Elle imprima pourtant à son salut une nuance de froideur bien précise, sans sourire, et me remercia d'un ton conventionnel et poli :

— Merci beaucoup, mais ne vous dérangez pas. Je dois partir, la semaine prochaine. Harry aussi. Et je ne sais même pas où nous serons dans quinze jours.

On aurait dit qu'elle tenait à corriger l'audace équivoque de Harry ; qu'elle me disait : « Je vous préviens, cher monsieur, si vous croyez manigancer quelque chose avec moi, vous vous trompez ; j'ai peut-être l'air d'une femme facile, mais je ne le suis pas : j'aime Harry. » Ou, plus sincèrement : « J'ai été une femme facile, et je continue à l'être, à l'insu de Harry. Mais si je l'étais aussi avec vous, cher monsieur, qui êtes un de ses amis, Harry finirait par le savoir. Et ce serait ma ruine. Car Harry est bien plus généreux que mes clients ; il me donne ce que personne ne m'avait donné : une position. »

Bien que je comprisse tout cela, ou peut-être justement parce que je le comprenais, je retins sa main dans la mienne en prenant congé et pressai mes doigts sur son poignet, pendant cette fraction de seconde plus longue que la normale qui constitue, de la part d'un homme ou d'une femme, une *ouverture** [1] suffisante. Inquiète, elle voulut me montrer que ce bref atermoiement la vexait : elle retourna son poignet, en se libérant de mon étreinte, avec une vitesse et une violence assez mesurées pour que Harry ne le remarque pas, et assez prononcées pour que j'y prête attention.

— Au revoir », dit-elle en me fixant durement de ses grands yeux verts ; et, prolongeant ce regard autant que j'avais prolongé ma poignée de main : « Enchantée d'avoir fait votre connaissance.

Harry me raccompagna à travers le labyrinthe.

Nous étions arrivés au premier couloir sombre, précédant la petite porte, lorsqu'il s'arrêta et me demanda de l'argent en quelques mots hésitants.

Il était évident qu'il en avait besoin. Évident qu'il avait pris sur lui, voyant que Dorothea me plaisait, pour formuler sa requête. Et plus encore, qu'il ressentait et savourait ainsi une sorte de plaisir abject.

N'ayant pas suffisamment de liquide sur moi, j'étais obligé de lui faire un chèque. Je sortis mon carnet, et tout en tâtant mon stylo dans la poche de mon gilet, je dis, cédant à la tentation subite de revoir Dora et de me montrer à elle en train de donner de l'argent à l'homme qui partageait sa vie :

— Ah ! je n'ai pas de stylo.

— Je regrette que tu sois forcé de remonter les escaliers, dit-il.

1. Les mots en italique suivis d'un astérisque sont en français dans le texte.

Nous les gravîmes rapidement. Et je fus aussitôt puni. Harry alla trouver la jeune femme dans la cuisine pendant que je remplissais le chèque sur un coin de la table avec une lenteur étudiée. Harry réapparut. Mais pas Dora.

— Est-ce vrai, demandai-je à Harry en lui tendant le chèque, est-ce vrai que vous devez partir tous les deux dans quelques jours ?

— Mais non, pas du tout, répondit-il en riant.

— Alors, pourquoi l'a-t-elle dit ?

— Pour excuser ma demande d'emploi, je crois. Elle a peur que tu te donnes trop de peine.

— Ainsi, vous ne devez pas partir, ni l'un ni l'autre ?

— Non. Mais Dorothea voudrait... — il baissa la voix — elle voudrait que je rentre aux États-Unis, et que je l'y emmène. Elle ne comprend pas pourquoi je préfère crever de faim ici. Elle ne peut pas le comprendre. Et comment puis-je le lui expliquer ? Toi, tu le comprends, n'est-ce pas ? Mais elle meurt d'envie d'aller aux États-Unis. Il est possible qu'elle ne m'aime pas, ou que son amour se réduise à une chose, à une idée fixe : aller en Amérique.

— Les Italiennes sont ainsi, observai-je.

— Les Italiennes de sa classe, tu veux dire.

— Non, je ne crois pas. Les autres aussi.

— Elles ne comprennent rien. Comme toutes les femmes, du reste, conclut-il en riant.

Dora, ou Dorothea, ne s'était pas montrée. Je ne pouvais plus attendre. Je partis, déçu, et aussitôt après, honteux : le vice de Harry semblait m'avoir contaminé.

3

Si l'envie ne m'en manquait pas, je ne trouvai pas le moyen, les jours suivants, de rendre visite à Harry et Dorothea. Harry me téléphona deux ou trois fois et me dit que, suivant mon conseil, il s'était décidé à écrire un scénario. Il y travaillait. Il m'en parlerait à la première occasion. Je l'encourageai, en me gardant de lui laisser trop d'espoirs. Et je pensais qu'il était plus facile et plus prudent de lui verser une avance sur la vente éventuelle de son scénario (même si cela me coûtait plus, sur le plan financier, et constituait sans aucun doute une pure perte, pour moi) que de lui confier un emploi ou un rôle.

Un dimanche matin, au début du mois de juin, Harry m'appela pour me demander si je voulais aller à la plage avec lui et Dorothea. Par un fait du hasard, je n'avais rien à faire, ce jour-là. Une journée solitaire s'étendait devant moi, vide de tout, sinon du souvenir le plus triste qui soit : les ambitions abandonnées, les désirs auxquels on a renoncé depuis longtemps. J'acceptai.

Ils vinrent me chercher à bord d'une vieille Jeep. Je montai devant. Harry conduisait ; Dorothea était assise entre nous.

Ses cheveux noirs étaient retenus par un foulard rouge qui mettait en valeur ses traits épais et ses yeux émeraude ; un bain de soleil, en toile rouge également, parsemé de grandes fleurs jaunes, lui laissait les épaules, le dos et le ventre nus.

Sous le soleil, dans la chaleur, dans le vent et l'odeur de la mer, de plus en plus vive au fur et à mesure que nous nous éloignions de Rome, le contact de son corps à moitié nu, le poids de son bras sur le mien, la pression irrégulière de ses jambes, et son humeur, qui semblait — j'en ignorais la raison — rieuse, légère et plus aimable à mon égard que la première fois, me jetèrent vite dans un état d'excitation douloureuse, partagé que j'étais entre une très incertaine promesse de plaisir et une conscience du devoir quant à elle fort certaine.

Lorsque nous fûmes en pleine campagne, à une trentaine de kilomètres de la plage vers laquelle nous nous dirigions, Harry décida de me parler de son scénario. Il avait commencé à l'écrire, puis s'était arrêté, en proie à mille doutes. Il voulait en discuter, me demander conseil.

Mais Dorothea s'y opposa en riant ; c'était un jour de fête, le ciel était limpide, le soleil étincelant ; il valait bien mieux penser à une bonne baignade et à un bon repas.

— Je n'ai pas envie d'entendre parler de travail ! La vie est belle ! criait-elle dans le vrombissement de la Jeep.

Sa peau était naturellement brune, aussi lisse qu'un galet poli par les eaux. Deux gros bracelets dorés lui ceignaient les poignets.

Cette fois, Harry semblait agacé par la gaieté de Dorothea. Plus elle riait et jacassait, plus il se faisait muet et sérieux ; mais son attitude ne produisait pas l'effet escompté. Au contraire, Dorothea continuait de plaisanter en me prenant de plus en plus volontiers pour cible.

— Aujourd'hui, je me sens belle ! Je me sens photogénique ! disait-elle. Pourquoi ne me faites-vous pas faire un petit essai, hein ? Je sais jouer, vous savez. Je vais vous le montrer sur la plage !

— D'accord ! répondis-je, entraîné par elle. Avec grand plaisir ! Je suis sûr que vous êtes très douée !

Harry intervint d'un ton sec :

— Pour l'amour de Dieu, il ne manquerait plus que ça !

Et il se tut en fixant la route.

Je le comprenais d'instinct. Depuis le premier instant, j'avais vu clair sur la nature double et tortueuse de sa passion. S'il avait réagi alors face à la réserve de Dorothea en semblant me l'offrir, aujourd'hui il était franchement jaloux de sa gaieté provocante.

Nous nous arrêtâmes après Tor San Lorenzo, au milieu d'une ligne droite, longue et déserte, entre Pratica di Mare et Lavinio. Après avoir laissé la voiture dans un chemin et emporté les victuailles que Harry et Dorothea avaient préparées, nous traversâmes la grande pinède à l'abandon et descendîmes sur la plage.

Déserte, elle aussi, bien que ce fût dimanche. On devinait à grand-peine, à l'horizon, les cabines de Lavinio ; et, ici et là, à quelques centaines de mètres de nous, éloignées l'une de l'autre, de rares tentes de baigneurs, qui, par leur aspect rustique et improvisé, conféraient encore plus à ce lieu l'allure d'une île sauvage.

Harry, comme presque tous les Américains quand l'occasion s'en présente, avait pris un air méthodique digne de Robinson Crusoé. Il trouva des piquets épars, sur la plage, les rassembla, les planta et construisit ainsi l'armature d'une cabane. Il travaillait sérieusement, sans prononcer un mot, exigeant mon aide, tandis que Dorothea paressait à plat ventre sur le sable, un peu plus loin. Il devait se souvenir des camps de son enfance dans les forêts du Minnesota. Mais si sa gravité pouvait passer, à mes yeux, pour de l'agacement face à la familiarité excessive de Dorothea à mon égard, et pour un avertissement sévère qu'il préférait ne pas exprimer autrement, cela n'en était que mieux.

Il m'ordonna ensuite de le suivre dans la pinède, où il coupa une grande quantité de branchages après avoir sorti de sa poche un couteau à cran d'arrêt. Il m'en chargea, s'en chargea, et nous retournâmes sur la plage.

Dorothea s'était levée, elle bâillait et s'étirait.

— J'ai trop chaud, dit-elle. Je vais me baigner. Qui m'aime me suive !

Je ne réagis pas : Harry nous regardait d'un air renfrogné.

— Vas-y donc, si tu veux, lui répondit-il. Nous devons d'abord finir ici.

Nous disposâmes les branches sur l'armature, en créant une sorte de tonnelle. Ce faisant, je regardais à la dérobée la grande silhouette de la jeune femme qui se dirigeait lentement vers la mer. Elle avait enfilé un maillot de bain vert clair, en tissu élastique, qui moulait et amincissait les rondeurs de son corps. Je détournai mon regard et dis à Harry :

— Si tu veux me parler de ton scénario, maintenant...

— Non, je n'en ai plus envie. Pas aujourd'hui. Pensons plutôt à nous amuser. Mais je te téléphonerai demain après-midi, à une heure, et nous prendrons rendez-vous. Tu as été très gentil de m'aider, je te montrerai que j'ai travaillé, que j'ai réfléchi.

— Si tu en as encore besoin, dis-le moi. Nous vendrons ton scénario. Sinon, tu me rendras l'argent quand tu pourras.

Je tendis la main vers ma veste pour prendre mon portefeuille. Je voulais dissiper tout malentendu entre nous. Ma délicatesse était évidente. Je profitais d'un moment qui ne se représenterait peut-être pas au cours de la journée : Dorothea était loin, elle ne s'apercevrait de rien. Je lui offrais de l'argent — et cela aussi était évident — afin qu'il pût en l'acceptant, même sans en avoir un besoin pressant, me montrer qu'il n'était pas blessé.

C'est ce qu'il fit. Et il retrouva enfin son sourire doux et mélancolique :

— Merci, tu es un vrai ami.

Un sourire, un regard qu'il n'avait plus montrés en présence de la jeune femme.

Nous la rejoignîmes dans l'eau, avant de déjeuner, de fumer quelques cigarettes, de bavarder puis de nous reposer, en adoptant tous les trois une attitude plus correcte qu'auparavant. Chacun de nous s'était rendu compte que s'il avait persisté dans son comportement, les choses se seraient mal terminées. Dorothea fut moins provocante, Harry moins susceptible, et moi plus distrait.

En réalité, je m'efforçais de me distraire. Je m'efforçais de détourner les yeux. Mais chaque fois que mon regard se posait sur elle, j'avais l'impression de prendre un instantané que je développerais plus tard, une fois seul. Cette nuit-là, chez moi, je tardai à m'endormir. Je sentais la brûlure du soleil sur mon corps, et si je fermais les yeux dans la pénombre, je voyais comme un or chaud — l'or du soleil, du sable, du ciel et de la mer confondus. Sur ce fond d'or, les instantanés se développaient l'un après l'autre, malgré moi. Je voyais Dorothea qui sortait de l'eau, ruisselante d'une infinité de gouttelettes, qui, sur sa peau brune, étaient pareilles à des pierres précieuses. Je la voyais de dos, allongée sur le sable et appuyée sur un coude, dans une pose abandonnée et monumentale : c'était comme si, par un étrange prodige, j'avais pu contempler l'envers d'un tableau célèbre, d'une odalisque que Delacroix avait représentée de face. Elle mangeait avec appétit, tenant à pleines mains une cuisse de poulet, une tranche de jambon, et je me disais non sans tristesse qu'elle me plaisait même ainsi, dans sa façon naturelle et vulgaire de se nourrir. Dans son sommeil, étendue sur le dos, remuant lentement une jambe. Riant, me regardant de ses yeux émeraude si éclatants, bougeant une main, balançant légèrement et brièvement son pied aux ongles couleur rubis, qui allait et venait sur le sable...

Le lendemain, on me communiqua, par une de ces décisions dont la production cinématographique est coutumière, que je devais partir quelques jours plus tard pour Paris, où j'allais collaborer au découpage de mon prochain film. Je resterais absent environ deux mois.

Vers une heure, Harry me téléphona aux studios, comme prévu. Pour une raison que j'ignore, je ne lui parlai pas de mon départ, pourtant si proche ; je lui dis que je ne pouvais le voir ni ce jour-là ni le lendemain. En raccrochant, je compris la raison de mon silence : à l'improviste, et presque involontairement, j'avais conçu un plan.

4

Je savais que chaque soir, entre huit et dix heures, Harry passait à la salle de la presse et s'y attardait un moment, afin de recueillir des nouvelles pour alimenter les correspondances qu'il envoyait de temps en temps à son journal, à New York.

J'avais envisagé de faire une visite impromptue à l'atelier de la via Margutta, à cette heure-là, la veille de mon départ pour Paris, et de tenter ainsi le destin.

La perspective du voyage me donnait de l'audace. Si cette visite menaçait d'avoir des suites, mon départ y couperait court. Et si je me sentais trop coupable, l'éloignement et le fait de ne pas voir Harry pendant deux mois au moins adouciraient mon remords.

Il n'existe rien de mieux, dans les aventures galantes, que d'agir à son aise, puis de filer à l'anglaise. Et quand c'est impossible, quand le travail nous retient, on peut inverser les termes. Alors, filer à l'anglaise n'est plus la conséquence, mais l'occasion, la cause de l'aventure : on la cherche, on la poursuit, parce que d'autres raisons nous poussent à partir.

Et puis, Dorothea me plaisait. La dernière fois, à la plage, elle m'avait laissé entendre que je ne lui étais pas indifférent. J'aimais bien Harry, j'avais de l'estime pour lui : mon projet n'était donc pas très reluisant. Mais à quoi bon — me disais-je enfin, le matin du jour fixé, en me rasant, tenaillé à nouveau par les remords —, à quoi bon mettre sur le même plan l'aventure et le respect, le plaisir et l'amitié? Je ne pervertissais pas Dorothea. Si ce n'était pas moi, un autre s'en chargerait pour moi. Et je finissais par conclure : pourquoi tant d'autres, et pas moi?

Je passais en revue, bien sûr, les arguments contraires. Au fond, même si je renonçais à Dorothea, je n'en ferais pas une maladie, comme on dit. Pourquoi donc payer un si bref plaisir de la souffrance, légère certes, mais durable, du remords? Pourquoi entamer une amitié jusqu'à présent intacte?

Mais justement, rétorquait le diable. Si tu ne satisfais pas ta curiosité, cette femme sera toujours entre vous. Oui, curiosité, pas passion. C'est pour sauver votre amitié que tu dois momentanément la trahir.

Enfin, les hommes le savent bien. Nous sommes forts lorsque les tentations sont fortes. Et faibles, quand elles sont faibles. À quoi bon, nous disons-nous, jouer les héros des petites occasions perdues?

Mais comme il fut long, cet après-midi de juin! Et comme la nuit tardait à tomber au fond de la via Margutta!

Dans l'air bleu et tiède montaient les derniers cris des hirondelles, les exclamations des enfants qui jouaient devant le garage, les saluts et les rires des passants : c'était un de ces soirs de la semaine de la Saint-Jean, à Rome, quand le péché ne semble plus exister et que l'antique sagesse revient avec le premier souffle de l'été. Les lumières jaillirent. Les ombres se dessinèrent. Les yeux des passants se mirent à briller. Le petit trafic de la rue étroite, les cris et les rires, les saluts, les gestes et les regards, tout parut envahi d'une seule intention, malicieuse et gaie. Si j'avais encore des scrupules, les derniers s'évanouirent à mon insu. Et quand je vis la grande silhouette de Harry sortir de la maison, sauter dans la Jeep, s'éloigner bruyamment vers la via Alibert, j'allumai une cigarette et m'élançai sans hésiter. Je riais en mon for intérieur : le monde appartient à ceux qui s'en emparent.

Je franchis la petite porte et avançai dans le couloir. Silence à peine brisé par les piaillements d'une radio, par les détonations d'une moto — bruits de la via Margutta, si proches, et brusquement si lointains à cause de l'épaisseur des murs. Pénombre tout juste percée par la lueur d'une vieille ampoule se reflétant sur les escaliers, sur les carreaux disjoints. Ce silence et cette obscurité, tandis que je m'enfonçais dans le labyrinthe des escaliers, des courettes et des entrées, avaient quelque chose d'inquiétant et de sacré.

Elle vint m'ouvrir la porte vitrée et me gratifia d'un sourire engageant :

— Entrez, asseyez-vous, Harry est sorti, mais il ne va pas tarder à rentrer. » Je savais que c'était faux. « Asseyez-vous, je vous en prie, et excusez l'éclairage. L'ampoule du milieu vient juste de griller.

De fait, seule une petite lampe, surmontée d'un abat-jour rouge, était allumée au centre de la table, entre les papiers qui entouraient la machine à écrire et une théière, assortie de deux tasses posées sur d'autres feuilles et des journaux.

Dorothea était habillée très simplement. Une jupe noire et un chemisier de toile bleue sans manches. Ses gros bras bruns, nus jusqu'aux épaules. Ses cheveux rassemblés, comme d'habitude, sur la nuque en un gros nœud, brillants et tirés avec soin.

Elle m'offrit du thé et une tranche d'un gâteau rond et plat, recouvert de petites perles de sucre, blanches, vertes, jaunes, roses et violettes, qui créaient un effet très délicat. La pâte était compacte, savoureuse, à peine sucrée, exquise. On comprenait qu'il s'agissait d'un gâteau patriarcal, provenant certainement d'une tradition antique des plus civilisées.

— C'est moi qui l'ai fait, dit-elle en riant, satisfaite

de voir que je l'appréciais. C'est un gâteau de mon pays.

— C'est curieux, dis-je. Je suis allé de nombreuses fois à Frosinone, et je n'en avais jamais goûté, ni même jamais vu.

— Pourquoi Frosinone? s'exclama-t-elle avec surprise.

— Mais voyons... Frosinone, la capitale de la *Ciociara* ! » répondis-je non sans embarras, parce qu'on a l'habitude, à Rome, de parler avec mépris de la *Ciociara* et de ses habitants. « Vous n'êtes pas de cette région?

— Non, pas du tout! Je suis née dans les Pouilles. C'est un gâteau de chez nous; nous l'appelons la *scarcella.*

Je songeais sans trop d'étonnement à l'erreur de Harry. Il est si fréquent de se tromper sur le compte des êtres que nous aimons et fréquentons le plus, même lorsqu'il s'agit de données essentielles!

Née dans les Pouilles. Je regardai Dora. Les petites perles aux couleurs tendres et le goût de la *scarcella* expliquaient, me semblait-il, et décuplaient l'enchantement de sa beauté, qui, même à travers le comportement provocant de la « professionnelle » moderne, était demeurée archaïque, païenne, paysanne.

— Je suis venu vous dire au revoir, lui dis-je en m'asseyant près d'elle sur le sommier métallique, parce que je pars demain. Je vais à Paris et j'y resterai plusieurs mois.

J'exagérai délibérément la durée de mon absence pour justifier la somme, plutôt élevée, que j'entendais lui offrir. J'avais préparé des billets de dix mille, je les tirai de ma poche et les posai sur la table sans les compter, bien sûr, mais de façon à ce qu'elle puisse en évaluer grossièrement la totalité.

Dorothea se rembrunit, comme le jour de ma première visite. Elle ne bougea pas.

Il y eut un silence gênant.

— Excusez-moi de vous les donner ainsi, dis-je.

— Il n'y a pas de quoi ! répondit-elle sèchement.

Et pourtant, persuadé qu'elle était vénale, j'avais rassemblé des espèces, plutôt qu'un chèque, afin qu'elle pût se les approprier plus facilement, à l'insu de Harry.

À présent, son visage sérieux me déconcertait. J'aurais juré qu'à la vue de l'argent elle aurait adopté l'attitude plaisante et distraite que prennent les prostituées quand l'affaire est conclue. Mais elle regardait droit devant elle, avec une expression dure, sans rien dire. Je ne savais par quel bout commencer. Le silence devenait pénible. Je me mis à parler de notre promenade au bord de la mer, de sa photogénie, des possibilités, des fortes possibilités de lui trouver un rôle dans un de mes prochains films.

— Dès que je serai de retour — je m'efforçais de lui extirper un sourire — je vous ferai faire un bout d'essai, et vous verrez, oui, vous verrez, vous vous en sortirez très bien...

Dorothea me souriait.

— Merci, mais cela ne plairait pas à Harry.

— Mais comment ? Il a dit lui-même qu'il aimerait que je vous fasse travailler !

— Il l'a dit pour plaisanter : il ne veut pas.

— Qu'avez-vous donc aujourd'hui, Dora ? lui dis-je enfin en m'approchant, en l'enlaçant et en caressant son épaule nue. Pourquoi êtes-vous si triste ?

— Je suis triste parce que je suis déçue : je pensais que vous étiez pour Harry un véritable ami, et je vois que vous ne l'êtes pas.

Le temps d'un éclair, j'eus l'espoir de parvenir à mes fins. Elle avait parlé, elle avait fait allusion à notre situation. Mes craintes n'étaient donc pas fondées. J'avais choisi une mauvaise tactique, voilà tout. Mon attaque, muette et brusque, dissimulée derrière cette offre d'argent exagérée, avait été blessante. Dora s'était assombrie pour ne pas me céder trop vite, pour ne pas me donner une mauvaise impression. J'aurais dû tourner autour du pot. Un peu plus de sentiment était nécessaire. J'y remédiai aussitôt :

— Ne dites pas de bêtises, Dora ! Qu'est-ce que vient faire ici mon amitié avec Harry ? Vous ne vous êtes donc aperçue de rien, dimanche dernier ? Je le croyais pourtant. Vous ne comprenez donc pas que, depuis que je vous ai vue, je ne pense qu'à vous...

Et ainsi de suite, en tâchant d'éviter les fausses notes. Car il y avait du vrai, Dora me plaisait vraiment, et j'avais vraiment pensé à elle au cours de nombreuses nuits ; j'essayai donc de lui avouer cette folle passion sans trop jouer le grand amour.

Mais cela ne suffisait pas.

Alors, peu à peu, je passai à un cran supérieur ; je hasardai des expressions de plus en plus tendres et plus profondes, je l'attirai à moi ; enfin, comme les mots me manquaient et que mon désir se faisait pressant, je tentai de l'embrasser.

Elle se dégagea de mon étreinte et se leva brusquement.

— Non, dit-elle. Je vous ai déjà dit que je ne veux pas. On voit que vous n'avez jamais souffert de ces choses-là. Eh bien moi, j'avais un fiancé, je devais l'épouser. Et il m'a quittée pour partir avec une de mes meilleures amies. J'ai failli en mourir. J'ai juré que personne ne subirait, par ma faute, ce que j'ai subi. Alors, vous pensez bien, un homme comme Harry, que j'aime...

— Mais Harry ne le saura jamais, observai-je faiblement.

— Peu importe. Moi, je ne veux pas. Je n'y prendrais aucun plaisir. Je penserais tout le temps que je fais quelque chose qui blesse Harry, quelque chose qui le meurtrit.

Elle prononça ces mots très simplement, en me regardant droit dans les yeux.

J'étais furieux.

— Ainsi, dis-je avec méchanceté, vous faites peut-être avec d'autres, avec le premier venu, ce que vous ne voulez pas faire avec moi, parce que je suis un ami de Harry !

— Ce que je fais ne vous regarde pas. J'aime Harry et je n'ai besoin de personne.

Instinctivement, je mis la main sur la liasse de billets, qui se trouvait toujours sur la table où je l'avais posée. J'aurais voulu la reprendre, en totalité ou tout au moins en partie. Mais je saisis aussitôt la mesquinerie de ce geste. Je m'étais trompé, je devais payer. Harry y gagnait. C'était juste. Tant mieux. Je retirai ma main sans toucher à l'argent et je me levai :

— Dites à Harry de me téléphoner cette nuit. Je rentrerai tard, mais je ne me coucherai pas avant d'avoir fait mes valises. Qu'il me téléphone à n'importe quelle heure, jusqu'à ce qu'il me trouve.

Je la saluai avec douceur, je lui baisai longuement la main, et elle me laissa faire avec une semblable douceur.

— Bon voyage ! me dit-elle en m'accompagnant sur la terrasse jusqu'au petit escalier. Envoyez-nous une carte postale de Paris ! Je ne l'ai jamais vu, j'aimerais tant y aller...

Harry m'appela vers trois heures du matin. J'avais bouclé mes valises et m'apprêtais à me coucher. Il commença par me remercier d'une voix émue pour l'argent que je lui avais prêté. Puis, après avoir additionné cet argent aux sommes que je lui avais déjà versées à deux reprises, il me dit qu'il considérait le tout comme une avance sur la vente de son scénario.

— Je te remercie, m'expliqua-t-il, non seulement pour l'argent, qui m'arrange vraiment, mais aussi parce que, maintenant, je me sens vraiment obligé de travailler sérieusement à ce scénario. Et si tu n'arrives pas à le vendre, ne t'inquiète pas : n'oublie pas que j'ai de riches parents aux États-Unis. Un jour ou l'autre je pourrai tout te rembourser.

— Un jour ou l'autre, très vite, tu recommenceras à travailler, lui dis-je.

— Je ne crois pas. Je suis fatigué de tout. Je ne t'ai encore rien raconté, nous n'avons pas pu parler. Il y a un an que je mène cette vie. Tu ne sais pas...

Il me demanda l'adresse de mon hôtel à Paris, il voulait m'y envoyer son scénario dès qu'il l'aurait achevé. Là-bas, peut-être, je réussirais à le placer plus facilement.

Nous échangeâmes des adieux très chaleureux. Je repensais à Dorothea. En l'abandonnant (je dévalais les escaliers comme un voleur, et m'esquivais rapidement par la via Margutta et la via del Babuino, de peur de rencontrer Harry), j'avais pensé qu'après tout elle était peut-être sincère et honnête, elle aimait peut-être Harry. Je n'en étais plus sûr, à présent. Son attitude pouvait cacher un calcul. Ou un mélange des deux, calcul et sincérité. En somme, j'étais perplexe. Et encore irrité.

Quelques heures plus tard, alors que le train pour Paris quittait la gare de Termini, je n'y pensais plus.

5

Mon séjour à Paris se prolongea. Prévu en Italie, le tournage du film que je devais préparer débuta aux studios de Joinville. Croyant mentir, j'avais dit la vérité à Dorothea.

Vers le début du second mois, je reçus un télégramme de Harry : *Demain dimanche 9 heures gare de Lyon train Rome te prie retirer personnellement manuscrit scénario auprès conducteur wagons-lits numéro 4 merci t'embrasse.*

Pourquoi ne l'envoyait-il pas par la poste ?

Le conducteur me remit un gros fascicule, soigneusement empaqueté et ficelé, ainsi qu'une lettre.

— M. Perkins, m'expliqua-t-il, vous fait dire que je suis à votre disposition, si vous avez besoin de lui communiquer quoi que ce soit. Je repars pour Rome demain soir, à vingt heures. Vous pouvez me téléphoner à l'hôtel *Moderne,* 3, rue Parrot. Je m'appelle Borruso. Je connais M. Perkins depuis de nombreuses années. Nous sommes de bons amis. Vous pouvez avoir confiance. Du reste, c'est sans doute écrit dans la lettre.

Je le regardai avec stupéfaction, sans comprendre la raison de tant d'inquiétudes et de précautions. C'était un homme trapu, brun, au physique et à l'accent calabrais, ou sicilien ; il était mal rasé, avait les joues pâles et flasques des gens qui dorment peu et mal, comme les croupiers et les typographes des quotidiens.

— Quand avez-vous vu M. Perkins ? lui demandai-je.

— Hier matin, à Termini, au départ du train. Il ne se sentait pas très bien.

— Il est malade ?

— Je crois, oui. Le foie. Mais il souffre surtout d'un autre mal. Écoutez, je sais que vous êtes son meilleur ami en Europe... » Le conducteur hésita, ôta sa casquette marron, passa un mouchoir sur son front moite. « Je peux vous offrir un café ? Donnez-moi deux minutes, le temps de prendre mes affaires.

Il remonta dans le train. J'ouvris la lettre de Harry. Je traduis de l'anglais. Il disait :

Cher Mario,

Ne t'inquiète pas de la longueur de ce scénario, et excuse-moi de t'avoir fait venir à la gare. J'ai pensé qu'un dimanche, cela ne te causerait pas trop de problèmes.

En lisant, tu comprendras pourquoi je n'ai pas voulu courir le risque, même minime, que la poste l'égare. Il y a une autre raison : ceci est une version unique et originale, que j'ai rédigée directement à la machine à écrire, sans faire de copie, pour gagner du temps.

Mon récit est inachevé, tu le verras. Tu trouveras la suite à ton retour à Rome.

J'ai tout jeté sur le papier en moins de trois semaines. J'ai travaillé avec une extrême facilité après avoir abandonné l'idée de construire un véritable sujet, et j'ai décidé de relater tout simplement ma vie au cours de ces dernières années.

J'avais songé, dans un premier temps, à des personnages imaginaires et à un scénario qui aurait, d'une certaine façon, reflété mes problèmes et les événements auxquels j'ai été confronté. Mais je n'avançais pas. Je ne parvenais pas à associer ce qui m'était arrivé, et qui me fait encore souffrir, avec la trame que j'avais conçue. Je suis trop angoissé, et donc incapable d'inventer quoi que ce soit, ou même de masquer mes souvenirs et mes remords. Je ne peux que me confesser. C'est tout.

Les noms, les dates, les lieux, tout est vrai dans ce récit. À toi de voir maintenant ce que tu peux en faire, et si tu peux en tirer un film. Si cela te semble impossible, peu importe : j'avais besoin de raconter — non seulement à un ami, mais à moi-même — ces événements qui ne cessent de me hanter, de peser comme un poids, comme une montagne, sur mon cœur, une montagne qui m'écrase depuis un an. Raconter est mon seul soulagement. Je te remercie de m'en avoir donné la possibilité.

Je t'embrasse,

Harry

P.S. De la gare. Le chef de train Borruso, à qui j'ai confié ce manuscrit, est un homme de toute confiance. Je le connais depuis 1938. Si tu veux me répondre, passe par lui, je t'en prie. Ne poste rien. *Tu comprends, je ne suis pas sûr de Dora : elle croyait, en me voyant taper à la machine, que je travaillais, ce qui n'éveillait pas sa curiosité. De plus, elle ne lit pas l'anglais facilement. Mais les lettres, elle les ouvre. Salut. H.*

Borruso descendit du train, sa sacoche à l'épaule, en tenant une petite valise et un gros paquet. Il insista pour m'offrir un café. Nous allâmes au buffet. Là, il me parla de Harry avec un air aimable, presque paternel, qui me semblait au-dessus de tout soupçon. M. Perkins, me dit-il, était épuisé : il avait eu une dépression nerveuse à la suite de tous ses malheurs... Borruso croyait que j'étais au courant de l'histoire, et je ne pouvais lui dire que j'en ignorais tout. Enfin, il finit par révéler, après bien des hésitations, ce qui était, peut-être, le véritable but de ses confidences. Il avait prêté à Harry, en plusieurs fois, plus de cinq cent mille lires. Personne ne le savait, j'étais le premier à l'apprendre. Il considérait Harry comme un homme d'honneur. Il connaissait sa situation aux États-Unis, savait que ses parents étaient fortunés... et ne mettait pas en doute sa bonne volonté. Mais lui, Borruso, avait une famille à Rome, une femme et quatre enfants, et même s'il gagnait relativement bien sa vie, cinq cent mille lires étaient cinq cent mille lires.

Je lui répondis que je ferais tout pour venir en aide à Harry et que j'étais certain qu'il se ressaisirait.

— Vous devriez le convaincre de retourner aux États-Unis, conclut le chef de train. Que fait-il donc à Rome ? Vous voyez, je parle contre mon intérêt. Un débiteur qui s'éloigne... Mais je vous répète que je connais M. Perkins. Il me restituera l'argent dès qu'il l'aura. Ce qu'il ne peut faire qu'en rentrant en Amérique. Vous voyez, j'ai pleinement confiance en lui. Je ne le dis pas seulement dans mon intérêt, mais aussi pour son bien. Vous n'êtes pas d'accord ?

De retour à l'hôtel, je me plongeai dans la lecture du manuscrit. Je le reporte ici intégralement en le traduisant de l'anglais et en corrigeant les quelques inexactitudes qui ont échappé à son auteur, dans la hâte de la rédaction.

*

Manuscrit de Harry

Je pense à Jane chaque jour, à chaque heure et, je peux le dire, à chaque minute. Mais si j'entreprends de relater ce qui est arrivé à l'un et à l'autre, à notre couple, depuis le jour de notre rencontre, je me sens incapable de procéder par ordre, comme je devrais sans doute le faire par souci de clarté. Car je repense surtout à un certain moment, ou plutôt à un instant, un instant plus vif que les autres, qui me hante douloureusement, en vain.

L'instant de son regard. La chambre du *Grand Hôtel,* le lendemain de notre arrivée à Rome, la dernière fois. Ses yeux, tandis qu'elle parlait au téléphone, qui prirent en cet instant, pour répondre à ma question innocente : « Qui est-ce ? », une expression sombre et farouche que je ne lui avais jamais vue, et sur le sens de laquelle je me mépris complètement.

Je connaissais Jane depuis cinq ans. Elle était ma femme depuis quatre ans et m'avait donné deux enfants. Je la considérais comme une épouse et une mère parfaite, aussi parfaite que j'étais, moi-même, un père et un époux imparfait.

J'étais toujours parvenu, ou du moins le croyais-je, à lui cacher mes fautes, mes petites et fréquentes infidélités, et le vice dans lequel je retombais invariablement de retour en Italie — ma relation avec Dorothea. J'avais fait la connaissance de cette dernière — cela paraît impossible — par l'intermédiaire de Jane, quelques jours après notre rencontre.

C'était l'été 1944. Rome était libre depuis le 4 juin.

Je vis Jane pour la première fois à une *party,* dans une villa romaine qu'un de mes amis, colonel, avait réquisitionnée. J'éprouvai aussitôt pour elle une extrême tendresse, presque de la pitié. Elle était petite, fragile, nerveuse, intelligente et dolente, elle semblait avoir besoin de protection. Je me sentais poussé vers elle par un sentiment aride, mélancolique, honnête et inexorable, qui me rappelait mon amour pour ma mère et avait le goût absurde, et amer, du devoir. Et non par la douceur de l'amour, ou l'ivresse du plaisir.

À partir de ce soir-là, je la fréquentai chaque jour

avec la décision et le calme du devoir justement, ou de la perversité.

J'aimais sa présence, j'aimais lui raconter mon enfance, ma famille, ma vie ; lui communiquer mes impressions et mes idées, assister en sa compagnie à des concerts de musique classique ; je pouvais même lui parler de mon métier d'historien de l'art, visiter avec elle des expositions et des galeries, car elle était cultivée et émettait des jugements spontanés et justes en matière de peinture. Toutefois, pas un seul instant, durant ces premiers jours, je n'eus envie de la serrer contre moi. Puis, une nuit, alors que nous nous promenions en voiture à cheval dans la villa Borghese, silencieux, comme vaincus par la mollesse et la douceur de l'air estival, je me mis à penser avec douleur et agacement à ce que mon sentiment avait d'incomplet. Ce n'était pas encore l'amour ! Et elle n'était pas la femme de ma vie ! Qui sait, j'étais peut-être animé par cette volonté de forcer le destin qui avait poussé certains de mes amis au mariage, à un mariage, n'importe lequel pourvu que ce soit tout de suite ! Comme eux, je me révoltais contre la réalité. Et mon affection vertueuse pour Jane me disait que *mon devoir était qu'elle me plût.* Je la regardai du coin de l'œil, sans tourner la tête, et je la vis à mes côtés, à l'autre bout de la banquette, appuyée contre le dossier, et mélancoliquement bercée par le rythme de la voiture, petite, maigre, nerveuse, l'image même de la faiblesse et du malheur. Je compris encore une fois qu'elle ne me plaisait pas ; mais dans le même instant fatal, je me rendis compte que, pour cette raison, elle pouvait justement me plaire, fût-ce de façon sporadique. J'avais l'impression qu'une voie périlleuse et perverse s'ouvrait devant moi. Je n'ai jamais aimé que les femmes grandes, fortes, grosses et grasses. À présent, j'examinais le petit corps frêle de Jane, son ventre, à peine dessiné, presque dépourvu de rondeur. Je me disais que, oui, je pouvais avoir envie justement de ce qui ne m'attirait pas, et d'y goûter *pour cette raison.* Les jeux étaient faits. Un mécanisme s'était soudain déclenché. Je me mis à désirer ce ventre. Avec un plaisir âpre, je me tournai vers elle, passai un bras autour de sa taille fine, l'embrassai douloureusement, presque en la mordant. Pauvre Jane !

Mais elle refusa de faire l'amour. Elle ne le voulut pas cette nuit-là, ni les autres nuits de cet été romain ; ni l'année suivante, en 1945, quand nous nous retrouvâmes à Paris ; ni au cours de l'automne, à New York, quand nous nous fiançâmes. Elle se refusa jusqu'au mariage, qui eut lieu en décembre 1945, à Philadelphie. Elle était catholique, très croyante.

Deux ou trois jours après cette promenade nocturne en voiture à cheval, je pénétrai dans une petite trattoria du centre de Rome, vers une heure de l'après-midi, pour le *lunch,* et y trouvai Jane, assise à une table. Elle déjeunait en compagnie d'une Italienne à l'aspect imposant et voyant, qui semblait concentrer sur elle toute l'attention du petit restaurant, où se pressait une clientèle masculine.

J'eus aussitôt l'impression qu'il s'agissait d'une prostituée, ou, comme le disaient les Italiens à cette époque en imitant notre mauvaise prononciation (contaminée par l'espagnol ou par le *spelling* anglais) une « *segnorina* ». Mais celle-ci se distinguait des « *segnorine* » habituelles, petites, maigres, nerveuses, affamées et craintives, par son extraordinaire autorité et par un je ne sais quoi de solennel. Instinctivement, Dorothea regardait tous les hommes autour d'elle, leur souriait, leur faisait des clins d'œil à chaque instant. La moindre de ses expressions, tantôt sérieuses, tantôt ironiques, évoquait les plaisirs du lit, était une allusion, tour à tour passionnée et malicieuse, à l'amour. Il y avait, dans la largeur de son front, dans la pureté de son profil, dans l'éclat de ses yeux et le pli de ses lèvres, quelque chose de classique, de décidé, de victorieux. Comme une promesse et un secret, qu'elle était parvenue, d'un seul regard, à sceller avec ces hommes.

Naturellement, j'étais étonné de rencontrer Jane dans cette trattoria, et en pareille compagnie. Nous ne nous voyions jamais le matin. J'allais la chercher à son hôtel vers sept heures du soir, nous dînions dehors et demeurions ensemble jusqu'à minuit, nous promenant, dansant, ou assistant à quelque *party*. Jane travaillait comme infirmière dans un hôpital militaire. Ce soir-là, elle m'expliqua qu'un soldat lui avait amené Dorothea pour un traitement, au reste très simple, et que, par reconnaissance, celle-ci l'avait invitée à déjeuner. Elle voulait lui faire goûter un vrai repas italien. Et elle avait mis tant d'humilité, tant de spontanéité dans cette invitation que Jane n'avait pas eu le courage de refuser. Quoi qu'il en fût, j'étais bouleversé en écoutant Jane me parler de Dorothea ; je ne pensais qu'à la jeune femme, qu'à la façon de la retrouver, et non à la vraisemblance de ce récit.

Dès le premier instant où je vis Dorothea (la gorge et les bras nus, vêtue d'une robe en soie à ramages clairs, brune, bronzée, alors que ses yeux, ses dents et ses bracelets étincelaient dans le joyeux vacarme et la pénombre chaleureuse de la petite trattoria, qu'un rayon de soleil, venant de la porte ouverte sur la ruelle, coupait en deux, tombant justement sur la nappe et les verres de sa table, ou sur ses pieds aux ongles peints en rouge, chaussés de sandales en vernis noir ; un visage aux traits classiques, un regard sensuel et victorieux), je la désirai aussitôt, avec le tressaillement, la crainte, le désespoir et la conscience absurde de mon abjection, qui signalaient à ce qu'il restait de lucide en moi une femme conforme à mes rêves. Conforme à mes goûts, dirais-je peut-être, si j'étais Italien.

Je m'assis à leur table et déjeunai avec elles en m'efforçant de dissimuler mon trouble. La présence de

Jane, en face de moi, coude à coude avec Dorothea, augmentait le charme de cette dernière. Était-ce dû au contraste, presque exemplaire, de l'amour sacré et de l'amour profane ? Ou à la difficulté de montrer ma sympathie à Dorothea, à l'impossibilité de lui fixer un rendez-vous ? Jamais, peut-être, Dorothea ne me sembla aussi désirable que cette première fois, alors que j'ignorais tout d'elle et craignais de ne plus la revoir.

Mais je la retrouvai très facilement, le lendemain, lorsque je retournai à la petite trattoria, vers la même heure.

Et ce jour-là, ce n'est pas avec Jane que je passai la soirée...

6

De ce soir-là jusqu'à ce soir où j'écris, six ans plus tard, la seule femme qui m'ait vraiment plu a été Dorothea.

Mais elle m'a toujours fait honte. Pas un instant, je n'ai eu d'illusions sur son compte. Dès le premier jour, j'ai compris qu'elle était une prostituée. Et c'est une prostituée qu'elle est restée pour moi, même quand j'ai pris la décision de vivre avec elle.

Pendant des années, j'avais toujours évité de me montrer en sa compagnie. Non par crainte que Jane apprît notre relation, mais parce que je me rendais compte que son aspect ne trompait personne, et je rougissais d'être vu à ses côtés, même par des inconnus. Ce sentiment n'a pas changé. Mais je suis parvenu aujourd'hui à en tirer parti, presque à en jouir.

Pour cette raison, peut-être, depuis le premier soir de notre rencontre jusqu'à ces derniers temps, mes rapports avec Dorothea furent régulièrement espacés, entrecoupés par des périodes d'absence. Une fois seulement, au printemps 1947, elle m'accompagna dans un voyage en Italie centrale et septentrionale, tandis que Jane se trouvait à Capri avec notre enfant.

Je m'éloignais de Dorothea dès que je pouvais me passer d'elle; et je lui revenais dès que je ne pouvais plus m'en passer. Quinze jours de privation, un mois au maximum suffisaient, en général, à raviver mon désir. Et quand un séjour prolongé à New York ou à Paris m'empêchait de courir à Rome, ce désir ne cessait de croître jusqu'au moment des retrouvailles et de la satisfaction. Toutefois, même au comble de ce paroxysme, mon jugement restait serein. Dorothea prenait alors l'allure d'un bien suprême, voire d'une divinité, même si j'avais conscience qu'il s'agissait seulement d'une femme très simple, vulgaire et cupide. Sa divinité, en somme, n'était pas constante. Elle ne lui appartenait pas. Mon désir semblait la lui prêter.

Pour cette raison, peut-être, je n'ai jamais parlé de Jane à Dorothea jusqu'à ces derniers temps. En ce premier et lointain été, je ne lui dis rien de l'importance que Jane avait pour moi ; je lui laissai entendre que je la connaissais à peine. Puis, je lui cachai nos fréquentes rencontres, et par la suite, notre mariage même. Je craignais de lui fournir une arme qui lui aurait permis de me faire chanter dans les moments où j'avais le plus besoin d'elle. Je dissociais méticuleusement la vie que je menais avec Jane de celle que je conduisais avec Dorothea en ayant soin qu'aucun événement, aussi minime fût-il, ne les rapprochât. Chaque fois que je quittais Jane pour rejoindre Dorothea, je me préparais un alibi parfait afin de me disculper aux yeux de Jane. Et chaque fois que je quittais Dorothea pour retrouver Jane, je veillais à ne rien révéler de ma vie conjugale à Dorothea. Celle-ci n'a jamais connu mon véritable domicile, à Rome. De Paris, de Londres, ou de New York, je lui donnais toujours l'adresse de mon bureau.

Aujourd'hui que tout est fini, si je repense à l'exactitude extrême de ces précautions, je me rends compte qu'elles n'étaient pas dues seulement à ma crainte que Jane apprît l'existence de Dorothea, et Dorothea celle de Jane, mais à un sentiment plus profond et plus obscur : à la coexistence, en moi, de ces deux sentiments, à la possibilité d'éprouver des plaisirs opposés en compagnie de ces deux femmes, en les persuadant, et en me persuadant aussi, que je n'étais tour à tour qu'une moitié de moi-même. Je me conformais, avec Dorothea, à l'image que je voulais lui donner de moi : celle d'un célibataire, d'un libertin, buveur, joueur, voyageur, d'un prétendu artiste, irresponsable et *volage**. Et j'étais avec Jane tout le contraire : un mari convaincu, un père tendre, fidèle à son devoir, passionné par son métier, sobre, appliqué, persévérant.

Au début, pourtant, je ne donnai guère d'importance à l'élan qui me poussait régulièrement vers Dorothea. C'était une belle femme, dont j'appréciais la compagnie tous les quinze jours, et rien de plus. Les premières fois, je l'invitais à déjeuner, avant ou après, et je passais même quelques heures à discuter et à me promener avec elle. Mais je m'aperçus bien vite que c'était un cérémonial inutile : le tourment de la chair, s'il avait lieu avant, et celui de l'esprit, s'il se déroulait après. J'éprouvais ce que Goethe appelle le plaisir du mensonge, et je croyais pouvoir m'y abandonner impunément chaque fois que je le souhaitais, sans courir le risque qu'il ne se transformât peu à peu en vice. Ma vie s'étendait sans une ombre devant moi. J'aimais une femme digne de mon amour : Jane. Elle deviendrait ma compagne, mon épouse, la mère de mes enfants. Dorothea était une distraction fort agréable, mais — je le croyais — superficielle, dont j'aurais pu facilement me passer. Je m'y livrais donc sans peur et sans remords. Un peu comme aux cigarettes, ou à l'alcool, auxquels on s'habitue le cœur léger, quand on est jeune, certain de pouvoir y renoncer à tout moment. Mais le jour venu, on se rend compte qu'il est trop tard.

Le 15 octobre 1944, l'hôpital de Jane fut transféré en France. C'était notre première séparation. La colonne de voitures et de camions partit le soir pour Naples; elle devait s'embarquer pour Marseille le lendemain.

Un peu avant le départ, je me rendis dans la villa de la via Cassia, où l'hôpital était installé, pour dire au revoir à Jane.

Dans la confusion de ces derniers moments, inévitable malgré l'organisation parfaite de nos services sanitaires, Jane n'avait pas de temps à me consacrer; elle allait et venait en courant entre un camion et l'autre, portant valises et médicaments. Chaque fois qu'elle passait devant moi, elle me souriait doucement, les yeux pleins de larmes.

Assis dans ma Jeep, je suivais moi aussi derrière un voile de larmes les mouvements de sa petite silhouette maigre, sanglée dans son élégant uniforme bleu. Mais mon chagrin était curieusement mêlé d'impatience, comme le cocktail âpre et enivrant de deux ingrédients, qui, une fois mélangés, et justement parce qu'ils sont mélangés, se renforcent l'un l'autre. Le chagrin de la séparation se doublait ainsi de l'impatience de rejoindre Dorothea le plus vite possible, et de passer enfin une nuit avec elle. Jusqu'alors, je n'avais jamais osé le faire, ayant encouragé Jane, depuis le début, à me téléphoner à n'importe quelle heure de la nuit à mon hôtel, où il était clair que je ne pouvais pas recevoir de femmes. Certes, Jane n'avait jamais exercé ce contrôle; mais maintenant qu'il devenait impossible, j'étais soudain envahi par un sentiment de liberté étrange et exaltant. C'était justement le chagrin d'assister au départ de Jane sans savoir quand je la reverrais qui donnait une saveur nouvelle à ma certitude d'embrasser bientôt Dorothea. Inversement, cette certitude, ce sentiment de péché inévitable rendait plus amers mes adieux à la femme que je vénérais déjà comme la future compagne de ma vie.

Confus et troublé, je descendis de voiture et me mis à flâner parmi les baraquements, les tentes, les ambulances et les camions en partance.

Soudain, je revins sur mes pas : j'avais l'impression

d'avoir vu Jane derrière la fenêtre d'une baraque. Oui, c'était elle. De profil, au téléphone, elle risquait de me voir. Mais je me trouvais dehors, dans l'obscurité, et elle dans la baraque éclairée — faiblement, certes — par une lampe à pétrole. Et puis, elle semblait si concentrée, si absorbée dans sa conversation... Était-ce à cause de son expression, pleine de vivacité et de passion (une expression habituelle, que son attitude accentuait), ou parce que je la voyais dans cette lumière faible, à travers la fenêtre de cellophane jaunie, ou encore parce qu'elle se dressait sur la pointe des pieds pour parler devant le récepteur, trop haut pour elle ? Le fait est qu'elle me parut plus menue et plus désarmée, plus précieuse que d'habitude, qu'elle me remplit de tendresse et d'émotion.

Comme elle était adorable, ma Jane !

Comme mon esprit était faible, et ma chair forte par comparaison !

Mais l'esprit et la chair n'étaient alors que des mots, que je me répétais en ces instants proches du paroxysme, fumant cigarette sur cigarette, observant Jane derrière la fenêtre, et pensant à Dorothea, à la route qui me mènerait à elle, à l'escalier que j'avalerais en courant, à la sonnette que je presserais, tout tremblant, à notre premier baiser dans l'entrée obscure, une fois la porte refermée, son grand corps contre le mien. En imaginant cette scène, j'étais comme secoué par des frissons d'impatience. Des mots ! La vérité, je le sais maintenant (maintenant que ce moment, comme tant d'autres, s'est irrémédiablement éloigné), la vérité est tout autre : ni esprit ni chair, mais comme le besoin de haïr et de souffrir en même temps pour aimer.

Elle me rejoignit enfin. Elle riait en remettant en place, sous son joli calot, une mèche lisse qui s'était échappée. À qui avait-elle téléphoné ? À un prêtre, à son confesseur, pour lui faire ses adieux. Je la serrais déjà contre moi, en l'embrassant pour la dernière fois, et je ressentais un étrange malaise en comparant, malgré moi, son petit corps sec et nerveux, dont se dégageait une odeur pure d'écolière, au corps de Dorothea, si plantureux et si doux, parfumé de senteurs amères et violentes. Mais le moment des adieux n'était pas encore arrivé. Jane riait, parce que son travail était provisoirement terminé : le colonel l'avait autorisée à faire quelques kilomètres sur la route de Naples à bord de ma Jeep.

Nous traversâmes Rome devant la colonne de voitures et de camions. La nuit était tombée. Pour la dernière fois, peut-être, nous revoyions ensemble la ville où nous nous étions rencontrés et où nous avions passé tout un été d'amour, les rues étroites, longues et tortueuses, les grands palais du XVIIe siècle, sombres et massifs, qui se dressaient vers un ciel noir qu'on ne regardait jamais, les yeux fixés plutôt sur une foule presque orientale, presque sémite, mais plus triste et plus dure : une foule informe, molle et agressive, comme l'accent de sa langue ou de son dialecte, encore pénétrée toutefois de sa grandeur perdue.

Dans les lumières des boutiques et des publicités, et dans celle des flammes à l'acétylène qui brillaient devant les éventaires s'agitaient vendeurs, trafiquants du marché noir, mendiants, guides, entremetteurs, putains, gamins des rues et maquereaux. C'était tout un monde, que Jane revoyait et abandonnait ce soir-là, assise à mes côtés dans la Jeep qui progressait lentement. C'était le monde chaleureux de Dorothea, me dis-je alors, et tout en songeant que j'allais bientôt le retrouver, ou plutôt m'y immerger en quête d'oubli, j'avais l'impression de le quitter et de le saluer avec Jane, de le voir pour la première fois, comme cela se produit dans les instants qui précèdent les adieux.

Nous nous arrêtâmes dans le vent de la nuit, sur les hauteurs, au tournant d'une route, un peu après l'Ariccia. Il n'y avait pas d'arbres à proximité. Autour de nous s'étendait une terre lisse qui descendait de toutes parts vers l'infini. On devinait vaguement la clarté de Rome en bas, dans la direction d'où nous étions venus. Au-dessus, un ciel bleu sombre, étincelant d'étoiles. Le vent frais qui nous fouettait le visage avait le goût de la mer proche.

J'enlaçai Jane, la serrai contre moi, l'embrassai longuement et avec un réel plaisir. Soudain, je cessai de penser à Dorothea et fus pris du brusque désir de posséder Jane, un désir qui ne m'avait jamais autant habité que cette nuit-là. Et qui, je crois, s'emparait aussi de Jane ; en tout cas, elle n'en fut pas loin. Mais c'était impossible. Alors que je venais de dégrafer son chemisier, que mes doigts découvraient pour la première fois son torse maigre et délicat, ses côtes vivantes sous sa peau fine, et le nylon rigide de son soutien-gorge, nous entendîmes le vrombissement de la colonne qui traversait l'Ariccia sur le *Bailey Bridge*. Nous nous tournâmes de ce côté, sans désunir nos lèvres, et vîmes les phares des premières ambulances, désormais trop proches pour nous permettre de partager autre chose qu'un frisson hâtif et âpre.

Adieu Jane, adieu, mon amour ! Elle monta aussitôt dans une voiture où se trouvaient certaines de ses collègues, et disparut dans le grondement, dans le vacarme et la poussière de la longue colonne. Je demeurai immobile, là sur le pré, à côté de la Jeep, immobile et comme vide de toute pensée et de tout sentiment, en la regardant passer.

Quand je me remis au volant, les derniers Dodge étaient déjà loin, et leurs feux se perdaient dans l'obscurité de la route du sud qui emportait Jane. J'ignorais quand je la reverrais. Sans cesser de penser à elle, je repartis en direction de Rome.

Ce fut seulement au bout de quelques kilomètres, à la vue des premières maisons, je crois, que je me souvins de Dorothea. Ma première réaction ne fut pas du désir, oh non ! mais une immense stupeur à l'idée de l'avoir oubliée, et de ne plus éprouver aucune attirance pour elle. Je pouvais me précipiter chez elle : je l'avais avertie par téléphone, elle m'attendait.

Et pourtant, je ne la rejoignis pas, cette nuit-là. J'étais heureux ainsi. Heureux de l'amour et du chagrin que m'inspirait Jane. Mes nerfs, tendus, vibraient dans une délicieuse douleur qui aiguisait tous mes sens ; on eût dit qu'un fluide les rattachait à la colonne qui avançait lentement vers Naples, le long de la mer, dans la nuit et le vent, sous un ciel étoilé.

Aujourd'hui, je me dis froidement et avec dérision que si j'ai tant aimé Jane cette nuit-là, c'était justement parce qu'elle s'éloignait de moi. Ce bonheur amoureux ne m'obligeait alors à rien, pas même à posséder ma bien-aimée, puisqu'elle disparaissait au même instant. Je croyais être heureux parce que j'avais trouvé une épouse, mais je l'étais seulement parce qu'un sentiment (fût-ce celui que j'éprouvais pour Jane) me libérait du besoin de voir Dorothea, et suffisait à m'emplir. Bref, j'étais heureux parce que j'étais seul.

Je ne courus pas chez Dorothea. Je ne lui téléphonai même pas pour l'avertir. J'empruntai la via Gregoriana à bord de ma Jeep, et passai sous tes fenêtres, mon cher metteur en scène. Je vis même de la lumière chez toi. Je m'arrêtai et t'appelai à grands cris. Dans ton appartement, il y avait Giacomo N... et un Hongrois dont je ne me rappelle plus le nom, ainsi qu'un de mes collègues du PWB, un fonctionnaire. Ils jouaient aux échecs. T'en souviens-tu ?

Une partie d'échecs. Je n'avais pas sommeil, je souffrais et j'étais heureux, car sûr d'aimer. Une partie d'échecs et la compagnie d'hommes cultivés et intelligents : c'était exactement ce qu'il me fallait.

Je montai chez toi. Tu avais du whisky. Et un autre jeu d'échecs. Je m'attardai jusqu'à l'aube, t'en souviens-tu ? Et quand nous fûmes fatigués de jouer — le

Hongrois était trop fort pour nous, faut-il l'ajouter ? —, Giacomo N... récita de beaux poèmes de Heine avec sa voix chaude. Oui, ces poèmes étaient beaux, et bien déclamés. Mais comment pouvais-je distinguer leur beauté de mon bonheur, alors ? Pouvions-nous, nous autres Américains, distinguer les amitiés que nous liions alors avec quantité d'Européens fort sympathiques de l'enthousiasme que suscitaient en nous, et en eux, la guerre, la victoire et la Libération ?

J'allai me coucher, brisé de fatigue, mais serein et confiant, comme si je refermais en toute hâte un trésor. Et ce trésor, c'était Jane, la certitude de son amour pour moi, et du mien pour elle.

Je m'endormis, bercé par la voix de N... qui résonnait encore à mes oreilles :

Ach die Augen sind es wieder
Die mich einst so lieblich grüssten...

7

Combien de temps le charme dura-t-il ?

Oh ! certes, Jane était beaucoup plus forte maintenant qu'elle était loin. Toutefois, à la lumière du jour, à cette honteuse lumière du jour, je fus brusquement déçu de me sentir un peu moins amoureux que la nuit précédente.

Un rayon de soleil s'insinuant entre les volets mi-clos éclairait la pénombre de la chambre ; il s'y glissait aussi les bruits vifs de la circulation, mêlés aux carillons des cloches et aux cris des vendeurs ambulants. « *Bottijaro ! Bottijaro !* » répétait une voix gaie, qui s'affaiblissait peu à peu et se perdait dans le vacarme. C'était comme le titre d'un spectacle qui, j'en étais persuadé, serait très amusant ; il m'annonçait une belle, tiède et sereine journée d'octobre romain. Je regardais ce rai d'or, j'écoutais cette musique confuse, et je savais qu'il y avait au bout de ce soleil, au bout de cette tiédeur et de cette circulation, au bout de ce vacarme, le noyau doux et fort d'un grand fruit savoureux : Dorothea. Sur ma table de nuit, je trouvai une feuille de papier où j'avais écrit un télégramme pour Jane avant de m'endormir. Je le relus, triste de ne pas avoir le courage de le taper à la machine et de l'envoyer. Il disait : *Jane mon amour veux-tu m'épou-*

ser télégraphie-moi immédiatement nous marierons aussitôt la guerre finie t'embrasse.

Je le lui adressai, mais quelques mois plus tard. Cette fois encore, dans le déchirement et dans l'élan qui suivirent notre séparation. Pas à Rome, pourtant. J'avais quitté Jane la veille au matin à Saint-Pierre-d'Albigny, tout près d'Aiguebelle, en Savoie, et, après toute une journée de voyage, j'étais arrivé à Nice vers minuit. L'organisation dont je dépendais, le PWB, était installée dans un grand hôtel, ainsi que plusieurs autres commandements ; aussi disposions-nous sur place d'un bureau de poste qui fonctionnait parfaitement. Mais surtout, j'étais à Nice, et pas à Rome : privé de la présence de Dorothea.

Au cours de ce long voyage en voiture à travers les montagnes de la Savoie et du Dauphiné, j'avais pensé avec une intensité croissante à Jane, dont je m'éloignais. Une fois arrivé à l'hôtel, à Nice, je m'étais précipité au comptoir de la réception, sur lequel se détachait un panneau marqué des mots *Post Office,* et j'avais expédié ce télégramme.

Ce fut donc un télégramme que j'avais mis plusieurs mois à envoyer, rien de plus. Et qu'avais-je fait entretemps ? Avais-je réfléchi à la décision que je voulais prendre ? À la signification et à l'importance du mariage ?

Non, j'avais évité autant que possible d'y songer, comme s'il s'agissait d'un événement funeste et fatal, de la mort, par exemple, d'une personne aimée, âgée et malade, que nous savons inévitable et que nous essayons de retarder. On a le sentiment alors que cette seule pensée est un mauvais augure, qu'elle la précipite ; et que le seul moyen de la repousser est de se comporter comme si elle ne devait pas arriver, de l'oublier.

C'est ainsi que je me conduisis au cours des trois premiers mois. Tout en pensant à Jane chaque jour (car je lui adressais une lettre quotidienne), je feignais d'ignorer que je finirais par l'épouser, et que chacune de mes lettres et chacun de mes mots me poussaient toujours plus vers cette conclusion inéluctable. Cette fiction secrète était, au reste, inutile : je sentais que le moindre doute, la moindre réflexion, le moindre raisonnement risquaient d'affaiblir ma volonté instinctive et immotivée de l'épouser.

Par la suite, je me suis demandé (et je continue encore à le faire) quelle était la raison profonde d'une telle aberration. Et je me suis aperçu que nombre de mes amis, américains ou européens, abordaient le mariage de la même façon : avec le même aveuglement, la même obstination, et en vertu de la même autopunition absurde. Est-ce de la lâcheté devant la vie réelle et sérieuse de l'âge mûr, qui succède à la jeunesse ? Est-ce l'impatience de mettre notre énergie à plus dure épreuve, et, peut-être, de l'anéantir ? Est-ce l'ennui que suscitent en nous la liberté et le libertinage ? L'agacement face aux actes sexuels qui ne nous promettent, ni ne nous offrent, plus rien de nouveau, mais semblent se répéter machinalement, comme des automatismes invariables, inexorablement tournés vers le vice ?

C'est, je le pense, quelque chose de meilleur et de pire ; en tout cas, quelque chose de plus.

L'homme a, selon moi, autant besoin de malheur que de bonheur.

Je revois les visages angoissés, j'entends à nouveau les phrases tronquées, les soupirs brefs et profonds de mes amis, que j'avais laissés libres et sereins quelques semaines plus tôt, et que je retrouvais enfermés dans leur nouvelle et sombre détermination.

Je sais très bien que mon histoire peut sembler, comme tu le verras au fil de ce récit, bizarre et exceptionnelle. Voilà pourquoi je veux souligner, au moins en ce qui concerne l'épisode de mon mariage, que ma vie ressemblait alors à celle de nombreux hommes de mon âge et de ma condition, en Europe et aux États-Unis. Cela m'amène toutefois à une conclusion : le mariage est un acte public, et tels sont donc ses motifs. Ainsi, il m'était facile et naturel d'obtenir des confidences de mes amis, et de découvrir leur attitude étrange — pas si étrange que cela, à vrai dire, puisqu'elle est commune à tant de gens. Leurs autres vicissitudes, que j'ignore et que je suppose par commodité plates et banales, sont probablement semées, tout autant que les miennes, de problèmes et de pièges.

Au cours de ces trois mois, je me préparais donc, presque malgré moi, à épouser Jane, tout en continuant de fréquenter régulièrement Dorothea.

Il m'était impossible, en effet, d'être en sa compagnie sans me détourner d'elle dès que mon désir s'éteignait. J'en vins rapidement à retarder délibérément la satisfaction de ce désir pour repousser justement ma déception. J'attribuais même à cette manœuvre une intention morale, un but noble et affectueux ; je me disais que je retardais, ou différais parfois, mon plaisir pour ne pas humilier Dorothea. Mais au fond, j'étais conscient, je comprenais, que Dorothea s'en fichait bien. Elle avait tiré les sommes. Si je me limitais à l'emmener dîner dans une trattoria, à la caresser et à me faire caresser par elle dans l'obscurité d'un cinéma avant de lui donner quelques milliers de lires et de la quitter sans monter chez elle, elle gagnait, c'est vrai, une soirée supplémentaire, presque toujours celle du lendemain. Elle savait aussi que je m'abstiendrais de la voir ou de lui téléphoner plus longtemps que d'habitude — lorsque les choses se déroulaient naturellement, ou, pour ainsi dire, régulièrement. Non, ce n'était pas elle, c'était moi qui étais, chaque fois, humilié et même stupéfait en constatant que Dorothea se changeait brusquement et instantanément en une sorte de néant dès que s'achevait le dernier instant de l'amour physique. Et ce phénomène était si étrange qu'il me paraissait impossible ; chaque fois, j'espérais avec une obstination absurde qu'il ne se produirait pas. Comment l'expliquer ?

Tant que Jane était à Rome, je n'avais pas passé une nuit entière avec Dorothea. C'était donc ça, me dis-je : le souci de rentrer tôt à mon hôtel, où Jane pouvait me téléphoner, m'empêchait de demeurer tranquillement aux côtés de Dorothea après l'orgasme, et de me mettre à l'écoute de son âme. Car si elle était gauche, grossière, sourde, petite et perdue dans son grand corps, elle devait bien avoir, elle aussi, une âme.

Pourtant, la déception m'attendait au bout de notre première nuit (le lendemain du départ de Jane, je crois). À y repenser, elle me surprit parce qu'elle n'avait rien de surprenant. Et cela n'est pas un jeu de mots, en voici l'explication.

J'avais entretenu une illusion toute la journée, jusqu'au moment du dernier spasme : dès le réveil, quand je vis le soleil et entendis le bruit sourd et confus de Rome ; l'après-midi, quand je téléphonai à Dorothea, et le soir quand j'allai dîner avec elle dans une trattoria du Trastevere ; puis au cours de notre lent retour en voiture à cheval ; tandis que j'ouvrais la porte de l'immeuble, prenais sa douce taille dans l'entrée obscure ; et pendant que nous entrions dans son appartement, dans sa chambre, imprégnée de son parfum chaud, amer et vulgaire, que nous nous déshabillions, que je me jetais, nu, sur le lit, et sentais enfin sa peau contre la mienne. Oui, j'avais cru que ce plaisir douloureux et sans limites ne finirait jamais, mais se prolongerait en se transformant à travers les pauses et la détente qui suivraient chaque fois le sommet du plaisir, toute la nuit, toute la journée suivante et, pourquoi pas ? toute la vie. Jusqu'à cette heure qui va sonner, me disais-je avec conviction, jusqu'à cette nuit d'amour qui va commencer, qui a déjà commencé, je n'ai jamais rien expérimenté de tel. Mais chaque fois que j'atteignais la satisfaction dans les bras de Dorothea, j'étais repris par la pensée de Jane. Ce n'était pas une pensée vague, mais la pensée précise que je devais rentrer au plus vite à l'hôtel où Jane risquait d'appeler. Inquiet et angoissé, je bondissais hors du lit, me rhabillais, payais, disais au revoir, sortais et me précipitais à l'hôtel. Je n'avais donc jamais eu l'occasion de passer une nuit entière avec Dorothea, de savoir si son âme m'intéressait, si j'étais capable de tendresse, si la passion charnelle qu'elle m'inspirait pouvait se teinter d'une humanité naturelle et d'amitié ; si, en somme, je parvenais à lui parler. Car nous n'avions jamais discuté, mais débité deux monologues : le mien était implorant, plein d'adoration, même quand je lui tendais une cigarette ou un verre d'eau, et le sien se limitait au discours solitaire d'une idole, qui sonnait à mes oreilles comme une chanson pleine de charme, même quand elle me demandait un verre d'eau ou une cigarette. Et la pression, sous la table, de sa jambe contre la mienne, ou de la pointe de son pied sur le mien, électrisait ce double monologue de la façon dont le bois dur du prie-Dieu, ou le marbre de l'autel, transforme en une joie ineffable la souffrance du croyant en prière.

Après l'amour, nous ne discutions pas davantage. C'étaient des phrases tronquées, pratiques, aussi brèves que possible : comme si j'avais voulu effacer l'existence même de cette idole.

« Aujourd'hui, je ne te donne que cinq mille lires, parce que je n'ai pas encore touché mon salaire », ou bien : « Demain, nous ne nous verrons pas, car je vais à Naples » ; ou encore : « Ne te lève pas, ça n'a pas d'importance, je me laverai à l'hôtel », etc. L'idole, quant à elle, se comportait avec intelligence : elle fumait, immobile sur le lit, complètement muette ; et, même s'il faisait très chaud, couvrait son corps nu jusqu'au menton, comme si elle devinait mon désir subit de la voir disparaître.

Mais pas cette nuit-là. Cette nuit-là, j'imaginais, j'espérais, je croyais que le plaisir ne s'arrêterait jamais. Je mettais au point de nouvelles étreintes et de nouvelles positions. En déjeunant en silence aux côtés de Dorothea, je me répétais les folles phrases que je lui dirais dans l'obscurité de la chambre, je songeais à d'inlassables voluptés. J'étais tellement excité que je touchai à peine au repas. Et je voulus qu'elle me tendît elle-même les quelques bouchées que j'avalais, des petits morceaux de pain ou de viande dans lesquels je lui demandai de mordre avant moi, une gorgée d'eau que je bus dans le verre où elle venait de tremper les lèvres. Dorothea s'exécutait docilement avec un sourire léger, presque mystérieux : sans bouger la tête, et en jetant un regard circulaire de ses grands yeux verts pour s'assurer que personne, aux autres tables, ne nous remarquait; puis, rapidement, elle me donnait la becquée.

Quand nous fûmes sur le lit, nus et enlacés, je ressentis une fois encore une immense stupeur — presque de la peur — face au bonheur qui m'était offert : j'avais beau y penser sans cesse, il m'apparaissait plus fort et plus complet qu'en rêve. Me coller à sa peau, serrer son corps contre le mien, me réchauffer à sa chaleur, rester, elle et moi, brusquement immobiles dans les bras l'un de l'autre pendant un temps incalculable, comme si nous avions réussi à mêler nos membres et à perdre le sens de notre individualité physique, nous mouvoir encore et inventer une autre façon de nous nouer l'un à l'autre d'une autre étreinte, nous sentir de nouveau différents et distincts, pour retrouver le plaisir de nous confondre, entrer, moi en elle, et elle en moi : tout ce jeu enivrant, étonnant et mystérieux se répétait cette nuit-là.

J'avais le sentiment obscur de faire quelque chose

d'interdit, quelque chose dont je n'aurais jamais cru avoir le courage; à présent, ce courage me surprenait presque, m'effrayait et me comblait.

Je pensais alors que ce bonheur ne cesserait jamais. Pour la vie, me disais-je, pour la vie et pour l'éternité. J'aurais presque voulu que Dora se mette à parler et qu'elle me demande les choses les plus absurdes, les plus excessives : une somme d'argent exorbitante, que je ne possédais pas mais que je m'arrangerais pour lui verser; l'épouser même : j'étais prêt à rompre mes fiançailles avec Jane, je n'avais que faire de Jane à cet instant, Jane n'existait plus. J'aurais tout donné à Dorothea, j'aurais fait n'importe quoi pour elle. Pourtant, pas une seconde je n'eus l'idée de lui offrir spontanément cet argent, ou le mariage : un tel sacrifice ne m'aurait procuré un véritable plaisir que s'il avait été inéluctable, c'est-à-dire requis, imposé par elle, et non arbitraire, voulu par moi. Une véritable divinité, me disais-je, est terriblement exigeante.

Mais, cette nuit-là, comme les autres, Dora se taisait, ou se contentait de prononcer les mots que je lui avais appris, ou soufflés.

Et à l'instant où s'évanouit ma miraculeuse folie, que j'épiais avec la plus grande attention et les plus terribles craintes afin de découvrir un mécanisme secret qui l'eût empêchée de finir, je retrouvais mon éternelle déception.

Aucune surprise donc, sinon l'absence de surprise. Ce n'avait été, cette fois encore, qu'une tromperie, un truquage, une banale exaltation. Jane était loin, en voyage, au beau milieu de la mer. Personne ne devait me téléphoner à l'hôtel. J'étais libre comme l'air. Mais je me sentais brusquement triste, humilié, furieux contre moi-même, plein de haine pour Dorothea, pour son grand corps brun, si mou et si chaud, allongé sous le mien. Ce qui m'avait empli d'adoration un instant plus tôt me répugnait à présent; et le parfum qui m'avait enivré m'écœurait désormais.

Cette nuit-là, je compris que la pensée de Jane et de son éventuel coup de téléphone n'avait constitué qu'un prétexte caché et inconscient. Dans l'instant qui suivait le moment suprême, quelque chose en moi se déclenchait, s'enfuyait à toute allure vers de lointains souvenirs : vers les prairies surplombant Denver, Colorado ; vers Pikes Peak que j'avais connu, enfant, quand mon père était employé à la mine. Je me revoyais au milieu de l'Atlantique, une nuit, couché sur la toile d'une écoutille, à contempler les étoiles en silence, à fumer, une bouteille de whisky à portée de la main, tandis que se dévidait la voix paisible d'un ami, dans le noir. J'étais partagé au plus profond de moi par deux passions très différentes, antagonistes même, et déchiré par le besoin (conscient) de les fondre, de les unir, d'en faire une seule chose, à jamais.

Ce besoin était si grand que je refusai de baisser les bras, cette nuit-là, et de nombreuses autres par la suite : le souvenir de l'exaltation qui m'avait habité toute la journée, et le soir dans la trattoria, me permit de rester aux côtés de Dorothea et de prononcer pour la première fois de fausses paroles d'amitié et d'humanité. Pleinement conscient de mes mensonges, je lui dis que je sentais naître en moi un sentiment nouveau, doux et tendre, bref, que je commençais à l'aimer. Je souffrais amèrement de mentir ainsi, mais j'espérais qu'avec le temps et à force de feindre, ces mensonges se transformeraient en vérité ; pourtant, au fur et à mesure que je parlais et simulais des sentiments, le dégoût de cette fiction et l'ennui de cette présence montaient en moi. Puis, brusquement épuisé, je me tus et m'endormis.

Je me réveillai peu après. J'eus aussitôt la sensation d'être différent ; d'être redevenu moi-même, contre toute attente. Le désir physique, quoique faible encore, s'était de nouveau emparé de moi. Devais-je partir ou rester ? C'était à moi de le décider. Partir ne m'aurait coûté aucun effort : l'envie de Dorothea et celle d'un bon bain à l'hôtel s'équivalaient. Mais je voulus essayer : rester, recommencer, dans l'espérance absurde que le miracle qui ne s'était pas produit plus tôt aurait lieu maintenant.

Je restai toute la nuit : dans cette chambre aussi, je vis l'aube et je vis le soleil à travers les fentes des volets ; là aussi, j'entendis monter la rumeur de la ville et s'enfler les cris du brocanteur. Mais ce soleil, ces bruits et ces voix avaient perdu tout leur charme, à l'exception de la nostalgie de ce qu'ils avaient été la veille au matin, quand ils concentraient encore en eux l'espoir de l'amour. À présent, ils disaient tout le contraire : la déception, l'amertume, l'impossibilité de l'amour. Le soleil brillait, Rome se réveillait, la vie continuait. Moi, j'étais couché sur ce lit en désordre, à côté de ce grand, de ce splendide corps de modèle classique que j'avais tant aimé et tant caressé, et que j'admirais encore, même si je ne le désirais plus. Je fixais mes yeux sur le rayon de soleil dans la pénombre de la chambre, attentif aux bruits de la ville, et je demeurais ce que j'étais, battu, rejeté comme par des flots contraires, vers un esclavage et une liberté qui me semblaient tour à tour dotés d'un charme irrésistible et d'un ennui insupportable, et qu'il m'était impossible d'unir en dépit de mes espoirs, de mes efforts, de mon obstination et de ma souffrance.

Très fréquemment, la seule pensée de Dorothea me conduisait à Jane, ou la pensée de Jane à Dorothea. Je me rappelle, par exemple, la Noël de cette année-là, à Rome.

Dorothea et sa propriétaire m'avaient invité à me rendre en leur compagnie à la messe de minuit à Saint-Pierre, et à partager un petit dîner chez elles, via Boncompagni. Je n'avais pas accepté, malgré leur insistance. La messe et le catholicisme m'évoquaient Jane. Je préférais rester seul et penser à elle. Je refusai en prétextant que j'étais protestant, et les remerciai.

Vint la nuit de Noël. Un peu avant minuit je rentrai à l'hôtel après avoir accompagné chez lui Dale McAdoo, un de mes amis et collaborateurs dont tu te souviens peut-être. Dale vivait sur la via Nomentana, au-delà de Sainte-Agnès. J'étais seul dans la Jeep. Au croisement de la via Nomentana et du viale della Regina, je dus freiner pour laisser passer un taxi qui, surgissant de ma droite, allait s'engager dans le sens opposé au mien. J'eus le temps d'apercevoir dans la voiture une jeune femme qui portait un uniforme américain identique à celui de Jane. Son visage aussi ressemblait au sien. Pourtant, il ne pouvait s'agir d'elle, car elle se trouvait alors en France, d'où j'avais reçu le matin même une lettre ; j'éprouvai toutefois une impression si violente que je n'eus plus le courage de rentrer à l'hôtel. J'étais bouleversé, agité, incapable de rester seul. J'errai dans la villa Borghese, humide, froide, déserte, ralentissant sans espoir et sans véritable intention à hauteur de quelques rares prostituées. J'avais presque envie de téléphoner à McAdoo et de le rejoindre chez lui. Mais je savais qu'il était déjà au lit, dans les bras de sa petite amie. Peter Tompkins ? Où se trouvait Peter, à cette heure ? Il me l'avait dit : à une *party,* chez des amis italiens dont j'avais oublié le nom. Mais, je m'en rendis compte, sa compagnie, comme celle de Dale, ne m'intéressait pas : seule m'attirait celle de Dorothea, dont l'image s'était imposée à moi par un irrésistible contraste avec celle de Jane, à la fenêtre du taxi.

Je me rendis donc à Saint-Pierre.

Dans l'immense église, pleine de monde, d'humidité, de piétinements et de bruissements, résonnaient les harmonies confuses des orgues et des chœurs. La foule était composée de gens de toutes sortes, d'indifférents et de curieux, d'hypocrites et de véritables pratiquants. Mais le fait même qu'ils se toléraient, quelles que fussent les raisons et les manifestations de leur présence, leur donnait un semblant de sentiment religieux.

Il était très difficile, voire improbable, de retrouver Dorothea et son amie au milieu de cette foule. Je commençai à faire le tour de ce temple, décidé à le parcourir de façon méthodique, de l'entrée jusqu'à l'abside et vice versa, d'abord du côté droit, puis du côté gauche. À l'autel de la Confession, où l'on célébrait le sacrifice, brillaient les grappes des lampes électriques, mêlées aux flammes des torches et des cierges. La foule des fidèles, et des infidèles, se trouvait dans la pénombre. Je marchais en me retournant et en scrutant le centre de la nef, où des gens debout interrompaient et masquaient les rangées approximatives des personnes agenouillées, formant ainsi des groupes irréguliers où je tentais d'apercevoir Dorothea.

J'eus la chance de la découvrir assez rapidement.

Quand elle me vit, elle me fit un signe joyeux, sans doute sincère. Elle était surprise par ma présence dans ce lieu. Elle comprenait que j'étais venu pour elle. Elle en était heureuse.

Elle était à genoux à côté de sa propriétaire. Toutes les deux portaient sur la tête un mouchoir blanc, plié en quatre. Cet ornement, sur cette vieille maquerelle de logeuse, était trop simple pour ne pas paraître incongru et déplacé. Mais il allait fort bien à Dorothea. Son visage aux traits classiques, son regard franc et droit s'accordaient avec le triangle net et blanc qui retombait sur son front, et qui suffisait à transformer comme par enchantement une *segnorina* de la Libération en une paysanne des temps anciens, en un modèle de l'époque de Corot.

Je les raccompagnai chez elles et acceptai leur invitation à dîner. Je goûtai ainsi la *scarcella,* un gâteau que Dorothea avait préparé de ses mains. Je n'eus pas à me repentir d'avoir suivi l'idée qu'une ressemblance fortuite avec Jane m'avait suggérée. Tout au moins, je ne le regrettai pas plus que les autres fois.

Le jour de Noël, je me réveillai à une heure de l'après-midi, surpris de me trouver dans le lit de Dora.

8

La guerre était finie. Vers la mi-juillet, je rejoignis Jane à Paris, où nous connûmes pendant plusieurs semaines un bonheur presque vrai dans l'ivresse véritable qui nous entourait (comme il était bon de prolonger et multiplier les apéritifs au milieu d'une foule d'amis, attablés aux terrasses des cafés sur les Champs-Élysées, et de passer nos nuits de *cabaret** en *cabaret* en dansant et en buvant du champagne ; nos week-ends dans des petits hôtels le long de la Marne, ou dans la forêt de Fontainebleau). Puis, nous nous préparâmes à rentrer aux States.

Notre programme était précis : je présenterais Jane à mes parents, et elle me présenterait aux siens ; nous nous marierions au plus vite.

Sa famille était catholique. Élevée à Philadelphie chez les Ursulines, Jane avait toujours été pratiquante.

Toutefois, ce ne fut certainement pas en vertu d'un principe religieux qu'elle refusa obstinément, à Paris comme à Rome, puis lorsque je la retrouvai en Savoie au cours du dernier hiver de guerre, de faire l'amour avec moi. Non, ce ne pouvait être en vertu d'un principe religieux car, pour l'Église catholique, les effleurements, les baisers, les caresses auxquels nous nous abandonnions tous les soirs et qui nous menaient à un plaisir âcre, exquis et artificiel, étaient un mal, un péché aussi grave que si nous étions devenus amants avant le mariage.

Jane était trop intelligente pour ne pas le comprendre, et au reste je n'affrontais jamais ce sujet lorsque nous discutions. Quand je l'évoquai la première fois, elle se montra pleine de scrupules et de pudeur, et mit son attitude sur le compte d'un choix qu'elle s'était imposé. En sortant de l'école des Ursulines, elle s'était inscrite à un *college*. Et c'est là qu'elle avait fait l'expérience décisive, comme beaucoup de jeunes Américaines, avec un garçon de son âge. Mais elle s'en était repentie amèrement. Elle tenait désormais à distinguer notre amour de cette aventure.

J'acceptai volontiers cette explication. Je préférai ne pas l'approfondir et ne tentai pas non plus d'obliger Jane à accomplir ce qui m'apparaissait très naturel. En renonçant à cette épreuve décisive, je croyais peut-être donner plus d'attrait à un mariage dont la perspective m'agaçait, et préserver ainsi la séduction et la nouveauté de ce sacrement. Fermement résolu à me marier au mépris de mes goûts, ou plutôt contre mes goûts, je craignais, en renonçant au charme de cette découverte, de faiblir ou de changer d'idée avant le jour fatal.

Chaque soir, quand je la quittais à la porte de son hôtel, ou de sa chambre, et que nous nous regardions longtemps, entre larmes et sourires, avant notre séparation nocturne, je sentais monter en moi une petite voix amère qui me soufflait la vérité. Elle me disait que si je l'avais vraiment désirée, je n'aurais jamais pu attendre, et que la relative facilité avec laquelle je renonçais à l'accomplissement naturel de mon amour prouvait bien qu'il était imparfait.

Mais c'était justement ce que je voulais. Et ce que j'essayais d'obtenir avec une perspicacité aussi subtile qu'inconsciente.

Ainsi, lorsque je rentrai à mon hôtel après ma première nuit avec Dorothea, je songeai au long tourment et à la terrible déception que ces heures m'avaient procurés, et conclus que j'aimais Jane, rien que Jane : Dorothea n'était qu'un caprice salutaire, bien que régulier, un plaisir secondaire, quoique très fort, un vice semblable au jeu, à l'alcool ou à l'opium pour d'autres, nuisible à la santé s'il est pratiqué avec excès, mais qui ne change pas le sens que nous voulons donner à notre vie. Et moi, je n'entendais donner qu'un seul but à ma vie : Jane serait mon épouse et ma compagne, la mère de mes enfants. Je me disais tristement : Dorothea est un vice, et rien de plus. Aucun danger qu'il vienne bouleverser ma vie. L'envoûtement s'évanouissait invariablement avec l'acte sexuel ; alors, tout se replaçait dans la lumière froide de la raison, dont Jane constituait la source. Au reste, je pus constater qu'avec le temps j'étais de moins en moins convaincu d'éprouver un amour total pour Dorothea, et que cette illusion s'évanouissait de plus en plus rapidement. Elle s'éloignait toujours plus de notre dernière étreinte et se rapprochait toujours plus de la suivante. C'est un phénomène physique, me disais-je. Rien d'autre. Aussi commençai-je alors à attribuer à Dorothea de moins en moins d'importance. Pourtant, nos séparations, prolongées par mes longs séjours aux États-Unis et en France, me faisaient horriblement souffrir ; et j'essayais en vain de me libérer à n'importe quel prix de cette obsession périodique.

À Rome et à Paris, j'avais essayé les maisons closes et les prostituées qui racolaient dans la rue. Mais c'étaient des palliatifs de brève durée, qui produisaient parfois un effet contraire à celui que j'espérais. Quelques heures après, je désirais Dorothea encore plus irrésistiblement qu'avant, comme si le seul fait de la comparer à une prostituée quelconque semblait me préparer à son contact et me pousser progressivement vers elle. Je me souviens très nettement d'un épisode de cette époque. C'était l'été 1945, je me trouvais justement à Paris en compagnie de Jane. Après l'avoir ramenée à l'hôtel, je m'étais mis à penser à Dorothea, qu'il m'était impossible de rejoindre cette nuit-là puisqu'elle était à Rome. Croyant pouvoir m'apaiser, j'avais arrêté une « promeneuse » sur le boulevard, et m'étais laissé *emmener**, comme le disent ces dames. Un quart d'heure plus tard, je sortais d'un petit hôtel sordide, sautais dans un taxi, courais au Bourget, où un appareil militaire me permit d'arriver avant midi à l'entresol de la via Boncompagni, et dans le lit de Dorothea.

Au bref plaisir que cette pauvre fille m'avait procuré avait fait suite un profond dégoût, et au profond dégoût une folie dure et inflexible. Du Bourget, j'avais téléphoné à Jane, qui dormait, et lui avais dit que mon travail me rappelait brusquement à Rome. Ma voix tremblait. Par chance, Jane était à moitié endormie. C'était un mensonge dont je n'aurais jamais été capable si je n'avais pas été aussi excité par cette fille.

L'hiver précédent, comme je te l'ai déjà dit, j'avais fait la même escapade en sens inverse. J'avais quitté Rome et Dorothea pour la Savoie et Jane.

Elle était cantonnée avec son hôpital à Saint-Pierre-d'Albigny, près d'Aiguebelle, au confluent de l'Arc et de l'Isère.

J'avais passé la nuit précédente chez Dorothea. Une fois de plus, je m'étais dit en l'étreignant sur le grand lit, dans sa chambre obscure, qu'il me serait impossible de partir, quelques heures plus tard ; ou mieux, qu'il me serait à jamais impossible de me séparer d'elle. Non, je n'irai pas, me répétais-je en caressant la peau brune et grasse de mon idole, immobile et énigmatique, non, je n'irai pas : qu'est-ce que Jane en comparaison du plaisir que j'éprouve en ce moment ? Oui, c'est la vérité, la pure vérité. Je serais bien plus honnête envers moi, mais aussi envers Jane, si je ne partais pas, si je ne la revoyais plus.

Mais rapidement, beaucoup plus rapidement que me l'avaient suggéré mes espoirs les moins déraisonnables, l'envoûtement prit fin, comme d'habitude. Et je fus heureux, dans l'air froid et humide de l'aube hivernale, heureux et solitaire dans le vrombissement de ma Jeep lancée à toute allure sur l'asphalte de la via Aurelia, en direction du nord. La mer était noire, parcourue de festons d'écume, le ciel gris et haut, et la Maremme très verte. Ma liberté se concentrait dans ce voyage frénétique qui me conduisait vers un autre esclavage.

La vallée de l'Arc m'accueillit, parmi ses pentes rocheuses, cachées par le brouillard et voilées par la pluie.

Derrière les baies vitrées du petit hôtel de la Gare s'étendait la place de la Gare, tranquille et déserte sous la pluie. Nourriture raffinée, exquise ; chaleur des poêles ; employés du chemin de fer jouant à la *belote** au fond de la salle ; en dégustant une vieille *fine**, nous nous regardions longuement dans les yeux (les doux yeux de Jane brillaient sous ses cheveux châtains coupés court), tandis que, sous la table, nos genoux se touchaient comme si leur contact léger constituait notre plaisir suprême.

Existait-il quelque chose de plus différent et de plus éloigné de Rome, du soleil et de Dorothea ?

Certainement pas les States, et encore moins le New England. C'est à Saint-Pierre-d'Albigny justement, au charme familial si inattendu, à l'atmosphère ouatée, tant rêvée, qui reflétait d'une certaine façon notre future maison de Princeton, que nous nous promenâmes, Jane et moi, convaincus de pouvoir mener une vie juste, sereine et bourgeoise, une vie de renoncement et de paix.

Mais ce rêve de bonheur sacré était encore plus absurde que le rêve de bonheur profane que m'inspirait Dorothea.

Je fis la connaissance de la famille de Jane à Philadelphie. Ils habitaient à Chestnut Hill, une banlieue résidentielle fort spacieuse. Une grande maison en brique rouge, entourée d'arbustes rares et de prairies verdoyantes, constamment entretenues, quelle que soit l'époque de l'année. Le père, les oncles et les frères de Jane travaillaient tous dans l'industrie du textile, ils étaient collaborateurs, ou dépendants, de la célèbre maison Du Pont de Nemours.

Je ne pense pas que je produisis sur eux une très bonne impression quand Jane me présenta comme son fiancé et ajouta aussitôt que nous nous marierions avant la Noël. Seule sa mère, dont le caractère était doux et optimiste, fut gentille avec moi. Son père, ses frères et l'un de ses oncles (elle en avait trois ou quatre), présent par hasard ce jour-là, m'accueillirent avec une froideur polie et une certaine ironie. Mais cette ironie était surtout dirigée contre Jane. Ils la considéraient comme une petite écervelée têtue qu'il ne fallait surtout pas contredire, car l'on risquait ainsi de provoquer l'effet contraire. Jane s'était mis dans la tête l'idée de m'épouser? La seule façon de la faire changer d'avis était de l'approuver. La moindre réticence aurait avancé la date du mariage. Ils avaient certainement raison. Mais ils ne surent pas dissimuler suffisamment leurs calculs et leurs espoirs secrets. Ils dirent oui à Jane d'une façon formelle, et me tendirent leurs grandes mains osseuses et roses. Pourtant, leurs yeux, derrière leurs lunettes cerclées d'or, et leurs lèvres minces nous lançaient des sourires sceptiques comme s'ils voulaient nous dire : « Mariez-vous donc, jeunes gens, mariez-vous donc ; marie-toi, petite folle de Jane, et soyez heureux si vous le pouvez ; mais nous savons bien, ou plutôt nous le voyons dès maintenant, que tout cela finira mal. »

La mère, elle, avait le même caractère que Jane : passionnée jusqu'à l'obsession, mais tendre, délicate et scrupuleuse dans les sentiments les plus profonds. Fille d'Irlandais, catholique, elle avait consacré sa vie au culte de deux divinités : la musique et la vieille Europe. Or si un Steinway, sur lequel elle jouait tous les jours, lui suffisait à satisfaire sa première passion, les voyages en Europe, qui avaient constitué une habitude, ou plutôt un rituel annuel, dans sa jeunesse et durant les premières années de son mariage, s'espacèrent de plus en plus, devenant toujours plus brefs, plus difficiles. Le père de Jane, un *businessman* rigide et sec, ne les avait jamais vus d'un bon œil ; il adorait sa femme, non les objets de son adoration. Il n'aimait ni la musique ni l'Europe. Il lui pardonnait la première, qu'il considérait comme un passe-temps féminin des plus innocents, mais il n'avait jamais pu partager son enthousiasme pour la seconde.

— Adieu, ma chérie..., disait-il invariablement à son épouse, le soir, avant de l'accompagner à New York, jusqu'au *pier* où l'attendait son bateau. À dans trois mois, amuse-toi bien ! J'aimerais t'accompagner, mais tu sais bien que mes affaires m'en empêchent. Je le regrette pour toi parce que tu seras seule, et pour aucun autre motif. Car cette manie de retourner visiter chaque année l'Angleterre, la France et l'Italie, alors que le continent américain, et les States en particulier, regorge de régions immenses, de villages pittoresques, de villes merveilleuses et, j'ose le dire, de peuples frères dont tu ignores l'existence, me semble déplorable. Il est vraiment dommage que tu ne le comprennes pas. Eh bien voilà, si tu avais envie de visiter les States, je pourrais t'accompagner.

À l'époque, on ne voyageait pas facilement en avion ; se rendre en Europe signifiait une absence de deux ou trois mois, entre l'aller, le séjour et le retour.

Dès que Jane eut l'âge de voyager, ce petit discours d'adieu lui fut également adressé. Jusqu'au jour où sa mère, par goût et par conviction, ou pour se donner une raison de plus de traverser l'Atlantique une fois par an, parvint à triompher de l'américanisme de son époux sur un point encore plus important, et inscrivit Jane dans un collège de Montreux. Jane, il est vrai, avait tenté de toutes ses forces de convaincre son père, et l'avait supplié de lui donner son autorisation. Comprenant qu'elle était le portrait de sa mère, celui-ci avait enfin accepté ce qui lui paraissait une énormité (« Comme s'il n'y avait pas d'excellents collèges chez nous ! Ce sont les meilleurs au monde ! Et dire que toutes les jeunes Européennes se précipitent au Smith College et à Vasar pour faire leurs études ! »). Il valait mieux ne rien tenter pour la remettre sur le droit chemin, avait-il songé, il valait mieux la laisser poursuivre son destin. Et il s'était consolé en se concentrant sur l'éducation de ses deux fils, qui, eux, lui ressemblaient en tout point. En effet, quelques années plus tard, il les fit entrer dans son entreprise.

Puis vint la guerre, et tandis que Jane demeurait en Europe au service des forces armées, sa mère ne quitta pas Philadelphie. À la fin du conflit, elle eut envie de reprendre son ancienne habitude. Mais *the old man,* le vieil homme, était devenu véritablement un vieillard. Il ne pouvait se passer de sa compagnie pendant plus d'une semaine.

Bien qu'étant un Américain à part entière, de père et de mère, je fis à la famille de Jane (qui ne l'était pas plus que moi) l'impression d'un Européen. Un atout vis-à-vis de la mère et un désavantage vis-à-vis du père, des frères et des oncles. Et les quelques semaines que je passai à Philadelphie avec Jane ne suffirent pas à corriger cette impression. Oui, j'étais américain, mais ces âmes simples, dans l'antipathie comme dans la sympathie, jugeaient européennes mon absence de préjugés, mon habitude (dont je remercie mes parents, américains) de ne pas considérer les States comme le centre du monde, l'importance suprême que j'attribuais à l'art et à tout ce qui s'y rattachait, enfin, ma totale incapacité de parler d'autre chose que de peinture, de musique et de littérature.

Je crois que, dans leur simplicité, ils ne se trompaient pas. J'étais, je suis européen, bien que de sang américain depuis plusieurs générations.

Mon père fut le premier à m'apprendre ces vérités. C'est un ingénieur, il a exercé son métier. Et s'il n'est jamais sorti des États-Unis, il a toujours été passionné de peinture, et jusqu'à soixante-cinq ans s'est toujours rendu le samedi après-midi à la campagne, quel que soit le temps, sa boîte de peintures et son chevalet sous le bras.

Quand, enfant, j'allais l'embrasser avant de me coucher, je le trouvais toujours assis dans son fauteuil, fumant la pipe et contemplant derrière un nuage de fumée la reproduction d'un Pissaro bleu-vert, ou d'un Courbet ocre foncé. Courbet s'accordait mieux avec l'odeur et la couleur de la pipe et du tabac. Je demeurais en silence auprès de lui, immobile, en attendant qu'il se penche sur moi pour m'embrasser. Mais lui, qui m'avait vu et entendu venir, passait un bras autour de mes épaules sans rien dire. Nous contemplions ainsi (jusqu'à ce que retentisse la voix de ma mère, qui rompait invariablement le charme) le beau paysage français qu'il tenait grand ouvert sur ses genoux, comme une fenêtre imaginaire. Et en le regardant, les yeux mi-clos, dans la fumée de sa pipe, il m'invitait à en faire autant. Il n'y avait pas un bruit. Je percevais sa respiration tranquille, la chaleur de son corps et sa bonne odeur de tabac ; j'entendais ma mère aller et venir dans la salle à manger et la cuisine, en portant des couverts et des assiettes ; parfois, le silence et la nuit étaient traversés par le hurlement mécanique et plaintif d'un train qui filait non loin de là. Les trains me donnaient envie de voyager. J'écoutais ces hurlements dans l'obscurité de ma chambre, enveloppé dans ma terreur et dans la tiédeur de mon petit lit. C'était un son désespéré qui s'éloignait, qui s'éloignait dans la nuit, comme un cri d'angoisse, mais pourquoi ? Pour une raison inconnue.

Mon père aurait aimé que je devienne peintre. Il se contenta de me pousser, dès l'enfance, vers la carrière d'historien de l'art. À ma sortie du collège, il m'envoya à la New York University, où je fis mes études supérieures sous la direction d'Offner.

Le Pr. Offner me conseilla immédiatement de me spécialiser, et me suggéra la peinture siennoise du XIVe siècle. À l'âge de vingt-six ans, je partis pour l'Italie, où je demeurai sans interruption jusqu'au début du conflit, en séjournant presque exclusivement à Sienne, à Florence puis à Rome.

Quand je revins aux States, mon père avait abandonné son travail à la mine et à l'atelier, désormais trop pénible, pour un petit emploi dans un grand bureau de Chicago, que lui avait proposé une entreprise qui le connaissait pour sa grande honnêteté.

Je conduisis Jane à Chicago et lui présentai mes parents. Enfin, nous nous mariâmes à Philadelphie deux jours après la Noël, le 27 décembre 1945.

Jane était catholique, comme sa mère, et le service religieux le fut donc.

Nous partîmes ensuite pour Niagara Falls, décidés à faire le voyage de noces typique de l'Américain moyen. Nous avions passé, tous deux, de nombreuses années en dehors des États-Unis avant et pendant la guerre : Jane en Suisse, dans une pension, et moi en Italie, pour mes études. Notre mariage nous donnait maintenant l'envie, et presque l'obligation sociale, de nous conformer aux coutumes américaines les plus banales. J'ajoute que ce fut pour nous presque une distraction, un mélange d'ennui, de plaisanterie et d'hypocrisie. Nous nous amusions à nous singer nous-mêmes en nous moquant impitoyablement de la naïveté et de l'ignorance de nos chers compatriotes.

Ce fut un jeu de brève durée. Offner avait mis un

poste à ma disposition : celui de professeur adjoint à la Fine Arts University, à Princeton, N.J.

J'avais seulement quelques heures de cours, ce qui ne m'obligeait pas, du moins au début, à m'installer à Princeton, peu distante de New York, où nous avions loué un petit *flat* dans le *village* en attendant la rentrée universitaire.

Jane préférait rester à New York, mais je m'y opposai en arguant d'une prétendue jalousie. Ce fut donc le début très solennel d'une vie professionnelle et familiale dans le milieu fermé, élitiste, prudent et stupide de cette petite université si importante.

9

Dès le début, ce fut une vie très facile, presque naturelle. Il nous suffit pour cela de continuer (certes, avec moins d'exagération, en parodiant des modèles moins vulgaires, mais tout aussi stupides) la comédie de notre voyage de noces.

Nous formions, à Niagara Falls, un couple de petits employés. À Princeton, nous essayâmes de nous présenter en tout point, à commencer par nos vêtements, tels que mes collègues et leurs épouses imaginaient le Pr. Harry Perkins et Mrs. Perkins. Hélas, il y avait, cette fois, une part de vérité : nous étions réellement le Pr. Harry Perkins et Mrs. Perkins, je donnais vraiment des cours, j'avais des élèves, fréquentais le Faculty Club, etc. Ainsi, peu à peu, nous fûmes pris à notre propre piège.

D'ailleurs, en y repensant bien, je me demande si la farce de Niagara Falls n'était pas déjà, en germe, la première tentative inconsciente d'entreprendre une vie sérieuse et normale, une vie qui ne me convenait pas. Je me demande si je n'étais pas habité déjà, comme un peu plus tôt à Saint-Pierre-d'Albigny, et peut-être même à Rome, par un désir de conformisme, par une nostalgie de la paix bourgeoise, par la volonté de former une famille installée, d'avoir un métier et des enfants, et comme par une faiblesse, une lâcheté, un renoncement à l'aventure et à une vie qui me semblait juste, forte, instinctive, conforme à mes goûts les plus profonds.

Les passions les plus viles obéissent à un stratagème : quand elles nous assaillent, elles s'efforcent de ne pas nous inquiéter. Pour mieux se glisser en nous, elles se dissimulent derrière une prétendue légèreté. Et comme notre raison résiste, elles s'attaquent à notre vanité. Nous sommes si vains, si sûrs de tenir bon, que nous nous moquons volontiers d'elles ; nous feignons d'en être animés, pour les parodier justement et nous complaire dans notre vertu. Mais nous sommes obligés ainsi de nous en occuper, de les expérimenter sur nous, de goûter leur douceur ; nous nous y habituons lentement et insensiblement, et devenons bientôt leurs esclaves.

Ainsi, un beau jour, notre raison chavire brusquement, elle aussi. Et soudain, la passion, les passions, que nous taxions jadis de bassesse ou de mensonge, nous apparaissent bientôt revêtues de grandeur et de vérité. Voilà notre chemin ! Voilà la lumière ! nous disons-nous alors en nous berçant d'un réconfort extraordinaire, mais trompeur. Nous sommes comme les autres, comme les gens convenables. Normaux. Nous n'avons plus de doutes. Quel repos ! C'était si simple. Il suffisait d'avoir un peu d'humilité. Nous nous croyons humbles. Et c'est le début de notre ruine.

Le propre de l'humilité est que celui qui la possède croit en être privé !

Oui, nous étions convaincus d'être humbles le jour où le médecin annonça à Jane qu'elle était enceinte. Bien sûr, nous étions préparés à cette nouvelle, nous l'attendions. Mais c'est seulement à notre retour de New York, où j'avais accompagné Jane chez son médecin, alors que nous parcourions en voiture le long *tube* qui passe sous l'Hudson, que nous eûmes l'impression d'être deux futurs parents quelconques.

Comme Jane, j'étais anxieux, ému et même heureux, mais j'éprouvais aussi une sorte de résignation ; je mesurais l'acceptation forcée d'un destin qui n'était probablement pas le mien, la dure annonce d'une défaite dont les termes, les modes et les conséquences restaient encore obscurs. Je me souviens des parois courbes, recouvertes de carreaux blancs, brillants et sales, qui défilaient sur des miles et des miles comme un cauchemar courant vers l'avenir ; je me souviens du vacarme assourdissant, de la vitesse des autres voitures que nous croisions ou doublions. Jane avait glissé sa main sous mon bras. Petite main nerveuse et délicate, que je serrais de temps en temps sous mon coude, contre mes côtes, pour mieux la sentir, et pour communiquer avec elle, pour lui dire quelque chose. Quoi ? Que je l'aimais ? Même pas. Que j'étais là, à ses côtés. Et que je pensais aussi à elle. Et que je voulais qu'elle le sût.

Enfin, je brisai ce silence pensif à la sortie du *tube,* en gravissant les hauteurs de Hoboken, alors que resurgissaient l'obscurité de la nuit, le ciel et les feux des bateaux, au loin sur le fleuve. J'ouvris la fenêtre pour prendre une bouffée d'air frais. J'allumai une cigarette. Je dis :

— Penses-tu que nous devons le dire aux Tutts, ce soir ?

Michael Tutts était un jeune professeur d'archéologie, qui vivait avec sa femme dans une petite maison proche de la nôtre. Depuis quatre mois désormais, nous nous voyions tous les mardis, jeudis et samedis soir, tantôt chez eux tantôt chez nous, et jouions au bridge de huit heures à minuit.

Parmi les relations que nous avions nouées en arrivant à Princeton, les Tutts faisaient l'objet de notre plus profonde hypocrisie. Ils constituaient un terrain particulièrement favorable.

Ils étaient gentils et dénués de tout sentiment — même de méchanceté.

Lui était un jeune homme grand, maigre, au visage rouge et aux cheveux blonds, qui semblait consacrer sa vie à la forme de ses petites moustaches broussailleuses, à sa collection de pipes et à la coupe de ses vestes en tweed. Ces trois occupations suffisaient à satisfaire sa seule ambition : avoir l'air anglais tout en étant américain, et fier de l'être. Sa femme, en revanche, n'était pas prétentieuse. C'était une crétine accomplie. Le bridge constituait le but de son existence. Ils n'avaient pas d'enfants.

Douces soirées, chez les Tutts, malgré tout. Berceuse des longues soirées printanières autour de la table verte. Le remords des heures que nous perdions ainsi, de mes études inachevées et des lectures abandonnées, était presque le comble de cette suavité. Tandis que nous jouions, dans un temps hors du temps, tout s'évanouissait : souvenirs, regrets, souhaits, attentes, espoirs et angoisses. Une ombre de passion (amour du partner, haine des adversaires) brodait encore, mais légèrement, le banal canevas de ces soirées honteuses. La bouteille et les grands verres à whisky, le tapis vert, les cartes de couleur, la veste en tweed de Michael, la robe grise à pois blancs et noirs de Mrs. Tutts, ses boucles d'oreilles parsemées de petits diamants, ses cheveux blonds aux boucles ordonnées et symétriques, et les mains maigres de Jane, ses frêles poignets, ceints l'un d'une montre et l'autre du bracelet en platine et saphirs que je lui avais offert pour notre mariage, bref, tous ces objets constituaient notre réalité. Plus rien n'existait en dehors de leur apparence. Plus rien ne nous dérangeait. Nous étions, nous aussi, enfin stupides, enfin heureux.

Mais entre Jane et moi ? Qu'y avait-il entre elle et moi ?

En moi, la volonté de l'aimer, une volonté sourde, tenace et désespérée.

Comme je te l'ai déjà dit, je n'avais jamais pu faire

l'amour avec Jane avant le mariage. Cela se produisit à Niagara Falls. L'aurais-je épousée si cela avait eu lieu plus tôt ?

Déception ? Le mot est insuffisant. Je n'avais jamais espéré, et même jamais imaginé, qu'elle serait comme Dorothea l'objet de mon adoration. Je ressentais pour Jane une affection d'ordre intellectuel et sentimental, et l'amour physique que nous partagions se réduisait à un acte mécanique, dans lequel les sentiments et l'intelligence se superposaient sans jamais se perdre, sans jamais se fondre. Ainsi, grâce à une simple illusion, cet acte me sembla au début plus violent avec elle qu'avec Dorothea. Je réussis, dans les premiers temps, à me mentir, et presque à croire que j'éprouvais plus de désir pour Jane que pour Dorothea.

Hélas ! la vérité était bien différente. Si, avec Dorothea, mes sens se détachaient douloureusement de mon esprit et de mes sentiments après nos instants de bonheur, jusqu'à ce que l'absence et le désir les apaisent, ils s'opposaient continuellement, fatalement, et dirais-je institutionnellement, avec Jane.

Mais Jane éprouvait pour moi ce que j'éprouvais pour Dorothea. Cette idée caressait ma vanité et me permettait d'atteindre, chaque fois, le degré d'excitation nécessaire.

Lorsque j'étais auprès de Dorothea, j'étais en adoration devant elle et devant son corps. Je ne pensais jamais au mien, jamais à moi, sinon par intermittence, avec un sentiment d'indignité et presque d'abjection.

En revanche, je m'approchais de Jane, dans la tiédeur de notre lit, en ne songeant qu'à moi. Je ne désirais pas son corps, maigre, rose et nerveux, à la peau sèche et chaude, qui n'était pour moi qu'une vibration du mien, un désir abstrait, devenu frisson et chair pendant ces quelques instants nécessaires. Je glissais vers elle en étant obsédé par moi — par le désir de Jane pour moi — et en me considérant parfois comme une lointaine émanation de Dorothea. Et l'idée que Jane désirait, à son insu, une émanation de Dorothea, m'enivrait un court instant.

Mon plaisir était rapide et rageur, presque âpre, presque pénible, un sanglot de mon corps sur ce corps que je n'aimais pas, sur cette créature qui, hélas, n'avait rien de divin. Et à tout moment, même dans l'orgasme, mon cerveau restait libre.

Je pensais à Jane, à son intelligence, à sa bonté, au soutien et à l'amour qu'elle m'apportait.

Et, tandis que nos corps s'unissaient égoïstement, ces considérations me bouleversaient jusqu'aux larmes. J'allumais la lumière, plantais mes yeux dans les siens, pour y saisir l'amour, en cet instant. Et tout en la fixant, je m'obligeais à croire que je l'aimais, que je ressentais le même abandon amoureux, que je connaissais la fusion, ou plutôt la confusion, des sens et des sentiments. Je me disais alors : « Le corps de Jane me donne du plaisir, mais Jane est aussi une femme que je respecte, à laquelle je suis tendrement attaché : j'aime donc Jane d'une façon totale et complète, dans mon âme et dans mon corps. »

Pauvre moi ! Je ne comprenais pas que l'amour réside exclusivement dans l'impossibilité d'élaborer un tel raisonnement, et dans l'incapacité de distinguer l'âme du corps.

J'allumais la lumière et la regardais droit dans les yeux. Ses yeux gris-bleu, qui me fixaient à leur tour entre ses paupières mi-closes. Perdus, douloureux et agonisants dans l'intensité du plaisir, ils semblaient me dire : « Tu es Dieu, je ne suis rien, fais de moi ce que tu veux, et tue-moi si tu le souhaites ! »

C'était exactement ce que j'avais pensé, quand, dans l'orgasme, je regardais Dorothea. Dans ces moments avec Dorothea, mes yeux devaient donc avoir la même expression.

Mais les yeux de Dorothea ? Je les avais scrutés

chaque fois avec plus d'anxiété et plus d'angoisse. Les yeux de Dorothea, ronds, verts et comme parsemés de paillettes d'or étaient dépourvus de toute expression. Tout au moins, de toute expression compréhensible pour moi. Ils me paraissaient mystérieux, sévères, vaguement furibonds. Mais si je l'interrogeais, je découvrais qu'elle n'avait aucun motif de sévérité ni de fureur à mon égard. Les yeux de Dorothea étaient peut-être tels que je les désirais. Mystérieux, sévères et furibonds, comme je les aimais. Je les aimais, j'en rêvais, je m'y perdais et j'oubliais tout en les regardant. Je me disais que je pourrais les fixer longtemps sans m'en lasser. Et c'est ce qui se produisait.

Les yeux de Dorothea... et maintenant j'avais peut-être les mêmes yeux pour Jane !...

Je me dégageais peu à peu de son étreinte, le plus tard possible. J'avais le sentiment de lui avoir menti, et de m'être menti aussi. Je croyais qu'il était possible d'y remédier en prolongeant l'acte sexuel et je ne me rendais pas compte que je continuais de mentir, que j'aggravais ce mensonge.

Désormais, le bras que j'avais passé sous le dos de Jane me faisait mal. Mais j'attendais qu'il soit ankylosé pour le retirer.

À quoi bon tous ces efforts ? Il est impossible de se donner de l'amour comme on se donne du courage. Pourtant, j'étais persuadé que Jane m'aimait, et qu'elle avait été heureuse ; je me sentais coupable à son égard ; je voulais à tout prix lui cacher ma froideur. Or, j'oubliais une chose : quand on vient d'éprouver un plaisir authentique, on n'a pas tant de scrupules, on se tourne de l'autre côté et on s'endort tranquillement.

Avec Jane, je ne connaissais ni le désir naturel ni la douceur naturelle du désir satisfait. Je refusais de me l'avouer. Je m'efforçais de les créer, en entretenant le fol espoir d'y réussir.

Je demeurais dans ce lit de douleur et de torture,

près d'elle par le corps, mais loin par l'esprit, en priant pour que vienne le sommeil, la seule et véritable douceur qui me restait, et qui tardait — ô combien ! — à arriver.

Dans le silence nocturne de la campagne américaine, dans ce silence profond et vide, je me souvenais du hurlement lugubre des trains. Je repensais aux nuits de mon enfance, et au pressentiment qui, déjà, me serrait le cœur. Oui, l'enfance était loin, tout comme l'adolescence, et la jeunesse s'enfuyait. Dans quelques mois, mon premier enfant naîtrait. C'était donc cela, la vie ? Me serait-il donc impossible de jouir, un jour, de cette paix, de cette joie juste à laquelle je devais bien avoir droit puisque Dieu m'avait donné le désir et la possibilité de l'imaginer ? Oui, je devinais confusément qu'il en était ainsi : jamais. J'entreverrais peut-être cette lumière, je goûterais peut-être cette douceur, mais je ne la posséderais jamais. J'avais l'impression qu'un ciel de plomb obstruait mon avenir, qu'une atmosphère étouffante le menaçait. Au loin, le train hurlait encore. Jamais je ne serais heureux.

Mais je ne pouvais me résigner à ce destin. Je me disais que j'étais le seul coupable, que je m'étais trompé, que si j'avais eu le courage d'épouser Dorothea, au lieu de Jane, j'aurais tout résolu. Ce n'était pas une condamnation, me répétais-je. Ce n'était qu'une erreur. Une erreur irrémédiable, certes, mais une erreur, rien de plus. Cette pensée était ma seule consolation.

L'amertume que, la nuit, je cachais à Jane et presque à moi-même resurgissait durant le jour à mon insu. Le moindre incident s'y prêtait. Une fenêtre fermée ou ouverte, un morceau de papier sur le sol, des plats trop chauds ou trop froids, un retard de Jane quand elle se préparait pour aller chez les Tutts : je m'impatientais, je m'emportais outre mesure, mais je ne parvenais pas à rattacher cette nervosité à la tristesse de la nuit, je ne comprenais même pas que si Jane était nerveuse et contrariante c'était uniquement ma faute. Je disposais d'une explication toute prête : c'est la vie conjugale qui commence, ce n'est rien d'autre que la vie conjugale.

Le pire se produisait à table. Parfois, je ne supportais même pas de la voir manger. Je baissais les yeux ou détournais mon regard. Et quand elle mâchait du céleri cru, une pomme ou la croûte du pain, le bruit qu'elle faisait me torturait littéralement. Je pensais alors à Dorothea, qui pourtant avait une façon plutôt rustre de se tenir à table, et beaucoup moins d'éducation que Jane. Mais la bouche de Dorothea ne m'avait jamais agacé quand elle se refermait sur des spaghettis à la sauce tomate; au contraire, j'avais plaisir à la regarder : c'était quelque chose de sain, de spontané, d'animal.

Un jour, Jane rentra à la maison avec une nouvelle tenue. Un deux-pièces en soie, ample, une *maternity dress* comme on dit aux États-Unis, conçue justement pour dissimuler la grossesse.

Cet ensemble me laissa indifférent. Je l'observai sans rien dire. Ce qui m'irrita fut la phrase de Jane, quand, le lendemain soir, elle me demanda avec un naturel désarmant tandis que nous nous habillions pour aller chez les Tutts :

— Qu'en penses-tu, chéri, il vaut peut-être mieux que je mette la *maternity dress,* non?

Oui, elle prononça les mots *maternity dress* tout naturellement, sans les accentuer, sans les mettre entre guillemets, comme si elle avait désormais accepté, elle aussi, toutes les conventions de notre entourage, comme si elle était devenue, elle aussi, une Américaine quelconque.

Son ton m'agaça. Mais je ne le lui dis pas. Je me moquais d'elle en comparant cette tenue à celles des femmes d'âge mûr qui, à Philadelphie, vont *downtown* pour jouer au bridge dans un grand hôtel...

Rouge de colère, elle m'insulta, ouvrit l'armoire, déchira l'ensemble et éclata en sanglots désespérés. Nous renonçâmes à notre soirée chez les Tutts. Je leur téléphonai et leur dis que j'avais la migraine. Jane pleura une bonne partie de la nuit en continuant de m'insulter. Puis nous nous réconciliâmes, et ce fut un peu moins mal que les autres fois. Je me dis alors qu'elle devait beaucoup m'aimer pour que mes sarcasmes l'aient tant blessée.

Contrairement à ce que croient les couples qui ne s'entendent pas, et refusent de l'admettre, la naissance d'un enfant ne résout jamais rien. Elle ne réussit qu'à masquer, approfondir et compliquer leur désaccord.

Quoi qu'il en soit, les derniers mois de sa grossesse et ceux qui suivirent l'accouchement amenèrent, par leur nouveauté peut-être, une amélioration apparente dans nos rapports. Avant même qu'il naisse, nous décidâmes d'appeler notre bébé Duccio, si c'était un garçon, et Donatella, si c'était une fille. Il n'y avait rien à faire : l'Italie était ancrée dans nos cœurs !

Duccio naquit le 2 novembre 1946. Nous passâmes les vacances de Noël à Philadelphie, chez les parents de Jane, puis rentrâmes à Princeton. Nos petites méchancetés, notre nervosité et nos querelles reprirent le dessus dès le mois d'avril. Un soir, Offner me téléphona de New York.

— Harry, veux-tu partir en Italie ?

— Quand ?

— Tout de suite.

— Mais je suis marié, et j'ai un bébé de cinq mois.

— Emmène-les.

— Et mes cours, à Princeton ?

— Je m'en occupe.

C'était Offner qui m'avait trouvé mon poste à Princeton. Il m'offrait maintenant une mission de confiance. On la lui avait proposée, mais il n'en avait ni le temps ni l'envie. Il s'agissait de parcourir la péninsule pour le compte de notre gouvernement, et de dresser l'inventaire, localité par localité, de tous les monuments, œuvres d'art, sculptures ou peintures, afin d'évaluer les dommages que la guerre avait causés au patrimoine artistique italien.

Le lendemain, j'allai trouver Offner dans son bureau à New York. Derrière sa table, encombrée de papiers et de reproductions photographiques, ce petit homme sec, élégant, vif et gentil, aux cheveux mi-blonds mi-blancs, aux moustaches courtes, aux yeux étincelants, la pipe entre les dents, m'apparut comme le bon génie de mon destin : un magicien moderne qui, d'un seul geste de ses mains délicates, maigres et roses, aux veines bleues et saillantes, d'un seul sourire de ses lèvres minces, donnait à ma vie le tour qu'il décidait.

— Tu connais l'Unesco ? C'est une grande organisation de l'ONU, située à Paris, avenue Kléber. Si tu mènes à bien la mission que je te donne en Italie, et je suis sûr que tu le feras, il y aura un poste pour toi à l'Unesco. Tu n'as quand même pas l'intention de mourir dans le New Jersey ?

— Non, professeur Offner, répondis-je, plein d'enthousiasme.

Avec son anglais détestable et séduisant de juif autrichien ou alsacien, qui mêlait aux gutturales germaniques le r français, ce petit magicien me chargea d'une mission personnelle. Pour l'affaire des dommages de guerre, il fallait que je passe par un bureau du Department of State, à Washington, où l'on m'apprendrait tous les détails. Mais pour ce qui était de ses propres recherches, j'aurais la gentillesse de recueillir une grande quantité de renseignements : savoir où avaient échoué, avec la guerre, certains tableaux appartenant à des collections privées ; dans quel état se trouvaient certaines fresques ; les mesures exactes d'autres tableaux, qui manquaient au catalogue qu'il était sur le point de publier (il ne se fiait pas aux informations que lui avaient fournies des Italiens); enfin, faire exécuter, sur place, des reproductions en couleurs par des photographes spécialisés, dans des conditions particulières.

Je commençai à prendre des notes avec un enthousiasme croissant : j'exécuterais ses ordres à la lettre. Mais tandis qu'il énumérait les diverses localités italiennes où je devrais me rendre, je me mis à penser à Dorothea. Si Jane m'accompagnait, elle ne pourrait me suivre dans ces pérégrinations minutieuses avec un bébé si petit. Il faudrait donc qu'elle s'installe à Rome ou à Florence. Il me serait alors possible de voyager avec Dorothea. Je ne lui avais jamais écrit. J'en avais eu envie, à plusieurs reprises. Mais j'avais refréné cet élan par crainte de lui fournir une arme de chantage contre moi. Plus d'une année s'était écoulée depuis notre séparation. Allais-je la retrouver? Habitait-elle encore via Boncompagni? J'imaginais nos retrouvailles après une absence aussi longue, après avoir perdu tout espoir de la revoir. La voix d'Offner résonnait à mes oreilles comme une douce musique, je regardais son visage souriant, mais je ne saisissais plus le sens de ses mots. Mon esprit était déjà loin, je voyais le soleil de Rome, le printemps, les arbres verts de la via Boncompagni, le passage des tramways, les magasins, le bar d'en dessous avec ses petites tables en métal posées sur le trottoir, la porte noire donnant sur la rue, les escaliers si sales, l'entresol de Dorothea, son parfum lourd et vulgaire... Offner s'aperçut rapidement que je ne l'écoutais plus. Il me dit qu'il rédigerait un mémorandum contenant toutes les indications nécessaires. Il me le donnerait une semaine plus tard, quand je viendrais à New York pour prendre l'avion.

Le soir, à Princeton, Jane était heureuse. C'était trop beau pour être vrai, elle n'avait pas voulu croire entièrement au coup de téléphone de la veille. Mais il n'y avait plus de doute désormais. On partait vraiment! On retournait en Italie!

Je précisais aussitôt que je serais obligé de parcourir toute la péninsule pour Offner et pour le compte du gouvernement.

— Tu resteras à Florence, ou à Rome, avec le bébé, ou tu navigueras entre Florence et Rome, et peut-être aussi Sienne, et je te rendrai visite chaque fois que je le pourrai, au moins une fois par semaine.

— Jamais de la vie, dit Jane d'une voix ferme, le regard fixe, comme si elle avait pris cette décision depuis longtemps. Ni Rome, ni Florence, ni Sienne, ni aucune autre ville. Duccio et moi, nous nous installerons à Capri.

10

Capri n'était pas, à franchement parler, l'endroit le plus indiqué, surtout en cette saison, pour un bébé de six mois. C'est ce que je me dis en écoutant Jane. Mais elle semblait si décidée que je n'osai provoquer une dispute. Nous étions heureux. Pourquoi donc gâcher notre joie ? Jane n'était jamais allée à Capri, elle voulait absolument s'y rendre. Au fond, puisque je l'abandonnais pour deux ou trois mois, je pouvais au moins lui laisser le choix du lieu où elle m'attendrait. Désormais, je connaissais, moi aussi, son entêtement : en la contredisant, on ne faisait qu'obtenir l'effet opposé à celui qu'on recherchait. Je n'objectai donc rien. Une fois à Rome, je téléphonai à son insu au Dr Jeans, la pédiatre qui devait voir l'enfant, et je lui demandai son avis.

Celle-ci confirma mes craintes. Emmener l'enfant à Capri ? Il n'en était pas question. L'atmosphère, trop radioactive, ne convenait pas au bébé. De plus, le sirocco, le fameux *south wind,* soufflait toujours en cette saison, en semant dans l'air le sable des déserts africains. Elle me tranquillisa cependant en me disant qu'elle se chargeait de dissuader ma femme d'une telle idée.

Je donnai un autre coup de téléphone en cachette de Jane, à Rome. Nous venions tout juste de nous installer dans deux chambres du *Grand Hôtel,* Duccio pleurait, et Jane lui préparait en toute hâte son biberon. Je descendis donc, sous prétexte de m'occuper des valises qui n'étaient pas arrivées à l'aéroport.

Je n'avais pas oublié son numéro de téléphone. Je m'enfermai dans la cabine. Mon cœur battait la chamade. Allais-je la trouver? Accepterait-elle encore de me voir?

À travers la vitre de la cabine, je voyais le hall de l'hôtel, calme, silencieux, peuplé des habituels comparses américains ou anglais. Dans quelques instants, j'entendrais peut-être la voix de Dorothea. Le hall, le salon que j'apercevais derrière les grandes baies vitrées, les tapis, les lustres, les fleurs, un chasseur qui passait en courant, un autre, assis à une petite table en face de moi, tout me semblait solennel et plein de sens, comme lorsque l'on attend un miracle. Tout était empli de Dorothea, de mon désir pour elle. Malgré mon impatience, je ne pouvais m'empêcher de constater que l'intensité d'un état émotif s'accroît, se concrétise et se distingue dans l'espace. Bergson analyse ce phénomène psychologique. Mais au fond il ne l'explique pas. Il est possible que, de même que la pensée n'est que langage, de même la passion ne soit qu'espace, temps, toucher, sens, matière.

Ce n'était pas sa voix, mais celle de sa propriétaire, cette femme âgée, à moitié entremetteuse, soi-disant infirmière, qui louait une chambre à Dorothea et lui laissait l'usage de sa cuisine. En réalité, les deux femmes étaient des amies intimes et vivaient ensemble. Je reconnus sa voix. Et elle reconnut la mienne, immédiatement. Dorothea n'était pas à la maison pour l'instant, mais elle se trouvait à Rome, et, grâce à Dieu, vivait toujours là.

— C'est très mal de ne jamais avoir écrit, monsieur le major. Nous ignorions si vous étiez mort ou vivant. Dorothea est en colère contre vous, monsieur le major.

Si vous saviez comme elle est en colère ! Elle est vexée. Nous avons plusieurs fois parlé de vous. Elle pensait qu'elle ne vous reverrait jamais. Mais je ne cessais de lui dire : « Tu verras, le major reviendra. Il reviendra quand tu t'y attendras le moins ! » Nous avons passé un mauvais hiver, monsieur le major. Pas plus tard que l'autre jour, nous sommes allées, Dorothea et moi, prier la Vierge du Divin Amour pour que vous reveniez. La Vierge nous a exaucées, monsieur le major !

Depuis le début de la conversation, j'avais la gorge nouée. À présent, j'étais, à ma grande honte, sur le point de pleurer.

— Quand doit rentrer Dorothea ?

— Dieu seul le sait. La pauvre petite, elle travaille, vous savez. Des travaux de couturière pour des maisons. La vie est si chère. Vous vous en êtes aperçu, n'est-ce pas ? Tout a augmenté. On ne peut plus vivre.

— À quelle heure puis-je la trouver ?

— Que voulez-vous que je vous dise, monsieur le major... Essayez de l'appeler demain matin vers midi, car avant, elle dort, la pauvre !

Naturellement, j'avais tout compris. Elle faisait des travaux de couturière jusqu'à quatre heures du matin.

— Voulez-vous que je lui dise de vous téléphoner ? Si vous me donnez votre numéro...

— Non, merci. Je suis de passage à Rome, et je ne sais pas combien de temps je resterai. Je partirai peut-être ce soir. Je repars peut-être immédiatement.

— Vous repartez sans l'avoir vue ? » Et elle vitupéra sans doute contre moi. « Mais alors, pour quelle raison avez-vous téléphoné, monsieur le major ?

— Je repars, mais je reviendrai. Je reviendrai certainement. Dites-le à Dorothea. Je suis en Europe pour quelque temps. Et puis, il est possible également que je ne reparte pas tout de suite. Je rappellerai demain matin à midi, du moins je l'espère.

C'était justement l'heure à laquelle nous devions emmener le bébé chez le Dr Jeans.

Cette pédiatre américaine s'était installée à Rome aussitôt après la guerre, comprenant que l'augmentation importante et massive de notre colonie lui garantirait une clientèle très fournie. Des amis communs nous avaient parlé d'elle à New York, avant notre départ.

Duccio avait souffert du voyage. Il était très enrhumé et refusait de s'alimenter. La pédiatre ne lui trouva rien de grave, mais quand Jane évoqua son départ pour Capri, elle lui interdit d'y conduire l'enfant, tout au moins pour le moment.

Jane ne voulut rien entendre. Nous rentrâmes à l'hôtel, où, avec une obstination ahurissante, et incompréhensible à mes yeux, elle prit à part Guglielmo, le réceptionniste, dont nous avions déjà pu juger les capacités durant notre séjour précédent, lui donna un bon pourboire et lui demanda l'adresse du premier pédiatre de Rome — « le Guglielmo des pédiatres », expliqua-t-elle. Le phénix des portiers se suspendit aussitôt au téléphone, où il resta plus d'un quart d'heure ; il réussit enfin à obtenir un rendez-vous pour l'après-midi même.

Le Guglielmo « des pédiatres » dit à Jane exactement ce que Jane voulait entendre. Le veto du Dr Jeans fit monter à ses lèvres un sourire supérieur. Certes, Capri n'était pas particulièrement indiqué, dit-il. Mais il ne fallait pas exagérer, pour l'amour de Dieu ! Personne ne pouvait affirmer que le petit y tomberait malade. Il en prenait la responsabilité : l'enfant n'y courrait aucun danger. Il prescrivit un traitement, conseilla certaines précautions, et donna l'adresse d'un médecin d'Anacapri, le Dr Cuomo, qui était, d'après lui, un très bon pédiatre. Il souhaita à Jane un bon voyage et un bon séjour. En le remerciant, Jane annonça qu'elle partirait dès le lendemain. Je ne l'avais jamais vue aussi enthousiaste. Au reste, elle n'était plus la même depuis notre arrivée à Rome. Ses joues avaient rosi, ses yeux brillaient, on aurait dit qu'elle avait de la fièvre.

Moi aussi, hélas, j'étais fébrile : je n'avais pas réussi à téléphoner à Dorothea ! Pour cette raison sans doute, le comportement de Jane ne me troubla pas. Dans l'après-midi, je sortis acheter une voiture, qui m'était indispensable pour mes pérégrinations à travers l'Italie, et qui nous servirait le lendemain pour nous rendre à Naples. Je pouvais donc téléphoner. Mais je ne voulus pas courir le risque de ne pas trouver Dorothea, et de semer des doutes dans l'esprit de la propriétaire. J'étais tranquille à présent, je savais qu'elle était à Rome : il valait mieux profiter de mon silence prudent. Croyant que je partais, les deux femmes ne me chercheraient pas dans les hôtels. Il aurait été facile de remonter jusqu'à moi. Il suffisait de passer quelques coups de téléphone.

J'ignore pourquoi j'éprouvais une telle crainte. Dorothea s'était toujours comportée avec discrétion à mon égard. Elle ne m'avait jamais causé la moindre gêne. Et les rares fois où elle m'avait demandé de l'argent (en général, je le lui donnais spontanément), elle y avait mis beaucoup de tact, en évitant toute allusion à un quelconque marché.

Mais je ne cessais de penser à son aspect physique, et cela suffisait à m'effrayer. Je revoyais son corps, grand et gras, imposant dans ses vêtements voyants — un tailleur noir décolleté, ou une robe de soie blanche à ramages rouges ; ses cheveux tirés et brillants, son bras chargé de gros bracelets en or, ses ongles longs, sa bouche et ses yeux très maquillés, ses chaussures en vernis, sa démarche agressive, son regard effronté ; et je tremblais à l'idée qu'elle apprenne mon mariage et la présence de mon épouse à Rome. Je redoutais également la propriétaire, qui, à la différence de Dorothea, était vraiment vulgaire et sans doute dangereuse.

Nous partîmes pour Naples le matin suivant avant neuf heures afin de ne pas manquer le départ du bateau. Je ne téléphonai donc pas à Dorothea, le deuxième jour. Il n'était pas question de le faire de Capri. J'aurais dû fournir mon adresse à Dorothea, et Jane aurait tout compris, sans l'aide de ma maîtresse. En outre, Capri abrite quelques centaines de désœuvrés en tous genres, de toutes les nationalités, animés de tous les vices : des hommes différents et changeants, mais unis par un défaut irrémédiable, l'impuissance physique et morale. De pauvres êtres à moitié éteints qui, parce qu'ils ne perçoivent plus en eux la moindre étincelle de vie, s'occupent des affaires des autres, même s'il n'y a en ceux-ci pas plus de vie qu'en eux. Vus du dehors, leurs gestes semblent empreints de vivacité ; ils suffisent, en tout cas, à alimenter la Curiosité et les Ragots, derniers feux de leur vie. D'autre part, les indigènes (les natifs de Capri, ou les Napolitains installés à Capri depuis plusieurs générations) attisent ces feux. Inlassablement, ils y jettent un petit bois fait de méchanceté, soufflent sur les tristes braises de la jalousie, espionnent, montrent du doigt et ricanent. Et ils le font à la fois par intérêt économique — car c'est sur l'étranger qu'ils vivent — et par nature : cancaniers, espions, traîtres, menteurs, comédiens hystériques, tortueux et pédants, ce sont tous des êtres décadents et déchus, corrompus et profondément malheureux, comme tant de Méditerranéens du Sud.

La place de Capri, avec ses trois cafés bondés à toutes les heures de la journée, constituait la « centrale » des racontars ; le bureau de la poste et celui du télégraphe comptaient parmi ses principales sources d'information. En bénéficiaient quelques indigènes, et en particulier don Raffaele, ancien fonctionnaire de police, homme serviable mais servile, astucieux mais sournois, auquel notre ami Guglielmo nous avait adressés.

Ainsi, si j'avais téléphoné à Dora, Jane l'aurait certainement su par don Raffaele et par le bureau du téléphone. Je ne voulais pas risquer, par une imprudence qui ne m'aurait apporté qu'une joie brève et incomplète, de compromettre les nombreuses semaines de bonheur à travers l'Italie auxquelles j'avais aspiré, après mon long jeûne américain, comme l'assoiffé aspire à l'eau, et l'affamé au pain. Je décidai de patienter.

Averti par Guglielmo, don Raffaele était venu nous attendre à la Marina Grande. Il souriait. C'était un bel homme, qui devait avoir entre cinquante et soixante ans ; il était rasé et propre, avait de longs cheveux blancs bien coiffés ; tout, en lui, de ses yeux bleus à son pantalon de flanelle, dégageait un air britannique, qui devenait suspect dès qu'il se mettait à parler dans un anglais dépourvu d'hésitation autant que d'exactitude, et dès qu'il affichait son sourire sournois de Méditerranéen.

Don Raffaele fut précieux, mais — comment dire ? — exclusif. Nous nous étions adressés à lui. Très bien. Il nous fit aussitôt comprendre que nous ne pourrions plus nous adresser à personne d'autre, à Capri, quels que soient le problème ou l'affaire qu'il nous fallait régler. C'est lui qui nous aiderait, nous guiderait et nous protégerait. Nous devions donc nous remettre entre ses mains. Il nous emmena visiter plusieurs villas à louer, et nous conseilla, nous imposa presque son choix. Il nous procura une femme de chambre, une cuisinière et un jardinier, tous trois de Capri, qui nous permettraient de vivre confortablement, dans cette villa, à vingt minutes à pied du centre. Nous passâmes cette première nuit au *Quisisana*. Le lendemain après-midi, nous avions déjà signé le contrat de location, et nous nous établissions dans la villa.

L'inscription « Villa Rubini » s'étalait sur les pilastres de l'entrée : « Villa » sur l'un, et « Rubini » sur l'autre. Je n'ai jamais su s'il s'agissait du nom du premier propriétaire, ou plutôt d'une allusion poétique aux géraniums, aux bougainvillées et autres fleurs rouges qui décoraient les murets et la façade. *Rubino* signifie « rubis » en italien.

Don Raffaele trouva le moyen de nous soutirer de l'argent de toutes les façons possibles. Le loyer, le personnel, l'eau pour les bains, l'eau pour arroser le jardin, la lumière électrique, les bonbonnes de gaz, l'approvisionnement quotidien en poisson, bref, toutes ces tâches, et d'innombrables autres encore, étaient filtrées par son organisation débonnaire et exclusive. Tout était prétexte à de petites redevances, qu'il fallait lui payer en faisant semblant de rien.

Quoi qu'il en soit, je reconnais que, grâce à lui, notre vie domestique démarra sur les chapeaux de roues. Mais je ne pouvais me résoudre à abandonner Jane, et à entreprendre mon tour d'Italie, comme je l'aurais dû. Pour une fois, le devoir coïncidait avec un plaisir clandestin, et ma mauvaise conscience ne cessait de me créer des scrupules, de me pousser à retarder mon voyage. Ce n'était pas sans raison. Jane était vraiment nerveuse, irritable, elle avait beaucoup maigri, et n'abandonnait pas cet air fébrile que je lui avais vu à Rome. Elle s'emportait pour un rien, à la moindre occasion. Elle se montrait impatiente avec Duccio. La nuit, quand il pleurait, elle perdait tout son calme. Il était donc nécessaire d'engager une nurse. Don Raffaele couronna son œuvre en débusquant aussitôt à Naples une *Fräulein* suisse, spécialiste des nourrissons. Jane put donc se reposer, et moi, commencer mon voyage en Italie.

Je partis un matin par le bateau de cinq heures. Il faisait encore nuit quand je me levai. Jane m'embrassa, ensommeillée et larmoyante... Non, non, je me trompe. Je me souviens de cette aube lointaine, d'il y a trois ans. Mais, soudain, mon récit se brouille, il risque de n'être plus véridique.

Je m'apprêtais à décrire mes adieux à Jane non pas tels que je les vécus à cette époque, tandis que j'abandonnais ma femme et mon fils à Capri en ne pensant qu'à Dorothea, mais tels qu'ils m'apparaissent aujourd'hui.

Oui, Jane était ensommeillée et larmoyante lorsqu'elle m'embrassa. Mais puis-je dire que je vis alors quelque chose de particulier dans ce geste ?

Puis-je dire qu'en sortant de la chambre voûtée, sombre et désordonnée, en allant embrasser Duccio qui dormait dans la chambre contiguë en compagnie de la nurse, en parcourant dans l'air bleu et froid le sentier qui menait à la place de Capri, je m'interrogeais sur l'attitude de Jane ?

J'étais ému et bourrelé de remords. Je me sentais coupable. J'étais tourmenté par mon ambiguïté ; Jane m'apparaissait comme un reproche incarné, l'image déchirante d'un amour qui m'appartenait aussi, l'objet d'une passion différente, mais aussi réelle que celle qui me poussait à me libérer de cette pitoyable étreinte pénible, et à m'enfuir à grands pas sur la petite route pour ne pas manquer mon bateau.

Ses bras maigres et nerveux autour de mes reins et contre mon dos (alors que, penché sur elle, dans le lit, je sentais son odeur naturelle et légère, presque d'adolescente) étaient comme un cilice qui me punissait et qui, dans le souvenir, continuerait de me punir pour mon péché.

Le sentier — un escalier de pierre —, montait, tortueux et étroit, entre les murets des jardins et des potagers. Figuiers de Barbarie, agaves, oliviers, chênes verts et lentisques jaillissaient derrière les petits murs. J'entendais résonner mon pas rapide, aussi rapide que le battement de mon cœur. En m'éloignant ainsi de Jane et de Duccio (de Duccio, pour la première fois depuis sa naissance !), j'éprouvais une douleur presque physique, une terrible peine, presque un poids sur la poitrine. J'aurais aimé que quelque chose m'oblige à revenir en arrière. Pour les revoir seulement, tous les deux, les chers êtres sans défense dont je devais prendre soin, dont j'étais responsable, et que j'englobais dans la même tendresse, pour les revoir, rester à leurs côtés un jour de plus avant de repartir. J'aurais voulu rater le bateau. Rater le bateau? Mais à quoi pensais-je? Étais-je donc fou? Non, pour rien au monde je n'aurais attendu un jour de plus pour retrouver Dorothea. J'avais secrètement décidé depuis une semaine de ne pas laisser passer ce jour fatidique. Rater le bateau? Jamais! Je regardai ma montre et me mis à gravir la montée en courant. Et tandis que je courais ainsi, m'éloignant de Jane, je sentais avec déchirement que mon chagrin, oui, commençait à diminuer : bientôt, très bientôt, je ne souffrirais plus.

À la première maison de Tragara, je m'arrêtai un instant, les yeux fermés, pour reprendre haleine. Une voix calme, à côté de moi, me fit sursauter :

— Réveiller tôt, aujourd'hui, monsieur le major, hein? Avoir peu dormi?

C'était Salvarò, mon jardinier, un espion de don Raffaele. Il m'observait du seuil d'une petite porte, en manches de chemise, un rasoir à la main. Son calme m'irrita comme s'il s'agissait d'un jugement malveillant. Fidèle à son habitude, il avait employé les verbes à l'infinitif pour m'aider à comprendre l'italien, que je comprenais et parlais mieux que lui, au demeurant. En quelques jours, tout le monde, à Capri, s'était mis à m'appeler « monsieur le major » : c'était ainsi que Guglielmo (j'avais, hélas, oublié de l'avertir) m'avait désigné en téléphonant à don Raffaele.

Je repris ma course, en lui lançant du bout des lèvres que je me rendais à Naples et que j'avais peur de manquer le bateau.

— *U battello... Nun currite* [1], monsieur le major... vous avoir encore demi-heure!

— Espèce de sale lâche, d'espion, pensai-je en redoublant de hâte, tu voudrais bien que je le rate!

En effet, quand j'arrivai sur la place, le funiculaire qui mène à la Marina Grande venait juste de partir.

L'employé et quelques désœuvrés rivalisèrent de paroles rassurantes : je pouvais attendre le prochain funiculaire, le bateau serait encore à quai à mon arrivée. Mais oui, je le voyais là-bas, dans le port, pareil à un jouet à ressort qui risquait de bondir d'un instant à l'autre. L'eau du port, uniforme et livide comme une dalle; l'air froid, les monts, la mer, les maisons, les désœuvrés sur la terrasse : tout, autour, était immobile, sans vie, suspect, hostile à mon départ. Je voulais être à Rome avant midi, et chez Dora avant qu'elle se lève et sorte de chez elle. Je ne pouvais donc pas rater le bateau. Il fallait réagir. Une vieille torpédo était garée au bout de la petite place pour les retardataires. Son propriétaire et chauffeur était un gros homme crasseux, dont l'aspect provoquant et pittoresque d'affranchi du Bas-Empire avait déjà attiré mon attention, et que don Raffaele, d'habitude si indulgent envers les insulaires, accusait de malhonnêteté et d'avidité, me déconseillant d'avoir recours à ses services. Malgré cet avertissement, je montai sans hésiter dans la torpédo, et dis au gros lard de me conduire immédiatement à la Marina.

Il s'assit à côté de moi. La torpédo partit et s'engagea dans la descente dans un grand bruit de ferraille. Le gros lard prenait les tournants à toute allure, en me donnant, chaque fois, des coups de coude.

— Faites excuse, monsieur le major.

— Je vous en prie.

— À Naples?

— Heu! à Naples, puis à Rome... je dois faire un voyage à travers l'Italie.

1. « Le bateau... Ne courez pas », en dialecte local. *(N.d.T.)*

Je ne sais pour quelle raison — sympathie pour le gros homme qui me conduisait violemment à mon but ? Haine pour don Raffaele qui, sûrement, ne l'aimait pas ? — je m'abandonnais à une familiarité qui, surtout avec les Italiens des classes inférieures, ne me ressemblait pas.

Naturellement, le gros lard jubilait et multipliait les questions :

— Vous resterez longtemps absent, monsieur le major ?

— Je ne sais pas, un mois ou deux...

— Et madame ?

— Comment ?

— Votre dame, elle reste à Capri ?

— Oui.

— Elle a raison.

— Pourquoi ?

— L'air, l'air de Capri, le soleil, tout cela lui fera du bien. Elle s'est flétrie, la pauvre... oh ! oui, elle s'est flétrie...

— Comment flétrie ? dis-je en riant, vous ne l'aviez jamais vue ! Comment pouvez-vous dire qu'elle s'est flétrie ?

— Je ne l'ai jamais vue ? Mais je me souviens parfaitement d'elle ! C'était en 1944, n'est-ce pas ?

Je croyais que Jane n'était jamais allée à Capri, ainsi qu'elle me l'avait dit elle-même. Je ne comprenais donc pas. Je me tus un instant, réfléchis, puis feignis de me rappeler ces faits :

— Ah ! oui, 1944. Pendant la guerre ?

— Évidemment. Capri était un *rest camp*. Madame portait l'uniforme, elle était très belle. Elle est venue deux ou trois fois. Une semaine, quinze jours. Personne n'a fait le rapprochement. Mais moi, je l'ai conduite trop souvent. Dès que je l'ai revue... bon sang, je me suis dit, mais c'est elle ! Je l'ai immédiatement reconnue. Je ne me trompe jamais. Je suis très physionomiste !

Dans la première lettre que j'écrivis à Jane, je lui demandai pourquoi elle m'avait caché la vérité. Elle me répondit que le désir de découvrir un lieu célèbre lui avait paru un motif plus convaincant que la raison réelle, à savoir son désir de retourner dans un endroit qu'elle connaissait et aimait. Elle avait tant souhaité revenir à Capri qu'elle m'avait menti. Elle me suppliait de l'excuser, même si je ne lui avais fait presque aucun reproche dans ma lettre.

À la Marina Grande, juste à l'embouchure du môle, je trouvai, en descendant de la torpédo, don Raffaele, fort élégant dans une veste couleur miel et des pantalons de flanelle. Me voyant sortir de la voiture, et, pis encore, saluer cordialement le gros lard, il me lança de loin un regard contrarié, presque torve. Il ne reprit son sourire que lorsque je fus à deux pas de lui.

— Sur le départ, monsieur le major?

Il s'empara de ma valise et s'achemina avec moi vers le bateau, au bout du môle.

Je craignais qu'il ne vînt aussi à Naples. J'aurais été obligé de subir sa compagnie et de bavarder avec lui pendant la traversée. J'aimais savourer dans la solitude ma pitié pour Jane, tandis qu'elle s'amenuisait tout doucement et que croissait mon désir pour Dorothea : j'aimais me préparer ainsi à la volupté, avant de la goûter dans sa plénitude et sa profondeur.

Je redoutais aussi la ruse et la curiosité extraordinaire de cet homme diabolique : s'il m'accompagnait, il parviendrait certainement à deviner mon état d'âme, et par conséquent une partie de la vérité.

J'étais donc sur des charbons ardents en me dirigeant vers le bateau à ses côtés. J'aurais voulu lui demander s'il allait, ou non, à Naples. Mais je me retins. Cette simple question pouvait suffire à semer des doutes dans son esprit et à le décider à venir.

Par bonheur, il resta à terre. Et bientôt sa silhouette, qui rebroussait chemin en compagnie du maréchal de la *Finanza*[1], perdit toute signification menaçante ; ce ne fut plus qu'une petite tache claire, un point sur l'île énorme et noire qui dressait vers le ciel ses parois rocheuses.

Le ciel avait une couleur indéfinie. Il était difficile de déterminer s'il était serein, ou recouvert par une couche de nuages ; si le soleil était caché par les nuages, ou pas encore levé. La mer, d'un gris ardoise, se ridait à peine tandis que le bateau gagnait le large.

Je regardai l'île noire et froide. Ses flancs tourmentés et abrupts renfermaient aussi Jane, Jane qui dormait.

Je me libérai pour un certain temps de mon amour pour Jane et pour Duccio, de tout un pan de mes sentiments, et je l'abandonnai là, en l'ensevelissant presque dans cette île.

J'imaginais ce que j'aurais éprouvé si je n'avais pas quitté Jane, mais Dorothea. Ou si (pourquoi ces hésitations ? Pourquoi ne pas rapporter les pensées que j'élaborais ce matin-là ?) Jane était morte et que j'avais épousé Dorothea ? Dorothea, ma femme. Dorothea, mère de mon enfant. Dorothea, que je quitte, appelé par mon travail.

La tendresse qui s'ajoutait ainsi à la passion et se fondait pour la première fois avec elle, me laissait, malgré son aspect fictif, vaguement déçu et vide. Soudain, le soleil apparut, et Naples se montra dans cette lumière jaune et rose, accueillante, toute proche désormais.

Je courus au garage de l'*Excelsior,* où se trouvait ma voiture, et partis pour Rome.

Je ne me rappelle plus rien de ce trajet, je crois que je l'ai parcouru rapidement. Je ne sais pas, je n'ai qu'un souvenir : plus j'appuyais sur l'accélérateur,

1. Officier chargé de faire respecter les dispositions financières de l'État italien. *(N.d.T.)*

plus la voiture paraissait ralentir. Je regardais sans cesse l'heure et les kilomètres, les kilomètres et l'heure. Dans l'attente de voir la prochaine borne kilométrique, j'éprouvais une souffrance aiguë, et un seul plaisir, à des intervalles qui me semblaient de plus en plus longs : l'instant où je l'apercevais et où elle s'évanouissait déjà.

Comment Dorothea allait-elle m'apparaître? Dans quelle attitude? Vaquant à quelle occupation? Je ne pensais pas, je délirais. Je revenais sans cesse sur les mêmes visions, comme dans le demi-sommeil de la fièvre. Je parlais tout seul à voix haute. Je murmurais. Je criais. Je prononçais les mots absurdes, les phrases folles que j'allais lui dire, et surtout celles que je ne lui dirais pas, par manque de courage — et de jugement peut-être.

J'avais envie de fumer; mais je n'allumai pas une seule cigarette durant tout ce voyage : pour éviter de ralentir, peut-être (à une poignée de secondes près, je risquais de la manquer, elle pouvait être partie, et j'avais le sentiment que si je ne la trouvais pas dans la matinée je deviendrais fou), pour ne pas atténuer justement ce tourment criminel, pour ne rien perdre de mon obsession voluptueuse.

J'arrêtai ma voiture sous les fenêtres de sa chambre, qui se trouvait à l'entresol. Les volets étaient clos. Je consultai ma montre : il était midi moins cinq. Elle dormait peut-être, ainsi qu'elle en avait l'habitude. Je franchis le seuil de la maison, montai les escaliers crasseux, exactement comme je l'avais imaginé au cours des nuits amères de Princeton, imaginé sans oser espérer que ce rêve éveillé se transformerait un jour en réalité. Je sonnai. La propriétaire fit son apparition.

— Oh! c'est vous! dit-elle presque dans un cri.

— Dorothea est là?

— Oui, dit-elle, elle dort.

— Ne la réveillez pas, je vous en prie, lui demandai-je en baissant aussitôt la voix. Ne la réveillez pas encore. J'attendrai qu'elle appelle.

Maintenant que j'étais là, que Dorothea se trouvait à deux pas, derrière cette porte au bout du couloir, que je reconnaissais et voyais de mes yeux, j'avais envie de prolonger la douceur infinie d'une attente qui, je le savais, ne me décevrait pas.

— D'accord, dit la propriétaire en riant. Vous lui apporterez vous-même son café. Il est presque prêt. Il va bientôt être midi. Elle se réveille toujours avec les sirènes de midi. Savez-vous que nous ne vous attendions plus, monsieur le major?

Je la suivis à la cuisine et, quand tout fut prêt, j'emportai sur un plateau la tasse de café et le sucre. J'allai jusqu'à la porte sur la pointe des pieds, tournai la poignée, entrai en refermant derrière moi.

La pénombre régnait dans la chambre, et l'air chaud, presque étouffant, était imprégné du parfum de Dorothea.

Elle dormait. Le drap découvrait son grand corps brun et nu jusque sous les seins. Elle dormait tranquillement sur le côté droit, tournée vers moi, un bras sous l'oreiller, l'autre replié devant la poitrine, son poignet chargé de ses habituels bracelets en or.

Je demeurai un instant immobile à la contempler, mon plateau à la main. Les fenêtres étaient fermées. Le vacarme de la rue m'arrivait assourdi.

Les sirènes retentirent, et Dorothea commença lentement à bouger. Elle ouvrit les yeux, bâilla, me vit, se frotta le visage et dit calmement en riant :

— Tu es donc là, vaurien? Tu en as mis, du temps!

Je m'approchai. Murmurai :

— Dora...

Je m'interrompis : la tasse de café tintait sur le plateau.

— Tu trembles, hein? » Elle éclata de rire. « Et si je te disais que je n'ai plus envie de faire l'amour avec toi?

Je crois que je pâlis; peut-être pensa-t-elle que j'allais m'évanouir, car elle s'empressa de me rassurer :

— Mais non, idiot, que vas-tu croire?

D'un grand geste violent, elle repoussa le drap, se montrant nue — et prête, comme à son habitude.

Je n'avais pas bougé.

Elle m'arrêta à temps.

— Une minute. On voit bien que tu es américain, mon petit! D'abord le café. Si on ne le boit pas chaud, il ne vaut plus rien.

11

J'emmenai Dora avec moi. J'y avais songé dès l'instant où Offner m'avait proposé ce voyage en Italie, mais au fond, je n'y avais pas vraiment cru. Avant tout, j'étais convaincu que je n'en aurais pas le courage. Et je savais par expérience qu'une fois mon impatience satisfaite, je n'aurais plus désiré Dorothea pendant quelques jours, et aurais préféré, qui plus est, éviter sa présence. Comme je devais quitter Rome le lendemain de mon retour de Capri, et me rendre aussitôt en Toscane, où commençait mon périple, j'avais pensé jusqu'au dernier moment que je serais parti seul.

Mais j'emmenai Dorothea. Ce fut une décision soudaine, due peut-être à la rage, et certainement pas à la surprise, de me retrouver une fois de plus déçu, malgré une séparation de deux ans. Ce fut un entêtement semblable à celui qui me poussait jadis à prolonger mes nuits avec elle dans l'espoir de connaître une volupté éternelle. Ce fut une ultime tentative, un pari que je faisais avec moi-même, certain que je ne retrouverais jamais plus une occasion aussi propice (voyage professionnel, Jane immobilisée par le bébé) de découvrir, par le biais d'une cohabitation de quelques semaines avec Dorothea, si la nature m'avait vraiment nié le droit au bonheur conjugal.

Peu m'importait si, à la fin du voyage, je devais

souffrir en brisant une relation qui s'était transformée en une douce habitude. À vrai dire, je l'espérais. Je serais ainsi revenu à l'amère tendresse de la vie avec Jane, et me serais consolé en songeant enfin qu'il ne s'agissait pas d'une condamnation du destin, mais d'un libre choix, presque héroïque.

En somme, je voulais connaître la vie avec Dora, voir si je me serais lié à elle, et elle à moi ; et surtout si l'amour, ce nouveau sentiment, n'éteindrait pas l'ardeur de nos rapports.

Inutile de te raconter les détails de cette expérience. En voici tout de suite la conclusion, voici ce qui nous arriva (tout au moins selon moi) à l'un comme à l'autre en vivant ensemble.

Tout en continuant de faire l'amour avec moi comme elle l'avait toujours fait, c'est-à-dire avec cette impassibilité mystérieuse et presque cruelle qui était justement ce qui me plaisait le plus en elle, Dora s'attacha à moi. Elle commença à s'inquiéter de ma santé, à essayer de m'être utile dans les besognes domestiques : elle se mit à repasser mes mouchoirs, à préparer mes valises, à faire couler mon bain, à consulter le menu des trattorias, à me conseiller les plats les meilleurs et les plus nourrissants ; à porter, tandis que j'inspectais églises et musées, mon carton de reproductions, un livre, mon appareil photo ; à sortir le matin pour m'acheter les journaux alors que je paressais ; et même à bourrer soigneusement ma pipe, certains soirs que j'étais fatigué et que nous restions à l'hôtel. Bref, tout ce dont Jane ne s'était jamais souciée.

Mais plus ces attentions se multipliaient, plus je sentais monter en moi du mépris, de l'agacement, une étrange intolérance, et presque de la honte à l'idée de me sentir si heureux. Cet état d'âme se transformait avec la nuit, quand j'éteignais la lumière. Dans la journée au contraire, lorsque Dora s'affairait auprès de moi, pleine de respect et d'amour, j'avais l'impression

— comment dire ? —, voilà, j'avais l'impression d'être entouré, circonvenu de toutes parts, d'être étouffé, d'être esclave. Esclave d'un esclavage qui n'était pas le mien, car c'était moi qui commandais et faisais ce que je voulais, mais esclave — et c'est encore pire — de l'esclavage de Dora. Bref, je n'étais plus libre, et je devais jour et nuit régler mes comptes avec elle parce qu'elle était belle, ou désormais parce qu'elle était aussi gentille. Cette situation devint rapidement une torture insupportable, qui dépassait même celle que Jane exerçait sur moi, car si sa compagnie me procurait peu de joie, elle avait l'avantage de me laisser seul dans ma tristesse inavouable.

Qu'avais-je donc à reprocher à Dorothea ? Rien. Elle avait accepté mon invitation avec étonnement, humilité et enthousiasme. Elle n'avait pas une grande opinion d'elle-même. Elle croyait n'être qu'une prostituée, rien de plus. Et si, malgré mon agacement, je continuais de la traîner dans mon sillage un mois durant — après la Toscane, en Émilie, en Lombardie et en Vénétie —, c'était parce que j'étais sûr, la nuit, de trouver dans sa profonde humilité ce que je cherchais.

Mais que signifiait cette honte d'être trop heureux ? Pourquoi cette grande paix, que je connaissais pour la première fois, me semblait-elle coupable ? Peut-être pensais-je à Jane, à Duccio, au serment sacré que j'avais prononcé devant le prêtre catholique ? Absolument pas. Je songeais à Jane et à Duccio quelques minutes tous les deux ou trois jours quand je leur écrivais ou leur envoyais un télégramme, puis les effaçais de mes pensées, leur niais toute existence. Ce n'était pas le sentiment du péché. Ni même le remords. C'était plutôt le contraire. Je sentais que j'avais raison, que j'étais dans le vrai, et c'était une sensation désagréable, presque intolérable, comme si l'air me manquait.

Dans le calme nocturne d'un petit hôtel, dans une

ville de province, après une dure journée de travail sous le soleil du mois de juin (je parcourais des kilomètres sur des routes souvent mauvaises et non goudronnées, grimpais sur une colline pour photographier une église démolie, ou pour visiter un musée poussiéreux, prenais en note les plaintes interminables du directeur, en contrôlais aussitôt la véracité, discutais) ; après l'arrivée tant attendue du soir ; après un bon bain, même si l'eau était froide ; après un repas toujours et partout excellent ; après une promenade tranquille dans la pénombre d'une allée bordée d'arbres, ou sur de vieux bastions ; après un cognac, que nous sirotions à la table d'un petit café, ou en nous tenant par la main comme deux amoureux tandis qu'un orchestre jouait doucement sur un fond d'arbres et de lampions, et que l'Italie éclatait de beauté et de sainteté... dans le calme et dans le silence nocturne du petit hôtel, Dorothea me rendait totalement heureux. Et pourtant, je me disais : c'est tout ? Il n'y a rien d'autre ? Vraiment rien d'autre ? Le désir, qui m'était inné ou auquel j'avais été habitué, s'évanouissait : j'étais vide, épouvanté, tout petit. Oui, tout petit, surtout. Réduit à n'être que moi-même. Un point. Une nullité.

Peu à peu, je me sentis rétrécir et rapetisser même durant la journée, quand je me surprenais à avoir un geste instinctif de tendresse pour Dora, à éprouver le besoin de la caresser en public, par exemple, de la regarder, de lui adresser un sourire pour qu'elle me le rende, de serrer sa main, de passer mon bras autour de sa taille. Elle réagissait immanquablement avec docilité, ce qui — comment le lui dire ? — m'irritait.

Un jour, au déjeuner, elle insista pour que je mange, en plus des plats que j'avais commandés, deux jaunes d'œuf au poivre et au citron, deux œufs *all'ostrica,* comme on les appelle en Italie. Elle insista en me fixant et en me souriant dans une intention précise. Cette idée, ce regard et ce sourire me procurèrent à la fois du plaisir et de la rage. De la rage, presque de la fureur, parce que je mesurais le plaisir qu'ils avaient suscité en moi. Pouvais-je donc la satisfaire comme elle me satisfaisait ? C'était la première fois qu'elle me le laissait entendre. Cela aussi me déçut. Elle n'était plus l'idole. Elle était une femme normale.

Enfin, je coupai net. Je ne lui avais jamais parlé de l'existence de Jane, de notre mariage. Chaque fois que je devais écrire, télégraphier, ou plus rarement téléphoner à Capri, je prenais de grandes précautions pour qu'elle ne l'apprenne pas. À l'hôtel, même si nous dormions ensemble, nous réservions toujours deux chambres non contiguës. Je peux dire maintenant que la peur du chantage était irrationnelle, et qu'il s'agissait peut-être d'une de mes ruses pour entretenir mon désir.

Après la Vénétie, je comptais enchaîner sur les Marches ; mais je fus obligé de faire un saut à Rome, où m'attendait Mr. H.L.G. (que tu as connu), un fonctionnaire important de l'Unesco. Il était convenu que je m'installe à Paris, à l'automne, pour travailler dans cette organisation. Mr. H.L.G. était de passage à Rome ; il voulait me voir. Ce fut à cette occasion — tu t'en souviendras peut-être — que je vins déjeuner chez toi à Cinecittà, en compagnie de H.L.G., qui souhaitait visiter les studios.

Je ne devais rester à Rome que deux jours. Je descendis au *Grand Hôtel,* et Dorothea réintégra son appartement. Nous ne devions pas nous voir durant ce court séjour, car j'étais très occupé avec H.L.G. Le matin du troisième jour, nous serions, en revanche, repartis ensemble pour Ancône.

Le deuxième jour, en fin d'après-midi, j'accompagnai à Ciampino H.L.G., qui retournait à Paris. L'avion s'envola avec un peu de retard, et je me retrouvai seul, à la tombée de la nuit, dans cette vaste plaine qui s'étend des Castelli à Rome. C'était le début du mois de juillet. Quiconque a goûté cet air, à cette heure, à cette saison et dans ce lieu même, sait de quoi je parle. Dans l'immense ciel, tendu et profond, sans nuages, pointaient les premières étoiles. Le soleil s'était couché, mais les lointaines maisons de Frascati semblaient encore claires. Il régnait dans l'air une douceur, une langueur qui rendaient la solitude absurde. Les gros avions argentés qui manœuvraient sur le sol et le planeur qui fendait silencieusement les airs paraissaient prendre part à cet enchantement. Je te téléphonai pour t'inviter à dîner dans une trattoria des Castelli, en plein air. Tu n'étais pas chez toi, tu travaillais encore. Qui sait à quelle heure tu rentrerais ? J'allai au bar où je bus deux ou trois whiskies. Je ne savais que faire. Je n'avais pas envie de rentrer à Rome, et de prendre mon repas tout seul dans le restaurant lugubre du *Grand Hôtel,* où je risquais de rencontrer des compatriotes que je ne pourrais éviter et que je devrais supporter. J'hésitai. La nuit était tombée, je finis par téléphoner à Dorothea. Pourquoi ne dînerions-nous pas ensemble ? Puis, au lieu de partir à l'aube, comme prévu, nous voyagerions plus agréablement de nuit, à la fraîche. Nous dormirions tard à Ancône, et irions nous baigner. Y a-t-il une plage à Ancône ? Sans aucun doute.

Dorothea répondit qu'elle serait venue avec plaisir. Mais comme elle ne comptait pas me voir, ce soir-là, elle avait pris un rendez-vous. Elle mangeait dans une trattoria avec son beau-frère, qui voulait l'entretenir de certaines affaires de famille. Je me mis en colère : ce fut la première fois, la seule peut-être, que je lui parlais durement. Peut-être épanchais-je ainsi toute la mauvaise humeur que j'avais accumulée au fil du mois. Dora en fut mortifiée. Elle me dit que si elle l'avait pu, elle aurait repoussé ce rendez-vous et vu son beau-frère un autre jour. Mais c'était trop tard maintenant : il n'avait pas le téléphone et habitait loin. Il l'attendait à la trattoria. À cette heure, il était certainement sorti ; elle-même était sur le pas de la porte quand la sonnerie du téléphone avait retenti.

— Si cela ne t'ennuie pas, viens avec moi..., dit-elle enfin en hésitant, je te le présenterai, c'est un brave homme, un père de famille. Il travaille dans le cinéma, il est spécialiste du feu... tu sais, on l'appelle chaque fois qu'il faut faire un incendie, de la fumée ou des feux d'artifice. » Dora ne m'avait jamais dit qu'elle avait une sœur. « Je ne t'en ai pas parlé, car elle est morte il y a de nombreuses années. Il s'est remarié. Il a des enfants, quatre enfants, au bord de la mer, à Ladispoli. Tu viens ? Si cela ne t'embête pas, viens. Nous sommes à l'*Osteria della Pesa,* au Trastevere, dans la via Garibaldi.

— Je passe te prendre, dis-je rageusement en me rendant compte que je n'avais pas le courage de rester seul, et aucune envie de rencontrer ce beau-frère.

Mais elle refusa. Elle avait déjà appelé un taxi. Elle était en retard. Avec une décision imprévue, qui me surprit et me plut, elle me répéta l'adresse exacte de la trattoria et raccrocha.

À la différence de Jane, en qui j'avais entière confiance, Dorothea ne m'inspirait que des soupçons. Tout en roulant vers Rome, je réfléchis et finis par conclure que ce beau-frère n'était sûrement pas son beau-frère, et qu'elle avait voulu me précéder à la trattoria pour avoir le temps de l'avertir. Du coup, l'envie me vint de le connaître, ce faux beau-frère. Le mensonge de Dorothea éveillait mon intérêt et m'excitait. Avec une crainte mêlée d'espoir, j'avais aussitôt imaginé qu'il s'agissait d'un individu louche, d'une sorte de *souteneur**.

C'était un gros homme blême et glabre, qui avait la tête pelée et des yeux bleus, doux et malins. Ses vêtements dénotaient une élégance un peu recherchée, mais il n'avait pas de cravate. Il était très sympathique. On aurait dit un maquereau, ou un vieux *souteneur.* Comme je le vis tout de suite, Dorothea et lui s'étaient assis à une table au milieu des autres clients, au bout d'une cour tout en longueur que délimitaient les murs pauvres et rouges de très vieilles maisons. Ils étaient en compagnie d'un jeune homme : beau, brun, grand, aux cheveux bouclés et brillants, au regard singulièrement doux et vif. Il ne portait pas de veste, mais un t-shirt en soie qui moulait son torse ; au poignet, un bracelet et une montre en or ; au doigt, une grosse bague en or ; et au cou, une chaînette d'où pendait une médaille.

Dorothea m'aperçut de loin et se contenta de faire un signe aux autres, comme pour dire : « Le voilà, il est là, c'est lui. » Les deux hommes se levèrent brusquement ; le plus vieux (le vrai ou faux beau-frère) vint à ma rencontre en contournant les tables, avec une attitude de totale soumission, à en juger par ses gestes, ses sourires et sa façon de s'incliner.

Il était véritablement sympathique. Il mangeait avec plaisir, offrait de la nourriture ou du vin avec plus de plaisir encore, les vantant ou les critiquant sans être poseur pour autant, racontait des anecdotes du tournage de son dernier film, ainsi que des histoires drôles, souriait, heureux de cette soirée passée en notre compagnie, ne songeant, n'aspirant à rien d'autre. On pouvait lire sur son visage l'humilité et la bonté du pécheur. Le jeune homme était beaucoup plus réservé. Il ne disait pas grand-chose, mangeait modérément avec une retenue qui n'avait rien de naturel, comme s'il craignait que ma présence effaçât la sienne. C'était un ami de son beau-frère, m'expliqua aussitôt Dorothea ; il travaillait lui aussi dans le cinéma, interprétait de petits rôles. Je compris que ce type avait vu en moi un cocktail éblouissant : j'étais un « monsieur », un intellectuel, et, qui plus est, un Américain. Par calcul, ou tout simplement peut-être par vanité, il voulait donner une bonne impression de lui-même. C'est pourquoi il parla et mangea peu. Mais il exhibait trop ostensiblement la main du bracelet, de la montre et de la bague. Dès que Dora, son beau-frère ou moi portions une cigarette à nos lèvres, il sortait en toute hâte un *lighter* de sa poche (un *lighter* en or également) et l'allumait sous notre nez en agitant sa fameuse main. Et quand il fumait, il tenait sa cigarette assez haut en recourbant la main pour que tout le monde, tous les clients notamment, puisse l'admirer. Une belle main certes, autant que peut l'être une main d'homme. Quoi qu'il en soit, rien ne justifiait cet étalage incessant et répété.

À un certain moment, le beau-frère (appelons-le ainsi) se mit à se moquer gentiment du jeune homme en clignant de l'œil à mon adresse et à celle de Dorothea.

— Mon joli, lui disait-il par exemple, j'ai l'impression qu'en matière de vin, tu n'y entends f... rien, excusez, monsieur le major, je vois que vous comprenez très bien l'italien, et qu'il faut donc faire attention !

Je riais, amusé. Dans le vacarme et les rires des clients, le bruit de la vaisselle, les refrains d'un chanteur qui allait de table en table en s'accompagnant à l'accordéon, dans cette nuit d'été, dans cette atmosphère vulgaire et pleine de chaleur humaine, je me sentais libre, enfin délivré (et sans regrets) des derniers préjudices du vieux New England, qui me collaient à la peau, et plongé dans ce monde païen où toute la réalité est naturellement empreinte de péché et de pardon. C'était autre chose que les soirées chez les Tutts !

— Tu vois, mon joli, continuait le beau-frère, alors que le jeune homme souriait en s'efforçant de prendre la plaisanterie avec le plus de désinvolture possible, tu ne comprends plus rien au vin. Tu es dégénéré. Vous ne voyez donc pas ce qu'il fait, monsieur le major ? Il met de la glace dedans ! À force de travailler dans le cinéma, de faire le joli cœur avec les étrangères, à force de boire du whisky, du gin, du Martini, *hello ! give me a drink...* c'est comme ça qu'on dit, monsieur le major ?... Ben, tu t'es gâché le palais. Espérons qu'il ne s'agisse que du palais.

Tout en écoutant, je me demandais quels rapports Dorothea entretenait avec ces deux hommes, et eux entre eux. Leur air ambigu et leur différence d'âge (le beau-frère avait sans doute cinquante ans, et le jeune homme vingt-cinq) m'avaient amené à croire, dans un premier temps, qu'ils ne partageaient qu'une simple amitié. Mais quand le plus vieux commença à se moquer gentiment de l'autre sans la plus petite pointe d'amertume, je compris que j'avais fait fausse route. C'était avec Dorothea que l'un ou l'autre, ou peut-être les deux, avaient des rapports. J'avoue volontiers, car c'est la vérité, que je n'éprouvai pas la moindre jalousie.

Si j'étais jaloux de Jane (parce que je ne l'aimais pas, ou tout au moins pas assez, et que je ne pouvais lui donner tout ce qu'elle désirait), je n'ai jamais été, en tout cas à cette époque, jaloux de Dorothea. Dorothea allait avec d'autres hommes, avec tous les hommes : c'était dans sa nature, c'était une partie de son charme. Je n'avais à lui procurer que de l'argent, et rien d'autre. Elle était mon idole, et devait donc mépriser tout autre présent. Dans le cas contraire, elle me décevait. C'est pourquoi je ne songeais pas à avoir des droits sur elle ; et je n'aspirais pas à sa fidélité ; lui découvrir des amants m'aurait laissé indifférent, ou m'aurait même excité. Plus tard quand j'engageai ma vanité, et compliquai le jeu, tout changea. À cette époque, c'était ainsi, et je n'en ai pas honte, je n'ai pas honte de l'écrire. Au reste, à bien y réfléchir, rien n'est plus injuste et plus ridicule que le ridicule qui, en France et en Italie surtout, condamne les maris ou les amants trahis. Celui qui aime la femme ou la maîtresse d'un autre n'est pas ridicule ; or, il *désire la femme d'autrui* tout autant que le mari, ou l'amant, qui continue d'aimer sa propre femme, ou sa propre maîtresse, même si elle le trompe, ou justement parce qu'elle le trompe.

Le beau-frère n'arrêtait pas de parler. Le jeune homme fumait pour montrer sa main. Dorothea me regardait de temps à autre en cachette en me jetant d'étranges coups d'œil, prudents et scrutateurs : elle ne voulait pas que je m'en aperçoive, mais elle essayait de deviner mes pensées. Et je pensais que j'allais la quitter, cette nuit même.

Pourquoi ? Par jalousie ?

Au contraire. Le fait de connaître ces deux hommes et de soupçonner qu'ils étaient ses amants avait ravivé et non éteint ma passion. Et c'était justement parce que le lien qui m'attachait à elle se consolidait que j'avais l'impression de pouvoir le briser pendant un certain temps sans en souffrir. Si j'avais interrompu notre relation plus tôt, après le refroidissement progressif d'un mois de vie commune, j'aurais craint de perdre à jamais le désir que j'éprouvais pour elle. Je voulais la quitter maintenant, à l'instant même où ce désir renaissait comme aux premiers temps, un désir si fort qu'il durerait, j'en étais certain, au-delà de notre séparation, jusqu'à ce que je la reprenne.

Dorothea m'observait. Elle était intelligente, et comprenait certaines choses. Par exemple que j'avais deviné que ces deux hommes étaient ses amants, et que cela ne me blessait pas. Elle lisait aussi sur mon visage, j'en suis sûr, la décision secrète que je venais de prendre. Mais elle s'arrêtait là ; elle ne saisissait pas (et comment l'aurait-elle pu ?) le raisonnement subtil qui me poussait à l'abandonner. Elle ne savait pas concilier, comme je réussissais à le faire à ma façon, les sentiments contraires qui m'agitaient. Elle pensait que la vue de ses amants me procurait un plaisir mêlé de mépris. Elle craignait ma vanité et les préjugés de mon éducation. Elle regrettait de m'avoir invité avec ces deux personnages.

Que se serait-il passé si elle avait tout compris ? Si, consciente du pouvoir qu'elle exerçait sur moi, elle avait tenté un grand geste mélodramatique, la désinvolture d'une femme perfide, les adieux cruels qu'on trouvait jadis dans les romans français et dans les films allemands ? Si elle s'était levée, avait pris le beau jeune homme par le bras, m'avait quitté en disant tranquillement : « À demain, Harry, comme prévu », ou même : « On ne part pas demain. Viens me chercher à six heures du soir. Inutile de me téléphoner avant. Ciao », comment aurais-je réagi ?

Oh ! je ne crois pas que je me serais rebellé. Ces mots, et pis encore, ces gestes, étaient justement ce que je désirais le plus. Non, je ne me serais pas rebellé. Je l'aurais peut-être aimée toute ma vie, jusqu'à la damnation.

Mais ce n'était pas une femme perfide.

C'était une brave fille, en somme ; préoccupée de son avenir et de sa subsistance quotidienne.

Vint l'heure du départ. Je leur proposai de les raccompagner dans le centre, et les laissai volontairement tous les trois devant chez elle, en expliquant qu'on m'attendait à l'hôtel. Je tenais à ce que Dorothea sache que je n'étais pas jaloux.

Mais elle eut des soupçons. Elle m'attira à l'écart, tandis que les deux autres s'éloignaient de quelques pas avec une discrétion soudaine.

— Tu m'avais dit que tu préférais partir maintenant pour voyager à la fraîche, murmura-t-elle. Tu le veux toujours ? Mes valises sont prêtes.

— Non, Dorothea, merci, répondis-je en hésitant. Maintenant j'ai vraiment rendez-vous avec ce monsieur.

— Mais tu m'avais dit qu'il était parti.

— Pas celui-là, un autre que j'ai rencontré ensuite. Il est possible qu'il soit encore là demain matin.

— Et moi, comment le saurai-je ?

— Je te téléphonerai. Demain matin. En tout cas, pas avant dix heures. Dors tranquillement.

Et je lui baisai la main avec une galanterie ostensible, à l'image des gentilshommes italiens : je voulais qu'elle comprenne, si tant est que cela fût possible, qu'elle était maîtresse de la situation.

— Fais ce que tu veux, ajoutai-je avec un filet de voix, en tremblant, en espérant qu'elle saisisse mon intention.

Mais elle ne comprit pas. Ou plutôt, elle comprit tout à l'envers. Elle lança un coup d'œil éperdu aux deux hommes, puis, au lieu de me quitter, se rapprocha de moi, en me frôlant de tout son corps, et en m'enveloppant dans son parfum vulgaire.

— Qu'est-ce que tu as ? me demanda-t-elle tout bas. Tu es fâché parce que je t'ai présenté mon beau-frère ?

— Pour l'amour de Dieu !

— C'est l'autre, alors ?

— Tu rêves ! Ils sont vraiment très sympathiques, tous les deux. J'ai passé une excellente soirée.

Je me libérai d'elle et m'avançai vers eux. Je leur dis cordialement au revoir.

J'allai aussitôt me coucher. Mais je n'arrivais pas à m'endormir. Au bout d'une heure, je me rhabillai, fis mes valises, descendis, confiai au réceptionniste un télégramme à remettre le lendemain en ville. Il disait à Dora que je devais partir à l'improviste pour Paris avec un avion de nuit. Nous nous reverrions donc à mon retour, environ un mois plus tard. Je la remerciais.

Je partis en effet cette nuit-là, mais en voiture, et pour Ancône, à mon travail.

12

Je pris de l'essence à Foligno, avant de franchir l'Apennin. À l'arrêt devant le distributeur, je donnai un coup d'œil à la carte. J'avais le choix entre deux routes. Une à droite, par Tolentino et Macerata. L'autre à gauche, par Nocera, Fabriano et Jesi. La première était un peu plus courte, mais étroite. La seconde, plus large, passait par Jesi. Le nom de cette petite ville me rappelait la guerre, un hiver glacial, une femme, et, quelques années plus tôt, cette même femme encore jeune fille : c'était à Rome, j'avais vingt-quatre ans et effectuais mon premier voyage en Italie, à la sortie du *college.*

Naturellement, je choisis la route de Jesi. Je voulais traverser cette ville encore une fois, emprunter la rue principale, large et droite, entre les grosses bâtisses d'un jaune grisâtre alignées tristement jusqu'à la place de l'église, jeter un regard rapide à une maison, à une porte, à des fenêtres précises au second étage : retrouver une pensée, un rêve, un désir inassouvi.

Elle s'appelait Checchina. Vers la fin de l'année 1938, quand je vins à Rome pour la première fois, il n'y avait pas encore de *Fullbright,* bien entendu. Une bourse d'études permettait tout juste de vivre décemment. Mais j'avais vingt-quatre ans, et j'étais follement heureux de visiter l'Italie !

Je logeais dans une pension sur le corso d'Italia, chez des Triestins, les Cottich. La femme de chambre était native des Marches, de Fontanelli exactement, à côté de Jesi. C'était elle : Checchina. Vingt et un ans. Brune, grande, mince, un corps parfait, des manières agréables, raffinées, presque affectées. En Italie, on reconnaît immédiatement les femmes de chambre dans la rue. Quand Checchina était de sortie, on aurait dit une jeune fille de bonne famille, une employée.

Elle me plut aussitôt, énormément. Mais à l'époque, j'étais chaste. Nous autres Américains ne sommes pas comme vous, les Italiens, surtout si nous sommes des intellectuels et venons du New England. À présent, les choses sont un peu différentes. Mais jusqu'à la Seconde Guerre mondiale, de nombreux Américains se mariaient sans avoir vécu l'expérience décisive. Au *college,* on sortait avec des étudiantes, on avait une *girl-friend.* Le soir, on allait au cinéma, ou au théâtre quand on avait assez d'argent, et puis — si la fille avait une chambre en dehors de l'université (nous autres, garçons, vivions au *college,* car cela coûtait moins cher) — on buvait plusieurs martinis pour se donner du courage, et on se lançait dans une *petting party,* ou tout au plus une *necking party ;* toutes les caresses étaient autorisées, mais on n'arrivait jamais à la conclusion. C'est pourquoi je courtisais Checchina, je lui laissais des pourboires dans la mesure de mes possibilités, et fis même de petites folies au bout d'un certain temps en lui offrant parfois un cadeau. En compensation, je me permettais de légères caresses, et rien de plus, le matin quand elle m'apportait le café. Je pensais avoir tout mon temps, et, chaque jour, remettais mon entreprise de séduction au lendemain. J'aimais bien bavarder avec elle. Elle parlait un italien si beau, si pur, dépourvu de la vulgarité des Toscans, et de la mollesse si agressive des Romains... Un de vos auteurs, dont j'ai oublié le nom, a écrit un livre sur la langue italienne intitulé justement *Le Gracieux Idiome.* Voilà, dans la bouche de Checchina, une bouche magnifique, aux lèvres naturellement rouges, aux petites dents blanches, l'italien était vraiment plein de grâce.

La guerre approchait. Les Américains qui se trouvaient à Rome furent appelés au consulat, où l'on nous conseilla de nous préparer au départ, tout au moins à l'idée que nous pourrions quitter le pays d'un moment à l'autre. Effrayés, de nombreux étudiants plièrent bagages. Mais ceux qui, comme moi, adoraient l'Italie, refusèrent de croire à cette menace, ou se réfugièrent dans un *wishfull thinking.*

Il est légitime de croire que, devant l'éventualité d'un départ, je serais allé jusqu'au bout avec Checchina. Eh bien, non. La menace de la guerre eut sur moi l'effet contraire, ou presque. Profiter de cette fille en ce moment critique eût été pour moi un acte de mauvais augure, quelque chose de laid. Je ne modifiai pas mon comportement; et je contenais même mes caresses. Checchina me parlait de sa famille, de sa maison à Fontanelli. C'étaient des paysans, ses sœurs travaillaient à Jesi, dans une usine de céramique. Nous nous liâmes d'amitié. Il y avait entre nous de la tendresse, une étrange familiarité. Et, tout au moins de mon côté, un embarras, une timidité et des scrupules que je n'avais pas le courage d'abandonner.

Une nuit, je rentrai vers onze heures. Toute la maisonnée dormait. Comme d'habitude, je me mis à marcher sur la pointe des pieds pour ne pas faire de bruit. Un long couloir menait à ma chambre. Je n'allumai même pas l'électricité, car le couloir était éclairé par une porte vitrée qui donnait sur la salle de bains. Cette porte était tendue de rideaux clairs en tissu caoutchouté, qui laissaient passer la lumière mais empêchaient de voir à l'intérieur. Ce soir-là, les rideaux avaient disparu. On faisait un grand ménage à la pension, et on les avait sans doute enlevés pour les laver.

Instinctivement, je m'arrêtai devant la vitre, et jetai un coup d'œil. C'était l'heure où Checchina prenait son bain, à la fin d'une journée fatigante. Je la vis très bien, à travers les carreaux dépolis et verdâtres. Elle était allongée dans la baignoire, immobile, ou presque. Je distinguais la tache noire de ses cheveux, le petit ovale du visage, son corps mince dans l'eau, ainsi que l'autre tache noire, plus petite.

Je restai là, plongé dans cette contemplation, en retenant mon souffle et en lançant des regards furtifs à droite et à gauche, dans la crainte de voir venir quelqu'un. Je ne m'arrachai à ce spectacle que lorsque Checchina se leva et commença à se laver. Tout doucement, je réintégrai ma chambre en profitant du bruit de l'eau.

Mais cette image refusait de m'abandonner, et je ne me déshabillai pas.

J'ôtai mes chaussures et collai mon oreille à la porte. Je décidai d'attendre Checchina, de la suivre et de la rejoindre dans sa chambre avant qu'elle s'y enferme (car elle verrouillait certainement sa porte). Je ne pouvais pas me permettre de frapper : sa petite chambre jouxtait celle des Cottich.

Par malheur, au moment où Checchina quitta la salle de bains, la porte de la maison s'ouvrit : c'était un certain Shokri, attaché à l'ambassade d'Égypte, qui rentrait. Un homme antipathique. À table, je me laissais toujours entraîner dans des discussions politiques avec lui, puis m'en repentais tant ses propos me répugnaient. Il était profasciste et antibritannique; il clamait son respect pour les États-Unis, et tenait à nous distinguer des Anglais, ce qui avait le don de m'énerver au plus haut point.

Cette nuit-là, si j'avais pu le tuer... Non seulement je dus renoncer à Checchina, mais, quelques minutes plus tard, tandis que, résigné, j'allais me coucher, j'entendis frapper à ma porte. Je bondis sur mes pieds, croyant, l'espace d'une seconde, qu'il s'agissait de Checchina. Ce n'était que l'Égyptien : son visage repoussant et ses grosses lèvres apparurent derrière ma porte entrouverte ; il m'annonçait avec un sourire mielleux et obscène une bien triste nouvelle : n'avais-je donc pas entendu la radio ? Hitler envahissait la Pologne, Chamberlain ne tarderait pas à lui déclarer la guerre.

Je m'embarquai à Naples, quelques jours plus tard. Avant de partir, je fis à Checchina un cadeau plus conséquent, et l'obligeai non sans peine à l'accepter. Au dernier moment, je lui demandai de m'aider à boucler ma valise et lui donnai enfin un baiser, un seul baiser. Checchina pleurait. Ses larmes se mêlaient au goût frais de sa bouche de paysanne. Je serrai contre moi ce corps mince, robuste et souple, cette taille si fine que mes mains parvenaient à contenir. Elle m'embrassait les yeux fermés comme si elle buvait une liqueur inconnue, et, cambrant les reins avec une violence insoupçonnable, pressait son ventre contre le mien, m'incitant ainsi à la prendre.

Pourtant, quand nous relâchâmes notre étreinte au bout de quelques instants, elle me remercia de ne pas lui avoir obéi : elle me sourit, les yeux noyés de larmes, et s'excusa.

Tu vas peut-être te moquer de moi. Mais je pense avoir été assez cynique, au cours de mon récit, pour que tu me passes un peu de sentiment, disons plutôt de sentimentalisme. Tu dois me croire. Tu dois croire à la pureté de Checchina. Elle venait de s'offrir à moi, et maintenant, sans le moindre regret, elle me remerciait de l'avoir respectée.

Quand je revins en Italie, à la libération de Rome, je me mis à la recherche de Checchina. Les Cottich étaient rentrés à Trieste ; la pension avait changé de propriétaires, elle s'appelait désormais *Shelley*. Personne n'avait entendu parler de la jeune fille.

Les Marches furent libérées au cours de l'été 1944.

Je pensais de temps à autre à Checchina, et je suivais, sur les bulletins, le sort de Jesi et de Fontanelli, où elle avait dû retourner. Mais j'avais beaucoup de travail et ne pouvais quitter Rome. De plus, j'avais fait la connaissance de Jane et de Dorothea.

Checchina était loin : une idylle d'adolescent, presque littéraire. Elle m'apparaissait comme l'héroïne d'un conte romantique. Je revoyais seulement, de temps à autre, son corps nu que j'avais contemplé derrière les carreaux verts de la salle de bains à la transparence presque fantastique. Je me souvenais de l'élan, du choc de son baiser d'adieu, et je la désirais à nouveau.

Au mois de novembre ou de décembre de cette année-là, avant d'aller en France retrouver Jane, je fus chargé par le PWB, dont je dépendais, d'accompagner au front trois journalistes italiens, correspondants de guerre.

Nous visitâmes d'abord la ligne dite « Gothique », c'est-à-dire le front de la Ve armée ; puis nous descendîmes jusqu'à Foligno et franchîmes l'Apennin en remontant vers l'Adriatique, où était cantonnée la VIIIe armée, en grande partie britannique, sous les ordres du général Leese.

Par pur hasard, nous nous arrêtâmes à Jesi. Les hôtels étaient tous réquisitionnés, et complets. Deux des journalistes furent logés dans les baraquements du commandement italien. Des détachements italiens combattaient à nos côtés ; ils étaient presque exclusivement affectés aux convois de ravitaillement. Nous trouvâmes, le troisième journaliste et moi, deux chambres chez l'habitant, dans un appartement au deuxième étage avec vue sur la rue principale qui traversait la ville dans toute sa longueur. Il y avait sur la porte une petite plaque et un nom que j'ai oublié, mais que je me rappelai subitement, la nuit dont je te parle, devant le distributeur d'essence, dès que je vis Jesi sur la carte.

C'était un petit nom italien, modeste, tranquille, qui finissait en *ini, elli* ou *etti*. Je ne sais pas ce que je donnerais pour m'en souvenir. Il m'aiderait peut-être à mieux décrire le petit logement, pauvre, propre, aux relents d'avarice et de dignité, qui se cachait derrière cette porte et ce nom. Des petits carreaux hexagonaux, rouges et luisants, au sol. De petites pièces meublées dans le style du XIXe siècle finissant, des chaises et des fauteuils recouverts de leurs housses blanches. Des cheminées où reposaient des bouquets de fausses fleurs sous des globes de verre. De grands lits de fer garnis d'une profusion de lourdes couvertures et de couvre-lits en tricot blanc. L'électricité n'avait pas encore été rétablie. Monsieur..., bref, le propriétaire dont je ne me rappelle pas le nom, un vieil homme, grand, fort, mais un peu voûté, rubicond et chauve, nous tendit à chacun une bougie, soigneusement enfoncée dans son bougeoir de métal émaillé bleu. Nous payâmes d'avance car nous devions partir le lendemain matin de bonne heure. Les meubles, les objets, les bibelots, tout était à sa place, bien rangé et bien propre. Mais il faisait horriblement froid. Le propriétaire, qui ne quittait pas son pardessus et son écharpe de laine, nous dit que le chauffage coûtait trop cher.

Nous allâmes dîner puis rentrâmes nous coucher. Ce petit appartement glacial, si ordonné, m'avait enchanté. Pour dire la vérité, il m'avait évoqué Checchina dès le premier instant. À présent, allongé entre ces draps rêches, j'observais la chambre à la lumière paisible de la bougie qui brûlait sur la table de nuit, je me disais que Checchina n'était certainement pas loin (Fontanelli se trouvait à deux kilomètres environ) et que si je m'étais mis à sa recherche, elle aurait peut-être été en ce moment dans ce lit, auprès de moi. Je respirais et regardais le petit nuage que formait mon haleine s'élever et s'évanouir dans la pénombre. J'imaginais le corps de Checchina (maintenant, elle avait sans doute vingt-sept ans, j'en avais trente, six années s'étaient écoulées !) entre les draps rêches, près de moi.

Je me levai avant le jour, et sortis aussitôt. J'allais à Fontanelli. Je voulais revoir Checchina, savoir ce qu'elle était devenue. Naturellement, je ne me confiai pas au journaliste. Je me contentai de lui dire que je devais me rendre chez le *Town Major,* ou au *Car Pool* — je ne m'en souviens pas. Je lui donnai rendez-vous à huit heures précises devant les baraquements du commandement italien.

Un quart d'heure plus tard, avec ma Jeep, j'étais à Fontanelli. Je n'avais pas oublié le nom de famille de Checchina, et je ne l'ai toujours pas oublié. Mais je préfère ne pas l'écrire. C'est également celui d'un grand philosophe italien. Le seul problème était que, comme dans certains petits villages du Middle West où il n'y a plus beaucoup d'immigration, à Fontanelli, presque toutes les familles portaient le même nom.

J'entrai dans le débit de tabac sous prétexte d'acheter des cigarettes. En bavardant quelques minutes, je parvins facilement à retrouver la trace de Checchina. Oui, elle vivait là, était en bonne santé, et sur le point d'accoucher. Elle s'était mariée l'année précédente sous l'occupation allemande. Elle avait épousé un garçon remarquable, me dit-on, qui effectuait des transports en camion pour les Alliés. Je ne savais pas si je devais ou non la voir. J'avais peur de lui causer une émotion qui pouvait troubler le cours de sa grossesse. Je décidai de m'en aller. Je chargeai la buraliste de lui dire bien des choses « de la part de l'étudiant américain du corso d'Italia ».

Je sortais de la ville et tournais doucement dans la rue boueuse, sillonnée de profondes ornières, en direction de Jesi, quand j'entendis dans mon dos des cris joyeux. C'était Checchina, qui courait vers moi, un foulard rouge sur la tête. Je sautai de la Jeep, les jambes tremblantes.

Oui, elle était bien enceinte. Mais quel plaisir de la revoir ! Le même regard, le même sourire ! Elle avait juste un peu changé : je savais qu'elle était vive et intelligente ; à présent, elle était même pleine d'assurance.

— Comment allez-vous, monsieur Harry ? Vous avez bien fait de venir ! Savez-vous que je disais toujours à maman, depuis que les Alliés ont commencé à avancer : et si le jeune monsieur Harry passait par ici ? Je me plantais sur la route de Jesi pour regarder les camionnettes ! Oui, je le jure ! J'ai appris immédiatement à distinguer les Américains des Anglais et des Polonais. Les Américains, on en voit peu par ici. Et maintenant, je vais vous faire rire... Je les regardais tous, et je trouvais qu'ils vous ressemblaient presque tous !

— C'est la première fois qu'on m'envoie sur ce front. Sinon, je serais déjà venu vous voir », et j'ajoutai d'un ton léger, en la vouvoyant et en évitant de donner à mes paroles une inflexion sentimentale, car je respectais sa nouvelle condition : « Moi non plus, vous savez, je n'ai rien oublié. Je me suis souvent demandé : qu'est devenue Checchina ?

— Vous n'avez pas changé, monsieur... Vous faites plus homme, ça oui ! Mais c'est peut-être à cause de l'uniforme...

Pleine d'assurance, elle égrenait rapidement, gaiement, son bel italien, si pur, sur un ton presque mondain par sa simplicité, presque snob. C'était peut-être une façon de vaincre sa timidité, de dissimuler son émotion et sa surprise. Peut-être y mettait-elle aussi une pointe de vanité : quelques femmes étaient sorties sur le seuil des maisons les plus proches, et nous observaient de loin. Checchina était sans doute heureuse de se montrer en compagnie d'un officier américain, dont elle avait peut-être déjà parlé à ses amies.

— Venez, monsieur Harry, dit-elle enfin, en

m'entraînant par le bras, venez prendre un café au lait chez nous. Je vais vous présenter mon mari. Il dort encore, car il est rentré tard, cette nuit, avec le camion. Mais il va se lever. Peut-être n'aimez-vous pas le café au lait? Préférez-vous un verre d'eau-de-vie? C'est nous qui la faisons, c'est de la vraie!

Je lui dis, en regardant ma montre, qu'on m'attendait à Jesi, et que j'étais déjà en retard. Je la remerciais, j'étais touché. Mais je ne pouvais vraiment pas. Je reviendrais à la première occasion.

Elle fut très déçue; elle paraissait réellement triste de me voir partir aussi vite.

— Si j'avais su, dis-je en remontant dans la Jeep, je vous aurais apporté quelque chose. Pour le bébé...

J'avais dans la voiture des boîtes de conserve, les habituelles rations militaires de confiture, de *pork and beans* ou de Spam. J'hésitai un instant. Mais elle ne semblait pas dans la misère, et je pensai que ce cadeau, le cadeau typique des soldats américains aux jeunes Italiennes, risquait de la blesser.

Je lui dis au revoir en lui présentant tous mes vœux, et partis. Au tournant, je la regardai. Immobile à l'endroit où nous nous étions quittés, elle avait ôté son grand foulard rouge et l'agitait vers moi.

Bien sûr, je ne revins pas. Je m'étais bien comporté à son égard. Contrairement à ce que l'on croit, la guerre ennoblit. Les horreurs, les massacres et les morts ont des conséquences bienfaisantes : ils empêchent la confusion des sentiments et remettent chaque chose à sa place dans le cœur de l'homme. Le sourire d'une épouse a de la valeur : c'est le sourire d'une épouse. Ou simplement étais-je plus jeune, alors. Ma passion pour Dorothea et mon mariage avec Jane ne m'avaient pas encore corrompu.

Je ne revins pas. Je songeais parfois à Checchina. La nuit, souvent, avant de me coucher. Je me disais qu'il ne fallait pas que j'oublie, le lendemain, d'aller acheter des petits vêtements, des jouets et des cadeaux pour le bébé, de bien les empaqueter et de les lui envoyer. Mais j'étais paresseux et j'oubliais : cela se produit invariablement quand on doit être gentil — gentil, c'est tout.

Et voici qu'en cette nuit d'été je me retrouvais sur la route de Jesi. Bientôt, avant d'arriver aux portes de la ville, le panneau avec la flèche indiquant « Fontanelli » surgirait sur ma droite.

À sa vue, je ralentis un instant, regardai ma montre : il était trois heures et demie. Je continuai. Trois années s'étaient écoulées. Checchina était-elle toujours là ?

En entrant à Jesi je ne pensais pas à la Checchina de ce matin-là — une épouse, une mère presque —, mais à celle que j'avais serrée dans mes bras, quelques années plus tôt, à Rome. Je sentis la pression de son ventre contre le mien, et fus pris d'un désir si vif qu'il me coupa le souffle. À ce moment-là, j'aperçus brusquement la maison où j'avais passé cette lointaine nuit de guerre en songeant à Checchina, et presque involontairement m'arrêtai devant la porte.

Il n'était pas encore quatre heures. La lumière bleue de l'aube éclairait la longue rue déserte. (La guerre était finie depuis longtemps.) L'asphalte était propre et lisse. Soudain, tous les lampadaires s'éteignirent, et l'ancienne perspective des palais et des maisons se détacha, intacte, dans cette lumière spectrale, comme un décor sur la scène d'un théâtre vide, à la faible clarté du jour filtrant par une verrière.

Je descendis de voiture. À côté de la porte, dans l'épaisseur d'un pilastre de pierre, étaient fixées, près des sonnettes respectives, les plaques portant les noms des locataires. Je trouvai immédiatement le nom que j'avais oublié. Mais je ne sonnai pas. J'allai m'asseoir dans ma voiture. Étais-je devenu fou ? Avais-je vraiment eu l'intention, pendant un instant, de sonner à cette heure-ci ? Instinctivement, comme on fouille un vieux tiroir sans en regarder le fond, j'inspectai mon cœur, et, tout au fond, y dénichai Dorothea, mon insatisfaction de la soirée précédente et d'un mois passé à ses côtés, la terrible découverte qu'elle n'était pas celle que je désirais follement, et ma haine contre moi-même. Je voulais une autre femme, aujourd'hui, tout de suite. Je voulais Checchina. Je savais qu'elle serait à moi, à n'importe quel moment de ma vie : il me suffisait de le vouloir. Mais je savais aussi qu'il aurait été criminel de la persuader de venir dans un hôtel, un petit hôtel de Jesi. Si j'étais égoïste et corrompu, si j'étais un pécheur, j'étais également lâche, et donc inapte au crime.

Ce jour qui commençait était un dimanche. La clarté de l'aube se diffusait rapidement. Une lumière de plus en plus blanche soulignait la perspective classique. Déchirant le ciel, le soleil vint illuminer, au fond, l'église et les maisons les plus hautes. La rue était déserte. Je m'assoupis un moment en attendant dans ma voiture.

Je fus réveillé par le carillonnement des cloches. Il y avait désormais quelques passants. Des gens qui allaient à la première messe, sans doute. Je parcourus en tous sens la rue principale, à la recherche d'un bar. Ils étaient tous fermés. Je poussai jusqu'à la gare. Je bus un café. Puis je retournai dans la rue principale, m'arrêtai devant la porte et jetai un coup d'œil aux fenêtres du deuxième étage : les volets étaient encore clos.

Je finis par sonner à sept heures et demie. La porte s'ouvrit. Je gravis l'escalier raide qui montait entre deux murs, et trouvai le propriétaire sur le palier du deuxième étage : plus vieux, plus voûté, vêtu d'une robe de chambre en laine. Malgré mes efforts, il ne me reconnut pas : pendant la guerre, il avait logé tant de militaires, anglais ou américains... Il m'apprit qu'il ne louait plus de chambres. Sa femme était morte. Il vivait seul ; il avait été greffier du tribunal, était maintenant à la retraite. Je lui dis, sans me soucier de l'étrangeté de mes propos, que je voulais passer une journée, seulement une journée, à Jesi. Que je repartirais avant minuit pour Ancône. Que j'arrivais de Rome, que j'avais conduit toute la nuit, que j'étais mort de fatigue et que j'avais besoin de repos : depuis l'aube, j'attendais en bas, dans ma voiture, pour ne pas le déranger. J'ajoutai que je n'avais pas envie de descendre à l'hôtel car j'étais attaché à cette maison, à cette chambre (je la lui indiquai du palier, à travers la porte ouverte), où j'avais dormi une nuit, en novembre 1944.

Il me lança un regard effrayé.

— Non, je ne suis pas fou, m'écriai-je en essayant de sourire le plus sereinement possible. Je suis sentimental, romantique. Je suis un artiste. » Et je précisai même : « Je suis peintre. Veuillez m'excuser.

— Je regrette, monsieur, répondit-il en me poussant presque vers la sortie, mais ce n'est pas possible. Aujourd'hui, c'est dimanche. Je prépare moi-même mon repas, vous savez. La femme de ménage ne vient pas le dimanche. La chambre est donc inhabitable. Il n'y a pas de draps, pas de couvertures, rien.

— Je vous donne dix mille lires, dis-je.

Je ne lui proposai pas vingt mille, car l'énormité du chiffre risquait d'éveiller ses soupçons et de produire l'effet contraire.

Le pauvre vieillard, dont la retraite mensuelle dépassait peut-être de peu ce que je lui offrais pour une journée de loyer, fixa presque malgré lui le grand billet que je lui tendais, et demeura immobile, indécis, les yeux écarquillés, la bouche entrouverte.

Soudain, j'eus une idée. Je lui dis :

— Voilà mon passeport, regardez la photo. Vérifiez. Je suis citoyen américain. Gardez-le donc. Vous me le rendrez ce soir, quand je partirai.

Je lui remis mon passeport ainsi que les dix mille lires.

— Mais il n'y a pas marqué « peintre », seulement « *College Teacher* », ce qui signifie « professeur », si je ne m'abuse.

— Oui, parce que j'enseigne également l'histoire de l'art dans une université américaine.

— Bon », fit-il alors. En tremblant légèrement, il plia le billet de banque et le mit dans sa poche ; puis il me précéda jusqu'à la chambre et ouvrit la porte. « Si vous permettez une minute... je vais vous donner les draps et les taies d'oreiller.

Je rétorquai que je n'en avais pas besoin. Mais il insista, sortit en traînant ses pantoufles, et revint aussitôt. Il tenait à faire le lit ; je refusai en le remerciant.

Une fois seul, j'allai à la fenêtre, l'ouvris toute grande pour chasser la forte odeur de renfermé. Je laissai les volets mi-clos et regardai la rue, en bas, qui commençait à s'animer. Je me jetai sur le lit. À quelle heure était-il décent de me présenter à Fontanelli ?

Je m'y rendis vers onze heures. Je parcourus d'abord Jesi de long en large à la recherche d'un magasin ouvert. Je voulais apporter à Checchina un cadeau pour son enfant, un jouet ou des vêtements. Cette fois, je ne pouvais pas arriver les mains vides. Mais tous les magasins étaient fermés, à l'exception des pâtisseries. J'achetai donc une boîte de bonbons et un gâteau.

Quand j'arrivai à Fontanelli, les gens sortaient de la messe. J'avais garé ma voiture en dehors du village pour passer inaperçu. Malgré ces précautions, tout le monde comprenait que j'étais étranger et me lançait des regards curieux. Je me rendis compte de mon erreur : on ne tarderait pas à découvrir ma voiture, et ma prudence éveillerait encore plus les soupçons. Je rebroussai donc chemin, pour reprendre la voiture et la ranger franchement sur la place de l'église. Je n'étais pas encore sorti du village quand une femme me rejoignit et m'arrêta en me disant tout bas :

— Vous cherchez Checchina, n'est-ce pas?

— Oui, répondis-je avec stupéfaction. Comment l'avez-vous deviné?

— Vous êtes venu un matin, durant la guerre, non? Vous étiez militaire? Américain? Vous conduisiez une Jeep, je me trompe?

— Non. Mais vous...

— Je m'en suis souvenue, voilà tout. Je suis une amie de Checchina. Elle parlait tout le temps de vous. Et même après la guerre, même ces derniers temps.

— Comment va-t-elle?

— Très bien. Elle a eu un autre enfant. Ils sont deux, maintenant, deux garçons. Ils se portent tous bien. Venez, je vais vous conduire chez elle. Elle sera contente de vous revoir.

Nous quittâmes la rue principale par une traverse et empruntâmes un chemin de terre battue, bordé de potagers, de vignes, de maisons neuves, blanches, à un étage, aux toits rouges et aux volets verts, qui tenaient à la fois du pavillon et de la ferme.

— C'est là, dit enfin la femme, qui avait marché devant moi en silence et d'un pas rapide.

Elle me montra du doigt une maison un peu plus grande et un peu plus élégante que les autres, qui avait également la particularité d'être entourée d'un grillage métallique et d'un petit jardin :

— Attendez-moi ici. Vous allez voir, Checchina va venir tout de suite.

— Mais elle est peut-être occupée. Dites-lui que je suis désolé de la déranger. Si j'avais pu l'avertir...

— Ne vous inquiétez pas. Il y a les petits, mais je vais m'en occuper quelques minutes...

Elle eut un sourire malin et gentil qui éclaira son grand visage rose et ses yeux noirs, vifs, vivants, intelligents.

Quelques secondes plus tard, Checchina apparut sur le seuil de sa petite villa. Elle était mince, bien coiffée, vêtue, avec une élégance citadine, d'un tailleur en soie bleu pâle agrémenté à la boutonnière d'une grande fleur blanche. C'est vrai, c'était dimanche : elle revenait peut-être de la messe.

— Monsieur Harry ! » Elle courut à ma rencontre avec un tel élan que je pensai qu'elle allait m'embrasser. « Mon cœur me disait bien que je vous reverrais ! Merci d'être venu !

— Je ne sais pas comment ton amie a réussi à me reconnaître..., lui dis-je en la tutoyant involontairement, alors que je l'avais vouvoyée lors de notre précédente rencontre ; sans m'en rendre compte, je lui tendais ma main libre, et frôlais son coude, son bras.

— C'est moi qui vous ai vu, monsieur Harry ! expliqua-t-elle alors en baissant les yeux et en rougissant. Je vous ai vu de loin, sur la place, à la sortie de la messe, et je vous ai aussitôt reconnu. J'ai eu un coup au cœur. Mais j'avais la gorge nouée, et je n'aurais jamais osé venir à votre rencontre au milieu de tous ces gens. C'est ainsi que j'ai envoyé mon amie. Vous savez, nous vivons dans un village. Les gens sont mesquins, ils ont l'esprit étroit, ils pensent tout de suite à mal ! La dernière fois, c'était la guerre, tout le monde parlait avec les Américains. Et puis j'étais sur le point d'avoir mon premier enfant. J'en ai deux maintenant, vous le savez ? Il a huit mois. Si vous le voyiez... c'est un amour, monsieur Harry !

Elle disait maintenant « *signor Harry* », et non plus « *signorino* », comme la fois précédente [1].

— Comment avez-vous fait pour venir...

Mais elle se tut brusquement. Je gardai moi aussi le silence. Un instant, je pensai lui apprendre que j'étais marié, moi aussi, que j'avais un enfant. Mais je craignais de compromettre ainsi le véritable but de ma

1. *Signore* s'adresse aux hommes adultes, et *signorino* aux jeunes gens. *(N.d.T.)*

visite, un but qui, hélas, n'avait rien de sentimental, cette fois. Je préférai donc me taire. Nous nous regardions dans les yeux, immobiles, debout, face à face, sous le soleil de juillet, dans le silence dominical de la campagne, que le paisible gloussement des poules, les pleurs d'un enfant (dans la maison, peut-être ? un des siens ?), une cloche qui sonnait en avance l'angélus de midi dans un autre village, brisaient de temps à autre, ou plutôt ornaient délicatement, sans le gâcher.

— Checchina », lui dis-je en posant la main sur le dos de la sienne — un contact aussi doux que le baiser le plus doux —, « Checchina, j'aimerais tant passer un moment avec toi...

— Je regrette, murmura-t-elle en baissant de nouveau le regard comme si elle n'avait pas la force de résister au mien, je regrette de ne pouvoir vous dire d'entrer, monsieur Harry. Mon mari n'est pas là. Il est parti ce matin avec son camion pour Foggia. Je suis seule avec ma mère et les petits. Je vous l'ai déjà dit, nous vivons dans un village. On pense tout de suite à mal.

Son mari n'était pas là ? Quand devait-il rentrer ? Mais alors, elle pouvait s'absenter une heure ou deux ? Venir à Jesi ? Elle n'allait donc jamais à Jesi ? Si, quelquefois, le dimanche, justement. Le dimanche soir. Elle mettait ses enfants au lit, leur grand-mère les gardait, et elle allait au cinéma à Jesi avec son amie, et son mari quand il était là.

C'était donc possible. Je regardai Checchina en tremblant presque sous l'effet du plaisir et de l'excitation. La maternité lui avait élargi le bassin, et sa taille, qui était restée la même, semblait encore plus fine. Ses seins étaient petits, mais hauts, dressés et gonflés. Sa bouche et ses yeux exprimaient le bonheur profond que procurent le désir et l'espoir quand ils sont conjugués.

Je lui donnai l'adresse exacte de la maison. Je lui expliquai tout : je guetterais son arrivée derrière les volets. Elle se promènerait de long en large devant la porte à huit heures précises. Ainsi, je la verrais et descendrais lui ouvrir sans qu'elle ait besoin de sonner. Le propriétaire ne devait pas s'apercevoir de cette visite car il risquait de s'y opposer. Je lui donnai les douceurs pour les enfants, et, me retenant à grand-peine de la prendre par la taille ne serait-ce qu'un instant, je partis en courant avant que quelqu'un ne survienne.

J'allai déjeuner dans une trattoria et dormis profondément tout l'après-midi, dans la petite chambre, chaude et sombre, nu sur un drap que j'avais étendu sur le matelas. J'étais sûr de mon fait. Checchina serait là à huit heures. Après tant d'années, elle m'appartiendrait enfin. Je me sentais heureux comme jamais je ne l'avais été. Je comprenais que mon obstination n'était en rien une folie : cette pièce fin XIXe, si digne, si sévère et si modeste, était la scène parfaite, le décor le plus approprié, pour attenter à l'honneur de la jeune mère ; c'était une promesse, une garantie de volupté. Partout ailleurs, le sacrifice de la vertu de Checchina m'eût été moins précieux.

Les deux portraits au bromure d'un mari et d'une femme, très graves, dans d'énormes cadres sculptés et dorés, les lits de fer aux boules de cuivre, la coiffeuse en noyer sculpté, garnie d'une table de toilette en marbre où étaient posés une grande cuvette et un broc en céramique, la carafe et les verres en opaline sur la cheminée, le globe poussiéreux sous lequel on entrevoyait à grand-peine les fleurs artificielles qu'il protégeait, les feutres et les peluches brodés et mités, les housses de toile blanche sur les fauteuils, le bénitier sans eau bénite, et le prie-Dieu sur lequel personne, sans doute, n'avait prié depuis le siècle dernier, tout, dans cette chambre, et même l'odeur des vieilles choses et de la poussière, exigeait, invoquait presque un souffle vital et profanateur.

Je me levai bien avant huit heures, déjà ému, déjà

exaspéré par l'attente, heureux de souffrir pour une autre femme que Dorothea, rajeuni enfin par la pensée de Checchina, comme par une cure miraculeuse.

Je ne parvenais pas à tenir en place. Je ne voulais pas sortir, par prudence et pour ne pas me faire remarquer. Mais je n'avais pas la force de patienter. J'étais aussi agité qu'un adolescent qui s'apprête à vivre sa première aventure. Je faisais les cent pas dans ma chambre. Je m'allongeais sur le lit, me relevais aussitôt, tendais avec grand soin les draps et les couvertures avant de me rejeter dessus quelques minutes plus tard.

À sept heures et demie, je me postai derrière les volets pour voir si elle arrivait. Le soleil ne s'était pas encore couché, mais la rue était déjà plongée dans l'ombre. Une foule gaie passait lentement en bavardant et en arborant les habits des jours de fête devant les vitrines illuminées : c'était la promenade dominicale de la petite ville.

Soudain, je l'aperçus : elle portait un tailleur sombre et des gants, tenait un petit sac. Elle s'était arrêtée devant une vitrine, presque en face de la porte d'entrée, et s'était retournée après un instant d'hésitation pour jeter un coup d'œil vers la maison. Je dévalai les escaliers, ouvris la porte, juste une fente, et attendis, caché. Au bout de quelques secondes, une main gantée de fil blanc poussa la porte. Checchina entra et se précipita dans mes bras.

Nous montâmes silencieusement sur la pointe des pieds. Je craignais de voir surgir le propriétaire. Cela aurait été dangereux, tout au moins embarrassant. Mais peut-être était-il sorti. Nous atteignîmes enfin la chambre. Je fermai la porte à clef. J'étreignis Checchina en la jetant sur le lit, l'embrassai et la déshabillai rageusement. Je murmurai :

— Cela fait des années, une éternité, que je pense à ce moment, Checchina ! Ma Checchina ! Ma Checchina à moi, rien qu'à moi !

Elle souriait, les yeux fermés, avec une expression de profonde béatitude. Mais je la fixai, je la fixai comme pour la pénétrer du regard aussi. Elle ne cessait de sourire, et ce sourire avait quelque chose d'ironique, de supérieur : ses lèvres jointes, serrées, bien dessinées, relevées aux commissures, semblaient appartenir à une statue archaïque, grecque ou égyptienne.

L'enchantement fut, hélas ! de courte durée.

Au bout de quelques minutes, de quelques secondes même, je n'avais plus dans mes bras qu'une femme en nage, haletante, parfumée d'une eau de Cologne à bon marché, une femme au visage rouge, insatisfait. Je balayai du regard la pièce, consacrée à mon lointain désir, que j'avais oublié de contempler, contrairement à mes projets, au moment où j'y étais entré avec Checchina. Cette vieille chambre n'avait plus de sens, ce n'était plus qu'un ramassis de pauvres objets poussiéreux.

— Checchina, dis-je après un long silence, tu sais, je suis marié moi aussi.

Elle tressaillit et me regarda comme si je lui avais causé, traîtreusement, un grand chagrin.

— Oui, Checchina. Depuis un an et demi. J'ai même un bébé de huit mois.

Elle attendit un moment avant de me répondre. Elle me caressa le visage. Puis elle dit :

— Elle est Américaine ?

Elle parut un peu consolée de l'apprendre.

— Vous avez bien fait, dit-elle en me vouvoyant de nouveau. J'ai souvent pensé que vous vous seriez marié... Êtes-vous heureux ?

— Non, Checchina.

— Mais elle, elle vous aime ?

— Elle, oui ! Ah ! ça, oui ! m'écriai-je, sûr de moi. Et au fond, moi aussi, je l'aime bien. Mais c'est différent.

— Je sais, dit-elle dans un soupir. Moi aussi, au

fond, j'aime bien mon mari. De la même façon, peut-être, dont vous aimez votre femme. C'est de l'affection, voilà. Une affection maternelle.

— Oui, c'est exactement cela, Checchina.

C'est alors que commença la longue agonie de l'aventure à laquelle je n'avais pas su renoncer. Je n'avais plus rien à dire à la pauvre Checchina. Je ne ressentais plus rien, ou plutôt j'avais l'impression de ne ressentir plus rien, pour elle. En quelques minutes, en quelques secondes peut-être, j'avais entièrement consumé, entièrement brûlé, un désir qui m'habitait depuis neuf ans, et que, pour cette raison sans doute, j'avais cru important, inépuisable. L'obscurité envahissait peu à peu la chambre. Checchina ne partait pas. Cela lui était impossible : elle craignait d'être reconnue en sortant, de rencontrer des gens de son village (qui venaient en grand nombre à Jesi, le dimanche soir). Elle voulait attendre que l'heure de la promenade soit passée et la rue désertée, ou presque : elle entrouvrirait alors la porte, et, avant de sortir, s'assurerait que personne ne venait. Puis elle irait vraiment dans un cinéma, où l'attendait la jeune femme dont j'avais fait la connaissance le matin, et rentrerait avec elle après minuit par le dernier autobus.

Quant à moi, j'avais faim, et j'avais envie de sortir. Naturellement, je ne pouvais pas le lui dire, ni le lui laisser entendre. Après m'être rhabillé, je me mis à faire les cent pas dans la chambre, en fumant et en parlant de tout et de rien, en m'efforçant de dissimuler ma déception, mon ennui, ma faim et mon sommeil aussi. Checchina, à moitié rhabillée, était allongée sur le lit, appuyée sur un coude. Elle me contemplait en devinant peut-être mes pensées. À un certain moment, elle me demanda une cigarette. Elle ne fumait pratiquement pas, me dit-elle. Elle tenait la cigarette avec gaucherie, en se moquant d'elle-même. Pendant ce temps, les minutes s'égrenaient lentement, de plus en plus lentement.

Je parlais ; les sujets de conversation mouraient sur mes lèvres, j'en cherchais d'autres, que je trouvais péniblement. Dorothea rejaillissait irrésistiblement dans mon imagination. J'avais envie d'être auprès d'elle. Je comparais cette déception à celles que me procurait, chaque fois, Dorothea. C'était un autre tourment, beaucoup moins grave.

Avec Dorothea, j'étais le seul à souffrir. Quand je la voyais après l'amour, son corps apaisé, indifférent, aussitôt abandonné au sommeil, je me sentais dégagé de toute responsabilité, sinon envers moi-même, du moins envers elle.

À présent, au contraire, je me répugnais. Je regardais Checchina, encore tendre, encore vibrante de désir, qui m'observait, couchée sur le lit, et touchais du doigt ma légèreté, mon égoïsme et ma misère.

Enfin, un peu avant dix heures, elle se prépara pour sortir après avoir vérifié à travers les volets que la promenade était bien terminée. Elle voulut à tout prix me donner un long baiser avant de remettre la veste de son tailleur. Elle portait une combinaison brodée, de soie rose, brillante, dont elle était probablement très fière. Elle espérait sans doute me laisser le souvenir d'une maîtresse libertine, presque citadine.

Puis elle prit son sac et en sortit une chaîne et une médaille en or, à l'effigie de Notre-Dame de Lourdes, emballées dans du papier de soie.

— Je vous l'ai apportée pour que vous ayez un souvenir de moi, monsieur Harry, dit-elle. La Vierge est bénite. Je sais que vous n'êtes pas catholique. Mais elle vous portera chance quand même. Je ne vous demande pas de la mettre à votre cou. Vous pouvez la garder où vous voulez, dans votre portefeuille, ou dans un tiroir. Il suffit que vous me promettiez de la conserver.

Tout ému, je promis. Dans la chambre sombre, à la lumière de la rue que filtraient les persiennes, je vis que les yeux de Checchina étaient remplis de larmes.

— Ou bien, dit-elle enfin en faisant un grand effort sur elle-même pour ne pas pleurer, si un beau jour vous décidez de vous en séparer, donnez-la à votre femme. Vous me le promettez ?

— Oui, je promets.

Et j'ajoutai instinctivement que ma femme était catholique.

Je me postai derrière les volets, et la vis sortir de la maison, s'éloigner rapidement sans se retourner, sans jeter un regard vers les fenêtres, et disparaître à jamais de ma vie.

J'allai dîner et partis immédiatement pour Ancône, où j'arrivai avant minuit.

Un télégramme m'attendait à l'hôtel depuis la veille au soir. Il était de Jane. Elle me priait d'aller la chercher. Elle devait quitter Capri au plus vite : Duccio était malade. Rien de grave, m'assurait-elle. Mais le médecin lui avait conseillé de changer d'air.

13

À Paris, nous prîmes en location un appartement meublé à Auteuil. Tous les matins, j'allais en voiture à l'Unesco, avenue Kléber ; je déjeunais dans la *cafétéria** du sous-sol, ou dans un petit restaurant du quartier ; et je rentrais à Auteuil vers six heures. Une vie de fonctionnaire, en somme. Gros salaire, peu de travail, un ennui sans fin. Je dirigeais un département de l'Unesco et disposais d'un bureau au cinquième étage, de plusieurs pièces, d'une vingtaine d'employés et de secrétaires. De mes fenêtres, je voyais les toits de Paris, fumeux, argentés ; et tour à tour le soleil, le brouillard, la pluie, le vent ; et les sillons des *avenues**, noirs ou verts selon les saisons, qui se frayaient un chemin parmi les maisons grises jusqu'au lointain dôme doré des Invalides. Et pourtant, comme Paris était doux ! Il y avait dans cet air vif, dans ces ciels changeants, dans ces lueurs d'argent, un je ne sais quoi qui semblait voiler les souvenirs et freiner le désir, assembler les contraires et favoriser une rêverie sereine.

Rome me conduisait invariablement au péché ; l'Amérique à la chasteté ; et Paris aux deux extrêmes à la fois.

Heureusement, Duccio n'avait rien eu de sérieux. Il était seulement affaibli et énervé par un climat qui ne lui convenait pas. Jane aussi me parut très lasse et très nerveuse quand je la rejoignis directement d'Ancône en interrompant mon périple pour quelques jours : elle reconnaissait qu'elle avait eu tort de vouloir à tout prix s'installer à Capri, elle le regrettait, elle souhaitait partir au plus tôt. Elle était même prête à rentrer aux États-Unis si je le croyais nécessaire. Je l'envoyai en Suisse, dans le canton de Vaud, à Sierre exactement, un village de moyenne montagne, qui était, en cette saison, idéal pour Duccio. Quant à moi, je repris mon travail, expédiai rapidement les Marches, les Abruzzes, toute l'Italie du Sud. Je terminai mon inspection à Palerme, à la fin du mois d'août, vendis la voiture et pris l'avion pour Rome. Je n'y restai qu'une nuit. Je la passai avec Dorothea, que je n'avais pas revue depuis mon départ pour Ancône ; le lendemain je me rendis par le train à Milan, et de là, à Sierre. Au début du mois de septembre, nous étions déjà installés à Paris.

Jane était triste, mais tranquille. La montagne lui avait réussi, à elle aussi. Chaque jour, quand je rentrais à la maison, je la trouvais auprès de Duccio. Elle avait renvoyé la Fräulein ; à présent, elle s'occupait de tout, y compris de la cuisine. Nous n'avions qu'une seule employée, pour les besognes les plus pénibles et pour garder Duccio le soir, lorsque nous sortions, et le matin, quand Jane assistait à la messe. C'était une nouveauté. Certes, elle avait toujours été pratiquante, mais pas au point d'aller à l'église tous les matins, comme elle le faisait maintenant. Je lui demandai des explications, et elle me répondit que, durant son long séjour à Capri avec les domestiques pour seule compagnie, elle avait repris naturellement l'habitude, contractée dans son enfance et son adolescence, de méditer, de prier, de se confesser et de communier.

La maladie de Duccio l'avait sans doute effrayée, ajouta-t-elle. Un après-midi, notamment, quelques jours avant qu'elle me télégraphie à Ancône, Duccio avait eu des coliques, il était brusquement devenu violet : elle avait cru qu'il allait mourir. C'était le jour de la San Costanzo, jour de fête à Capri. Les deux employées étaient donc de sortie. La Fräulein s'était tordu la cheville, deux jours plus tôt, et ne pouvait pas marcher. Il n'y avait personne, non plus, dans les villas voisines : tout le monde était sur la place pour voir la procession. On entendait des pétards, qui produisaient un vacarme assourdissant, ainsi qu'un carillonnement incessant et obsédant, et des hymnes religieuses jouées par la fanfare. Elle avait dû courir à perdre haleine jusqu'au village pour appeler un docteur. La pharmacie était fermée, le médecin absent : lui aussi assistait sans doute à la fête. Mais comment le retrouver parmi toute cette foule, dans ce remue-ménage, dans ce brouhaha ? Elle demandait si on l'avait vu, et des badauds lui répondaient par l'affirmative et lui indiquaient une certaine direction ; elle s'y précipitait en fendant à grand-peine ce fleuve humain. Mais quand elle arrivait là où on l'avait envoyée, le médecin avait disparu. Le temps passait : Duccio était sur le point de mourir. Elle finit par rencontrer don Raffaele alors que la nuit tombait. Il lui assura qu'il avait vu le docteur, quelques minutes plus tôt, grimper dans un car pour Anacapri. Alors, Jane monta dans une voiture (celle du gros lard) et tenta de le rejoindre. Mais la vieille torpédo s'était arrêtée à mi-côte, comme elle le faisait souvent, à l'endroit le plus escarpé, juste sous la grande paroi rocheuse d'Anacapri, devant une niche à mi-hauteur contenant une petite statue blanche de Notre-Dame de Lourdes. Tandis que le gros lard s'affairait sur le moteur, Jane avait prié instinctivement la Vierge Marie, et lui avait promis de se rapprocher des sacrements et de reprendre toutes les pratiques religieuses qu'elle avait abandonnées depuis longtemps, si Duccio guérissait.

Elle dénicha le docteur sur la place d'Anacapri et

regagna avec lui Capri et la villa. Sur le pas de la porte, la Fräulein riait. Ce n'était rien. Quelques minutes après le départ de Jane, les convulsions avaient pris fin. Duccio avait bu son biberon et s'était endormi tranquillement. Inquiète de ne pas la voir revenir, la Fräulein avait envoyé le fils du pêcheur lui porter la bonne nouvelle. Dans la confusion, bien sûr, le gamin n'avait pu mener à bien sa mission.

Par la suite, Jane s'était posé la question suivante :

— Dois-je observer mon vœu alors qu'au moment où je le faisais Duccio était hors de danger ?

Mais elle avait compris que, le temps et l'espace n'existant ni pour Dieu ni pour les saints du paradis (notamment pour la Vierge Marie, la plus proche de Dieu), un miracle peut exaucer une prière postérieure de quelques heures, et même de quelques années, de quelques siècles ! Il suffit que celui qui prie *ignore au moment où il prie* que le miracle s'est déjà produit.

Une fois ce doute logique résolu, elle revivait l'angoisse et le désespoir de ces heures :

— Quand on aime, m'expliquait-elle, quand on aime et que, soudain, l'on redoute, ou envisage seulement, la mort d'une personne aimée, que nous reste-t-il ? que peut-on faire ? modifier le cours du destin, peut-être ? Alors, nous touchons du doigt notre nullité absolue. Et l'amour nous force à espérer, à croire, à prier. Mon Dieu ! Mon Dieu ! Faites que mon bébé ne meure pas !

Jane me parlait, les larmes aux yeux. En repensant à la mort éventuelle de Duccio, ne serait-ce que par une hypothèse, ou sous la forme d'un exemple rhétorique, elle était bouleversée, tremblait, et, j'en suis sûr, priait au plus profond d'elle-même.

Je l'écoutais et, si je ne priais pas, j'étais aussi ému qu'elle, je la comprenais. Mais une étrange réflexion naissait en moi. Pourquoi, me disais-je, l'idée de la mort de Duccio, de celle de mon père, ou même de

Jane, me plongeait-elle dans l'angoisse, alors que l'éventualité de la mort de Dorothea me laissait dans une profonde indifférence ?

Et pourtant j'aimais Dorothea, même si mon amour pour elle était différent — opposé, à vrai dire. Je l'aimais et la désirais plus qu'aucune autre créature au monde, et je lui étais reconnaissant de m'avoir donné les plus belles heures de ma vie. Quel défaut, quelle monstruosité de mon cœur pouvait m'amener (et m'amènerait sans aucun doute) à accueillir la nouvelle d'un malheur qui lui serait arrivé sans le moindre trouble ? Moi, qui avais parfois souffert jusque dans ma chair quand un contretemps retardait de quelques heures ou repoussait au lendemain notre rencontre, j'aurais renoncé sans chagrin, sans regret, sans mélancolie, à sa propre vie. Pis, savoir qu'elle était morte, me dire que ni les voyages, ni le scandale, ni l'argent, ne me la ramèneraient me mettait, en quelque sorte, l'âme en paix. Enfin, je ne l'aurais plus désirée, je ne l'aurais plus aimée. Et je finis par conclure que ce n'était pas l'idée de sa mort, mais celle de sa vie, qui m'aurait conduit vers la prière. Pourquoi ? Suis-je donc aussi égoïste ?

Je me suis posé cette question des dizaines de fois, et je n'ai jamais trouvé de réponse. Plus j'y pense, plus je m'égare, et plus j'ai l'impression de ne rien comprendre à moi-même.

En conséquence de son renouveau de piété, Jane me fit comprendre qu'elle souhaitait que je me convertisse au catholicisme. Elle m'incita à lire les romans des écrivains catholiques les plus modernes et les plus anticonformistes, tels que Greene et Mauriac. Elle sondait mes impressions, mes doutes, me tentait de mille façons.

Du fait de mon long séjour en Italie et de mes études, qui m'avaient profondément habitué aux mœurs, aux rites et aux mythes italiens, je me sentais presque catholique. Je ne voyais donc pas la nécessité de consacrer officiellement ma conversion par une cérémonie et des pratiques telles que la pénitence et l'eucharistie, dont la valeur ésotérique me laissait de marbre. De plus, le côté mondain et snob de l'affaire me déplaisait. La mode du catholicisme, qui s'était répandue au cours de ces dernières années aux États-Unis, et en général dans le monde anglo-saxon, m'agaçait. Enfin, j'entretenais encore avec affection le souvenir fané de la religion de mon enfance : de certains dimanches, à Denver, sous la neige et dans le froid, des chœurs de l'église presbytérienne, que mes parents fréquentaient régulièrement. Trahir le souvenir innocent de cette religion grêle et froide m'apparaissait comme un acte non seulement inutile, mais impie.

Je repoussais mollement les nombreuses tentatives de Jane, et refusais d'entrer dans ces conversations religieuses qu'elle engageait presque chaque jour, en devinant (à moins qu'elle n'appliquât les conseils d'un père jésuite qui était devenu son mentor à Paris) que la curiosité ouvre aussi la porte de la foi.

Mais rien ne parvenait à éveiller ma curiosité, en cet automne plein de rêveries. J'en ignore la raison. Était-ce la paresse, l'inertie à laquelle me contraignait mon nouvel emploi, la vie régulière et monotone que je menais, ou les longues matinées et les après-midi dorés que je passais dans la solitude, la tiédeur et le confort de mon bureau à l'Unesco ? J'avais recommencé à fumer la pipe, et ce dès le matin. Mon bureau, situé dans une pièce d'angle, disposait d'une large fenêtre à l'est, ainsi que d'une *bow-window* au sud et à l'ouest. Aussi y avait-il toujours du soleil quand la journée était belle. Dans cette lumière, la fumée de ma pipe emplissait la pièce d'un nuage qui m'entourait et m'enveloppait, abolissant le reste du monde. J'étais enfoncé dans un fauteuil, derrière un énorme bureau massif — véritable barrière contre les rares apparitions de mes employées, voilées et comme éloignées par la fumée. Des papiers, des rapports ou des reproductions photographiques, ainsi que quelques livres, étaient éparpillés sur le bureau. Je feignais de lire ou d'écrire, mais en réalité je ne faisais strictement rien. Je me contentais de me débarrasser de ma maigre correspondance, en tout début de matinée. En l'espace de quelques jours, j'avais pris une habitude qui s'enracina par la suite : je m'abandonnais à une rêverie sans fin, à une douce obsession, centrée sur une idée fixe, Dorothea. Je n'ai jamais autant caressé, vu, scruté, aimé et inventé Dora qu'au cours de cette période. J'étais heureux, et mes rêves suffisaient presque à me satisfaire ; j'oubliais même la réalité qui les sous-tendait.

Est-il donc possible que l'idée du plaisir soit plus forte que ce plaisir lui-même ?

Ceux qui ont connu cette expérience savent qu'elle est non seulement possible, mais aussi logique, normale.

Toute réalité, et même le plaisir sexuel le plus vif, est toujours entrecoupée de détails désagréables, hérissée de contradictions, entremêlée de lumières, de voix et de sensations extérieures qui, même si elles sont dominées par ce plaisir, ne se fondent pas avec lui, et que la mémoire purificatrice abolit.

Même le dernier orgasme favorise l'onanisme : il ne libère pas et n'épuise pas le désir, il le prolonge à l'infini. Nous sommes sûrs que nous parviendrons mieux, la prochaine fois, à imaginer et à matérialiser l'objet aimé. Comme but et suprême réserve de cette série d'images, il nous reste la réalité, en laquelle nous pouvons encore espérer.

Enfoncé dans mon fauteuil, derrière mon bureau, je sortais une photo de Dorothea, la seule que je possédais, et me mettais à la contempler. La photo avait été prise au bord de la mer, sur une plage aux environs de Rome : Ostie ou Fregene. Dorothea y apparaissait de dos, vêtue d'un maillot de bain, tournant les yeux vers l'objectif avec une expression malicieuse.

J'avais regardé cette photo tant de fois, et si intensément, que j'avais fini par lui attribuer une valeur intrinsèque : elle semblait plus importante que la divinité qu'elle représentait (une divinité lointaine et inaccessible), comme un fétiche qui méritait ma dévotion, et qui était, en quelque sorte, capable de la récompenser.

Ce fétiche m'ennuyait. Au bout d'un moment, il perdait toute sa signification. La photo retournait à son tiroir pour quinze autres jours. Ma mémoire et mon imagination étaient bien plus efficaces. Je voyais Dorothea vêtue de *toilettes** que la plus *haute** de toutes les *coutures** n'aurait jamais pu créer ; couverte de joyaux qu'aucun radjah n'a jamais pu offrir à son odalisque préférée ; ou nue, sous ses bijoux. Ses cheveux noirs, brillants et fins, naturellement bouclés, et légèrement ondulés à la racine, en particulier sur le front. Son front large, impérieux, un peu convexe. Ses grands yeux verts, scintillant de paillettes d'or dans l'ombre de ses cernes, où la peau, un peu flétrie, était une promesse de vice. Ses joues pleines, ses lèvres charnues, ses dents fortes et éclatantes. Ses épaules et ses bras de statue ; son dos, une étendue lisse et brune que je pouvais contempler à l'infini sans jamais m'en lasser, comme on contemple une mer calme sous le soleil, en puisant d'un seul regard la force et la douceur de sa taille ; ses gros seins, fermes et lourds ; ses hanches et ses cuisses presque gigantesques ; son ventre velouté, et sous le ventre,

> *Une riche toison qui, vraiment, est la sœur*
> *De cette énorme chevelure,*
> *Souple et frisée, et qui t'égale en épaisseur,*
> *Nuit sans étoiles, Nuit obscure* ;*

et ses genoux aussi ronds et polis que des galets usés

par le courant ; et ses jambes droites et bien proportionnées ; et ses chevilles minces ; ses pieds robustes.

Ses mains, en revanche, ne s'apparentaient qu'à ses chevilles : elles étaient étrangement menues, pas maigres, mais fines, et semblaient disparaître dans les miennes quand je les lui serrais, les englobant ainsi, les possédant entièrement.

Par une curiosité d'esthète (qui était la conséquence logique de mon métier) je fouillais sans cesse l'histoire de l'art pour y trouver les modèles qu'elle incarnait le mieux.

Je feuilletais des ouvrages, des monographies, des collections de photographies. Et je finissais toujours par m'arrêter, chez les Anciens, sur la peinture romaine de la décadence ; et chez les modernes, sur certains maniéristes du XVIe siècle, sur Andrea del Sarto, et plus encore sur Sebastiano del Piombo.

L'excellent chercheur qui m'a remplacé à l'Unesco ne comprendra jamais pourquoi notre petite bibliothèque et notre collection de photographies, à vocation générique et destinées à la divulgation, contiennent tous les ouvrages consacrés à Sebastiano del Piombo, et une série presque exhaustive des photographies de ses œuvres.

Je dénichai une grande reproduction du *Portrait de femme* conservé au musée de Berlin ; je la plaçai dans un vieux cadre et l'accrochai dans mon bureau, juste en face de ma table. Mais les contemplations dévotes de Dorothea n'étaient jamais, ou presque jamais, satisfaisantes, car elles me préparaient rarement à une rêverie moins tranquille et moins simple : au désir de futures rencontres, toutes différentes les unes des autres, toutes nouvelles et compliquées, toutes étranges et pourtant vraisemblables. Futures rencontres, futurs jeux et futures figures amoureuses ; futures séries de jours passés ensemble ; et parfois, toute une vie future consacrée à elle.

Je songeais, par exemple, à la faire venir à Paris en cachette de Jane. À l'installer dans un petit hôtel. En sortant du bureau, je n'aimais pas rentrer chez moi, briser d'un coup cette rêverie dans laquelle j'étais absorbé depuis quelques heures. Tout en sachant que je n'aurais jamais le courage d'inviter Dora à Paris, je partais à la recherche du petit hôtel.

Je me promenais en voiture sur la *rive gauche**, à la tombée du soir, et je continuais de rêver. Je m'arrêtais devant un bistrot, entrais, sirotais une *fine**, le regard fixé sur l'enseigne et les fenêtres d'un hôtel meublé sordide, de l'autre côté de la rue, où j'aurais pu loger Dorothea... Combien de fois ai-je poussé le jeu jusqu'à entrer dans l'hôtel meublé, visiter deux ou trois chambres, en demander le prix, à en réserver une pour le surlendemain : je confirmerais par téléphone ! Le nom ? *Mademoiselle** Corradi, disais-je : le nom de Dorothea ! En voyant l'affreux vieillard qui écrivait sur son ardoise *Mlle** Corradi, j'éprouvai une grande joie, comme si j'assistais aux prémices d'une *matérialisation* miraculeuse.

Plongé dans ma rêverie, je finissais par être serein et presque heureux. Peut-être Jane lisait-elle sur mes traits ce rêve qui ne lui appartenait pas, peut-être en souffrait-elle. Mais elle ne pouvait rien me reprocher, sauf quand un incident, au demeurant insignifiant et sans danger, venait précipiter et consolider notre incompréhension mutuelle. Nous nous disputions alors avec acharnement et aigreur, en nous torturant comme de vieux époux. La raison, ou le prétexte, était le choix d'une tenue, l'achat d'un jouet pour Duccio, ou de simples hésitations quant à la soirée que nous voulions passer — au concert, dans une *boîte** ou à la maison.

Au cours d'une de ces tristes soirées justement, alors que nous roulions vers une *boîte* de Saint-Germain-des-Prés, et que nous pénétrions dans la zone d'ombre que projetaient les arbres du boulevard Raspail, elle rompit brusquement notre long silence et prononça avec un sourire amer et une tendresse sincère, sinon aimante, une phrase inoubliable :

— Est-ce que tu te rends compte, chéri, que nous vivons en nous souhaitant l'un à l'autre la mort ?

Je niai, me rebellai de toutes les forces de ma pensée. Mais hélas, c'était bien la vérité. Oh ! que oui ! Justement, depuis que nous avions quitté Auteuil, je n'avais cessé d'imaginer (je ne dis pas désirer) une existence pacifique aux côtés de Dorothea après la disparition de Jane !

Jane revenait encore sur les problèmes religieux. Elle n'a jamais désespéré de me convertir. Et peut-être aurais-je fini par céder, ou, tout au moins, aurais-je accepté de rencontrer le fameux père de Lalande, si mes rêves quotidiens ne m'avaient pas protégé contre ces mensonges, et d'autres plus graves encore.

La nuit, nous nous réconcilions presque invariablement. Mais désormais, l'acte sexuel qui semblait nous apaiser n'était plus qu'un mensonge, tout au moins de ma part. Dorothea occupait mon esprit toute la journée ; à travers mes pensées, elle avait habité mes sens, qui ne tendaient plus que vers elle. Lorsque j'étreignais Jane dans le noir, j'imaginais toujours, bien que la sensation réelle fût différente, qu'il s'agissait de Dorothea. De cette façon seulement, je pouvais encore aimer. Puis, je remédiais au remords et au dégoût qui suivaient cette brève et imparfaite tromperie dans la solitude du sommeil.

Jane devinait-elle quelque chose ? Mesurait-elle la profondeur du fossé qui nous séparait ? Non, me disais-je alors : cela m'arrangeait bien.

Un jour, je commençai à écrire à Dorothea. Bien sûr, je n'expédiais pas mes lettres : je redoutais toujours un chantage de sa part. Je lui écrivais, puis je relisais les lettres en me disant que j'allais les lui envoyer, je les mettais dans une enveloppe et les timbrais.

Je sortais, je me rendais jusqu'au bureau de poste le plus proche, hésitais longuement devant la boîte aux lettres. Puis je retournais à l'Unesco et rangeais la lettre avec les autres, dans un tiroir de mon bureau que je fermais à clef. Je me proposais de les donner à Dorothea, le jour où j'irais à Rome, afin qu'elle les lise en ma présence. Elle saurait ainsi avec quelle ardeur j'avais pensé à elle. Après quoi, naturellement, je les aurais reprises et détruites.

Que disais-je dans ces lettres ? Tout ce à quoi j'avais rêvé dans la solitude et l'éloignement. L'éloge de sa beauté, la confession de mon amour, les désirs les plus absurdes, les projets les plus fous. Je lui disais que je voulais abandonner Jane et Duccio, et lui consacrer toute mon existence. La servir comme un esclave. Dormir au pied de son lit comme un chien. Supporter avec joie n'importe quelle humiliation, vexation ou cruauté. Vivre en l'adorant comme une divinité. Demeurer à ses côtés jusqu'à la mort, me réduire au néant. « Prends-moi tout, lui disais-je, laisse-moi seulement la capacité de te voir et de me voir. Laisse-moi aimer ma misère, car ma misère n'est rien d'autre que la conséquence de ta splendeur. » Dans une lettre, je m'en souviens, je lui racontais un fantasme absurde et fréquent dans lequel je lui asservissais ma personne, mais aussi Jane et Duccio, ce que j'avais de plus cher. Jane était sa femme de chambre, et Duccio le fils de sa femme de chambre, qu'elle logeait chez elle par charité.

Je pensais et écrivais de telles folies (et d'autres qu'il m'est impossible de rapporter ici), que je n'aurais jamais songé à mettre en pratique ; c'est pourquoi j'étais persuadé de ne porter aucune blessure réelle à Jane et à Duccio. C'étaient là des fictions, croyais-je, des noms, des symboles, des rêveries innocentes. Et les lettres, des litanies rituelles, des formules nécessaires à ma luxure, rien de plus. Mais j'avais besoin de les écrire, et de les voir écrites, comme des abracadabras absurdes et irrésistibles. Quelle pitié, quelle misère, quel ridicule éprouverais-je si je les relisais aujourd'hui ! Heureusement, je suis sûr de les avoir détruites. Ou alors, je les ai cachées, si bien cachées que je ne me rappelle plus où.

J'avais pris une autre habitude à cette époque. Il m'était devenu impossible de passer devant la vitrine d'un bijoutier sans songer à Dora : je m'arrêtais longuement pour contempler perles, diamants, or, bracelets, bagues, colliers, boucles d'oreilles, qui étaient, dans mon esprit, autant de cadeaux pour elle. Souvent, j'étais en compagnie de Jane. Elle acceptait avec bonne humeur de s'attarder, elle aussi, devant ces vitrines. Je me taisais et regardais. Elle aussi, imaginant peut-être que j'observais ces bijoux pour les lui offrir...

Un de mes amis, que tu ne connais pas, un certain Comba, Piémontais sans doute, et catholique (mais qui pourrait tout aussi bien être protestant), remarqua, tandis que nous nous promenions dans la rue du Faubourg-Saint-Honoré, que je m'arrêtais trop volontiers devant les vitrines des joailliers. Rue de la Paix, devant chez Cartier, je fus obligé de lui expliquer la raison de ces arrêts exagérés. Je lui dis que je pensais à une femme dont j'étais amoureux.

— Tu te fais des illusions, mon cher, fit alors Comba. Tu crois penser à elle, mais tu n'es en réalité qu'un impuissant moral, et tu penses seulement à un nouveau moyen de t'exciter. J'ignore qui est la femme dont tu parles, et je ne veux pas le savoir. Mais si tu l'aimais passionnément, tu n'éprouverais pas le besoin de lui offrir quelque chose de coûteux. Une fleur, un petit souvenir suffiraient amplement. Quand on est amoureux, un cadeau a d'autant plus de prix qu'il est bon marché. Les Romains, ou mieux, les Romains de la décadence, étaient comme toi : ils suspendaient des guirlandes au cou de Priape, et parfois à cette partie de leur corps dont Priape était le symbole ou la divinité.

Beaucoup de temps s'est écoulé depuis ce jour-là, et de nombreux événements se sont produits. Malgré cela, je n'ai pas réussi à comprendre si Comba avait raison ou tort.

Quoi qu'il en soit, au bout de quelques mois, les interminables méditations, dans mon bureau, devant la photo, ou face à la représentation mentale de Dorothea, les lettres demeurées sans réponse, car je ne les lui envoyais pas, les bijoux que je désirais lui offrir sans jamais en avoir le courage, bref, toutes ces rêveries, toutes ces folies, ne me suffisaient plus.

Je décidai de téléphoner à Dorothea, d'entendre sa voix, ne fût-ce que quelques minutes. Mais j'avais honte de demander aux employées de mon bureau qu'elles me passent la communication, et je craignais qu'elles n'écoutent notre conversation. J'attendis donc que tout le monde soit parti déjeuner, à une heure de l'après-midi, et demandai directement au standard de m'obtenir d'urgence la ligne pour Rome.

Les minutes se succédaient, et la communication n'arrivait pas. J'étais sur des charbons ardents : je craignais de manquer Dorothea. En effet, elle avait l'habitude de faire une promenade à cette heure-là via Veneto, ou de prendre un vermouth avec une amie.

Mais tout se passa bien. Après plusieurs mois de séparation, j'entendis de nouveau sa voix, un peu basse, un peu rauque, chaude, tranquille, douce et décidée.

— Quand est-ce que tu te décides à me rendre visite ?

L'accent romain, qui m'irritait en général, avait le don de m'émouvoir chez Dorothea, comme si je caressais ses hanches nues, sa peau chaude, brune, lisse et légèrement grasse.

— Je n'arrête pas de penser à toi, continuait la voix

de ma déesse. Pourquoi ne m'écris-tu pas une belle lettre ?

— Je suis très occupé, Dora, je n'ai pas le temps.

— Et si je te l'ordonnais ? Je veux que tu m'écrives, Harry.

« Je veux. » Elle avait dit « je veux ». En entendant ces mots, j'eus un coup au cœur, je ressentis comme une vague de plaisir. « Je veux. » C'était la première fois qu'elle exigeait quelque chose de moi. Je m'interrogeais rapidement : pourquoi ? Et je me répondais aussi vite : elle n'a pas d'argent, elle a des difficultés, elle a besoin d'une lettre pour exercer un chantage sur moi.

— Non, dis-je très vite. Je n'ai pas le temps de t'écrire. Je te rappellerai.

— Quand ? fit-elle encore plus vite.

— Après-demain, promis. Ciao, Dora, ciao ma belle, moi aussi je n'ai cessé de penser à toi, tous les jours, à chaque heure.

— Tu n'es qu'un *pallonaro* ! (ce qui signifie menteur, dans le dialecte romain).

— Je te le jure, ma beauté, tous les jours, à chaque heure.

— Si c'était vrai tu m'aurais écrit.

— C'est ce que j'ai fait.

— Voyou ! Mais puisque je n'ai rien reçu, pas même une carte postale !

— Je t'ai écrit de nombreuses lettres ; mais je ne les ai jamais envoyées. Elles sont ici, dans un tiroir. Je te les montrerai un jour, tu verras.

— Mon cher fou... » dit-elle avec douceur. Et comme on avertissait que la première unité était terminée, elle ajouta : « Alors, j'attends ton coup de téléphone après-demain à la même heure. Au revoir, Harry. Merci d'avoir appelé. Ciao.

En raccrochant, je compris qu'un coup de téléphone de trois minutes comptait plus que plusieurs mois de rêveries. Je saisis brutalement ma longue et patiente erreur, mon glissement vers la folie.

J'entendais sa voix ; je me répétais « je veux », « *pallonaro* », « voyou », « fou », des mots vivants, des mots vrais, réellement prononcés par une autre créature humaine. Des mots que je n'avais pas inventés (et que je n'avais même pas été capable d'inventer durant tous ces mois !). Je me sentais inondé par un flux vital, touché par une réalité salubre, et soudain, si las de mon vice que je préférai ne plus penser à Dorothea. J'examinai avec un nouveau regard les murs de mon bureau et les visages de mes employées, qui revenaient de leur déjeuner. Je passai l'après-midi à travailler d'arrache-pied et sortis à cinq heures pour rentrer à la maison.

Après-demain, me disais-je durant le trajet, je téléphonerais de nouveau à Dorothea, puis j'essaierais de faire une petite escapade à Rome. Il fallait en finir. Avais-je donc l'intention de quitter Jane pour Dorothea ? Pas le moins du monde. Je voulais seulement retrouver, au contact de la réalité, un équilibre que j'avais perdu depuis longtemps. Mon travail à l'Unesco était une façade ; je négligeais une quantité d'initiatives en me limitant au minimum indispensable pour tromper mes supérieurs. J'avais complètement abandonné mes travaux personnels. J'avais ainsi laissé en chantier, au beau milieu du premier chapitre, une monographie sur les peintres et les mosaïstes romains du XIIIe siècle, pour laquelle j'avais amassé du matériel en Italie au cours de l'été. Enfin, mon attitude envers Jane était impardonnable. L'habitude que j'avais prise de rêver à Dorothea et de me repaître de ces images, chaque jour, jusqu'à l'orgasme, distillait au fond de mon cœur le poison subtil de l'insatisfaction, les ressentiments que suscitent le monde irréel et l'impuissance. Instinctivement, je m'emportais contre l'être qui m'était le plus proche : Jane. Et sans m'en rendre compte, je lui reprochais à chaque instant de ne pas être Dorothea. Jane était la cause première de toute mon amertume, et je me vengeais sur Jane.

C'était injuste. Pour l'amour de Jane, je devais donc aller à Rome, ou trouver une remplaçante à Dorothea, une femme en chair et en os. Je devais, pour ne plus torturer la pauvre Jane, ne plus la tromper mentalement, comme je le faisais continuellement, mais physiquement, plus ou moins fréquemment.

J'arrivai à la maison dans ce nouvel état d'esprit, et comme cela se produit souvent lorsqu'on prend une décision qui ne concerne pas que nous, je fus accueilli par une nouvelle qui bouleversait, ou plutôt, dépassait mes projets.

Jane était enceinte pour la seconde fois. Elle avait attendu que sa grossesse soit sûre pour me l'annoncer, car la perspective d'un second enfant ne l'enchantait guère en ce moment. Duccio était encore petit et nécessitait beaucoup de soins. Elle n'avait donc rien dit. Mais elle avait vu son médecin dans la journée, et le doute n'était plus possible : elle en était au troisième mois de sa grossesse. Elle avait l'intention de rentrer à Philadelphie avec Duccio avant la Noël. Le père de Lalande, sans l'avis duquel Jane ne prenait aucune décision, le lui avait conseillé. Le bébé naîtrait vers le mois d'avril ou de mai.

Une période de séparation s'ouvrait donc devant moi : j'allais vivre seul à Paris pendant plusieurs mois ; je pourrais donc voir Dorothea et passer avec elle autant de temps que je le voudrais.

Mais les projets impossibles, qui nous semblent suprêmement désirables, perdent leur urgence, sinon leur charme, dès qu'ils s'avèrent réalisables.

Ainsi, lorsque je me retrouvai seul à Paris, libre de me rendre à Rome à tout moment, ou de faire venir Dorothea, je commençai à remettre ces plans de jour en jour. Je contractai une autre habitude : chaque jour, vers midi, je téléphonais de mon bureau à Dorothea, et, chaque nuit, je me promenais le long des Champs-Élysées ou des boulevards et finissais dans les bras d'une prostituée, toujours différente, ou presque toujours. Je ne voulais pas perdre Dorothea, ou plutôt je ne voulais pas perdre le désir que je ressentais pour elle. Mais en même temps, j'essayais de m'en libérer en fréquentant des femmes nombreuses et variées, en recherchant celle qui parviendrait le mieux à me satisfaire et à donner le change, au moins pour quelque temps, à ma profonde obsession. C'est ainsi que je fis la connaissance d'Yvonne, dite Vonie, une méridionale de Montauban, petite, grosse, violente et sympathique, mais cupide, et extrêmement avare, comme, hélas, la plupart des Françaises.

Je rencontrai Simone, une Marseillaise rieuse, spécialisée dans les *guêpières** ajourées et les bas noirs, qui semblait tout droit sortie d'une lithographie *fin de siècle**.

Et Mamaï, Lisa, Danielle, Monique. Dans le sillage de toutes ces femmes, je gravis avec anxiété (tout au moins la première fois) le petit escalier de bois grinçant, fis glisser de mes doigts fébriles la fermeture éclair de leurs misérables vêtements dans l'espoir que cette fois-là était la bonne, que le miracle se produirait, que j'allais trouver la déesse qui chasserait Dorothea de mon esprit.

Dans quel but, je me le demande aujourd'hui. Dans quel but voulais-je remplacer Dorothea par une femme qui lui ressemblait, à supposer que je l'eusse dénichée? Pourquoi lui substituer une femme en qui je n'aurais eu, comme en elle, aucune confiance? Une femme qui, comme elle, ne pouvait être ma compagne? Mû par un espoir absurde, je cherchais plutôt une femme qui ressemblât non seulement à Dorothea, mais aussi à Jane.

Chaque matin, je téléphonais à Dorothea, mais je ne

sus bientôt plus quoi lui dire. Toutefois, j'insistais. Ce coup de fil quotidien s'était aussitôt mué en rite, en superstition. Je ne pouvais pas me passer de sa voix.

Je lui demandais quel temps il faisait, lui promettais de penser à elle, de lui envoyer de l'argent.

À la fin du mois de février, je me rendis à Rome pour des raisons professionnelles et y séjournai une semaine. J'étais logé au *Grand Hôtel,* mais je dormais via Boncompagni, chez Dorothea.

De retour à Paris, je repris ma vie habituelle : chaque nuit, je me promenais, bêtement impatient, sur les boulevards, et quelques jours plus tard, recommençais à téléphoner à Dorothea.

Le 9 mai, Donatella naquit à Philadelphie. Au début du mois de juillet, Jane confia les enfants à sa mère et à une bonne nurse, et me rejoignit à Paris pour passer une quinzaine de jours. Elle devait ensuite m'accompagner à Rome, où l'on me remettrait une décoration que le président de la République italienne m'avait accordée en reconnaissance de ma contribution à la restauration des œuvres d'art endommagées durant la guerre.

Ce voyage fut l'occasion, sinon la cause, de tout le mal qui s'ensuivit.

14

Face aux flashs qui nous assaillirent à notre descente d'avion, à Ciampino, je me retournai et m'écartai instinctivement pour ne pas masquer la « personnalité » qui devait se trouver derrière nous. Mais il n'y avait pas de personnalité. Les photographes riaient et hurlaient :

— C'est vous que nous voulons, monsieur le major !

— Vous et votre femme !

— Madame, s'il vous plaît, arrêtez-vous un instant, souriez !

Jane, qui me précédait, recula et remonta une marche de la passerelle ; elle s'accrocha à mon bras et sourit d'un air confus.

De nouveau, je tournai le dos, mais pour une autre raison. Mon Dieu ! me dis-je avec une crainte soudaine, la photo va paraître demain dans un journal romain, Dorothea la verra et apprendra ainsi que je suis marié ! Ce sera la catastrophe !

Je refusai d'être photographié. Il n'y avait aucune raison pour cela, m'écriai-je en me couvrant le visage derrière mon sac de voyage ; j'avais accompli mon devoir, rien de plus ; j'étais touché, je remerciais la presse italienne, mais je n'avais absolument pas prévu ce genre d'accueil.

C'était vrai, je ne m'en étais pas douté ; autrement, j'aurais tâché de l'éviter. Les reporters insistaient en riant. De toute façon, un instantané avait été pris au moment où j'étais apparu en haut de la passerelle avant de réagir et de masquer mon visage. Que faire, maintenant ?

Je m'approchai d'un des reporters et le priai de ne pas transmettre ses photos à la presse. En cachette de Jane, je l'entraînai par le coude en le serrant avec force, et lui demandai un rendez-vous.

Deux heures plus tard, j'abandonnai Jane à l'hôtel et me rendis à l'agence *Publifoto,* qui occupait un petit bureau à l'entresol, sur la piazza Barberini.

Le photographe s'appelait Gandolfi. C'était un petit homme rond, aux moustaches et aux yeux très vifs. Je lui expliquai à demi-mot, et à demi-sourire, que je tenais à ce que les photos ne fussent pas publiées : problèmes sentimentaux, femmes, les journaux de Rome sont lus partout... Je lui laissai entendre qu'une femme qui ne vivait pas à Rome, mais en province, devait ignorer mon mariage, ou tout au moins ce voyage.

Tout en parlant, je portai vaguement la main à mon portefeuille. Gandolfi m'arrêta à temps, sans se vexer. Il me dit en riant que ce n'était rien, me promit de détruire les négatifs, et de passer le mot à ses collègues.

Je partis, peu convaincu, je l'avoue. Tout cela avait l'air trop facile. Mais insister dans le but d'obtenir de meilleures garanties m'avait semblé blessant ou dangereux. Blessant, si Gandolfi était honnête. Dangereux, s'il ne l'était pas, car mon appréhension risquait de le pousser sur la voie du chantage. Dans le doute, je scrutai un instant son visage avant de le quitter : son expression rusée et rieuse se prêtait aux deux interprétations.

Le lendemain matin, j'examinai avec crainte les journaux. Personne n'avait publié ma photo. Je poussai un soupir de soulagement. Mais quand je descendis un peu plus tard dans le hall de l'hôtel et longeai le comptoir de la réception, Guglielmo me dit tout bas en s'inclinant :

— Félicitations, monsieur le major...

Je me retournai : Guglielmo souriait gentiment, penché vers moi.

— Pourquoi, félicitations ?

— Mais voyons ! Parce que vous êtes très photogénique ! Et madame aussi !

Je me maîtrisai à grand-peine.

— Je n'ai pas vu de photo, dis-je en essayant de paraître indifférent et même un peu curieux ; où a-t-elle été publiée ?

— Dans le *Rome American,* monsieur le major ! On ne vous l'a pas monté dans votre chambre, ce matin ?, et il me tendit le journal en me montrant la photo. Elle était accompagnée d'une légende en gros caractères qui mettait bien en évidence mon nom et celui de Jane, et d'un court article consacré à cette maudite décoration.

J'avais examiné avec attention tous les journaux italiens, que j'avais fait acheter exprès. Mais j'avais négligé le journal américain de Rome que la direction de l'hôtel envoie chaque matin à ses clients américains sur le plateau du petit déjeuner.

Gandolfi avait tenu parole. Il avait empêché la publication des photos dans les journaux italiens, croyant, assez naturellement, que je me chargerais moi-même du *Rome American.* J'essayai de me tranquilliser : les lecteurs du *Rome American* sont presque exclusivement Américains ou Anglais. Dorothea en ignorait peut-être même l'existence.

Je passai la matinée au ministère de l'Instruction publique. Là, on m'apprit que, le lendemain, je serais présenté au président de la République, qui me remettrait personnellement et solennellement ma décoration.

À une heure, j'allai chercher Jane à l'hôtel et l'emmenai déjeuner piazza Navona. Quant à Dorothea, je n'avais pas l'intention de la voir durant mon séjour. L'épisode des photos m'en avait ôté toute envie.

J'étais donc de nouveau à Rome avec Jane, comme quatre ans plus tôt, un autre été. Les souvenirs et les évocations spontanées des premiers pas de notre amour nous procurèrent quelques heures d'un bonheur serein, que nous ne connaissions plus depuis bien longtemps. La chaleur, la place inondée de soleil, l'ombre accueillante de la trattoria, la gaieté et la liberté des habitudes italiennes, la nourriture si fraîche, le vin jaune et glacé, la brise marine qu'on appelle là-bas le *ponentino,* et qui se lève invariablement vers deux heures de l'après-midi pour balayer toute la ville, même lors des journées d'été les plus torrides..., tout nous réconciliait provisoirement avec notre destin ; et nous nous surprenions à accepter et à aimer de nouveau la vie. C'était un état d'âme païen, mais aussi religieux.

Le sentiment de sa brièveté et de sa précarité contribuait à cette *détente** : j'avais retrouvé Jane à Paris trois jours plus tôt après plusieurs mois de séparation, rendus nécessaires par la naissance de Donatella, et elle devait repartir à la fin de la semaine pour les States, où sa présence s'imposait, car la nurse de Duccio devait prendre un mois de vacances. Sa place en avion était déjà réservée, et son départ fixé à samedi. La ligne directe Rome-New York venait justement d'être mise en service.

Notre joie d'être ensemble tenait-elle à la perspective d'une nouvelle séparation ? C'est fort possible. Mais qu'est-ce que le paganisme, sinon la conscience religieuse du *carpe diem* ? sinon vivre et savourer pleinement, humblement, chaque jour de notre vie comme s'il était le dernier ?

Nous rentrâmes à l'hôtel en taxi. Douce euphorie, produite par le vin, la chaleur et le sommeil. Nous nous déshabillâmes et nous jetâmes nus sur le lit, nous fîmes l'amour naturellement, avec insouciance, comme deux adolescents (tout au moins comme on croit qu'ils le font), peut-être pour la première et dernière fois de notre vie.

Quand nous nous réveillâmes, le soleil s'était déjà couché. Nous ouvrîmes toutes grandes les fenêtres, que nous avions fermées à cause de la chaleur : les hirondelles passaient et repassaient avec de grands cris stridents en frôlant les fenêtres, dans l'air bleu, au-dessus des arbres du jardin des Thermes. En regardant au loin, en direction de l'Esedra et de la gare, en plissant les yeux, on parvenait à voir, dans le ciel, une multitude de petits points noirs qui volaient rapidement.

Jane était à mes côtés, sans voix.

Nous ne sommes pas dignes de cette paix, pensais-je, puis, malgré moi, je poussai un profond soupir.

Soudain, la sonnerie du téléphone retentit. Jane se dirigea vers l'appareil. Elle souleva le récepteur. C'était quelqu'un qui ne parlait pas l'anglais. Jane, qui avait une connaissance imparfaite de l'italien, semblait faire de grands efforts pour lui répondre. Pourtant, elle parlait, tout bas. J'étais encore dans l'embrasure de la fenêtre : la chambre spacieuse et le bruit de la circulation m'empêchaient de comprendre ce qu'elle disait. Je ne saisis que le mot *lettres.* Croyant que Jane se trouvait en difficulté à cause de son mauvais italien, je quittai la fenêtre pour lui venir en aide. Je traversai la chambre en me dirigeant vers elle. Je vis qu'elle était pâle. Elle m'arrêta d'un geste instinctif de la main, un geste qui me repoussait, et son regard...

... Mon cher Mario, me voici revenu au début de mon récit.

Le regard de Jane à cet instant, au téléphone, dans la chambre du *Grand Hôtel,* tandis que je m'approchais d'elle et que je murmurais en toute naïveté « Qui est-ce? », le regard de Jane sera toujours présent à mon esprit : un regard sombre, torve, triste, un regard que je ne lui avais jamais vu, et sur le sens duquel je me mépris. Car il me troubla, il me parut accusateur et plein de sévérité : mon cœur se serra et j'eus la certitude absolue, comme si je l'avais moi-même entendu, que quelqu'un, là, au téléphone, était en train de lui révéler ma faute. Quelqu'un? Peut-être Dorothea, peut-être l'un de ses amis, qu'elle avait chargé de ce chantage : son fameux beau-frère, ou le jeune homme aux bijoux.

La main tremblante, je pris le récepteur de la main tremblante de Jane, et je dis d'une voix forte :

— Allô?

Une voix d'homme répondit :

— Ah! être vous, monsieur le major?

— Oui, qui est à l'appareil?

— Moi, dire maintenant à votre dame...

— Qui est à l'appareil, je vous prie? répétai-je, en tentant de me maîtriser, de transformer, face à Jane, ma peur et ma honte en l'impatience légitime et en l'indignation de l'honnête homme qui reçoit un coup de téléphone anonyme.

— Ah! c'est comme ça? » continua la voix sur le ton de la plaisanterie et de la menace, sans répondre à ma question. « C'est comme ça que vous oubliez vos vieux amis, hein?

C'était une voix italienne, à l'accent méridional et populaire, romain ou napolitain. L'homme utilisait les verbes à l'infinitif, selon l'habitude stupide et agaçante des Italiens des classes inférieures quand ils s'adressent à un étranger. Ceux-ci croient ainsi faciliter la compréhension de leur langue, alors qu'ils ne font que l'estropier et par conséquent obtenir l'effet contraire.

Je regardai Jane; elle avait reculé jusqu'au pied du lit, elle était pâle et ne quittait pas son regard accusateur ; ses grands yeux semblaient contempler pour la première fois un spectacle horrible, dont elle n'avait jamais soupçonné l'existence.

— Voulez-vous bien me dire qui vous êtes ?

— Croyez-moi, monsieur le major, ce n'est pas bien joli. Dit la même chose à votre dame. C'est pas joli de venir à Rome et d'oublier vos vieux amis... Et pourtant, nous avoir passé du temps ensemble ! Même déjeuné ensemble ! Et avoir amis communs très intimes, très, mais très intimes...

Je raccrochai. J'étais certain désormais qu'il s'agissait d'un ami de Dorothea, qui avait vu ma photo sur le *Rome American.* Je raccrochai, il était probable que cette personne n'oserait pas rappeler, du moins pour le moment. Je me tournai vers Jane et tentai de lui sourire :

— C'est certainement un crétin qui trouve cela très drôle, ou un journaliste...

Mais, sans rien dire, Jane était allée dans la salle de bains.

Je ne demandais pas mieux : je n'aurais pu résister à son regard. Quelques secondes de plus, et je lui aurais tout avoué. J'allumai une cigarette et commençai à m'habiller lentement.

Quand elle sortit de la salle de bains, et par la suite durant toute la soirée, elle évita de croiser mon regard, et moi le sien. Ni l'un ni l'autre ne reparla du coup de téléphone.

Mais il y avait désormais une gêne, une réticence, entre nous. Le soir, à table, nous parlâmes peu, laissant parfois tomber une phrase dans le vide. Heureusement, nous étions invités après le repas chez les Doolittles, dans leur villa sur la via Appia Antica : il y avait là beaucoup de gens, et l'on dansa, bavarda et but jusqu'à deux heures du matin. Il y avait aussi W.K., un acteur hollywoodien, venu passer l'été en Italie pour suivre la mode du moment. Nous rentrâmes à l'hôtel dans sa voiture. Aussi, quand nous nous retrouvâmes tête à tête, nous étions fatigués, éméchés, et avions envie de dire du mal de cette *party,* des Doolittles, de W.K., de tout ce que nous avions vu.

Le lendemain matin, je me rendis chez le président de la République, comme prévu; et Jane m'accompagna.

J'avais secrètement décidé de voir Dorothea dans l'après-midi, de l'intimider et de payer le prix de son silence si cela était nécessaire. Je changeai donc un gros *traveller's cheque* et préparai deux liasses égales de billets de dix mille lires, que je répartis dans mes deux poches. Ainsi, si la moitié suffisait, je ne courrais pas le risque de voir augmenter le chiffre jusqu'à la somme totale des billets que j'aurais dû tirer de ma poche.

Je demandai à demi-mot à Guglielmo, qui comprenait au vol ce genre de tâches, de venir m'annoncer, en présence de Jane, que j'étais attendu au bureau de presse de l'Ambassade pour une communication urgente.

Je quittai l'hôtel à sept heures moins dix en disant à Jane que je serais rentré pour le dîner, mais assez tard, peut-être après neuf heures.

Du *Grand Hôtel* jusqu'à l'appartement de Dorothea, il n'y a que quelques pas. Mais après avoir remonté la via Veneto jusqu'au coin de l'Excelsior, je n'eus pas le courage de tourner immédiatement dans la via Boncompagni. Je voulais mettre en ordre mes pensées, bien peser ce que j'allais dire à Dorothea et ce que je lui tairais, etc. Je poursuivis mon chemin jusqu'à la Porta Pinciana, traversai le corso d'Italia et me promenai dans le parc public de la villa Borghese. Avant toute chose, pensai-je, je ne dois lui parler ni de la photo ni de mon mariage. Bien que je fusse sûr, au fond de mon cœur, qu'elle était la responsable du coup de téléphone anonyme, je pensai qu'il valait mieux, avant de l'accuser explicitement, obtenir des preuves, et, pourquoi pas, sa confession. Et puis... et puis, même si les probabilités contraires étaient minces, il était de mon devoir de ne pas les négliger : en premier lieu par respect pour Dorothea, qui ne m'avait donné au cours de ces nombreuses années aucun motif de reproche ; en second lieu par intérêt et par prudence. En effet, si Dorothea n'était pas coupable, cela signifiait qu'elle ignorait toujours l'existence de Jane : je n'aurais donc fait que la lui révéler par mauvaise conscience.

Le soir tombait, et je quittai la villa Borghese. Je venais juste de m'engager dans la via Piemonte, après avoir retraversé le corso d'Italia, et me dirigeais vers la via Boncompagni, quand je compris que quelque chose se passait en moi. Jusqu'alors, en réfléchissant à cette affaire de chantage qui impliquait peut-être Dorothea, et à la meilleure façon de l'aborder, j'avais agi, et m'étais préparé à agir, froidement, prudemment, avec la sagesse d'un vieux libertin européen, et non d'un jeune intellectuel américain. Mais je me rendis compte que la réalité était bien différente en m'engageant dans la via Piemonte (dont le trottoir longeait, à cet endroit-là, la grille d'un jardin privé). Là, un samedi de septembre ou d'octobre 1944, à deux heures de l'après-midi, je m'étais attardé en compagnie de Dorothea. Je revis sa robe légère de soie noire, ses bras complètement nus (il faisait encore très chaud), sa ceinture en cuir vernis ornée de grosses boucles en laiton. Jane m'attendait à l'hôtel avec d'autres amis : nous devions déjeuner ensemble et aller passer le week-end sur le lac de Bolsena. J'étais en retard parce que j'avais tenu à avertir de vive voix Dorothea que je ne pourrais la voir ce soir-là, ni le lendemain. Je m'étais précipité via Boncompagni et l'avais trouvée sur le pas de sa porte, prête pour sa promenade habituelle via Veneto. Je n'avais pas eu le courage de l'obliger à remonter, et je m'étais mis à lui parler, à lui expliquer la situation, en marchant à ses côtés. Naturellement, j'étais épouvanté à l'idée de rencontrer un de mes collègues qui connaissait Jane, ou même Jane en personne ; aussi, en glissant mon bras sous le bras nu, frais et plein, de Dorothea, je l'entraînai dans la via Piemonte, où le danger d'une rencontre était moindre. Je me souviens que je jetais des regards autour de moi en remontant la via Piemonte ; que je tremblais chaque fois que j'apercevais un uniforme américain ; que j'essayais de dissimuler mon manège à Dorothea ; que cette double sensation de peur, mêlée à la proximité de la jeune femme, au contact de son bras nu et de sa hanche haute et douce, à l'odeur vulgaire de son parfum, au désir qui s'emparait à nouveau de moi, n'était en rien désagréable. Je dirais même que le risque de me trouver face à face avec Jane, qui pouvait fort bien emprunter ce chemin pour se rendre à son hôtel, augmentait le plaisir que me procurait la présence de Dorothea. C'est ainsi que j'avais prolongé d'une demi-heure, ou plus, notre entretien, qui devait durer initialement quelques instants. Les Romains, habitués à leur longue pause du début de l'après-midi, avaient peu à peu déserté la via Piemonte. En m'arrêtant dans l'ombre mince du petit jardin qui s'étendait derrière la grille, je fixai pendant un temps indéterminé les yeux vert et doré de Dorothea, et, me retenant par décence de l'embrasser, de la serrer contre moi, là, dans l'instant, je lui décrivis tout bas sans bouger d'un pouce, mais en plongeant mes yeux dans les siens et en lui tenant le bras, je lui décrivis dans les moindres détails toutes les idées folles qui me venaient à l'esprit, tout ce que je me promettais de faire au lit, avec elle, le surlendemain. Mon désir, que je m'efforçais à grand-peine de concentrer dans mon regard, dans mes mots, et dans la simple pression de ma main, était si violent que, soudain, le souffle me manqua, et le courage aussi. Le visage de Dorothea et, derrière elle, la maison ensoleillée de l'autre côté de la rue se mirent brusquement à ondoyer et à se voiler d'un léger brouillard ; je me tus, j'avais les lèvres sèches, je parcourus la rue déserte d'un regard éperdu... Oh ! Pourquoi ne pouvais-je pas donner ma vie à cette femme ? Pourquoi était-elle une « mauvaise » femme, selon la terminologie qu'on m'avait apprise ? Je l'ignore. La seule chose que je sais est que si elle ne m'était pas apparue mauvaise, je n'aurais pas désiré lui offrir ma vie.

À présent, devant cette même grille, je me souvins de ce lointain moment. Je réalisai, en palpant dans les poches de ma veste les deux liasses de billets de banque, que je me croyais sage et prudent, mais que je n'étais qu'un fou : je redoutais et désirais en même temps que Dorothea fût bien la responsable du coup de téléphone, et qu'elle exerçât un chantage en exigeant la plus grosse somme possible, une somme beaucoup plus conséquente que celle que j'avais sur moi !

Oui, je le craignais et je le souhaitais en même temps ; et je le souhaitais justement parce que je le craignais. Je regardai ma montre. Il était huit heures. J'accélérai le pas, je me mis presque à courir. C'était peut-être une question de secondes, je risquais de la manquer. Je voulais me jeter à ses pieds, lui demander pardon, lui dire que je comprenais qu'elle était fâchée car je ne lui avais pas téléphoné, annoncé ma venue à Rome, avoué mon mariage ; je voulais lui offrir, à titre de réparation maladroite et provisoire, tout l'argent que j'avais sur moi.

C'est dans cet état d'âme, qui m'apparaît aujourd'hui digne d'un exalté et d'un fou, que je descendis en courant la via Piemonte. Je voyais, comme dans un tourbillon, deux chats qui se poursuivaient, des gamins qui jouaient, un vieillard qui fumait la pipe, assis au coin de la porte : des détails banals en somme, et que je n'aurais même pas remarqués à un autre moment. Mais ils semblaient alors symboliser une vie animale heureuse et libre, et me pousser irrésistiblement vers le but que je poursuivais.

Je tournai dans la via Boncompagni ; j'atteignis la porte que je n'avais jamais poussée sans trembler, même dans les jours les plus sereins ; je traversai l'entrée en ralentissant le pas pour ne pas éveiller l'attention de la concierge, qui pouvait me voir depuis la fenêtre de sa loge ; je m'engageai dans l'escalier sombre.

D'un premier palier, à mi-étage, on apercevait la porte de Dorothea. Arrivé là, je m'arrêtai net : la porte s'était ouverte, et Jane était sortie. Instinctivement, elle jeta un coup d'œil en bas de mon côté ; j'espérais que, dans l'obscurité, elle ne me reconnaîtrait pas. Puis elle se retourna et serra une main, dans l'entrebâillement de la porte. Pendant ce temps, je dévalai les escaliers ; mais au lieu de me précipiter vers la porte de sortie, et donc de me mettre à découvert, puisque Jane m'aurait vu traverser la cour, des escaliers, je continuai à descendre jusqu'à la grille d'une cave, malheureusement fermée. Je m'appuyai contre le mur, dans le coin le plus sombre, et attendis. J'entendis le pas de Jane, qui descendait tranquillement, et vis bientôt ses jambes maigres, sa petite silhouette droite et mince. Elle s'arrêta au rez-de-chaussée, jeta un coup d'œil circulaire comme si elle cherchait quelqu'un, ou quelque chose, et, au lieu de poursuivre son chemin vers la sortie, elle se tourna en hésitant vers l'intérieur des escaliers et vers le bas. Elle me découvrit alors, dans la pénombre, descendit quelques marches, et quand elle fut sûre de m'avoir reconnu, chuchota, avec une voix brisée par l'angoisse :

— Harry, qu'est-ce que tu fais ici ? Il est inutile que tu ailles chez cette femme. Je t'expliquerai tout...

Je fus surpris par la douceur qui se dégageait de ses mots, malgré l'angoisse.

Je la rejoignis, et sans oser croiser son regard, murmurai :

— Tu vois, Jane, je...

— Ne dis rien », fit-elle en s'accrochant étrangement à mon bras, comme si elle cherchait mon soutien ou ma protection. « Ne dis rien, je t'en prie, pas maintenant. Harry, tu sais bien que j'ai horreur des scènes dans la rue. Allons à l'hôtel. Je t'expliquerai tout. Viens, allons-nous en, je t'en prie.

Elle me suppliait.

Pourquoi ?

Nous n'échangeâmes pas un mot durant tout le trajet. Elle réfléchissait intensément, je le voyais. Je reconstruisais mentalement ce qui s'était passé, et j'étais content, moi aussi, de ne pas avoir à parler tout de suite ; j'échafaudais convulsivement ma défense. Ainsi, Jane m'avait suivi, ou avait reçu des informations ; quelqu'un, peut-être la personne qui avait téléphoné la veille, peut-être Dorothea, lui avait téléphoné personnellement, lui avait donné son nom et son adresse. Elle était venue, elle avait vu Dorothea, elle lui avait parlé : à présent, elle savait tout. Sa douceur n'avait rien de rassurant ; à vrai dire, elle me terrifiait. Qu'exigerait-elle ? Il ne pouvait être question de divorce, puisqu'elle était désormais une catholique pratiquante ; j'avais d'ailleurs entendu plusieurs fois son opinion tranchée à ce sujet. Me demanderait-elle de cesser toute relation avec Dorothea ? Le juge le plus sévère n'aurait jamais imaginé plus cruelle torture. Je chercherais à y couper, bien sûr. Mais serait-ce possible ? Je connaissais Jane, sa fermeté, sa précision, son obstination. Je préparai donc ma défense. J'avais vu cette femme une ou deux fois, seulement une ou deux fois, pas plus. Du reste, c'était elle, Jane, qui me l'avait présentée. L'avait-elle oublié ? Plusieurs années auparavant, au cours de l'été 1944, dans une trattoria. Naturellement, je n'allais pas avouer que j'étais retourné à la trattoria dans le but de la revoir. Je l'avais revue par hasard, une nuit, alors que Jane était partie pour la

France, m'abandonnant à l'atmosphère sensuelle de Rome, qui vous invitait constamment au péché ; et j'étais allé avec elle plusieurs fois, dix minutes chaque fois, pas plus. C'était simplement une faiblesse de la chair, oui, une tocade salutaire et passagère. Après tout, les hommes restent des hommes, et quand ils vivent longtemps en Italie, les Américains prennent les habitudes des Italiens : pour eux, pour les meilleurs d'entre eux, Jane devait le savoir, fréquenter les prostituées ne constitue pas un péché grave, même s'ils sont mariés... Et si Dorothea lui avait parlé de notre voyage en Italie du Nord, au printemps 1947 ? Je nierais, je nierais carrément. Il ne s'agissait que de mensonges. Du reste — je fouillais ma mémoire avec angoisse — quelles preuves pouvait-elle avoir ? Des noms de lieux ? Des dates ? J'avais très bien pu les lui fournir moi-même au cours d'une de nos rencontres, à Rome. Non, il lui était impossible de prouver que nous avions passé ensemble plus de temps qu'il ne me suffisait d'avouer.

Nous arrivâmes à l'hôtel et nous enfermâmes dans notre chambre. Jane me pria aussitôt, sur le même ton suppliant, de ne pas allumer la lumière.

Les fenêtres étaient ouvertes sur le jardin des Thermes ; la nuit était presque tombée, mais le vacarme de la circulation montait jusqu'à nous. Jane ôta la veste de son petit tailleur et ferma la fenêtre. Elle s'assit, mais pas en face de moi, un peu plus loin, sur un coin du canapé.

Je sentis que le moment d'avouer et de demander pardon était venu. Je rassemblai mes forces :

— Jane..., dis-je.

Mais elle m'interrompit aussitôt :

— Tais-toi, Harry, je t'en conjure ! Tu ne sais rien. Je t'en prie, ne parle pas, ne me dis rien pour le moment. Il faut d'abord que tu m'écoutes. Ne crois pas que je ne me sente pas coupable. Oh ! Dieu seul sait combien j'ai prié et pleuré ! Prié pour que ce moment n'arrive jamais. Prié pour que ta position, pour que ta carrière, ne soit pas ruinée par mon impardonnable légèreté. Légèreté ? Non, par ma faute plutôt, car je suis coupable de ce que j'ai fait, et coupable de ne pas t'en avoir parlé. Mais le père de Lalande m'avait dit qu'il valait mieux ne rien avouer. Oh ! oui, il valait mieux que tu n'apprennes jamais la vérité ; il valait mieux qu'il ne se passe rien. Pourvu que l'irréparable ne se produise pas, que ces lettres... tu vois, je n'ose même pas implorer ton pardon, je n'ose pas... tu es tellement bon !

Sur ces mots, elle se jeta par terre, à genoux, la tête entre les mains, secouée par des sanglots convulsifs, désespérés.

Je me levai, m'agenouillai à côté d'elle et caressai doucement ses cheveux courts, sa petite tête maigre.

— Non, je ne suis pas bon, Jane », murmurai-je aussitôt, ému jusqu'aux larmes, même si je ne saisissais pas encore le sens de ses mots : une faute si grave, ma carrière, les lettres... « Moi aussi, je suis fautif. Tu ne sais rien de moi. Que peux-tu donc avoir fait, mon pauvre amour ?

J'étais si surpris et si ému par ses larmes que j'avais honte de moi ; j'avais envie de me confesser le premier, et sans diminuer l'importance de ma liaison avec Dorothea, contrairement à ce que j'avais décidé.

Mais Jane pleurait trop pour m'entendre, ou elle se sentait elle-même si coupable qu'elle aurait attribué ma confession à ma gentillesse, à mon affection, à ma faculté de pardonner. Et elle avait moins besoin d'être pardonnée, je le compris aussitôt, que de se confesser, de s'épancher. Elle était oppressée comme sous le poids d'une montagne. Une montagne de pensées, d'angoisses obscures et d'une longue solitude, plutôt que de faits, dont elle voulait se libérer non pour y échapper, mais pour comprendre, accepter, et, qui sait ?

aimer. Elle voulait en discuter avec moi, car elle devinait confusément que j'étais le seul interlocuteur qui lui permettrait d'être sincère, d'entrer dans les détails en contemplant et caressant une faute qu'elle n'avait peut-être pas entièrement commise. Elle ne pouvait certes pas se confesser de la sorte au père de Lalande, en continuant à pécher, d'une certaine façon. Mais à moi, oui.

Aussi, une fois calmée, elle me prit la main, y déposa un baiser et me dit :

— Merci, Harry, d'être aussi bon pour moi, alors que je ne le mérite pas. Avant-hier soir, je te l'avoue, quand j'ai croisé ton regard pendant que je parlais au téléphone avec ce voyou, et que j'y ai vu que tu avais deviné, ou tout au moins soupçonné, la vérité ; et ce soir, quand j'ai compris que tu m'avais suivie, en te trouvant au fond de l'escalier, en bas de chez cette femme, j'ai pensé que je n'aurais jamais le courage de te parler. Mais maintenant, te voilà si bon, si amical, oui tu es un véritable ami...

En dépit de la curiosité, de l'émotion et de la honte, je hasardai :

— Si tu veux que nous en parlions plus tard, Jane, quand tu seras plus calme...

— Non, maintenant, Harry. Sois patient. Il faut que je te dise tout, maintenant. Pas seulement pour moi, mais pour toi aussi. Demain, nous devrons agir, retrouver les lettres. Ce voyou est capable de tout. Il me menaçait au téléphone. Cela risque d'être dangereux pour ta carrière. Et c'est ma faute, ma faute, oh ! Harry, quand tu sauras, me pardonneras-tu ?

— Oui, Jane, répondis-je gravement, moi aussi, je suis coupable. Quoi que tu aies fait, tu es déjà pardonnée. Vas-y.

15

Quiconque s'est un jour retrouvé — et qui ne s'est pas retrouvé ? — face à l'infidélité d'une femme qu'il croyait fidèle, même s'il ne l'aimait pas fidèlement, sait qu'aux tortures de la jalousie, plus ou moins douloureuses selon les cas, se mêle une autre peine : la conscience de s'être trompé sur le compte d'une personne avec qui l'on a vécu, nuit et jour, pendant de longues années, la stupeur et l'humiliation de découvrir en un instant qu'elle est complètement différente de ce que l'on pensait, comme si l'on assistait, dans les courts instants de cette révélation, à une métamorphose cruelle qui s'accomplit sous nos yeux. Les traits mêmes de son visage, si familiers jusqu'à la seconde d'avant, son regard, ses mouvements, les formes de son corps, ses mains nerveuses, ses gestes, sa façon de marcher deviennent brusquement étrangers, nouveaux, mystérieux ; nous ne les connaissons pas, ils ne nous appartiennent plus. Nous nous disons : elle a souri à des joies que nous n'avons pas partagées ; ses yeux ont contemplé — mais avec quelle expression ? nous l'ignorons — un autre homme ; ses mains ont caressé un autre corps, en vibrant d'une tendresse qui nous est inconnue et qui diffère de celle avec laquelle elles caressaient notre propre corps, car il s'agissait justement d'un autre corps, d'une autre réalité. Et au moment où nous ressentons tout cela, un moment déchirant, nous nous mettons, inconsciemment ou non, à éprouver pour cette femme un tout nouveau désir, tantôt étouffé sous notre vanité et nos préjugés, tantôt libre et irrésistible. Nous voulons aussitôt posséder la mystérieuse compagne de notre vie à travers cette nouvelle nature qui nous semble sa seule véritable nature : nous voulons la connaître sur-le-champ, jusqu'au bout, ainsi qu'elle nous apparaît, vaincre par un acte sexuel désespéré l'absurdité qui nous blesse.

Moi aussi, tandis que Jane reprenait sa place au coin du canapé et, comme recueillie, commençait son récit en évitant mon regard, moi aussi, j'éprouvai quelque chose de semblable : je l'examinais avec stupeur, avec rage, avec peine, comme s'il s'agissait d'une étrangère, d'une ennemie, pourtant étroitement liée à moi, une personne qui avait besoin, en cet instant, de mon affection et de ma compréhension, mais qui par le passé avait dû certainement me haïr, qui me haïssait encore, tout au moins en partie, à cause de ce passé justement qu'elle n'avait pas renié.

Toutefois, au-delà de la vanité et des préjugés dont je ne manquais certes pas, la pensée de ma faute était trop présente à mon esprit, et la peur de devoir confesser mon infidélité trop récente pour ne pas compliquer et ne pas contenir ma réaction, quelle qu'elle fût : jalousie, douleur, pardon ou appétit sexuel.

J'avais marché dix minutes à ses côtés, de la via Boncompagni au *Grand Hôtel,* dans le vif crépuscule romain, en me préparant à confesser et à minimiser ma trahison, à construire un assemblage crédible de vérités et de mensonges ; j'étais entré dans cette chambre, quelques minutes plus tôt, en défaillant presque de honte ; j'avais épié les expressions de Jane en tremblant, sans oser poser mon regard sur elle, en la considérant comme l'incarnation de la vertu, la conscience qui allait m'accuser et me juger. Et voilà qu'au moment où je desserrais les lèvres pour lui parler de mon péché, au prix d'un terrible effort, elle s'était substituée à moi, avait accompli un effort identique, avait éclaté en sanglots et soulevé le poids qui pesait sur elle, une énorme pierre, aussi lourde que celle qui m'écrasait. Là où je n'attendais qu'une justice inhérente et propre à la terrible réalité qui nous entoure, et qui peut parfois nous consoler, je m'étais heurté à un miroir. Si je haïssais Jane pour ce qu'elle avait fait et dont je m'apprêtais à entendre le récit, je me haïssais encore plus, car je n'avais encore rien avoué. En lui pardonnant, je me pardonnais.

Je me surprenais à la désirer pour sa nouveauté, pour sa faute, et je pensais qu'elle éprouverait le même désir pour moi en apprenant ma liaison avec Dorothea. Ainsi, nous nous serions aimés non pour nous-mêmes, mais en quelque sorte pour les autres. Et là, je m'égarais, je reculais, comme si j'entrevoyais un développement confus, monstrueux, bestial, qui finissait par perdre toute réalité...

... Mais qu'ai-je donc écrit ? Je relis les dernières phrases. De belles phrases, de beaux mots : je m'égare, je recule, développement, irréalité... Ce ne sont que des phrases justement, que des mots. Tout cela ressemble à une hypocrisie prête à recueillir l'approbation des lecteurs hypocrites qui refusent d'être dérangés... la tienne aussi, mon cher Mario ; une hypocrisie qui dissimule de la vanité, des préjugés, et surtout de la lâcheté.

Pourquoi ? L'amour d'une prostituée et d'un homme qui l'exploite ne peut-il être un véritable amour ? Qu'est-ce donc que leur humble, franche et mutuelle acceptation ? Le courageux spectacle qu'ils donnent au monde de leur propre abjection ? Se déclarer décadents signifie que l'on reconnaît une hiérarchie morale, un degré élevé dont on a chu. Et il n'est pas nécessaire de le pleurer pour être pardonné : les humiliations de la vie quotidienne y suffisent, tout comme le jugement de la société et la ségrégation à laquelle les autres (les plus nombreux, les plus forts) vous condamnent.

Je ne veux pas dire par là que Jane et moi aurions dû changer de vie, nous transformer respectivement en une prostituée et un souteneur. Chacun fait le bien — et le mal — qu'il peut.

Nous avions juste le devoir de ne pas nous leurrer. Notre naissance, notre éducation et notre culture nous condamnaient à l'hypocrisie, c'est-à-dire au mensonge. Notre devoir consistait seulement à ne pas nous mentir à nous-mêmes, chacun dans le secret de son cœur. Car le mensonge était indispensable entre nous : il y avait nos enfants, il y avait le fondement de la société.

Nous avions le devoir, chacun dans le secret de son cœur, de distinguer nos goûts les plus profonds et de comprendre qu'ils étaient identiques. L'un autant que l'autre étions attirés par l'abjection des prostituées et de leurs compagnons. Une telle abjection, rendue publique, aurait peut-être apaisé notre angoisse. En nous humiliant aux yeux du monde, nous serions sans doute parvenus à nous aimer de cet amour total que la vie semblait nous refuser. Tout se paie, et pour obtenir quelque chose, il faut accepter de perdre autre chose.

— Harry, commença Jane, en 1944, peu après la libération de Rome... à peine un mois après notre première rencontre à la *party* du colonel Rehm... tu as fait la connaissance de cette personne que je suis allée voir, via Boncompagni. C'est moi qui te l'ai présentée. C'est une femme, une prostituée, je crois. Mais tu l'as certainement oubliée. Tu ne peux pas te la rappeler...

Elle me reparla de la soirée de la trattoria et s'efforça de raviver mes souvenirs en insistant sur certains détails. Je ne savais que dire. Mais que pouvais-je bien dire ? Que Dorothea était devenue ma maîtresse le lendemain soir, et qu'elle l'était restée pendant quatre ans jusqu'à ce jour ? J'étais troublé, angoissé. Et mon expression devait être trompeuse car Jane redoublait d'efforts, me décrivant la trattoria, le repas, l'heure, et même Dorothea. Je finis par l'interrompre avec un geste vague et douloureux, qu'elle attribua peut-être à de l'impatience et à de la sévérité, et je lui dis que, oui, je m'en souvenais, qu'elle pouvait continuer. Et elle continua :

— Cette femme — elle s'appelle Dorothea — est la seule personne que je connaisse et qui connaisse... le jeune homme que j'ai aimé. Je lui ai écrit des lettres, Harry, des lettres de Capri, quand nous sommes revenus en Italie, il y a deux ans, et il m'a juré qu'il ne les avait jamais reçues. Je l'ai cru. Mais hier soir, au téléphone...

— Qui était-ce, au téléphone, coupai-je. C'était lui ?

— Non, ce n'était pas sa voix.

— Tu en es sûre ?

— Absolument sûre. C'était une voix inconnue. Il m'a tout de suite parlé des lettres.

— Pas à moi, dis-je.

Je me rappelais très bien qu'il n'y avait pas fait allusion.

— Naturellement, dit Jane en laissant transparaître son angoisse. Il ne t'en a pas parlé, naturellement. Les lettres constituent l'arme du chantage. La seule preuve. Je pourrais toujours nier cette histoire sans les lettres, et il pourrait me les restituer contre une somme d'argent. Et si je t'avouais tout, comme je le fais maintenant, il pourrait utiliser les lettres contre toi, te menacer d'un scandale si nous ne payons pas.

— Mais qui détient les lettres ? C'est lui ? L'homme qui a téléphoné était-il de mèche avec lui ?

— Je l'ignore, Harry, je l'ignore, dit-elle entre deux sanglots. C'est justement pour cette raison que je suis allée trouver Dorothea. Elle est sûre et certaine que ce n'est pas lui. Dorothea est une brave fille, je le sens, elle a bon cœur. Mais il est possible qu'elle se trompe.

— Toi, observai-je, toi, tu as bien une idée : tu lui

as écrit ces lettres, enfin, tu le connais depuis longtemps. Est-il capable d'une telle action ?

— Non, je n'ai pas l'impression. Je ne crois pas, je n'aurais jamais cru... Mais quand on est en faute, Harry, on cesse de regarder les autres avec objectivité. Et encore plus la personne qui est liée à cette faute. Peut-être, probablement, presque certainement, je l'accuse à tort. Mais plutôt, je ne l'accuse pas, Harry. Je ne sais rien. J'ai manqué à mes devoirs envers toi, envers Dieu, envers Duccio et Donatella. J'ai peur qu'il ne se produise quelque chose de terrible. Nous devons payer. Acheter les lettres. Dorothea dit qu'Aldo est sincère, qu'il ne les a jamais reçues. Autrement, il le lui aurait dit. Ils se voient souvent. Quoi qu'il en soit, elle dit qu'il ne peut en aucun cas être mêlé à ce coup de téléphone.

— Mais où est-il ? Pourquoi ne va-t-elle pas le voir ? Ce ne serait pas plus simple ?

— Il n'est pas à Rome, mais à Milan, et ce n'est pas le genre de chose qu'on négocie au téléphone ou par courrier.

— Mais qu'y avait-il donc dans ces lettres, Jane ? Pourquoi as-tu si peur ? Des lettres d'amour, des phrases romantiques... certes, cela ne me fait pas plaisir, mais pourquoi as-tu si peur ?

— Non, non, j'étais folle quand j'ai écrit ces lettres. Ne me pose pas de question. Je vais te raconter. Je vais tout te raconter. Dis-toi bien que j'étais exaltée, obsédée, folle. Il faut que je t'explique.

— Mais s'il n'a vraiment rien à voir dans cette histoire, s'il ne les a jamais reçues, où sont-elles passées ?

— Je soupçonne quelqu'un.

— Qui ?

— Sois patient, Harry. Il faut d'abord que je te raconte.

— Ne me dis pas comment. Dis-moi seulement qui, qui tu soupçonnes.

Elle hésita. Elle se rassembla sur elle-même, elle se recroquevilla presque. L'aveu de ce nom paraissait lui coûter plus que tout le reste. Car elle avait déjà prononcé le nom de son amant, elle l'avait répété, presque avec volupté, me semblait-il. Mais elle ne parvenait pas à dire le nom de la personne qu'elle suspectait de détenir les lettres et de nous faire chanter. Elle respirait profondément, pleurait, s'agitait ; et elle se taisait.

— C'est une personne que je connais ? finis-je par dire, pour l'aider.

Elle ne répondit pas. Je répétai ma question et ajoutai :

— Dis-le moi, Jane. Si nous devons agir, il faut que je connaisse ce nom. Moi, je le connais ?

Enfin, elle dit avec un filet de voix, entre deux sanglots :

— Oui.

— Qui est-ce ?

Au bout d'un autre silence, pendant lequel je mesurais sa peine et m'en demandais avec surprise la raison, elle avoua :

— Don Raffaele.

Sa fierté lui avait été plus difficile à vaincre que la morale. Le nom de l'intermédiaire, plus difficile à avouer que le nom de l'amant. Et puis, que savais-je de cet Aldo ? Il m'était impossible de le mépriser. Mais don Raffaele, je le connaissais bien, hélas ! Je revis son visage glabre, sa correction pseudo-anglo-saxonne, la désespérante vulgarité de chacun de ses actes ou de ses gestes, son sourire mielleux, ses regards obliques. Quel était le rapport de don Raffaele, de sa bassesse, avec la vie de Jane ? J'étais abasourdi et dégoûté. Un instant, ce nom avait chassé ma propre faute de mon esprit ; et certes, Dorothea, sa propriétaire et ses amis, rencontrés un soir dans une trattoria, n'étaient pas moins vulgaires que le courtier de Capri.

— Pourquoi don Raffaele ? demandai-je.

— Parce que la voix au téléphone...

Jane fut incapable de me répéter les mots exacts de cet italien enfantin, qu'elle avait cru entendre au téléphone, et qui l'avaient fait pâlir. Mais en somme, l'individu semblait lui avoir dit que ses lettres n'avaient jamais été expédiées.

— Et moi, conclut Jane, j'avais justement prié don Raffaele de les expédier.

— Je ne comprends pas, dis-je.

— Je sais, c'est une histoire compliquée, Harry. Il m'est difficile de te l'expliquer. D'ailleurs, tout cela appartient au passé. En ce qui me concerne, en ce qui concerne les sentiments que je peux encore éprouver, c'est de l'histoire passée depuis longtemps. Oh! j'espérais que tout était vraiment terminé! Que tu ne saurais jamais rien, que tu n'aurais jamais à en souffrir. Sans ces lettres, cela aurait été possible. J'ai rencontré Aldo à Naples, en février 1944...

— Avant moi, donc?

— Oui, avant toi, six mois avant.

— Pourquoi ne m'en as-tu jamais rien dit? demandai-je, en interprétant involontairement le rôle du juge. Mais c'était elle qui m'y poussait. Je m'apercevais que mes questions et mon apparente sévérité la réconfortaient. C'était exactement ce qu'elle cherchait. C'était dans ce but qu'elle me parlait. Je commençais à deviner que ce long aveu d'une faute commise dans le passé (et peut-être pas entièrement commise) était pour elle une façon de la revivre, le seul moyen d'en trouver le courage. Je ressentais une grande pitié à son égard, je la regardais et m'adressais à elle avec tristesse. Et elle prenait volontiers cette tristesse pour de la sévérité.

— Je ne t'ai jamais rien dit, Harry... parce que dès le premier instant où je t'ai vu, et connu, je t'ai considéré comme un être supérieur...

— Jane, ne dis pas ces choses-là. Si tu savais, j'ai péché moi aussi, et certainement plus que toi.

Elle sourit. Je vis qu'elle ne me croyait pas. Devais-je l'interrompre? Tout avouer? Lui ôter toutes ses illusions sur mon compte?

Je jure que je me tus alors non pour me préserver, non par lâcheté. Mais pour elle. Je compris à ce moment-là, avec une précision qui m'a aujourd'hui abandonné, quel était mon devoir. Car je devinais que me taire était un sacrifice plus grand que parler. Que je devais faire semblant, au moins pour le moment, d'être, comme elle le disait, un être supérieur.

— Dès le premier instant, Harry, j'ai vu en toi — je ne sais comment dire — comme un reproche quant à ma relation avec Aldo, comme une invitation, comme l'espoir de m'en libérer. Je crois que je t'ai aimé justement pour cela. Pour que tu m'emmènes sur ton piédestal, parmi tes tableaux, tes travaux, tes pensées, dans un monde où tout est beau et pur...

— Jane, ma chère Jane, ma belle et douce Jane..., dis-je sans pouvoir réprimer un sanglot face à mon indignité.

Je l'embrassai, la serrai contre moi, submergé par une vague de tendresse. Qu'est-ce donc que ce martyre, pensais-je, pourquoi ne pouvons-nous pas être des anges et pourquoi le désirons-nous? Seule la mort, devinais-je, mettra fin à cette torture.

Mais la loi de la vie nous dit que tout se paie; qu'à toute grandeur correspond une bassesse; que les amours les plus divines alternent avec les plus bestiales, justement; et que les mouvements de l'âme les plus libérés de la chair exigent une compensation, et évoquent les instincts dont nous croyons nous être libérés.

— J'ai rencontré Aldo à Naples, en février 1944 », reprit Jane après que nous eûmes desserré notre tendre et longue étreinte, et repris nos places, elle, dans le coin du canapé, et moi debout devant la fenêtre. « Je travaillais aux Camaldoli, l'hôpital le plus grand et le plus moderne de Naples, que les forces alliées avaient réquisitionné. La guerre faisait rage, en Italie. Il y avait le front de Garigliano et une tête de pont à Anzio. Tous les jours, on voyait arriver des centaines de blessés. Nous avions donc beaucoup de travail.

— La place, devant l'hôpital...

En un instant, tandis que Jane parlait, je revis Naples pendant la guerre, je me souvins de l'atmosphère particulière qui y régnait alors, faite de trouble, de vie, d'aventure ; cette ville, cette humanité que Gobineau avait qualifiée de poussière humaine, et qui en temps normal est la plus vive du monde, était alors bouleversée, agitée, frénétique. Je revoyais aussi la place de l'hôpital. Un spectacle. Un fourmillement. Éventaires de marchands ambulants. Manèges, tir à la cible. Mendiants. Désœuvrés et réfugiés de toutes classes et de tous âges. Cireurs de chaussures. Coiffeurs en plein air. Et partout des enfants, grouillant comme des mouches. Des civils, des militaires, américains, anglais, français, indiens, italiens, africains, dans un tourbillon de langues et de gestes. Commerce de boîtes de conserves, de cigarettes, de femmes pour les soldats. Marché noir de tout, pour tout et par tous. MP absolument impuissants, incapables de mettre un semblant d'ordre dans cette marée humaine, se contentant de limiter les abus les plus dangereux, c'est-à-dire l'éventuelle ivresse des GI's.

Je compris, sans qu'elle eût besoin de m'en parler, l'état d'âme de Jane, quand, une fois sa journée terminée, elle sortait sur la place et la traversait pour se rendre en ville, afin d'y passer quelques heures de détente nécessaires.

Après un dur et long travail, après le spectacle horrible et pitoyable des souffrances et, parfois, de la mort, après le déchirement des opérations, les hurlements des blessés, après l'odeur nauséabonde des médicaments... l'air pur, le ciel bleu, le doux climat méridional (le printemps commence en février), et le soleil, le soleil qui inondait tout de ses rayons.

— Un matin, je suis sortie vers onze heures. J'étais libre jusqu'à quatre heures de l'après-midi. Edith m'accompagnait — tu te souviens d'elle ? —, mais elle mettait toujours plus de temps que moi à se préparer. De quoi dépend parfois le destin de toute une vie ! Si Edith n'avait pas eu ce défaut, je n'aurais jamais rencontré Aldo. J'étais impatiente de sortir, j'avais envie de prendre l'air, j'ai donc dit à Edith de se dépêcher et de me retrouver en bas, sur la place.

« Une journée merveilleuse. Je portais une petite veste et une jupe, sans imperméable. Il ne faisait pas froid. Je me sentais forte et heureuse, j'avais envie de m'amuser, je pensais à Capri. Quelques minutes plus tôt, en m'habillant, je l'avais contemplée de la fenêtre de ma chambre, au dernier étage de l'hôpital : grise entre ciel et mer. Je n'y étais jamais allée. Mais nous projetions, Edith et moi, d'y passer nos deux semaines de vacances, un mois plus tard. Nous avions dû inscrire le nom du *rest camp* sur le formulaire, et nous avions naturellement choisi Capri. Que ferions-nous aujourd'hui ? me demandais-je. Nous voulions aller en ville, déjeuner dans un restaurant au bord de la mer, manger des fruits de mer, puis nous promener en bateau, ramer. Je faisais les cent pas devant l'hôpital, au soleil, en attendant Edith. De temps à autre, je fermais les yeux pour mieux savourer la brûlure du soleil sur ma peau.

« J'ai remarqué dans la foule un jeune homme, immobile au soleil, juste au coin du bâtiment. Comme j'allais et venais de la porte d'entrée jusqu'à ce coin-là, je le voyais fort bien. J'étais même obligée de le regarder, et lui me rendait mon regard.

« Il était grand, très grand pour un Italien, et très robuste, mais il paraissait mince du fait de sa taille. Des cheveux bruns, courts et bouclés. Un visage aux traits réguliers, ronds et juvéniles, qui me rappelait certaines statues antiques. Des yeux clairs, jaunes, semblait-il. Des lèvres charnues. Il m'a aussitôt beaucoup plu. Il était bien vêtu, trop bien même, comme le sont souvent les Italiens volages : avec une élégance soignée, recherchée, presque féminine.

« Je me rappelle très bien qu'en me rapprochant de lui pour la troisième ou quatrième fois, je n'éprouvais plus d'impatience devant le retard d'Edith. Au contraire, je regardais l'heure avec inquiétude, car elle risquait d'arriver d'un moment à l'autre. Mais elle tardait encore. À présent, chaque fois que j'avançais vers le jeune homme, nos regards se croisaient dans un sourire — le sien léger, le mien imperceptible. Je consultais ma montre régulièrement pour qu'il comprenne que j'attendais quelqu'un, et que nos sourires ne s'expliquaient que par l'embarras de mon attente.

« Mais soudain, j'ai ressenti un vif désir de lui parler, ne fût-ce qu'un instant, de futilités. En allant vers lui, j'ai sorti de ma poche un paquet de cigarettes, en ai porté une à mes lèvres, puis, une fois près de lui, je lui ai tourné le dos et j'ai commencé à m'éloigner en cherchant ostensiblement dans mon sac et dans les poches de ma veste des allumettes que je faisais semblant de ne pas trouver. Il m'a aussitôt rejointe en tendant la main gauche. Une grande main, avec une bague en or, un bracelet en or et une montre en or. Il actionnait le *lighter* en me disant quelques mots en anglais.

Il n'y avait pas de doute. Je l'avais rencontré, moi aussi. C'était le jeune homme du Trastevere. L'ami de Dorothea, oui, il ne pouvait s'agir que de lui. Je ne me souvenais pas de son visage ; mais sa main, comment oublier sa main ?

— Il parlait l'anglais avec un fort accent italien, mais presque couramment. De quoi avons-nous discuté ? Je ne sais plus, de tout et de rien, de cette belle journée, de Naples, de la guerre, de Capri. Quelques mots embarrassants, de longs silences. Je commençais à être inquiète : si l'un de mes supérieurs m'avait vue, en entrant ou en sortant de l'hôpital, en train de parler à un Italien, et qui plus est un Italien à l'aspect aussi voyant et aussi équivoque ! Pourtant, je ne me lassais pas de regarder ses yeux jaunes et rieurs, et j'étais consciente que jusqu'à l'arrivée d'Edith, je n'aurais pas la force de m'en détacher. »

Toi qui es italien, tu as des souvenirs italiens de l'époque de la Libération, et tu te rappelles sans doute l'un des aspects les plus étranges de notre occupation : étrange pour vous, Italiens, mais si normal, pour nous, Américains, que nous n'y prêtions même pas attention. Alors que les soldats américains n'avaient aucun scrupule, aucune hésitation, à fréquenter de jeunes Italiennes, de toutes les catégories sociales, et pour tous les motifs (de la fornication la plus frénétique avec des « *segnorine* » à la relation sentimentale la plus correcte avec des jeunes filles de bonne famille), il était impensable que les WACS, et toutes les femmes qui servaient dans notre armée en tant qu'infirmières, employées, secrétaires dactylo, etc., aient des rapports de la seconde espèce avec des Italiens. Ne parlons pas de la première !

Comme il s'agissait de manifestations spontanées d'une mentalité, et de coutumes enracinées d'un peuple ou d'une armée, aucune loi n'interdisait à une jeune Américaine d'apparaître en public en compagnie d'un Italien. Aucune loi n'était nécessaire, car ce n'était pas un crime : ce genre de rencontres était inconcevable et ne se produisait jamais.

J'ai assisté à de nombreuses *parties* dans les meilleures familles de Naples, de Rome ou de Milan, des aristocrates souvent apparentés à des Anglais ou à des Américains. On dînait, dansait, passait le même genre de soirée qu'on aurait passé dans le salon le plus formaliste et le plus ennuyeux de Mayfair ou de l'East

Side. C'était plein d'officiers alliés. Mais je n'y vis jamais une seule, je dis bien une seule, Américaine. Elles n'étaient pas invitées. Le problème ne se posait même pas. Il n'existait pas.

Bref, il ne s'agissait pas d'une interdiction théorique. Si tu avais accusé une jeune fille de l'armée américaine d'éviter les mâles italiens parce qu'elle les considérait comme des parias, elle t'aurait ri au nez ou t'aurait traité de fou. Il existe des exemples de mariages entre jeunes Américaines et jeunes Italiens avant et après la guerre, en particulier quand ces derniers sont de bonne famille. Mais pendant la guerre, aucun. À titre de comparaison, les mariages entre Américains et Italiennes se sont multipliés depuis la Libération.

Ce fut donc, je le compris aussitôt, le goût du fruit défendu qui avait attiré Jane. Même en cela sa faute me rappelait la mienne, car si nos simples soldats ne couraient aucun risque en se montrant aux côtés de « *segnorine* », les officiers étaient immédiatement taxés de désinvolture, surtout si l'aspect de la « *segnorina* » parlait de lui-même, comme c'était le cas de Dorothea. De toute façon, on tolérait les escapades, mais pas les relations suivies.

— Enfin, Edith est arrivée, très surprise de me trouver en compagnie d'un Italien. À cause d'elle, j'ai dit au revoir au jeune homme plus sèchement que je ne l'aurais voulu. Je ne lui ai même pas serré la main. Mais je l'ai regardé droit dans les yeux, plus fixement aussi que je ne l'aurais voulu, et pour de tout autres raisons. En me saluant, il s'est incliné légèrement et s'est présenté : Gentilini.

« Je suis alors partie avec Edith, en espérant ne jamais plus le revoir.

« Mais peut-être n'étais-je pas sincère. Peut-être ne sommes-nous jamais sincères quand nous sommes tentés et essayons de repousser la tentation. Oh ! Harry, j'avais la forte impression que ce jeune Italien, beau et vulgaire, me plaisait pour tout ce que je méprisais le plus au monde. Mais je comprenais que la violence de la tentation était inséparable de ce mépris. Que devais-je donc faire ?

« J'espérais que je ne le reverrais plus.

« Mais le lendemain, alors que je me changeais pour sortir, je me suis préparé presque inconsciemment un alibi vis-à-vis d'Edith. Je lui ai dit que nous nous quitterions en ville, car j'allais me confesser à l'église. Il y avait, à Naples, une église des pères maristes, des pères français, en tout cas francophones. N'étant pas catholique, Edith continuerait sa promenade, et nous nous retrouverions plus tard au restaurant. J'avais vraiment l'intention de me confesser. Le lendemain était le premier vendredi du mois, et je voulais communier, comme à mon habitude. Mais puis-je affirmer sincèrement que je ne réservais pas, dans un coin obscur de ma conscience, une place à ce garçon ?

« C'est ce qui s'est passé, en effet. Dès que nous avons franchi la porte de l'hôpital, j'ai cherché sur la place, dans la lumière aveuglante du soleil, au milieu de la foule agitée, la silhouette d'Aldo. Je l'ai aussitôt aperçu, même s'il s'était posté, avec une habileté tout italienne, non pas près de l'entrée où Edith nous avait trouvés la veille, mais au-delà du coin où je l'avais vu avant qu'il s'approche pour me parler. Edith l'a remarqué, elle aussi. Il était vraiment trop voyant. Ou alors lui plaisait-il. Elle me l'a montré, en s'écriant avec une pointe de malignité : "Jane, regarde qui voilà ! N'est-ce pas le bel Italien avec qui tu bavardais l'autre jour ?"

« *That handsome Italian,* c'étaient ses mots exacts. Et j'ai pensé avec effroi que si la malignité d'Edith me blessait, elle chatouillait aussi mon orgueil. De nombreux sentiments m'agitaient tandis que nous nous frayions un chemin parmi la foule pour descendre en ville, en particulier la fierté d'avoir posé les yeux sur un homme aussi beau, le plaisir de le désirer. Et ce désir était si fort et si nouveau qu'il suffisait, au moins pour le moment, à me remplir de joie.

« Je n'avais pas d'idées, je n'avais pas de projets. Je l'avais revu, un instant, de loin, au milieu de la foule, sous le soleil. Cela me suffisait. Si Méphistophélès était apparu brusquement à mes côtés, invisible aux yeux d'Edith, et m'avait susurré à l'oreille : "Jane, veux-tu que ce jeune homme te suive?", je lui aurais sans doute répondu : "Non, pourquoi ? Je suis heureuse de l'avoir vu, je ne désire rien de plus."

« Méphistophélès était bien là, oh ! que oui !, il était près de moi, ce jour-là. Mais il était trop habile, lui aussi, pour se montrer. Il avait pris l'aspect d'un vendeur ambulant, l'un de ces innombrables vendeurs ambulants qui pullulaient à Naples à cette époque; on aurait dit que tous les habitants de cette ville parcouraient les rues, du matin au soir, en vendant quelque chose. C'était un homme très maigre, petit, voûté, presque bossu, crasseux, mal rasé, qui avait les joues creuses et des yeux étincelants comme des diamants. Il tenait dans ses mains longues, sèches et sales — je ne m'en souviens pas bien — si, des cartes postales, ou des amulettes, ou les deux à la fois. Au détour d'une ruelle, à un endroit où le passage était très étroit, entre des caisses qui encombraient le trottoir et l'éventaire d'un marchand de friture, il nous a obligées, Edith et moi, à nous arrêter en se plantant devant nous. Nous avons refusé de lui acheter quoi que ce soit, troublées et dégoûtées par sa proximité. Mais comme il insistait, je me suis retournée instinctivement à la recherche d'un autre passage, et j'ai vu Aldo, au loin, en haut des marches de pierre que nous venions de descendre pour emprunter la ruelle. Celle-ci était dans la pénombre, et un rayon de soleil illuminait l'escalier : j'ai aperçu Aldo le temps d'un instant, immobile parmi la foule qui montait et descendait.

« Il m'avait vue. Il me suivait avec une grande prudence. Il m'a même fait un signe de la main que personne n'a remarqué dans le frémissement de la foule, pas même Edith. D'ailleurs, celle-ci ne s'est aperçue de rien : elle était occupée à donner une pièce ou deux à Méphistophélès, qui nous a ensuite laissées passer.

« Mon cœur battait. J'étais certaine qu'Aldo me suivrait. Mais il pouvait aussi me perdre dans cette foule dense, dans ce labyrinthe de ruelles. Je l'espérais et je le redoutais à la fois. J'ignorais ce qui m'importait le plus, en fin de compte. Je me sentais angoissée. Je ne me suis plus retournée. Je me suis abandonnée au hasard, au destin, à la providence — j'ignorais, à ce moment-là, si j'avais encore une foi.

« Arrivée devant l'église, j'ai rapidement quitté Edith en lui confirmant le rendez-vous au restaurant que nous avions pris la veille. Je tenais à entrer au moins dans l'église avant qu'Aldo (s'il me suivait encore...) puisse voir où je pénétrais. Je savais que s'il réussissait à m'approcher, je n'aurais pas la force de lui résister. Il ne me restait de force que pour fuir, disparaître, et prier.

« Après avoir dit au revoir à Edith, j'ai gravi à toute allure l'escalier de l'église et, tout en soulevant la lourde portière de cuir, j'ai jeté un rapide coup d'œil derrière moi. Il n'était pas là. Je suis alors entrée, avec un soupir de soulagement, et d'amertume.

« L'église était très sombre. J'ai pénétré dans une chapelle latérale, où brûlait la lampe du saint sacrement. Il n'y avait personne. Pour me confesser, il fallait que j'aille chercher un père à la sacristie. Mais j'avais d'abord besoin de prier. Je me suis agenouillée et je me suis mise à prier désespérément Notre-Seigneur, le Sacré Cœur de Jésus... Cette fête tombait le lendemain, et, par une coïncidence qui m'a émue jusqu'aux larmes, j'ai vu Son image sur l'autel devant lequel je m'étais agenouillée. La lampe du saint sacrement n'était pas une ampoule électrique, mais une véritable flamme, qui palpitait comme un cœur de verre rouge. Et mon cœur palpitait comme cette flamme, tandis qu'une prière montait naturellement à mes lèvres : "Jésus, disais-je, Toi qui as tant souffert au Jardin des Oliviers, Tu sais ce que j'éprouve depuis que j'ai rencontré ce garçon. Et Tu sais que mon angoisse n'est pas ridicule. Si je racontais à Edith ce que je ressens, elle se moquerait de moi, elle serait scandalisée et se moquerait de moi. Mais Toi, mon Seigneur et mon Dieu, qui a pardonné à Marie-Madeleine, Toi, Tu ne te scandalises pas. Dis-moi, ô Seigneur, ce que je dois faire, si je revois ce garçon, s'il me suit de nouveau et essaie de me parler. Je ne l'aime pas, ô Seigneur, je sais bien qu'il s'agit d'une passion aussi honteuse, aussi vile et aussi sensuelle que sa beauté, païenne et diabolique. Dois-je continuer à le fuir? Mais plus je le fuis, plus je le désire. En ce moment, par exemple, je suis désespérée et malheureuse, pleine de remords d'être entrée en courant dans cette église pour qu'il ne me voie plus; peut-être est-il dehors, sur la place, peut-être jette-il un regard autour de lui et me cherche-t-il inutilement dans les rues voisines, sans imaginer que je suis entrée ici. Ai-je eu raison, ai-je eu tort? Si j'ai eu raison, pourquoi ai-je des remords? Pourquoi Ta paix ne descend-elle pas sur moi? Si j'ai eu tort, pourquoi n'en suis-je pas sûre? Pourquoi suis-je assaillie par le doute, par des doutes si contraires? Oh! Jésus, Seigneur, Sacré Cœur de Jésus, je me confie à Toi."

« Je venais juste de finir ma prière quand j'ai eu la sensation de ne plus être seule dans la chapelle. J'étais courbée sur le prie-Dieu, le visage dans les mains, étouffant mes sanglots; mes larmes mouillaient mes doigts et les paumes de mes mains. J'ai levé doucement les yeux. Juste assez pour voir, à droite, à côté de moi, tout près, le corps d'Aldo. Je l'ai reconnu à sa main gauche, couverte de bijoux, qui se posait à cet instant, lentement, légèrement, du bout des doigts, sur le bord du prie-Dieu. Il était debout. Je ne voyais que son corps, plus gros que je ne l'aurais cru, et sa main.

« Le plaisir que j'ai ressenti alors était si violent que je suis demeurée un long moment immobile, le visage dans les mains, comme si je continuais de prier. Mais je n'avais même pas la force de penser. De formuler la moindre réflexion. J'étais agenouillée, immobile, les yeux fermés, heureuse, brusquement vide de tout. Il était là, à mes côtés, physiquement à mes côtés, et cela me suffisait.

16

À un juge ?

Même pas à un témoin. Sans le savoir, Jane racontait son histoire à un complice.

Combien de fois avais-je éprouvé les mêmes angoisses ? Mais à une différence près : je n'avais jamais prié. D'ailleurs, à quoi lui avait servi la prière ? Non pas à apaiser son tourment, mais à l'aiguiser. Non pas à résoudre le problème, mais à le compliquer. La prière ne lui avait apporté que des réponses contraires à celles qu'elle était en droit d'attendre.

Peut-on affirmer cependant que ce grand déchirement, que le goût exquis de sa souffrance et de son plaisir n'était pas un résultat en soi ? Une opposition plus noble et plus authentique que la mienne ?

— J'ai enfin relevé le visage, poursuivit Jane, et j'ai commencé à essuyer mes larmes. Je ne disais rien parce que, je le répète, je n'avais aucune idée en tête. Je n'avais ni projets ni pensées, ni désirs même. Et je crois que si Aldo avait gardé le silence, je serais restée là, dans cette église, agenouillée près de lui, qui sait combien de temps. Mais il a pris la parole.

« “Vous pleurez ? a-t-il murmuré. Pourquoi ? Je suis désolé !”

« “Allez-vous en !” Ses mots avaient suffi à rompre

le charme. Je l'ai supplié : "Allez-vous-en! Allez-vous-en immédiatement, laissez-moi seule."

« "Mais pourquoi?" Et au lieu de s'en aller, il s'est agenouillé à mes côtés, en touchant mon bras du sien, et en frôlant ma joue de la sienne. Je fixais l'autel, devant moi. Mais il me regardait et me disait tout bas : "Pourquoi voulez-vous que je parte, alors que nous pouvons enfin parler en paix?"

« "Nous sommes dans une église, enfin! Vous n'avez pas honte? Je suis venue ici pour prier!"

« "Honte? Et de quoi? Vous n'avez donc pas compris que je vous aime?"

« "Ne dites pas de bêtises. Vous ne me connaissez même pas."

« "Est-il nécessaire de connaître quelqu'un pour l'aimer? Vous savez bien que non. Je vous aime. Je vous aime depuis le premier instant. Je suis étudiant. Voulez-vous m'épouser?"

« Oh! Harry, tu sais comment sont les Italiens. Si sûrs d'eux. Ils plantent leur regard dans le vôtre. Et s'ils voient dans les yeux d'une femme une réponse, un sourire de sympathie, ils se croient aussitôt encouragés. Mais nous, qui n'accordons pas beaucoup d'importance à nos sentiments et qui refusons de suivre à tout prix les élans de notre cœur, qui n'avons pas l'habitude de confondre la sincérité avec l'innocence, nous, nous sommes inévitablement prises au dépourvu.

« J'aurais dû sourire à cette proposition absurde. J'ai été troublée, au contraire. Naturellement, je n'étais pas idiote. Je devinais bien qu'il parlait de mariage dans le seul but de produire une bonne impression sur moi, de me convaincre du sérieux de sa passion, et par conséquent de m'obliger à céder plus rapidement. Et si, par une hypothèse aussi absurde que sa proposition, j'avais accepté de l'épouser, il n'aurait rien eu à perdre. Il aurait, comme on le dit en Italie, *fatto il colpo*[1]. Mais j'étais si troublée que je négligeais ces considérations pour considérer la réalité de sa proposition. Épouser cet Italien vulgaire et efféminé? Cela équivalait à donner mon âme au diable pour la vie entière.

« Je me suis aperçue que j'étais tentée, désespérément tentée d'accepter, de le surprendre ainsi. Il était là, souriant, tranquille. Et j'avais l'enfer en moi.

« Je me suis brusquement levée, terrorisée. La seule solution était la fuite.

« Je lui ai dit au revoir et me suis dirigée en courant vers la sortie.

« Il m'a rejointe au milieu de l'église, m'a saisie par le bras, m'a arrêtée. Je voulais me dégager de son étreinte, mais j'ai vu que deux petites vieilles nous regardaient, et je n'ai pas osé. La pression, le contact de sa main avait aussitôt affaibli ma volonté.

« "Par là", a-t-il dit gentiment en m'entraînant non vers la porte centrale par où j'étais entrée, mais vers une porte sur le côté. Puis, avant de soulever le lourd rideau qui fermait le tambour, il s'est approché du pilier et m'a offert de l'eau bénite.

« Je lui ai lancé un regard ahuri, ne sachant comment réagir, comme s'il me proposait de commettre un sacrilège, comme si le démon en personne m'offrait de l'eau bénite. Mais son expression était si simple, si contrite, si enfantine ! J'ai effleuré le bout de ses doigts humides, je me suis tournée vers l'autel en me signant, et je suis sortie.

« Dans le tambour obscur, tandis qu'il laissait retomber le rideau dans notre dos, j'ai tenté d'ouvrir la porte donnant sur la rue. Mais elle était fermée par un gros cadenas. Avant même que je tente quoi que ce soit, il s'est approché de moi, m'a prise dans ses bras,

1. « Fait le coup du siècle », en italien dans le texte de Harry, traduit de l'anglais par Mario. *(N.d.T.)*

m'a serrée violemment contre lui, et a commencé à m'embrasser.

« Je n'étais pas une femme d'expérience. On pouvait compter mes flirts sur les doigts d'une main.

« Quoi qu'il en soit, c'était complètement différent de tout ce que j'avais connu jusqu'alors. Je n'avais jamais imaginé qu'on pouvait embrasser ainsi. J'ai soudain compris que j'étais restée une adolescente. Oui, me suis-je dit, c'était donc cela embrasser : cette chose dure, cette chose forte et sauvage. La tête me tournait ; j'étais comme au bord de l'évanouissement. Le monde extérieur, Edith, mes amies, ma mère, ma maison, la guerre, les idées, les goûts, tout ce qui m'avait entourée jusqu'à ce moment-là s'écroulait, s'effaçait de ma conscience, cessait d'exister. Seule subsistait la saveur de cette bouche, où se mêlaient tant de nuances différentes, aussi précises et logiques que des concepts qui n'auraient pas eu besoin de mots pour s'exprimer et dont la signification était tout entière contenue dans les sens. Les animaux, je crois, doivent penser de la sorte.

— Jane, lui dis-je alors avec amertume en songeant aux baisers de Dora, Jane, pourquoi as-tu préféré te marier avec moi ? Tu avais le devoir d'épouser ce jeune homme.

Elle leva les yeux sur moi, peut-être pour la première fois depuis qu'elle avait commencé son discours ; elle semblait encore plongée dans le monde lointain où l'avaient entraînée ses souvenirs.

— Mon devoir ? Peut-être... » répondit-elle et il y avait dans le ton de sa voix une amertume plus profonde que la mienne, le regret d'une occasion à jamais perdue, le souvenir d'une lâcheté fatale. « Je ne voyais pas cela comme un devoir, au contraire. Mon devoir... Tu as peut-être raison, Harry, mais ton expression n'est pas juste » et elle conclut en ébauchant un sourire, plus désespéré encore que la tristesse qui l'avait dominée jusqu'alors : « Il faudrait plutôt dire : mon devoir était de ne pas faire mon devoir.

— C'est exactement cela, Jane.

— Mais comment pouvais-je le savoir, à l'époque ? Si je n'avais jamais vu Aldo, si une amie m'avait vanté sa beauté et me l'avait décrit dans les moindres détails, je n'aurais éprouvé que du dégoût et de la répulsion à son égard. En effet, quand j'y songeais, je me disais qu'il concentrait en lui tout ce que je détestais le plus, et ce depuis mon enfance. D'abord, c'était un Italien, et, malgré mon amour pour l'Italie, je n'ai jamais eu aucune estime et aucune sympathie pour les hommes de ce pays. Il était beau, et je n'ai jamais été attirée par la beauté masculine : dès l'époque du *college,* je sortais avec des garçons que je choisissais en fonction de leur intelligence plutôt que de leur beauté. Il était vulgaire, et le moindre brin de vulgarité avait toujours suffi à effacer, à mes yeux, le charme d'un homme. Quand on parle du *coup de foudre**, on dit en général que c'est le résultat d'une longue attente ; qu'il se produit quand le hasard nous présente brusquement une créature correspondant à nos goûts, à notre culture, à notre éducation, ou qui — dit-on aussi — ressemble à notre père ou à un homme que nous avons aimé au cours de notre enfance ; bref, qu'il s'agit d'une apparition à laquelle nous étions préparées.

« Rien de plus faux, dans mon cas. Ou, si tu veux, rien de plus vrai, mais en renversant les termes de l'équation. Aldo était exactement le contraire de tout ce que j'avais aimé et rêvé. Tu le sais, Harry, j'ai toujours détesté les mains couvertes de bijoux. Et je ne parle pas seulement des mains masculines, mais des miennes aussi. Je n'avais jamais porté de bracelets avant que tu m'offres celui-ci, tu le sais bien. Même ma montre me gêne. Je la mets souvent dans mon sac. Même mon alliance, les premiers temps, tu t'en souviens ? Je ne parvenais pas à m'y habituer. Les bracelets-montres en métal, les gourmettes sur lesquelles tous nos soldats, tous, sans exception, faisaient graver leur nom, et dont ils ont lancé la mode, m'ont toujours dégoûtée, pour une raison que j'ignore.

« Eh bien, sa main gauche... Comment t'expliquer? C'était devenu du fétichisme, une obsession, de la folie. Je n'ai jamais pu la regarder sans être troublée. Et c'est le souvenir le plus vif que j'ai gardé de lui quand il a disparu de ma vie.

« Je voulais voir un psychanalyste. Mais le père de Lalande me disait que c'était inutile, que ça n'aurait fait qu'aggraver mes problèmes. Quand le démon parvient à entrer dans votre chair, dans vos nerfs, à s'opposer ainsi aux arguments de la raison, il est impossible de le vaincre, même par la prière, il faut s'efforcer de penser à autre chose, de se distraire. Le père de Lalande m'a conseillé alors d'arrêter de prier, car c'était une façon involontaire de penser à la tentation.

« Mais je l'avais déjà compris ce jour-là, sous l'effet de ma violente angoisse, alors qu'il m'embrassait et me serrait contre lui au point de m'étouffer, dans l'obscurité du tambour. Soudain je me suis sentie perdue : le démon en personne m'étreignait, m'embrassait, pour m'entraîner aux enfers. Je devais réagir, fuir s'il le fallait. Mais une réaction violente risquait — je le comprenais — de me lier à jamais à lui plutôt que de me délivrer. J'ai donc préféré avoir recours à la ruse, à la douceur, pour triompher de lui... et de moi-même. Si j'échappe à son étreinte, pensais-je, si je lui dis que je ne veux plus jamais le revoir, si je m'enfuis, j'éprouverai demain un immense chagrin, et une tentation si forte que je ne pourrai la vaincre. Je le chercherai parmi la foule sur la place, et je m'arrangerai pour lui parler. J'ai donc choisi la ruse.

« “Écoute, lui ai-je dit en me libérant lentement et tendrement de ses bras, de sorte qu'il n'a pas tenté de me retenir, écoute, il est très difficile de nous voir, ici, à Naples. Je suis toujours avec mon amie, comme tu as pu le constater hier et aujourd'hui. Elle ne doit s'apercevoir de rien. Elle ne comprendrait pas. D'ailleurs, je suis très occupée à l'hôpital. Mais dans un mois, j'aurais quinze jours de repos..."

« "Dans un mois! Dans un mois, la guerre sera finie! a-t-il murmuré avec un air triste, et si tu ne veux pas m'épouser, tu repartiras pour l'Amérique! Je t'aime et je suis prêt à me marier avec toi. Mais je comprends très bien que tu veuilles me connaître avant d'accepter. Et comment pourrais-tu me connaître si nous ne passons pas un peu de temps ensemble? Dans un mois!"

« "Non, dis-je, la guerre ne sera pas finie. Elle durera encore longtemps. Dans un mois, j'aurai quinze jours de repos, et j'irai à Capri... Tu pourrais peut-être venir à Capri. Là-bas, nous serons plus libres de nous voir..."

« Il a eu alors un sourire heureux. Je lui en ai demandé la raison.

« "Je ne vis pas à Naples, a-t-il dit, mais à Capri justement; je travaille à l'OSS comme interprète, pour le colonel Livingston. Je viens à Naples presque tous les jours, mais j'habite Capri. On me donnera demain mon uniforme."

« Nous sommes sortis du tambour et avons retraversé l'église jusqu'à l'entrée principale d'un pas lent. Il me donnait le bras. Cette coïncidence aurait dû me calmer, mais elle ne faisait que m'agiter, certes légèrement. Je voulais le quitter en me laissant la possibilité, l'espoir de le revoir, pas la certitude. De fait, si je lui avais dit que la présence d'Edith était le principal obstacle à notre liaison à Naples, j'avais omis de lui préciser qu'elle m'accompagnerait à Capri. Mais personne ne m'obligeait à m'y rendre, et cette pensée m'a apaisée. Dans un mois, pensais-je, la tentation serait passée et il me serait facile de choisir un autre lieu de vacances.

— Mais...

— Je suis allée à Capri parce que je croyais avoir vaincu ma tentation. Je ne l'avais plus revu depuis ce jour-là. Il ne s'était plus montré sur la place. En quelques jours, j'ai réussi à l'effacer de mes pensées, à l'en chasser. Je me suis dit que cela avait été un moment de folie. Et je suis partie avec Edith, sans hésiter, sûre de moi. Le père de Lalande prétend que ce calme, cette sûreté m'étaient inspirés par le démon, qui me forçait ainsi à oublier cet aspect même qui m'avait tant troublée. Car le démon savait que la seule façon de m'attirer à Capri était de me libérer de la peur du mal, de me convaincre que j'en avais oublié la douceur... Le plus étrange, disais-je au père de Lalande, est qu'Aldo lui-même avait disparu, comme s'il l'avait su, comme s'il était de mèche avec le démon. Et pourtant, c'était là aussi un fait du hasard. Le colonel Livingston avait été soudain transféré, son successeur quittait plus rarement Capri, et, quand c'était le cas, partait sans son interprète.

« J'ai pris le bateau avec Edith un matin du mois de mars. J'avais le cœur léger. Je te jure que je ne me souvenais plus de rien. Je savourais la douceur de la mer, du soleil, de l'air pur, discutais avec Edith de nos projets pour ces quinze jours à Capri. Edith voulait peindre, elle avait emporté sa boîte de couleurs. J'avais pris, pour ma part, de nombreux livres, j'avais envie de m'allonger au soleil des heures entières pour bronzer. Nous parlions de l'eau, nous demandions si elle serait assez chaude pour se baigner. Voilà quelles étaient toutes mes pensées. À un certain moment, nous sommes rentrées dans le bateau parce que nous avions froid et faim. Nous avons continué notre conversation à une table du bar, en mangeant des sandwichs et en buvant du vermouth. Soudain, nous avons senti que le bateau ralentissait, et nous avons regardé par les fenêtres.

« L'île se dressait devant nous, énorme, très haute, à contre-jour, comme une vision inattendue, désagréable.

« J'ai eu alors un coup au cœur. Je voyais dans ces lignes tourmentées, dans cette forme bizarre, heurtée et privée de couleurs, quelque chose de sinistre et d'hostile. Et voilà qu'Aldo réapparaissait. Cela faisait un mois que je ne parvenais plus à me représenter son visage, et voilà qu'il surgissait sur le fond sombre et froid de l'île. Je revoyais dans le moindre détail ses traits, son regard, son corps, et tout ce que je croyais avoir oublié.

« Aldo est là-haut, me suis-je dit en regardant les grands rochers et les petites maisons disséminées ici et là. Aldo est là-haut, et je vais le rejoindre à l'insu d'Edith — et, jusqu'à cet instant, malgré moi.

« Je l'ai vu sur la place, le soir même de notre arrivée. Il portait l'uniforme américain, ainsi qu'il me l'avait annoncé, comme beaucoup d'Italiens qui travaillaient dans nos bureaux. Il a fait preuve, je dois l'avouer, de bon sens et de discrétion. J'étais assise à la terrasse d'un café, avec Edith ; et lui, au café d'en face, en compagnie d'officiers américains. Dès qu'il m'a aperçue, et qu'il a compris que je l'avais vu, il a mis ses lunettes de soleil, peut-être pour mieux regarder de mon côté, ou pour éviter qu'Edith le reconnaisse. J'appréciais sa prudence. Mais comment le rencontrer ? Le voulais-je vraiment ?

« J'étais partagée, tiraillée entre le désir et la peur. Peur de ne pas réussir à le rejoindre sans qu'Edith s'en aperçoive, sans qu'aucun Américain nous remarque ; et peur de mal agir. La première peur renforçait la seconde. La difficulté, l'impossibilité presque, de le rencontrer me persuadait de toute façon qu'il s'agissait d'un péché grave.

« Heureusement, Edith lui tournait le dos ; elle ne

pouvait donc s'apercevoir de rien. J'avais mis, moi aussi, mes lunettes de soleil. Ce soir-là, je me suis contentée de le contempler à la terrasse du café d'en face ; d'observer le moindre de ses gestes, de savourer la pensée que nous étions tous deux sur l'île, et que le lendemain, le surlendemain, un de ces jours, nous cueillerions peut-être une occasion favorable pour nous retrouver.

« À un certain moment, Edith a consulté sa montre et a dit qu'il fallait nous en aller. Nous logions à Anacapri, dans une pension tenue par une Danoise, dont nous étions les deux seules occupantes. Mais nous devions être ponctuelles aux heures des repas ; et le car n'allait pas tarder à partir.

« L'arrêt était situé au bout de la place, derrière l'église, et il nous fallait, pour le rejoindre, passer devant Aldo. Je craignais qu'Edith ne le voie. Mais je voulais aussi prolonger jusqu'au dernier instant le plaisir que me procurait sa vue. J'ai dit à Edith que je n'avais pas faim ; qu'on était si bien à la terrasse de ce café, dans l'air frais, à siroter nos Martini ; que nous vivions depuis plus d'un an dans la hantise de l'heure : nous étions maintenant en vacances, la Danoise pouvait bien s'inquiéter, peu importait ; nous aurions toujours la possibilité de prendre une voiture. Edith a cédé en riant. Mais à cet instant-là, j'ai vu les officiers qui étaient avec Aldo se lever ; bien entendu, il les a imités et leur a emboîté le pas. Il est pourtant parti le dernier ; il a regardé dans ma direction avec insistance jusqu'au moment où il a disparu sous le porche de Tragara.

« Je suis revenue le lendemain. Nous avons pris l'habitude de fréquenter ce café deux fois par jour pour l'apéritif du matin et du soir. Chaque fois, je voyais Aldo, et chaque fois, il me voyait. Mais cela ne pouvait durer ainsi. Une angoisse, une terrible frénésie montaient en moi, et j'ai fini par en perdre le sommeil, l'appétit, tous les plaisirs de notre séjour. J'étais pâle, j'étais laide. Inquiète, Edith m'a demandé ce que j'avais. Je lui ai répondu que je ne me sentais pas bien : la nourriture de la pension ne me convenait peut-être pas. Enfin, un jour, j'ai réalisé qu'une semaine s'était écoulée depuis notre arrivée à Capri, et qu'il ne nous restait donc plus qu'une semaine avant de repartir. J'étais assise à notre café habituel. Et Aldo au sien. Je me suis levée, comme poussée par un ressort, avant même de penser à ce que j'allais faire. J'étais décidée à lui parler.

« Edith, qui lisait au soleil, m'a demandé où j'allais. J'ai inventé une excuse, laquelle ? Je ne m'en souviens plus... Ah ! si ! j'avais vu, dans une petite rue à côté, une paire de sandales qui me plaisait. Tout en parlant, je tremblais à l'idée qu'elle se lève pour m'accompagner. Mais elle n'a pas bougé. Elle a poursuivi sa lecture. Le destin était donc de mon côté !

« Rassurée, j'ai traversé la place en direction du café où Aldo était assis. Pendant que je marchais droit sur lui (nous portions tous les deux, comme d'habitude, nos lunettes de soleil), je le fixais, et lui aussi. Je l'ai dépassé en continuant mon manège et je l'ai presque frôlé. J'ai gagné la ruelle qui longeait l'église, me suis retournée un instant, et j'ai vu qu'Aldo se levait : il avait compris.

« Rapidement, presque en courant, je me suis engagée dans la ruelle et j'ai avancé assez pour qu'on ne puisse plus me voir de la place. Une seconde plus tard, Aldo était là, il me tenait dans ses bras. Heureusement, il n'y avait personne. Mais je me suis violemment arrachée à son étreinte, et j'ai continué mon chemin en lui expliquant la marche à suivre pour qu'il puisse me revoir.

— Tu avais pensé à tout, naturellement ! fis-je remarquer à Jane avec un sarcasme presque involontaire.

— Oui, Harry, mais comme s'il s'agissait d'un jeu, expliqua-t-elle promptement avec sincérité.

— Un jeu dangereux ! — ces expressions ironiques me venaient presque malgré moi.

— Tu dois me croire, Harry !

— Je te crois, je te crois. » En effet, je croyais, et je continue à croire, qu'elle était sincère. Mais j'ajoutai : « Qu'est-ce que cela change ?

— Cela change que tout avait l'air de se passer naturellement, indépendamment de ma volonté. Je sais bien que je reste coupable. Je ne cherche pas d'excuses, Harry. Je veux seulement te dire comment les choses se sont vraiment déroulées.

« J'avais pensé à tout, tout imaginé depuis a jusqu'à z, la nuit, dans ma chambre, à Anacapri. J'entendais le vent souffler dans les oliviers, j'ouvrais la fenêtre, sortais sur le balcon, regardais le bois d'oliviers qui se pressait autour de la maison, et la grosse bougainvillée aux fleurs violettes qui grimpait jusqu'au balcon. Je regardais la nuit, le ciel étoilé, dans l'obscurité profonde de la mer et les lumières des bateaux, et cette idée fixe m'empêchait de dormir. J'avais pensé à tout comme si tout pouvait arriver, mais avec la ferme conviction que rien ne se passerait.

« Là, dans la ruelle, je n'avais pas le temps de modifier ce plan. Même s'il n'était pas le meilleur, je n'avais pas le temps d'en imaginer un autre. Je l'ai exposé à Aldo. Puis, en lui demandant de me laisser prendre de l'avance, et si possible de revenir sur la place par un autre chemin, je lui ai dit : "À cette nuit !" et je suis partie en courant.

« "Les sandales ?" m'a demandé Edith en me voyant.

« "Il n'y avait pas ma pointure."

« Aldo devait me retrouver après minuit, dès que le colonel, qui allait se coucher à n'importe quelle heure, et quelquefois très tard, lui aurait rendu sa liberté. La Danoise se fourrait au lit vers dix heures. Quant à Edith, elle adorait dormir, heureusement, et une fois de plus elle n'a pas demandé son reste. À dix heures et demie, j'étais déjà enfermée dans ma chambre. Celle-ci communiquait avec la salle de bains, qui communiquait, par une autre porte, avec la chambre d'Edith. Grâce au ciel, toutes les clefs marchaient.

« Je lui avais dit de prendre une voiture. Il ne pouvait donc pas arriver avant minuit et demi. J'ai essayé de faire passer le temps en écrivant une lettre à mes parents, en lisant un livre, une revue. C'était impossible. Je n'avais jamais été aussi agitée de ma vie. Je tentais en vain de me distraire : mes pensées revenaient sans cesse à ma rencontre avec Aldo, qui se déroulerait deux ou trois heures plus tard, dans la nuit en tout cas. Je me trouvai bientôt dans un état voisin de la folie. J'allais et venais dans ma chambre, pieds nus, pour ne pas faire de bruit. Je n'arrêtais pas de me regarder dans la glace, de me coiffer et de me recoiffer. J'avais l'impression d'étouffer. J'ouvrais la fenêtre, sortais sur le balcon, rentrais. Je n'avais jamais éprouvé pareille sensation, une souffrance physique aiguë mêlée à une grande joie, mais si profondément et si intimement que cette joie ne m'apaisait en aucune façon.

« À un certain moment, j'ai eu besoin de pleurer, de hurler. C'était comme une violente douleur. J'avais l'impression que je n'y survivrais pas. Alors, j'ai écouté mon instinct. J'ai obéi à mon corps. Je me suis déshabillée, je me suis étendue, nue, sur le sol et je me suis contorsionnée comme un animal. Enfin, je suis restée immobile, à plat ventre sur les carreaux lisses et froids. J'avais posé ma montre devant moi, par terre, et j'en fixais le cadran sans bouger d'un pouce. C'était ma petite montre, celle que je porte encore. Elle n'a pas de trotteuse. Le temps semblait donc s'être arrêté. Il était, mettons, onze heures et demie. Il pouvait tarder jusqu'à deux heures, et je me disais que je n'aurais jamais la force d'attendre jusque-là.

« Dans la pénombre de la chambre (j'avais recouvert

d'une écharpe la lampe de chevet), j'ai concentré mon regard sur le petit cadran pour suivre le mouvement des aiguilles. Elles se déplaçaient avec une lenteur excessive qui était, pour moi, une véritable torture, comme si elles m'arrachaient le temps seconde par seconde, en me déchirant morceau par morceau, en me lacérant, m'étirant, m'éloignant toujours plus de l'objet de mon désir. En m'éloignant ? Comment t'expliquer ? Mon désir croissait beaucoup plus vite que ne se réduisait le temps qui me restait à attendre. Au bout d'un quart d'heure, j'avais l'impression qu'une heure trois quarts allait s'écouler moins vite que deux heures, un quart d'heure plus tôt.

« Quand je repense aujourd'hui à cette terrible nuit, je suis convaincue que c'était une maladie. Ce garçon pouvait bien avoir tous les charmes de la terre, il ne justifiait en aucune façon l'état d'âme dans lequel je me trouvais alors. J'étais entièrement habitée par la folie. Par cette folie même qui pousse parfois un paysan à tuer à coups de hache la femme et les enfants qu'il avait toujours semblé aimer, comme le racontent les journaux. C'est ce qui explique, Harry, pourquoi j'ai le courage de tout te raconter. C'est comme si je parlais d'une autre personne. Oui, j'étais une autre personne. Sinon, pourquoi aurais-je choisi un homme que je méprisais ?

Je ne répondis pas. Je pensais à Dora et à moi, et je savais que Jane se trompait. Non, elle ne mentait pas, mais elle croyait dire la vérité. Moi, je savais que notre nature ne cherche dans l'amour que sa propre négation, son propre anéantissement. Et il ne s'agit pas de maladie. C'est, au contraire, une compensation, une volonté de comprendre la réalité que nous refusons, le désir d'être comme les autres, un besoin de normalité.

— Je ne me souviens plus des folies auxquelles je cédais cette nuit-là, en l'attendant. Je me rappelle seulement que plus le temps passait, plus je souffrais. La joie qui avait accompagné mon tourment diminuait peu à peu, elle a fini par disparaître. Vers une heure du matin, j'espérais même qu'il ne viendrait plus, mais j'aurais voulu en être avertie. C'était une agonie. J'ai prié pour qu'elle prenne fin de n'importe quelle façon.

« Depuis minuit et demi, j'étais debout, sur le balcon, adossée au mur, dans un coin d'où je pouvais voir la petite grille de l'entrée. Pour l'ouvrir, il n'était pas nécessaire d'avoir une clef, il suffisait de la pousser. Je lui avais tout expliqué. Je fixais mon regard sur cette grille, au bout de l'allée d'orangers. Je la fixais intensément, en contractant jusqu'à la douleur les muscles de mon cou et de mon visage, comme si tout dépendait de moi, comme si mon obstination et la force de mon regard pouvaient faire surgir d'un moment à l'autre la silhouette d'Aldo.

« Voilà, me suis-je dit à plusieurs reprises, voilà, je vais compter jusqu'à neuf, et à neuf il apparaîtra. Je comptais, sûre de moi. Je comptais, je comptais de plus en plus lentement. Mais j'étais certaine. J'arrivais à sept. À huit.

« À neuf. Rien ne s'était produit. Des rafales d'un vent chaud s'abattaient sur les oliviers. On n'entendait aucun autre bruit. La Danoise et son employée dormaient de l'autre côté de la maison. La chambre d'Edith faisait angle avec la mienne ; à supposer qu'elle fût réveillée, elle n'aurait pu entendre la petite grille s'ouvrir, ou des pas sur le gravier de l'allée.

« Je ne regardais pas si le ciel était étoilé. Je ne regardais ni la mer ni les lumières des bateaux, comme les nuits précédentes, quand je pensais, quand je me contentais de penser à lui. À présent, je fixais la grille, sans plus songer à lui. Je pensais à ce que je regardais : à la grille. Comme le joueur qui, après tout avoir misé sur le même numéro, regarde la roulette et la boule qui va s'arrêter, sans plus songer à l'argent qu'il souhaite pourtant gagner. J'étais folle, Harry. Ne le crois-tu pas, toi aussi ?

— Oui, je le sais, Jane, dis-je malgré moi. Je te comprends, moi aussi j'ai éprouvé ce genre de choses.

— Non, c'est impossible ! fit-elle presque dans un cri.

Une fois de plus, je compris qu'il n'était pas question de lui avouer mes fautes ce soir-là. Elle n'y aurait peut-être pas cru. Ou plutôt elle aurait cru que j'inventais tout, par pitié pour elle. Elle semblait fascinée par sa propre faute. Elle voulait à tout prix avoir péché. Comme si, avec le temps, elle en était arrivée à douter de la réalité de ses propres souvenirs.

— Soudain, j'ai entendu un pas, reprit-elle. Un pas lointain, léger, sur la petite route en ciment qui descend à Anacapri entre les villas et les jardins. Quelqu'un du pays sans doute, qui marchait pieds nus. J'ai retenu ma respiration tout en observant la petite grille. Si c'était lui, s'il se trompait et allait trop loin ? Je lui avais pourtant bien expliqué. Mais le sentier continuait. Il y avait d'autres villas, plus bas, d'autres jardins, d'autres grilles. Les pas se rapprochaient, rapides, légers. Il ne pouvait s'agir de lui. Je me résignais à l'avance. C'était peut-être un pêcheur qui allait relever ses filets. Ce ne pouvait être lui.

« Une silhouette est passée un instant derrière la grille. C'était une adolescente. J'ai éprouvé une violente haine à son égard, et je me suis rendu compte que j'avais espéré inconsciemment qu'il s'agirait de lui. Si j'avais pu la tuer ! Elle rentrait certainement d'un rendez-vous d'amour, ou s'y rendait. Pour cette raison aussi, je l'ai haïe. Elle s'éloignait, à présent elle courait. Enfin, j'ai entendu grincer une grille, peut-être celle de la villa qui était située un peu plus bas. De nouveau le silence. Et de temps à autre, le souffle du vent, le bruissement des oliviers.

« Combien de temps encore suis-je restée là, debout, appuyée contre le mur rugueux dont mon dos connaissait désormais toutes les rides, toutes les aspérités ? Quelle heure était-il donc ?

« J'avais laissé ma montre sur le carrelage. J'avais commis l'erreur de sortir brusquement sur le balcon, sans y penser. À présent, il me paraissait impossible de rentrer, d'abandonner, ne serait-ce que pour un instant, mon poste d'observation.

« La petite grille était là, blanche, au milieu du feuillage noir des orangers.

17

Mais il ne la fit pas attendre en vain. Et il la rejoignit la nuit suivante, et toutes les nuits de la semaine que Jane passa à Capri. Il arrivait vers une heure, grimpait sur la bougainvillée et repartait avant le lever du jour.

Ni la Danoise ni Edith ne s'en aperçurent. Jane eut peur une seule fois. Une nuit, il lui annonça qu'il serait libre le lendemain : le colonel allait à Naples, et il n'avait pas de travail. Il pria Jane de se rendre à une heure donnée dans un endroit désert, au-delà de la Marina Piccola ; il viendrait la chercher en bateau ; si le temps était beau, ce qui paraissait probable, ils se baigneraient ensemble. Jane refusa. Alors, quand l'aube commença à poindre et qu'arriva le moment de partir, il se jeta sur le lit, bien décidé à rester et à dormir. Épouvantée, furieuse, Jane tenta de l'en empêcher, mais elle dut céder et le cacher toute la journée, jusqu'à la nuit suivante.

Elle s'était enfermée à clef dans sa chambre. Elle eut grand-peine à en interdire l'accès à Edith et à la femme de ménage. Elle leur expliqua qu'elle souffrait d'une violente migraine, qu'elle avait besoin de repos, et qu'elle ne voulait voir personne. Edith venait frapper régulièrement à la porte ; elle demanda même s'il y avait quelqu'un avec elle, car il lui semblait avoir entendu parler.

Jane attendit qu'Edith aille à Capri, puis elle sortit en fermant à clef derrière elle, et se précipita à la cuisine où elle avait pris des sandwichs et des boissons.

À son retour, Edith frappa de nouveau à la porte. Elle trouvait très étrange que Jane ne la fasse pas entrer. Elle était inquiète. Enfin, le soleil se coucha, la nuit vint, et il s'en alla dès que possible.

Jane crut bon de me raconter cet épisode, à vrai dire plutôt comique, pour une seule raison : Edith avait eu des soupçons, qui s'étaient traduits par de graves conséquences.

Des conséquences beaucoup plus graves qu'elle ne le pensait ! Car sans les soupçons d'Edith, je n'aurais jamais rencontré Dorothea.

Le dernier soir, Jane se dit qu'il serait imprudent de ne pas accompagner Edith à une party qu'organisaient des officiers qu'elles connaissaient.

Elle fit donc ses adieux à Aldo l'avant-dernière nuit. Il insistait pour la revoir, en se disant très amoureux d'elle, et toujours prêt à l'épouser ; mais elle lui répondit qu'elle accepterait de le retrouver à Rome, pas ailleurs. Tout le monde savait que Rome n'allait pas tarder à être libérée, et que l'hôpital y serait transféré immédiatement. Jane lui dit de lui écrire là-bas et lui donna l'adresse de l'hôpital militaire. Après quoi, ils se quittèrent.

Jane se rendait compte de sa faiblesse : elle n'aurait jamais dû lui indiquer son adresse. Mais elle m'assura qu'elle était guérie à ce moment-là. Il lui tardait de partir et de mettre un point final à cette aventure. Elle lui avait donné son adresse, car c'était le seul moyen de se débarrasser de lui. Il risquait, craignait-elle, de venir la relancer aux Camaldoli.

Les adieux de Jane furent donc froids et désenchantés. Lorsqu'elle le vit s'éloigner pour la dernière fois dans l'allée, franchir la grille et disparaître, elle poussa un grand soupir de soulagement.

Elle passa la dernière journée en compagnie d'Edith, et, le soir, se rendit en sa compagnie à la *party*. Elles dînèrent dans une trattoria avec les officiers qui les avaient invitées, puis, comme le voulait la coutume, les suivirent chez des amis, pour bavarder, boire du whisky et danser. Jane était heureuse de se trouver de nouveau entre Américains. Par réaction, ou parce que ses nuits avec l'Italien l'avaient convaincue que ses goûts et ses préférences n'avaient pas changé, elle souhaitait faire la connaissance d'un Américain qui lui plairait d'une autre manière : de la manière dont je lui plus environ un mois plus tard, quand nous nous rencontrâmes à Rome.

Aux alentours de minuit, ils abordèrent une somptueuse villa à Tragara. À peine entrée, dans les rires de ses amis et l'euphorie du whisky, son regard fut attiré par une série de portes ouvertes et une cuisine toute blanche, où elle aperçut Aldo qui prenait de la glace dans le réfrigérateur et préparait les *drinks*. Elle était tombée, ni plus ni moins, chez le colonel. Aldo aussi la vit immédiatement, mais il se garda de lui dire bonjour et continua son travail. Jane était certaine qu'il ne laisserait rien transparaître. Mais Edith ?

Dans le salon, Jane tourna instinctivement le dos à la porte du couloir. Edith, au contraire, était juste en face.

C'est donc sur son visage que Jane vit l'entrée d'Aldo portant les *drinks* : Edith sursauta, s'approcha d'elle, et murmura à son oreille en lui serrant très fort le bras :

— Jane, ton ami de Naples !

— Quel ami ? fit Jane.

— Mais si, regarde, *that handsome Italian* !

Jane dévisagea Aldo, et, sans réfléchir, nia. Non, Edith se trompait. Il lui ressemblait. Il lui ressemblait beaucoup. Mais ce n'était pas lui.

Edith insistait, sûre d'elle, et Jane ne s'avouait pas vaincue. Pourtant, un peu plus tard, au cours de la soirée, alors qu'elle se trouvait dans un groupe, et son amie dans un autre, un peu plus loin, elle s'aperçut qu'Edith avait posé son regard sur elle ; et ce n'était pas un regard bienveillant, au contraire ! C'était un regard surpris, blessé, inquisiteur.

Aldo circulait dans le salon, mais seulement pour apporter des bouteilles pleines, des verres et des glaçons, ou pour enlever les verres vides. Il ne participait en aucune façon à la conversation, personne ne le présentait, et il retournait inexorablement à la cuisine. En somme, il faisait office de serveur, même si ses fonctions officielles étaient celles d'un interprète.

Pas une fois il ne leva les yeux sur Jane. Il s'abstint également de lui adresser le moindre petit signe. L'angoisse de Jane avait redoublé depuis qu'elle avait lu dans le regard de son amie des soupçons et une secrète hostilité. Enfin, vint le moment du départ. En sortant dans le jardin, Edith s'approcha d'elle, jeta un dernier coup d'œil à la villa et lui dit tout bas :

— Je ne comprends pas pourquoi tu t'obstines à nier l'évidence.

— Va, lui avait répondu Jane avec une pointe d'agacement, va donc le lui demander toi-même. Tu verras bien !

Elle était sûre, à présent, qu'Aldo jouerait le jeu. Ce fut Edith qui se retira de la partie. Elle n'interrogea pas Aldo, elle cessa d'en parler. Toutefois, Jane comprit qu'elle ne pouvait désormais plus compter sur son amie.

Un mois plus tard environ, Rome fut libérée. Jane y reçut, à peine arrivée, une lettre d'Aldo. Il lui donnait rendez-vous sur la terrasse du Pincio, dans la journée. Elle l'y rejoignit, au mépris de toute prudence, pour une fois. Loin de lui, elle avait de nouveau senti monter en elle le désir, la folie, la maladie. Les psychanalystes qualifient de cycles ces états d'âme alternés.

Maladie ? Non. Mais je comprenais si bien ! Même

si cet état est plus grave pour une femme, compte tenu de ses conséquences physiologiques et morales, comment aurais-je pu ne pas lui pardonner ?

Par un coup du hasard Edith passa ce jour-là par le Pincio dans une voiture à cheval et vit Jane en compagnie d'Aldo. Cette fois, aucun doute n'était possible. Jane imagina une explication : elle lui dirait qu'elle avait rencontré au Pincio le jeune homme de Capri, et non celui de Naples. Mais c'était peu crédible, car Edith les avait surpris se tenant par le bras.

Edith eut une réaction surprenante. Elle ne lui fit aucune remarque quand elles se revirent le soir, ni par la suite. Mais elle commença à montrer une certaine froideur à son égard, et à lui jeter des regards étranges, dans lesquels Jane lisait de l'indignation, des reproches, des préjugés puritains et anglo-saxons, mais aussi une jalousie inconsciente.

Quelques semaines plus tard, Jane eut la certitude d'être enceinte. Malgré sa répugnance, son horreur et sa croyance en une idéologie profondément contraire, elle n'envisagea pas une seconde de garder l'enfant. Or la seule personne à laquelle elle aurait pu s'adresser était un médecin militaire de leur service, et ce médecin était justement le fiancé d'Edith. À supposer qu'il gardât le secret, Edith aurait inévitablement appris la vérité.

Il fallait agir au plus vite. Après une nuit d'angoisse, elle en parla à Aldo, et Aldo lui présenta Dorothea. Dorothea et sa propriétaire, qui était ou qui se disait infirmière, l'accompagnèrent alors chez une autre infirmière. Et celle-ci se chargea du reste.

C'est alors que Jane fit ma connaissance. Le désespoir et la peur qu'elle avait traversés, les remords qu'elle éprouvait encore et la crainte de l'avenir l'attachèrent à moi comme à un ange sauveur.

Pourtant, tant qu'elle demeura à Rome, elle ne cessa jamais complètement de voir Aldo. De temps à autre

— rarement à vrai dire, et toujours au terme d'une dure lutte avec elle-même —, elle allait le retrouver dans une chambre meublée. La nuit aussi, peut-être après avoir dîné avec moi, qui n'osais pas ensuite rejoindre Dorothea de peur que Jane ne me téléphone à l'hôtel.

— Le soir de ton départ pour Naples, d'où tu devais t'embarquer le lendemain pour la France, demandai-je à Jane, brusquement traversé par un souvenir, quand je suis venu te chercher au camp, tu ne cessais d'aller et venir pour ton travail, tandis que je t'attendais. À un certain moment, je t'ai vue au téléphone. Tu m'as expliqué que tu avais appelé un prêtre, ton confesseur, je crois, pour lui faire tes adieux. C'était la vérité ?

— Non, dit Jane en baissant la tête. J'avais bien un confesseur, un père jésuite américain. Celui-là même qui m'a envoyé par la suite l'adresse du père de Lalande à Paris. Mais j'étais allée lui dire au revoir la veille, à l'université grégorienne. Non. Ce coup de téléphone ne lui était pas destiné.

Nous gardâmes le silence un long moment. Je repensais à cette nuit-là, au moment où nous avions laissé l'hôpital, au vacarme des ambulances et des camions. Je me rappelais ma tristesse de devoir quitter Jane, et mon impatience de revoir Dorothea, qui se mêlait étrangement à ce chagrin. Je revoyais Jane au téléphone dans les baraquements : à peine éclairée, lointaine et presque irréelle derrière la fenêtre de cellophane sale. Elle parlait, elle parlait au téléphone, sans imaginer que j'étais là-dehors, et que si je ne l'entendais pas, je la voyais bien. Jamais comme en cet instant, bien qu'elle me livrât ainsi à Dorothea, ou peut-être justement parce qu'elle me livrait à Dorothea, je n'avais autant chéri Jane, je n'avais autant pensé qu'elle m'était destinée, qu'elle était à moi. À présent, je découvrais que la vérité était tout autre. Je souffrais ! Oui, j'étais blessé. Mais je sentais que je n'avais pas le droit de me plaindre, sinon dans ma vanité. Car Jane m'avait menti, certes, mais au fond, elle ne m'avait pas trompé. Elle m'avait trahi dans la mesure où elle s'était trahie elle-même, et dans cette trahison j'avais été son complice. Sa faute l'avait conduite un beau jour à Dorothea, et j'avais été conduit à ma faute par sa faute. Amère consolation ? Quelque chose de plus. Elle téléphonait. J'étais persuadé qu'elle téléphonait à un prêtre. Elle téléphonait à son amant. Mais moi qui, tout en la regardant et en me disant qu'elle m'appartenait, songeais à Dorothea et superposais l'image de Dorothea à celle de Jane, n'avais-je donc pas fait preuve de la même duplicité ? Au fond, Jane ne m'était-elle pas à mon insu, à notre insu, plus proche et plus fidèle parce qu'elle était, tout comme moi, à cet instant-là, partagée ?

Inutile, plus j'y pensais, plus je comprenais que nous étions, Jane et moi, fatalement solidaires, unis et confondus dans le bien comme dans le mal ; que tous les êtres humains le sont d'une certaine façon à un moment ou à l'autre : les traîtres trahis, et les trahis traîtres. Chacun, enfermé dans son propre égoïsme, se croit un jour en droit de s'abaisser, de jouir d'une bassesse qui ne nuise pas à son prochain ; mais c'est une erreur : cette bassesse n'est jamais innocente, elle se propage, se multiplie, rebondit. Bref, il semble que le péché soit régi par la loi même qui régit la vertu ; et qu'il soit, tout autant qu'elle, une forme d'amour.

Elle disait :

— Harry, je t'ai menti une autre fois. Je t'ai caché un épisode encore plus grave. Nous avons passé le dernier Noël de guerre, moi en France, et toi à Rome. Eh bien, ce Noël-là, je suis venue à Rome et y suis restée deux jours en cachette de toi ; par la suite, je ne t'en ai jamais parlé. Profitant d'une permission et d'un avion qui emmenait de Nice à Rome deux médecins de notre hôpital, j'avais quitté Saint-Pierre-d'Albigny dans le but de te retrouver. Je voulais te faire une surprise, fêter Noël avec toi.

« Mais à mon arrivée à Rome, j'ai été brusquement prise par la tentation de le revoir. Il y avait quelque chose de désespéré, de suicidaire, dans ce sentiment. Même si tu ne me l'avais pas encore demandé, je savais que nous nous marierions à la fin de la guerre. Eh bien, je me suis dit : je veux revoir Aldo, le revoir une dernière fois. Ensuite, je rentrerai en France, puis aux États-Unis, et ce sera terminé.

« Je lui ai téléphoné de l'aéroport. Il était chez lui. Et je l'ai rejoint avant même de passer à l'hôtel. Je suis restée avec lui jusqu'au soir. C'était la nuit de Noël. Aldo avait un dîner avec des amis, auquel il ne pouvait renoncer. Il m'a donné rendez-vous le lendemain, et m'a laissée seule. Je suis allée alors à l'hôtel.

« Malgré l'heure tardive (il était plus de neuf heures), j'ai téléphoné à l'université grégorienne, au père jésuite. J'étais bourrelée de remords. Je voulais me confesser, assister à la messe de minuit, communier. Le père m'a répondu que la maison était fermée, et qu'il ne pouvait pas me recevoir. J'ai insisté. Il m'a dit alors qu'un de leurs pères, un Allemand qui parlait très bien l'anglais, célébrait la messe de minuit chez les sœurs allemandes de la bienheureuse Pauline de Mallinckrodt. Il m'a indiqué l'adresse en me disant qu'il avertirait le père et téléphonerait aux sœurs.

— Te souviens-tu de l'adresse? demandai-je à Jane.

— Pourquoi? Non, pas exactement; mais c'était tout près de la via Nomentana. Pourquoi veux-tu le savoir?

— Parce que cette nuit-là, je t'ai vue, Jane. Tu as pris un taxi, n'est-ce pas?

— Oui, dit-elle.

— Un peu avant minuit?

— Oui.

— J'étais dans ma Jeep. Je t'ai vue un instant, dans un taxi, au carrefour du viale della Regina. J'ai vu ton uniforme. J'ai pensé que c'était quelqu'un qui te ressemblait. Comment pouvais-je imaginer que tu étais à Rome? Cette nuit-là, je suis allé, moi aussi, dans une église catholique. À Saint-Pierre.

Je n'ajoutai pas un mot.

Nous n'osions pas nous regarder.

Si j'avais pu parler! Mais comment? Plus tard, un jour, je lui dirais tout. Mais pas maintenant, c'était impossible.

— Chez les sœurs, j'ai trouvé le père, qui m'a confessée. Puis j'ai assisté à la messe. Une petite chapelle. Les bancs de gauche étaient occupés par les sœurs de l'institut, dix ou douze environ. À droite, il y avait des invités, des familles allemandes résidant à Rome. Pendant que le père disait la messe, les sœurs chantaient. L'une d'entre elles, une femme âgée, maigre, jouait de l'harmonium. Jamais je n'ai vu des mains aussi belles : fines, soignées, d'une blancheur de cire.

« Toutes les sœurs chantaient en chœur des hymnes de Noël. Certains refrains ressemblaient aux nôtres. Elles chantaient d'une voix douce et tremblante. Leurs visages rayonnaient de bonheur et de foi. Elles regardaient l'autel et y voyaient ce que je ne savais plus voir : leur enfance, les plus belles heures de leur enfance, qui, pour elles, ne s'étaient pas évanouies. Et voilà que leurs plus beaux souvenirs, peut-être les lointaines nuits de Noël dans un village de montagne, en Bavière, leur revenaient. Leur cœur n'avait pas changé non plus : c'était toujours celui qui avait cru, espéré et aimé. Elles avaient renoncé au monde. Mais elles avaient gardé la plus belle chose que le monde puisse donner : l'union du corps et de l'esprit.

« C'est alors que j'ai compris à quel point on se trompe en considérant les religieuses comme des femmes qui mortifient leurs sens. Elles les subliment, au contraire. Elles priaient et chantaient — je le voyais bien — de tout leur être. Elles étaient également heureuses dans leur chair. Quand elles se sont levées et se sont avancées pour aller communier en fixant l'autel d'un regard brûlant, j'ai vu que l'acte suprême de l'amour s'accomplissait en elles.

« Je me suis demandé si mon devoir n'était pas de suivre leur exemple : non pas de devenir religieuse, mais d'épouser Aldo. D'offrir ma vie, comme elles avaient offert la leur. De croire en un seul être et de l'aimer jusqu'au bout, de tout mon être. De sublimer mes sens, moi aussi. Aldo n'était pas digne de moi ? Et pourquoi donc ? Peut-on dire qu'une créature humaine n'est pas digne de quelque chose ? Et de quoi ? De moi ? Je savais bien que, des deux, c'était moi qui péchais vraiment. Moi, qui le trompais, te trompais, et me trompais moi-même en me partageant entre vous deux. Ne m'avait-il pas proposé le mariage à plusieurs reprises, ne l'avait-il pas répété quelques heures plus tôt ? Désormais, j'en riais. Eh bien oui, il était sans doute intéressé : c'était un mariage qui l'élevait au-dessus de sa condition sociale ; mais s'il y avait en lui une chance de salut, un germe de vie (et pourquoi pas ?), j'avais le devoir de recueillir ce germe et de le faire fleurir.

« C'est justement parce que je n'en avais pas le courage que je ne suis pas allée au rendez-vous, le lendemain. Je ne l'ai pas vu, je ne lui ai même pas téléphoné pour l'avertir. Le soir, j'ai repris l'avion pour Nice en disparaissant à jamais de sa vie — du moins le croyais-je.

— Jane, lui dis-je (oh ! comme je la comprenais !), c'est vrai, Jane ; j'en suis sûr, ton devoir était de l'épouser.

— Je l'ai oublié par la suite. Ou plutôt, j'étais persuadée de l'avoir oublié. La fin de la guerre, Paris, notre retour aux États-Unis, notre mariage, une nouvelle vie, et puis Duccio. Mais à Princeton déjà, durant mes longues heures de solitude à la maison, lorsque tu donnais tes cours ou travaillais à la bibliothèque, j'avais recommencé tout doucement à penser à lui. Comme s'il n'y avait là aucun mal, aucun danger, tu comprends ? Des rêveries, un jeu. Mais peu à peu, le jeu s'est transformé en obsession. J'y pensais sans cesse. Voilà pourquoi tu me trouvais si nerveuse. Voilà pourquoi j'ai voulu à tout prix aller à Capri. Tu avais raison, le climat ne convenait pas à Duccio. Mais j'étais redevenue folle, comme par le passé. Je voulais le revoir de toutes mes forces, et à Capri. C'était à Capri que je m'étais toujours imaginée auprès de lui. C'était donc à Capri que je voulais — comment dire ? — mettre mes rêves à l'épreuve : comprendre si je l'aimais vraiment. Il n'y avait plus de place pour le doute, je le sentais. Ce serait oui, ou non. Et si c'était oui, j'étais décidée à tout te révéler, à enfreindre les règles de ma religion, à divorcer, à l'épouser.

« À Capri. Une fois à Rome, je lui ai téléphoné. Mais cela faisait longtemps qu'il n'habitait plus là. Il était parti sans laisser d'adresse. J'avais encore le numéro de téléphone de cette femme, Dorothea. Je l'ai donc appelée. Elle ignorait, elle aussi, où était Aldo. Elle m'a assuré qu'elle pouvait remonter jusqu'à lui par l'intermédiaire d'un de ses parents. Et elle m'a demandé quel était le message à lui transmettre au cas où elle réussirait à le joindre. Qu'il m'écrive, lui ai-je répondu. Où ? À Capri. Mais j'ai pensé alors que tu risquais d'être encore là à l'arrivée de la lettre. C'est à ce moment que j'ai commis mon erreur, ma grande erreur, Harry. Et ne crois pas que je n'étais pas consciente de ce que je faisais. Mais c'était plus fort que moi. Pendant que je téléphonais, j'ai vu une feuille de papier sur la table de chevet. La feuille où Guglielmo avait écrit pour nous des adresses à Capri et le nom de don Raffaele, à qui nous devions nous adresser en toute confiance pour trouver une maison. J'ai prié Dorothea de préciser à Aldo qu'il m'écrive une lettre dans une enveloppe fermée, et qu'il glisse celle-ci dans une enveloppe à l'adresse de don Raffaele. Aldo ne connaissait que mon nom de jeune fille. J'ai tout raconté à Dorothea, je lui ai même dit que j'étais mariée.

— Et tes lettres? demandai-je.

— Une fois à Capri... je préférerais ne pas en parler, Harry. Tu vois, je t'ai tout dit. Mais ça, j'en ai vraiment trop honte. Eh bien, j'ai mal agi, il faut donc que je paie.

Elle s'interrompit, comme si elle rassemblait toutes ses forces. Puis, la tête dans les mains, elle recommença :

— Tout de suite, le premier jour, au *Quisisana,* j'ai profité d'un moment où j'étais seule avec don Raffaele (tu étais allé, je ne sais plus, acheter les journaux sur la place, peut-être) pour lui parler. Il ne tarderait pas à recevoir une lettre : il devait me la remettre à ton insu.

— Mais quelle excuse as-tu inventée?

— Je lui ai dit que j'avais été mariée une première fois avant de t'épouser, et que mon ancien époux, qui vivait maintenant à Rome, m'écrivait de temps à autre. Je préférais que tu l'ignores. Voilà, je t'ai tout avoué.

— Mais tes lettres, les lettres que tu lui as écrites?

— Quand la lettre d'Aldo est arrivée, tu étais encore à Capri. Quand je veux imaginer l'enfer, je me souviens de ce que j'ai éprouvé ce jour-là. Tu étais avec moi, dans le living-room de la villa. Il y avait du soleil. Don Raffaele est entré en saluant et en s'inclinant comme à son habitude. Il t'a remis une note de frais. Tu l'as posée sur la table basse, et pendant que tu la lisais, sortais ton portefeuille et comptais l'argent, il m'a cligné de l'œil dans ton dos. Comme ça. J'avais l'impression d'être en enfer, un enfer dont le diable était don Raffaele.

Jane avait cligné de l'œil en imitant don Raffaele. Et elle avait pâli. Je me sentis frémir, moi aussi, et j'éprouvai aussitôt une grande pitié. Comment une créature aussi noble, un esprit aussi large, aussi limpide que celui de Jane, avait-il pu être entraîné ainsi à ces bassesses, à cette torture ?

— Tu sais ce que tout le monde disait du bureau de poste de Capri. Des bruits amplifiés, peut-être. Mais c'était une tentation ; et cela faisait partie d'une tentation plus grande encore, à laquelle j'avais décidé de m'abandonner. Je voulais, mais oui, je voulais d'une façon absurde confier mon sort à don Raffaele. En craignant, ou en préférant croire que les employés du bureau de poste auraient ouvert mes lettres, j'ai remis à don Raffaele, juste après ton départ, une lettre sans adresse. Il devait l'écrire lui-même. On connaissait son écriture au bureau de poste, et on n'ouvrirait certainement pas l'enveloppe.

— Ainsi, pour don Raffaele, ton prétendu premier mari aurait été un Italien ? Mais penses-tu qu'il n'ait jamais ouvert les lettres ?

— J'ai peur d'avoir bien compris au téléphone. Je crains qu'il ne les ait jamais envoyées. Quand j'ai vu Aldo par la suite, il m'a juré qu'il n'avait jamais reçu la moindre lettre. Mais jusqu'à hier, jusqu'à ce coup de téléphone, j'ai toujours cru qu'il n'avait pas dit la vérité.

— Mais pourquoi aurait-il dû mentir ? Pourquoi aurait-il dû te dire qu'il ne les avait pas reçues si cela était faux ? Dans quel but ?

— J'ai pensé, je ne sais pas, j'ai pensé que ces lettres étaient si absurdes qu'il n'avait pas eu le courage de répondre ; ou qu'il n'avait pas répondu par paresse, et qu'il n'osait pas l'avouer.

— À quelle adresse les lui avais-tu envoyées ?

— À celle qu'il m'avait donnée, dans son unique lettre. À Rome, à l'hôtel *Excelsior*.

— Il logeait à l'*Excelsior* ?

— Je crois.

— Combien de lettres lui as-tu adressées, t'en souviens-tu ?

— Six. Certaines étaient très longues.

— Et que lui racontais-tu ?

— Tout ce que je ressentais et espérais à ce moment-là. Je lui disais comment je l'attendais, et pourquoi. Les idées les plus folles me traversaient l'esprit. Si je n'avais pas écrit ces lettres, si je ne m'étais pas défoulée ainsi, je pense que je serais vraiment devenue folle.

— Mais n'as-tu jamais réalisé que tu te mettais ainsi entièrement entre ses mains ?

— Si, bien sûr. Tu ne comprends donc pas ? C'était justement ce que je voulais. Le danger faisait partie du plaisir que j'éprouvais en lui écrivant.

— Et moi ? Et Duccio ? N'as-tu jamais songé à nous ?

— Si. Mais j'étais prête à tout, à n'importe quelle solution, même la plus honteuse. Je te l'ai dit, j'étais prête à divorcer et à l'épouser.

— Tu lui as écrit tout ça, dans tes lettres ?

— Non. C'est la seule chose, peut-être, que je ne lui ai pas dite. Car je tenais d'abord à le revoir. Plus de deux ans s'étaient écoulés. Et je n'étais pas sûre, en le revoyant, de l'aimer encore. J'ai attendu un mois et demi. Six lettres, ce n'est pas beaucoup. J'aurais pu lui écrire une lettre par jour. J'aurais pu vivre en lui écrivant. Mais il ne répondait pas. Cela m'a permis de me ressaisir. Et j'ai cessé de lui écrire, quinze jours avant mon départ. Duccio n'allait plus très bien. Je me suis dit alors que le Seigneur voulait me punir. Que je vivais en état de péché mortel, que je péchais par la pensée et par mon désir. Que je ne pouvais pas continuer ainsi.

« Désormais j'avais perdu l'espoir de revoir Aldo à Capri.

18

Le 14 mai, à Capri, c'est la fête de San Costanzo, le saint patron de l'île. On s'y prépare longtemps à l'avance. Dès le début du mois, dans ses après-midi solitaires, embrasés par le sirocco, Jane commença à entendre les explosions irritantes des pétards, et les interminables tintements de cloches monotones. Quand les pétards éclataient, Duccio sursautait. S'il dormait, il se réveillait et ne pouvait plus se rendormir. S'il mangeait, il repoussait le biberon et refusait de continuer à le boire. L'impatience, l'inquiétude, l'excitation ne s'étaient pas seulement emparées de Jane, qui languissait après Aldo, mais de la saison elle-même, du climat exténuant, de l'île entière, qui s'apprêtait à fêter son saint patron.

Jane s'obstinait à attendre, mais au fond elle avait perdu tout espoir. Elle pensait qu'elle s'était damnée pour rien.

Puis vint le jour de la fête. Je connaissais les événements qui s'étaient produits ce jour-là : Jane me les avait racontés à Paris pour m'expliquer son retour aux pratiques les plus dévotes du catholicisme ; elle m'avait parlé de sa soudaine frayeur à la suite d'une colique de Duccio, de sa recherche frénétique du docteur parmi la foule qui assistait à la procession, et du visage de Notre-Dame de Lourdes. Mais elle m'avait caché la chose la plus importante, la véritable raison de son vœu. À présent, en pleurs, elle me révélait la vérité et me demandait pardon :

— Depuis quinze jours, voyant qu'il ne me répondait pas, j'avais cessé de lui écrire mes folles lettres. J'avais renoncé à l'espoir de retrouver Aldo, mais je pensais toujours à lui. Quand je rencontrais don Raffaele, je sentais une profonde haine monter en moi. Une haine mêlée de rage, car je comprenais que je m'étais livrée à lui *inutilement*. En le voyant, j'étais harcelée par le remords de m'être souillée dans l'espoir d'un plaisir que je n'avais pas eu. Je n'avais reçu ni consolation ni compensation. J'étais victime, bafouée. Duccio commençait vraiment à souffrir du climat, il mangeait peu, dormait mal. Ce risque aussi avait été inutile. Désormais, je pensais presque avec impatience à la date de ton retour, qui s'approchait maintenant. Mais cette date marquait aussi la fin de tous mes rêves, et je ne parvenais pas à me résigner. C'était donc cela, mon destin ? Après avoir passé de longs mois à désirer Aldo et à élaborer d'innombrables rêveries, qui étaient devenues, dans les derniers temps, précises, nettes et prometteuses, ne devais-je plus jamais rencontrer Aldo ?

« Je sortais de la villa, je parcourais Capri comme une folle. J'allais jusqu'aux sentiers déserts qui mènent à Punta Tragara, au-delà du panorama des Faraglioni, au-delà des dernières villas solitaires. J'errais dans les pâturages couverts d'une herbe jaune, courte et sèche, entre les gros rochers poreux disséminés ici et là. Je m'allongeais sur l'un de ces rochers, chaud et rêche, et demeurais longtemps immobile à regarder la mer d'un vert profond, le ciel ; ou bien je posais un foulard et un chapeau de paille sur mes yeux pour me perdre dans la contemplation d'une obscurité chaude, jaune et informe.

« J'attendais qu'il arrive, par un hasard impossible,

dans ce lieu, à l'instant. Il avait parcouru le sentier que je venais d'emprunter, et, m'apercevant de la hauteur, il traversait le champ silencieusement, s'approchait de moi, dans mon dos, et m'enlaçait avant même que je puisse le voir.

« Comme la première fois, quand je l'avais attendu sur le petit balcon de la pension d'Anacapri, je comptais jusqu'à neuf. Mais ce calcul était désormais encore plus absurde !

« J'ai honte de te raconter ces choses-là. Mais je ne veux rien te cacher afin que tu comprennes à quel état d'hystérie, à quelle folie, j'étais réduite.

« La rugosité du rocher auquel j'étais appuyée semblait me procurer le même réconfort que le mur de la pension d'Anacapri. Au bout d'un certain temps, mon corps était endolori. Cette douleur s'apparentait curieusement au plaisir. Car, en souffrant, mon corps n'était plus seul.

« Un jour, de retour d'une de ces promenades, j'ai eu l'idée de continuer en quelque sorte à me faire du mal. Ce besoin de souffrir physiquement était inséparable de l'attente et du désir dans lesquels je vivais. C'était une petite consolation. J'ai cherché des instruments de torture. J'éprouvais comme un besoin d'être serrée, écrasée, étouffée.

« Une nuit, j'ai attendu que les domestiques se soient couchées après leur travail (la Fräulein et Duccio dormaient déjà), je suis descendue dans le jardin, ai pris une grosse corde dont on se servait pour étendre le linge, en ai coupé un morceau assez long, et, une fois enfermée à clef dans ma chambre, l'ai enroulée autour de ma taille, deux, trois fois, aussi fort et aussi serré que je le pouvais, presque à m'en couper le souffle. Je me disais que c'était Aldo qui me serrait ainsi de ses propres mains. Puis je me suis mise au lit, heureuse de souffrir ainsi, et je me suis endormie.

« Un autre jour, je suis montée jusqu'à Anacapri,

jusqu'à la pension. J'ai refait la petite route qu'il empruntait, la nuit, pour venir me retrouver. J'ai revu la petite villa blanche dans le feuillage sombre des orangers, et la bougainvillée aux fleurs violettes qui grimpait jusqu'à mon balcon. Je suis entrée. Je me suis présentée à la Danoise, qui m'a parue plus vieille et plus ridée. Elle m'a accueillie avec beaucoup d'effusions. Elle n'avait pas de pensionnaires, à l'exception d'une demoiselle d'un certain âge, écrivain. J'ai voulu revoir ma chambre. Rien n'avait changé. Les meubles de bois clair, les rideaux, le couvre-lit en cretonne, les bibelots... et l'air, la lumière, l'odeur, les bruits du dehors, de la campagne, du vent dans les oliviers, tout était bien là. Si Aldo venait, je l'emmènerais ici, c'était certain. Je n'ai pas dit à la Danoise que j'étais mariée, mais que je passais quelques jours à Capri, toute seule, à l'hôtel. Et que si je restais encore un peu, je descendrais peut-être chez elle.

« Ça, c'était au début de mon séjour, j'étais encore calme, encore sûre qu'Aldo me répondrait et qu'il viendrait.

« Plus tard, mes journées ont glissé peu à peu dans l'inquiétude, dans l'agitation, la frénésie. J'allais continuellement sur la place, circulais parmi les tables de café, les groupes d'étrangers et de touristes, toujours dans l'espoir de le voir. Ou bien je me rendais au terminus du funiculaire, dont les arrivées suivaient immédiatement celles du bateau de Naples, et je scrutais les traits des passagers, emplie d'un désir inlassable. Don Raffaele était presque toujours là, avec son sourire ambigu et ses saluts forcés, des saluts obséquieux de maître chanteur. Sa présence me hantait. Quand je le rencontrais en rentrant à la maison, vers une heure de l'après-midi, dans le sentier désert et ensoleillé, il écartait les bras avant même que je n'aie prononcé un mot, et me disait avec un air triste : "Rien, madame, toujours rien..."

« Je prenais sur moi, souriais : “Cela n’a pas d’importance, don Raffaele. Aucune importance. Merci. Au revoir.”

« Et puis, quelques pas plus loin, je m’arrêtais devant une petite porte de bois, qui s’ouvrait dans le mur blanc d’une villa.

« C’était la villa (il me semblait la reconnaître, mais je n’en étais pas sûre) où j’avais passé ma dernière soirée à Capri, pendant la guerre, la villa du colonel américain pour qui Aldo travaillait.

« Je m’arrêtais devant cette porte de bois peinte en vert, déteinte et craquelée, avec la certitude absurde qu’Aldo y avait laissé une trace, que son nom était là, sur ce bois rugueux, gravé avec la pointe d’un canif. J’examinai ces rides une à une. J’avais l’impression d’y lire ALDO, ALDO, ALDO. Je ne sais pourquoi, mais la découverte de son nom, écrit de sa main sur ce vieux bois, m’aurait procuré un réconfort aussi grand que son arrivée à Capri. Peut-être souffrais-je trop d’être obligée de vivre exclusivement dans l’imagination et le désir. Malgré la lettre qu’il m’avait écrite de Rome un mois plus tôt, je commençais à douter de son existence réelle ; j’avais besoin, en tout cas, qu’un objet extérieur m’en apporte la preuve.

« Je forçais ma vue jusqu’à la douleur en déchiffrant les hiéroglyphes inscrits sur la petite porte — craquelures dues aux années et aux intempéries, signes des mains humaines qui y avaient vraiment gravé des noms, des dates et des phrases. Il était impossible, me disais-je dans ma folie, qu’Aldo n’y ait pas gravé son nom. Mais étais-je bien sûre qu’il s’agissait de la villa du colonel ? J’y étais venue avec Edith en une nuit lointaine, et après avoir bu de nombreux *high-balls*. Comment pouvais-je en être sûre ?

« Enfin, la fête de San Costanzo est arrivée. La veille, la Fräulein, comme je te l’ai déjà dit à Paris, s’était fait une grosse entorse en descendant à la

Marina Piccola ; elle ne pouvait donc pas marcher. Les deux domestiques m'avaient avertie très longtemps à l'avance qu'elles s'absenteraient ce jour-là ; elles étaient donc libres jusqu'au lendemain.

« Vers trois heures de l'après-midi (les cloches sonnaient et les pétards éclataient sans interruption depuis une heure ou deux), alors qu'on entendait tour à tour, portés par le vent, le chœur de la procession et la fanfare qui entonnait des hymnes religieuses et que je cherchais en vain, couchée sur mon lit, dans l'obscurité de ma chambre, le sommeil que je ne trouvais même plus la nuit, la Fräulein m'a soudain appelée d'une voix angoissée : “Le petit va très mal !”

« Duccio était violacé, les yeux écarquillés, le corps raidi. Il semblait même ne plus respirer.

« Je l'ai pris dans mes bras, je l'ai appelé en le secouant. Mais j'avais l'impression qu'il ne m'entendait pas, qu'il ne me voyait pas non plus.

« La Fräulein avait l'habitude des nourrissons et de leurs maladies ; nous avons tout essayé : nous lui avons donné de l'eau, des gifles, nous l'avons tenu par les pieds, nous lui avons fait aussi de la respiration artificielle.

« Enfin, il s'est remis. Il était toujours violacé, mais il a posé les yeux vers moi, et il m'a reconnue. Il ne pleurait pas, ne souriait pas. Il me fixait de ses grands yeux tristes, dont se dégageait une expression de souffrance, de souffrance intelligente. Une expression consciente, adulte. Car son regard traduisait sa souffrance, et plus encore, la stupeur que la souffrance provoque en l'homme. C'était un regard étonné, blessé, qui paraissait m'accuser et me demander : “Pourquoi ne m'as-tu pas dit, maman, qu'on peut souffrir ainsi ?” Soudain, ses petites mains se sont mises à battre dans le vide. Elles tremblaient, comme secouées de convulsions.

« Je me suis tournée vers la Fräulein, et j'ai lu, dans

ses yeux, qu'il ne pouvait s'agir que d'une chose grave. Son entorse l'empêchait de marcher. Je suis donc sortie en courant. Mes voisins avaient le téléphone. Mais leur villa était fermée. J'ai sonné, appelé, hurlé : il n'y avait personne, tout le monde assistait à la fête. Je me suis précipitée aussi vite que possible sur le sentier qui mène à la place.

« Je n'ai rencontré personne jusqu'à la place. Quand j'y suis arrivée, mon cœur battait à se rompre. La foule occupait le moindre recoin ; les gens étaient debout sur les chaises et les tables des cafés pour voir la procession qui n'allait pas tarder à faire son apparition. Les cloches sonnaient à toute volée, et leur bruit se répercutait dans les rues étroites. Des pétards éclataient tout près, dans un vacarme assourdissant. J'ai commencé à fendre la foule en direction de la pharmacie, située au bout de la place. Je me frayais avec difficulté un chemin entre tous ces corps, dans l'air chaud, brûlant, étouffant, fétide. Les uns sur les autres, hommes et femmes, insulaires, touristes et étrangers se haussaient sur la pointe des pieds pour suivre le spectacle au-dessus des épaules des autres, applaudissaient, riaient, criaient, s'agitaient. J'avais du mal à croire qu'il s'agissait d'une fête religieuse. Un peu avant la pharmacie, au coin de la place, j'ai aperçu don Raffaele penché à une fenêtre, à l'entresol d'un café. Je l'ai appelé dans un cri. Je lui ai demandé s'il avait vu le docteur.

« "Le voilà !" a-t-il répondu de la fenêtre. Et il m'a indiqué du doigt le côté opposé de l'église : "Le voilà, sur les marches de l'église !" Et, devinant mon égarement : "Je descends tout de suite, madame !"

« Je me suis élancée vers l'église. Mais je ne pouvais me déplacer qu'avec une grande lenteur. Don Raffaele m'a tout de suite rejointe. Je lui ai dit en essayant d'avancer que Duccio était malade, très malade : pourquoi n'irait-il pas à la pharmacie pendant que j'essayais de rejoindre le docteur ?

« “Aujourd’hui, madame, la pharmacie est fermée !”

« Il a essayé de me rassurer (“Ne vous inquiétez pas comme ça, calmez-vous, vous savez comment sont les enfants !”) et m’a aidée à avancer, en me précédant et en me frayant un chemin.

« Mais quand nous sommes arrivés à l’escalier, le docteur avait disparu.

« Don Raffaele a interrogé tout le monde. Personne n’avait remarqué le docteur. Il a alors protesté fermement en affirmant qu’il l’avait vu de ses propres yeux à cet endroit même, quelques minutes plus tôt. Tout le monde continuait de nier, et don Raffaele de protester.

« Une femme a fini par admettre qu’elle l’avait aperçu. Oui, c’était vrai, le docteur Cuomo était bien là, à côté d’elle, un instant plus tôt, et il était parti par ici, non, plutôt par là, il avait traversé la place en direction du funiculaire. La femme, une femme du pays, et don Raffaele parlaient rapidement, en dialecte, en faisant de grands gestes ; je ne comprenais pratiquement rien à ce qu’ils disaient. Surtout, je ne comprenais pas pourquoi, après avoir indiqué le chemin qu’avait pris le docteur (la seule chose qui nous importait), la femme poursuivait son discours. Elle ne parlait que de cela. En effet, plusieurs mots revenaient sans cesse dans ce flot de paroles : “*u dottore, u dottore, u dottor Cuomo*”. Et je me demandais pourquoi don Raffaele lui répondait et l’interrogeait sans cesse. Qu’y avait-il d’autre à faire que de suivre le docteur, d’essayer de le retrouver ? J’ai pris violemment don Raffaele par le bras, et je l’ai supplié de m’accompagner en lui montrant la direction que la femme avait indiquée.

« Mais non. Il m’a fait signe de me taire, un moment, rien qu’un moment. Et il s’est remis à parler avec la femme dans un dialecte incompréhensible.

« Je jetais autour de moi des regards inquiets. Je ne pensais qu’à Duccio, à ses yeux étonnés et blessés qui m’imploraient ; pressée par ces gens sales, dans cette chaleur et dans ce bruit, tandis que les petites filles de la congrégation en vêtements bleu pâle précédaient la procession qui entrait sur la place, chantant d'une voix aiguë, tremblante et discordante au milieu des applaudissements et des cris, je me sentais impuissante, incapable de voler au secours de Duccio, et je souffrais, je souffrais comme je n'avais jamais souffert.

« "Don Raffaele ! Don Raffaele ! Je vous en prie !", ai-je hurlé en le secouant de toutes mes forces.

« "Voyons, calmez-vous, madame, calmez-vous, a-t-il répondu en se tournant vers moi, pas le moins du monde ému. À quoi bon s'agiter ainsi ?"

« "Mais le docteur est parti par là !", ai-je crié une fois de plus en indiquant la station du funiculaire.

« "Non, c'est son épouse qui est partie par là. Elle était avec lui. Le docteur est allé chez une femme qui est sur le point d'accoucher, et la dame avec qui je parlais me donnait justement son adresse."

« "C'est loin ?"

« "Je ne crois pas."

« "Allons-y tout de suite !"

« "Attendez. Cette dame ne s'est pas bien expliquée, et je n'ai pas encore compris l'adresse."

« Il a recommencé à discuter avec la femme, qui lui fournissait d'autres explications, indiquant par des gestes rapides à droite, à gauche, en haut, en bas, des tournants, d'autres tournants, des montées, des descentes, des escaliers, des porches et des sentiers.

« À ce moment-là, la fanfare, qui avait pénétré sur la place derrière les filles de Marie, s'est brusquement mise à jouer dans un grondement et un vacarme triomphaux.

« Derrière la fanfare, huit hommes, en longues tuniques rouges ceintes de cordes grossières, portaient sur deux poutres reposant sur leurs épaules, la statue dorée et branlante du saint patron. J'ai lancé un regard de haine au visage rose et aux yeux ahuris du saint. Un regard de haine aux trois vieux prêtres tout d'ors vêtus qui suivaient la statue d'un air las, indifférents à tout ce vacarme, bavardant entre eux, échangeant un coup d'œil, ou une phrase, avec une femme non loin d'eux. Un regard de haine aux gros garçons qui balançaient violemment leurs encensoirs, répandant autour d'eux des bouffées d'un encens qui sentait le rance. J'étais pleine de haine pour ces gens, pour tout.

« Voilà. Tandis que don Raffaele, auprès de moi, se fait expliquer où trouver le docteur; que la fanfare, arrêtée à deux pas de nous, sur les marches de l'église, reprend sans relâche et à toute force le refrain de sa marche triomphale; j'aperçois soudain, derrière un groupe de chanoines gras, portant hermine et mosette, tout aussi profanes et répugnants que les gros adolescents et les trois prêtres, j'aperçois, au premier rang, entouré de femmes élégantes : Aldo.

« C'était lui. Je n'ai pas eu un instant de doute.

« C'était lui, avec sa beauté et sa jeunesse, là, dans la foule, sous le soleil de Capri. En T-shirt bleu à manches courtes. C'était bien sa main, son bracelet en or. Il riait en regardant passer la procession. Il tenait une fille par la taille et parlait avec animation à une femme d'âge mûr, grosse, fardée, couverte de bijoux, de l'autre côté. Brusquement, le vacarme assourdissant de la fanfare, le refrain triomphal et banal, n'avaient plus rien de désagréable : c'était une musique magnifique, véritablement triomphale.

« J'ai tout oublié. Il était donc venu. Mais pas pour moi, à l'évidence. Il était accompagné. Accompagné de femmes. Voilà pourquoi il ne m'avait plus écrit. Quoi qu'il en soit, le plaisir et la surprise de le voir devant moi, à quelques pas, étaient si forts que je n'ai éprouvé aucune déception, aucune jalousie. Ces femmes formaient un tout avec lui. Elles étaient comme un cortège qui lui était dû et qui lui allait bien.

« Combien de temps suis-je restée là, à contempler

Aldo ? Soudain j'ai entendu la voix de don Raffaele, qui semblait me tirer d'un rêve. J'avais complètement oublié Duccio. Don Raffaele me disait qu'il courait chercher le docteur. Que je devais l'attendre là, sans bouger.

« Mais je n'en ai rien fait. Don Raffaele est parti à toute allure dans la foule, et moi, involontairement, sans m'en rendre compte, comme hypnotisée, j'ai oublié Duccio. La procession étant sur le point de se terminer, j'ai traversé la place et j'ai rejoint Aldo.

« Il m'a aussitôt reconnue. Il n'avait pas le moins du monde l'air gêné. Comme s'il s'y attendait. Il savait, en effet, que j'étais à Capri. Il m'a présenté ses amies avec une parfaite désinvolture. La plus jeune était, à ses dires, une actrice de cinéma. Quant à l'autre, grosse et d'âge mûr, c'était une prétendue célébrité : une chanteuse de variétés qui se produisait à la radio italienne et dont le nom, que j'ai oublié, m'était naturellement inconnu. La jeune était jolie, mais insignifiante, inoffensive. C'était sans aucune doute une amie de la chanteuse, pas d'Aldo, venue à Capri sur son invitation. Celle-ci paraissait, en revanche, une femme de caractère : provocante, vive, gaie, violente et autoritaire. Elle avait certainement une liaison avec Aldo. Elle en semblait même amoureuse. Les apparences (seulement les apparences, car pas un instant je n'ai eu envie d'approfondir cette question) jouaient, hélas, contre la dignité d'Aldo.

Le récit de Jane m'intéressait. Mais je tenais plus encore à m'opposer, si possible, au chantage des lettres ; à découvrir qui avait téléphoné ; à savoir qui était vraiment cet Aldo.

— Tu veux dire, demandai-je à Jane, que la chanteuse lui donnait de l'argent ?

— Je n'en sais rien, Harry ; mais c'est l'impression que j'ai eue en les voyant ensemble.

— Et lui ? Il travaillait ? Quel métier exerçait-il ? Était-il vraiment étudiant ?

— Je ne peux rien affirmer. Je crois qu'il travaillait dans le cinéma en attendant de finir sa licence. Je ne pense pas, de toute façon, qu'il gagnait beaucoup d'argent. Tout à l'heure, Dorothea m'a dit qu'il vit pour l'instant à Milan, avec une troupe de music-hall.

— Les lettres ?

— C'est la première chose que je lui ai demandée quand nous sommes restés un instant seul à seul, quelques pas derrière la chanteuse et son amie, tandis que la foule se dispersait après la procession.

— Alors ?

— Il ne les avait pas reçues. Ou du moins il a nié aussitôt, avec force. Pour quelle raison ne m'aurait-il pas répondu ? m'a-t-il dit. Je les avais envoyées à l'adresse qu'il m'avait donnée : *Hôtel Excelsior*, Rome. Pourquoi ne les avait-il pas reçues ? J'ai pensé immédiatement que don Raffaele les avait gardées ; mais j'étais alors trop occupée par la présence d'Aldo en chair et en os, enfin à mes côtés, et par la pensée de Duccio, pour qui j'étais obligée de négliger et peut-être de perdre Aldo. J'étais partagée, horriblement partagée, entre ces deux sentiments, et mon angoisse m'empêchait de penser aux lettres. Au reste, nous nous sommes aussitôt rapprochés de ses deux amies. Aldo allait prendre le thé avec elles au *Quisisana*. Je n'avais pas le courage de le quitter, aussi les ai-je accompagnés. Mais que ferait don Raffaele quand il reviendrait sur la place avec le docteur et ne m'y verrait pas ? J'étais tiraillée entre ma peur de perdre Aldo et mes craintes pour Duccio. Dans cette incertitude, j'ai retrouvé (tout au moins en apparence) le calme auquel don Raffaele m'avait exhortée en vain. Cela ne changera rien, me disais-je en essayant de me rassurer : ne me trouvant pas sur la place, don Raffaele et le docteur penseront que je suis retournée à la villa, et s'y rendront directement ; le docteur examinera Duccio et prescrira le traitement à suivre. Mon calme était apparent. Assise à la terrasse du *Quisisana,* buvant le thé avec Aldo et ses deux amies, j'étais au supplice : j'étais obligée de parler, de plaisanter et d'être aimable alors que Duccio souffrait, était sans doute en danger, et peut-être... Mais je regardais Aldo, devant moi. Son visage ne m'avait jamais paru aussi beau. J'étais immobile dans ce fauteuil, incapable de me lever et de m'enfuir comme je l'aurais voulu. J'étais pleine de désir et de remords. J'étais heureuse et désespérée. J'avais honte de moi, mais cette honte, je le comprenais, était la conséquence de ma totale sujétion à la créature qui me faisait face et que je considérais comme un dieu. C'est pourquoi j'en tirais un certain plaisir, ou plutôt, un plus grand plaisir. Je me sentais coupable. Coupable, au moment de commettre une faute. Mais je croyais que cette faute était inévitable, juste, et même belle. Est-ce que tu peux me comprendre ?

« Plus ma conversation avec Aldo et les deux femmes était bête, frivole, amusante, plus j'étais torturée par l'idée qu'au même moment Duccio souffrait, qu'il me cherchait peut-être du regard, ne connaissant pas encore les mots, mais les silhouettes, et en premier lieu celle de sa maman. Pourtant cette raison même semblait donner de la valeur à mon engouement, et le transformer en véritable amour. Je l'avais voulu, me disais-je. Qu'avais-je donc fait au cours de ces trois années de séparation, pendant les longs mois de solitude et de rêveries aux États-Unis, et là, à Capri, dans mon attente morbide ? J'avais prié, prié pour qu'arrive un instant suprême, une occasion qui me permettrait de lui prouver, de me prouver, l'amour que je ressentais pour lui, en dépit de moi-même et de tout ce que j'avais de plus cher. Et voilà que le destin, ou Dieu, m'offrait cet instant en me mettant dans cette situation. Je devais fournir une cruelle preuve du sérieux de mes intentions, au risque de la vie de Duccio, l'être que j'aimais le plus au monde.

« Tu vois, Harry, toutes ces choses m'apparaissent clairement au fur et à mesure que je te parle. Ou plutôt, c'est le fait de t'en parler qui me les rend claires. À l'époque, et même plus tard, quand j'y repensais, je n'y voyais qu'un amas confus de sentiments et d'angoisse.

« La chanteuse et son amie avaient décidé de faire, avant la fin de la journée, une petite excursion à Anacapri, qu'elles ne connaissaient pas. Elles sont donc montées se changer, et je suis restée un quart d'heure en tête à tête avec Aldo. Le moment était arrivé ; je pouvais lui dire que Duccio était malade et m'esquiver. Mais il ne savait pas que j'étais mariée. Bêtement, de peur de le perdre, je voulais, avant de tout lui avouer, me donner à lui encore une fois. J'avais envie de lui tout de suite. Je lui ai dit, sans le regarder, mais sans une ombre d'hésitation. Il a paru très ému par mon désir, dont il s'était d'ailleurs aperçu. Il s'est excusé, en me disant que c'était impossible, car cela risquait de scandaliser ses amies.

« "Quand, alors ?"

« Demain, m'a-t-il dit, elles repartaient demain, et il se débrouillerait pour rester. Ou bien, il les accompagnerait jusqu'à Naples et reviendrait. Non, ce soir, lui ai-je répondu sans lever les yeux, ce soir ou jamais plus. Ce soir ? Il a essayé gentiment de me convaincre qu'il valait mieux se voir plus tard. Il a essayé de me faire comprendre, à demi-mot, à demi-phrase, qu'il n'était pas seul, que la chanteuse et son amie l'avaient invité, et qu'il ne pouvait en aucune façon les abandonner ce soir-là. Pourquoi ? Que se passerait-il ? lui ai-je demandé. Elles se vexeraient sûrement. Eh bien, quelle importance ? ai-je dit, forte du tort, bien plus grave, que je me faisais à moi-même pour lui. Elles seraient tellement fâchées qu'elles rompraient à jamais avec lui, qu'elles ne voudraient plus le voir. Alors, je lui ai dit que s'il ne venait pas me retrouver ce soir, c'est moi qui ne le verrais jamais plus, il n'avait qu'à choisir. Il a encore hésité. Il se taisait, et dans ce silence, je pensais à Duccio. Je revoyais ses petites mains qui battaient l'air, secouées par des convulsions, par un étrange tremblement. Combien de temps s'était-il écoulé ? Que lui était-il arrivé ? Quand allais-je poser mes lèvres sur ses menottes ? Aldo s'est enfin décidé à parler. Il acceptait. Oui, c'était d'accord pour ce soir. Mais où ? À Anacapri, lui ai-je dit, à la pension de la Danoise, comme autrefois. J'y étais retournée, c'était possible. Je l'attendrais sur le chemin, devant la petite grille, à dix heures. À minuit, a-t-il supplié. À minuit, d'accord. Je passerais ainsi plus de temps avec Duccio. À minuit.

« J'ai levé les yeux, et je les ai plantés dans les siens, et j'ai vu que ses yeux jaunes, si doux, me fixaient avec désir, mais aussi avec incertitude, presque avec peur. Pouvais-je me fier à lui ? lui ai-je demandé. Je devais me déplacer jusque là-bas. Comment être sûre qu'il viendrait ?

« Il ne savait que répondre, quelle garantie me donner. Il répétait qu'il viendrait, que je pouvais être tranquille. Non, je n'étais pas tranquille, ai-je répondu. Ses paroles ne suffisaient pas, je voulais une preuve. Il a jeté un regard éperdu autour de lui, puis il a regardé l'heure. Il craignait, me suis-je dit, que ses amies reviennent. Par une association d'idées, il a retiré sa montre en or, et me l'a tendue comme un enfant : "C'est tout ce que je possède au monde. Prends-la. Cache-la dans ton sac. Si je ne viens pas, tu peux la garder."

« J'ai eu un rire âpre, une expression décidée. La pensée incessante de Duccio et du sacrifice que je faisais me poussaient à la vengeance, à n'importe quelle vengeance. Que m'importait sa montre en or ? lui ai-je dit en riant.

« "Je sais que tu es riche, a-t-il dit. Mais ceci est un

trésor, pour moi. Regarde, regarde bien. C'est une Audemars et Piguet. Le mouvement vaut à lui seul deux cent mille lires. Avec le boîtier et le bracelet, en maillons d'or massif à dix-huit carats, on arrive à plus de cinq cent mille lires. Je serais fou si je ne venais pas. Tu voulais une garantie ? Je ne peux pas te donner plus."

« Je me suis sentie méchante. Oui, j'avais donné mon âme au diable. Que m'importait le reste ? J'ai soupesé la montre, je l'ai observée, et j'ai dit en riant :

« "Qui sait ? Ce n'est peut-être pas suffisant. Si tu racontes tout à la chanteuse, ce soir, elle t'en offrira peut-être une autre en brillants."

« Il ne s'est pas vexé, le pauvre. Il a secoué la tête avec mélancolie, et il a murmuré de nouveau, un ton plus bas : "Sois tranquille."

« Il avait un peu vieilli. Ce n'était pas dix ans, mais trois, qui semblaient avoir passé sur lui. Son corps était encore celui d'un adolescent. Mais son visage, aux joues toujours pleines, était ridé ici et là, et ses yeux cernés, comme fatigués.

« Les deux espèces de poupées sont alors revenues, l'une grosse et vieille, l'autre maigre et jeune, sentant à plein nez *Mitsouko,* poudrées, remaquillées, l'une bruyante, l'autre babillarde.

« Nous sommes allées sur la place. L'excursion consistait à louer une voiture, se faire transporter à Anacapri, s'arrêter cinq minutes pour regarder le panorama, et repartir.

« Je leur ai dit au revoir. Je n'avais plus aucune raison de m'attarder avec eux, je pouvais courir à la maison, convaincue que je n'avais pas renoncé à Aldo. Mais une force mystérieuse et absurde semblait me retenir et me remplir d'hésitations. Je ne parvenais pas à me détacher d'Aldo, à détourner mon regard de lui. Je les ai donc accompagnés à la voiture, la grosse torpédo de location ; et je suis restée là, incertaine, pendant qu'ils y montaient.

« Nous nous sommes dit au revoir une deuxième fois. La chanteuse, toujours aimable et pleine d'entrain, a noté mon hésitation en me tendant la main. Elle m'a donc demandé pourquoi je ne me joignais pas à eux. Et comme je prolongeais notre poignée de main, montrant ainsi mon incertitude, elle m'a tirée, m'a presque hissée dans la voiture.

« J'étais folle. Folle et dénaturée, me disais-je pendant que la grosse voiture brinquebalante gravissait les premiers lacets menant aux rochers d'Anacapri. Pourquoi me trouvais-je là, serrée entre ces deux femmes parfumées, m'éloignant encore plus de Duccio? Étais-je une mère? Mais quelle mère! Non, non, je n'avais pas renoncé à être mère, à serrer Duccio contre moi, à l'embrasser, le sentir bien vivant, vivant... Je crois que je me suis rendu compte alors, pour la première fois, de ce qu'aurait signifié la mort de Duccio, loin de moi. Ce n'était pas absurde. Cette possibilité entrait dans l'ordre naturel des choses. Combien d'enfants meurent à cet âge-là, en particulier s'ils sont de santé délicate? Duccio n'était pas chétif, il était fort et sain; mais il avait beaucoup souffert du climat. Que se passerait-il si je le trouvais mort en rentrant à la maison? Oh! que pouvais-je faire pour le sauver?

« J'ai prié. J'ai prié, enfin, de toute mon âme pendant un instant. Mais avais-je le droit de prier? Depuis combien de temps étais-je en état de péché mortel? Certes pas depuis une heure ou deux, depuis que j'avais vu Aldo à la procession : depuis le jour où j'étais arrivée à Capri et où j'avais commencé à l'attendre; depuis ce lointain soir de Princeton, où tu étais rentré de ton entretien avec Offner en m'annonçant que nous partions pour l'Italie, et que j'avais aussitôt pris la décision irrévocable d'aller à Capri; depuis plus longtemps encore. J'avais glissé progressivement dans le péché mortel en m'abandonnant, d'abord par plaisanterie ou par jeu puis de plus en plus sérieusement, au souvenir des heures passées avec Aldo, au *rest camp,* et au rêve d'autres heures avec lui, des heures infinies, tout aussi lointaines, dans un futur improbable sinon impensable. Avais-je donc le droit de prier? Ma prière était-elle digne de s'élever jusqu'au Seigneur? Non, certainement pas. Cela aurait été trop facile. Et je n'ai plus osé prier. La seule chose que je pouvais faire, c'était de penser intensément que j'étais indigne de prier.

« La voiture venait d'aborder la dernière rampe de la côte. Elle s'est mise à ralentir en pétaradant et s'est arrêtée quelques mètres plus loin.

« À cet endroit même, à mi-hauteur, il y a dans le rocher une niche en forme de petite grotte, où se trouve une statue de Notre-Dame de Lourdes, entourée de lampes votives et d'ex-voto. Le gros homme qui conduisait nous a demandé de descendre et de parcourir à pied les derniers mètres, pendant qu'il essaierait de remettre en marche.

« Dans la lumière grise du crépuscule, l'immense pan rocheux se dressait en surplomb au-dessus de nous; dans cette masse énorme et noire, on ne distinguait que la statuette de la Vierge, blanche et bleue, légèrement éclairée.

« Aldo et les deux femmes ne regardaient pas de ce côté. Penchés sur le parapet, ils contemplaient le précipice, à pic, et la dalle incolore de la mer, les lumières lointaines de Naples. Ensuite, obéissant aux injonctions du gros, ils se sont engagés sur la route en plaisantant.

« Je suis restée en arrière quelques instants. J'ai regardé la Vierge. Puis j'ai regardé la silhouette élancée d'Aldo, qui s'éloignait sur la route blanche, une femme à chaque bras. Oh! oui, je pouvais prier! Mais je devais payer d'une certaine façon. Payer pour que ma prière soit efficace, payer pour obtenir la grâce que Duccio vive. La Vierge, que je fixais intensément, m'en avait donné l'idée et le courage. Oui, elle m'en avait donné aussi le courage.

« J'ai eu un instant, un seul instant d'hésitation. J'ai regardé Aldo qui s'éloignait, et en quelques fractions de seconde j'ai senti que je perdais à jamais non pas Aldo, mais quelque chose de beaucoup plus important, quelque chose qui m'appartenait et que je ne parvenais pas à définir. En cet instant, j'ai compris que j'étais suspendue à un fil. Toute ma vie était en jeu. Suspendue où ? Quel jeu ? Je ne le savais pas, je ne savais rien. Je m'interrogeais. Mais j'avais déjà pris ma décision.

« J'avais déjà fait mon vœu. Si Duccio vivait, je renoncerais à jamais à Aldo.

19

« Un peu plus tard, tandis que, remontés en voiture, nous nous promenions dans les ruelles d'Anacapri, la chanteuse a remarqué qu'Aldo ne portait pas sa montre. J'ai dit aussitôt que c'était moi qui l'avais, je l'ai tirée de mon sac et l'ai rendue à Aldo, qui me regardait d'un air interrogateur. Nous avions fait un jeu, ai-je expliqué ; Aldo avait perdu et m'avait donné sa montre en gage.

« "Mais Aldo", a observé la chanteuse sur le ton de la plaisanterie, tout en nous observant l'un et l'autre, "Aldo vous a sans doute promis une pénitence en échange du gage. Pourquoi ne s'exécute-t-il pas ?"

« J'ai dit que je ne voulais plus aucune pénitence. Que j'avais changé d'avis. Et une fois de retour à Capri, j'ai définitivement salué toute la compagnie.

« J'ai réussi à murmurer rapidement à l'oreille d'Aldo que je lui avais joué un tour : il avait raison, il valait mieux ne pas nous voir ce soir-là.

« Je suis retournée en courant à la maison, priant la Vierge pendant tout le trajet, un Ave Maria après l'autre. La Fräulein se tenait sur le pas de la porte, Duccio dans ses bras. Duccio, qui allait bien, qui s'était remis de sa colique cinq minutes après mon départ, qui avait mangé et s'était endormi. Le docteur était venu en compagnie de don Raffaele, et avait décrété qu'il s'agissait d'une colique violente mais absolument sans gravité. Plutôt, que m'était-il arrivé, à moi ? La Fräulein était terriblement inquiète.

« Je ne pouvais pas lui répondre. Je pleurais de bonheur, j'embrassais Duccio, qui riait, le serrais contre moi, je ne pensais plus à rien d'autre.

« Je n'ai pensé à rien d'autre pendant deux jours. Je m'occupais de Duccio et songeais de temps en temps à la Vierge, la remerciais mentalement.

« Le matin du troisième jour, alors que je me préparais pour emmener Duccio à la Marina Piccola, la femme de chambre m'a annoncé la visite d'un monsieur qui souhaitait me parler. Elle n'avait pas compris son nom.

« Je suis descendue aussitôt en croyant qu'il s'agissait de Baxter, ce musicien anglais que nous avions rencontré sur la place, avant ton départ, et qui était venu prendre le thé deux ou trois fois. Non, ce n'était pas lui, c'était Aldo.

« En le voyant, je l'ai désiré aussitôt de toutes mes forces, mais pas avec le cœur. Comment t'expliquer ? Voilà, ce n'était plus *une créature divine.* C'était un vice. Un vice peut-être irrésistible. Mais rien d'autre qu'un vice.

— Alors, comment as-tu agi, Jane ? Et ton vœu ?

— J'ai rompu mon vœu. Je l'ai rompu sans hésiter, le soir même.

— Sans hésiter ? Comment est-ce possible ? Pourquoi ? La Vierge t'avait exaucée. N'as-tu pas eu peur ?

— Non, parce que j'ai compris avec une clarté absolue que je n'avais pas fait le vœu d'y renoncer à jamais ; mais pour ce soir-là seulement : pour ce premier soir, et au moment où je croyais que Duccio était malade. Tu comprends, j'étais convaincue que je le trouverais au plus mal en rentrant à la maison. L'abandonner, cette nuit-là, pour retrouver Aldo à Anacapri *alors que* Duccio était en danger : voilà ce à quoi j'avais renoncé devant la Vierge. J'avais fait ce vœu pour que Duccio vive. Rien d'autre. À présent, coucher avec Aldo n'avait plus aucun sens. C'était un plaisir, certes, mais un plaisir qui n'avait plus rien — comment t'expliquer ? — plus rien de tragique, plus rien de définitif. C'était comme de l'eau fraîche après ce que j'aurais éprouvé si je n'avais pas fait le vœu, si je n'avais pas rendu la montre, et si j'étais allée cette nuit-là à Anacapri.

« Aller cette nuit-là à Anacapri, cela signifiait — comprends-tu ? — demander le divorce et épouser Aldo. Peu importait si, de retour à la maison, j'avais trouvé Duccio en parfaite santé. J'aurais seulement exécuté une décision prise au moment où je craignais encore pour sa vie, après avoir essayé de prier, et surtout après avoir été inspirée par le vœu.

Je rappelai à Jane ce qu'elle m'avait dit à Paris quand elle m'avait parlé de ce vœu tout en m'en dissimulant l'essentiel. J'aurais pu lui répéter ses propres mots : si Dieu existe, il n'y a pas, pour Lui, d'avant et d'après : tous les événements se produisent au même moment. Elle était donc tenue d'observer son vœu.

— C'est ce que m'a dit aussi le père de Lalande. J'ai essayé de me défendre, non pas parce que j'étais convaincue de ne pas avoir péché, mais seulement pour lui expliquer que ce péché était infiniment moins grave que celui que j'aurais commis si, *après avoir été inspirée par le vœu,* je n'avais pas suivi cette inspiration, et étais allée cette nuit-là à Anacapri. Ç'aurait été un péché mortel. Le péché qu'on ne peut commettre qu'une seule fois dans sa vie. Le péché qui procure un désespoir si grand qu'il vous conduit à l'enfer, ou de si grands remords qu'il vous transforme en saint. Non, je ne l'ai pas commis.

— Tu devrais en être heureuse, Jane.

— J'en suis heureuse. Mais je suis souvent tourmentée par un doute. Un doute étrange, une hantise. Je me demande si ce n'était pas un péché nécessaire. À présent, par exemple, tu vois? à présent que j'ai des craintes pour toi; à présent que don Raffaele nous fait chanter avec mes lettres... Ne valait-il mieux pas être méchante jusqu'au bout et divorcer? Tu n'aurais plus rien à craindre.

Jane devait prendre, le lendemain, un avion direct pour Rome. Nous annulâmes sa réservation et retînmes une place sur un avion qui partait trois jours plus tard, de Paris. Puis nous allâmes à Capri. Il était clair que seul don Raffaele pouvait être en possession des lettres, et que le coup de téléphone avait été passé par quelqu'un de sa connaissance.

Nous louâmes une voiture et quittâmes Rome tôt, le lendemain matin. Nous arrivâmes à Naples à dix heures, à temps pour prendre le bateau. Don Raffaele se trouvait à la Marina Grande, selon son habitude. Il se promenait sur le môle en compagnie du maréchal de la *Finanza,* en attendant le bateau. Il nous vit immédiatement, et vint à notre rencontre avec un air de fête, en tendant les bras et en nous adressant le plus jovial de ses sourires.

Toutefois, il remarqua aussitôt que nous n'avions pas de bagages. Il parut surpris et attristé quand nous lui apprîmes que nous repartions dans l'après-midi.

— Comment? Vous ne restez pas? Mais c'est un crime! Comment peut-on venir à Capri sans passer au moins la nuit? Eh! Eh! Eh!

— Nous sommes venus uniquement pour vous parler, don Raffaele, lui dis-je d'un ton sérieux.

Ses effusions m'exaspéraient. Si je voulais dissimuler mes craintes, je n'avais aucune envie de me laisser aller à ce genre de familiarités. Plus tôt nous en viendrions au fait, mieux ce serait.

— Me parler? C'est trop d'honneur! Je suis à votre entière disposition. Je vous écoute, monsieur le major.

— Où pouvons-nous discuter? dis-je en m'adressant aussi à Jane.

— Voulez-vous monter jusqu'à la place ? Si vous permettez, je vous offre un verre de vermouth. Cette fois-ci, c'est mon tour.

— Je dois vous parler d'une affaire, don Raffaele. Nous n'avons pas de temps à perdre. Pouvons-nous aller chez vous ? C'est peut-être mieux.

Je pensais, naturellement, que les lettres étaient chez lui, et je voulais les récupérer dès qu'il accepterait la somme que j'entendais lui offrir.

— Chez moi ? Oh ! monsieur le major, excusez-moi. Mais c'est si loin pour madame, la pauvre. Il y en a pour une bonne demi-heure de marche. Je serais très honoré de vous recevoir dans ma pauvre maison. Figurez-vous, monsieur le major ! Mais ce serait trop de dérangement pour vous, croyez-moi. Nous pouvons parler au café. Pourquoi pas ?

— Il s'agit d'une affaire délicate, don Raffaele, lui dis-je en le regardant droit dans les yeux.

Mais lui, en général si attentif et si perspicace, ne parut pas, cette fois, saisir la force et l'intention de mon regard.

— Une affaire délicate ? » Il ferma les yeux un instant, comme pour mieux réfléchir. « Nous pouvons nous installer au *Quisisana,* dans une salle ou sur la terrasse, n'est-ce pas ?

— Non, don Raffaele. Essayez donc de me comprendre. Je dois vous parler sans témoins. Dans un lieu privé.

— Très bien. Venez donc à la mairie. À cette heure-ci, il n'y a plus personne.

— À la mairie !

— Mais oui. Je vois que vous n'êtes pas au courant. Excusez si je dois parler de moi. Je suis maire, maintenant. Maire de Capri. Depuis plus de six mois. Mes concitoyens ont eu confiance en ma personne. Venez, je vous en prie, madame...

Tout en parlant, il nous invitait à entrer dans la station du funiculaire. Comme je me dirigeais vers le guichet, il me retint précipitamment :

— Mon Dieu, ne prenez pas cette peine ! Vous êtes avec moi. Quand on est avec le maire, on ne paie pas son billet. Hein ! C'est toujours ça !

Pendant tout le trajet dans le funiculaire, nous parlâmes de tout et de rien, de la saison, de l'affluence des étrangers, du problème de l'eau à Capri ; il demanda des nouvelles de Duccio, et Jane, subjuguée et entraînée par sa cordialité emphatique, lui répondit sur le même ton malgré sa répugnance, allant même jusqu'à lui annoncer la naissance de Donatella. Je ne cessais de regarder cet homme contre lequel je m'apprêtais à mener une misérable et honteuse bataille ; je l'étudiais, j'observais son visage glabre, ses lèvres minces, ses yeux gris, rieurs et fuyants, ses rides à peine marquées aux commissures des lèvres : une physionomie fine et sceptique, un masque échu en héritage à travers des générations de courtisans, de trafiquants, de domestiques et de prêtres, depuis les plus anciennes civilisations méditerranéennes (phénicienne, grecque, alexandrine, italique et espagnole) jusqu'à cet être grossier et vulgaire qui le portait, sans jamais l'ôter, comme son arme la plus puissante. Ce masque me permettait de mesurer les forces séculaires de sa ruse, et de les comparer aux forces improvisées de la mienne. Comment pouvais-je l'emporter ? Quel prix allais-je devoir payer ?

Il était évident qu'il savait tout de nous. Il savait que la famille de Jane était riche. Il savait que nous vivions à Paris. Il savait quelle position j'occupais à l'Unesco. Il ne m'avait rien dit. Mais son obséquiosité, nettement plus prononcée que l'année précédente, parlait d'elle-même.

Je regardais don Raffaele, je le voyais rire, plaisanter, faire des compliments à Jane ; et sans plus écouter le sens de ses phrases, je pensais avec désespoir à des chiffres, rien qu'à des chiffres : mille dollars ? deux mille ? cinq mille ? dix mille ? Je palpais dans ma poche mon carnet de chèques. Je me disais que mon compte à l'American Express de Paris n'y suffirait pas ; qu'il me faudrait demander à Jane d'avoir recours à son père. Peut-être réussirions-nous à lui arracher une partie des lettres avec un premier versement ? Mais combien serions-nous obligés de débourser pour en avoir la totalité ?

Il n'y avait rien de changé sur la place, à l'exception d'un détail : à cause de la saison et de l'heure, les étrangers étaient tous rassemblés côté ombre, désertant le café d'en face, en plein soleil. Il faisait si chaud qu'ils restaient assis sur leur siège, sans bouger. Hommes et femmes, à moitié nus, portant des lunettes noires, sirotaient avec des gestes lents et prudents des boissons glacées dans de grands verres.

Nous traversâmes la place et entrâmes dans la petite maison qui abritait la mairie. Nous montâmes au premier étage. Don Raffaele avait la clef. Il nous reçut dans un vaste bureau, dépouillé, sombre, à cause des volets clos.

— Si on ne ferme pas, ici, on crève, expliqua don Raffaele. Madame permet ?

Et il ôta sa veste. Il alla s'asseoir à sa place de maire, derrière un grand bureau encombré de papiers. Il nous invita à prendre place de l'autre côté, sur deux fauteuils en rotin.

Avant de commencer mon discours, je rassemblai tout mon courage, et mon dégoût. Je jetai un dernier regard à don Raffaele. Assis sur son fauteuil, en polo gris à manches courtes, il épongeait avec son mouchoir la sueur qui coulait sur son cou et sa nuque. Au-dessus de lui, accrochés au mur badigeonné de blanc, les portraits du pape et du président de la République. Plus haut, un crucifix.

— Don Raffaele, dis-je, je vais aller droit au but, sans préambule. Ma femme m'a tout raconté.

Le léger sourire attentif qui était imprimé sur les lèvres minces de don Raffaele s'évanouit en un instant. Son regard sérieux, mais tranquille, se posa un moment sur Jane et revint vers moi.

Je continuai :

— Je sais donc que, l'année dernière, alors qu'elle était à Capri, ma femme a reçu une lettre de son premier mari. Lettre qui fut expédiée à votre adresse, don Raffaele, et que vous lui avez remise. Ma femme ne voulait pas me mentir; elle avait tout simplement peur que je m'inquiète. À la même époque, pour éviter que des employés du bureau de poste ouvrent les lettres qu'elle désirait écrire à son premier mari...

— Excusez-moi de vous interrompre, monsieur le major. Il est vrai, hélas, que par le passé le bureau de poste de Capri ne donnait aucune garantie. J'ai été le premier à le confirmer à votre épouse. Mais je tiens à vous déclarer, avec la même sincérité, que ces choses ont changé depuis que je suis maire. Cet abus énorme, inouï, qui viole l'un des privilèges les plus élémentaires d'une nation civilisée, a cessé à Capri, monsieur le major. Dites-le autour de vous. À tous vos concitoyens. C'est la première mesure que mon administration a prise. Il est vrai, comme vous le savez, que la poste ne dépend pas des communes, mais directement de l'État; pourtant, dès que j'ai été élu maire, j'ai effectué un voyage à Rome à mes frais dans ce seul but, et j'ai nettoyé la plaie. Depuis six mois, le bureau postal de Capri est aussi secret que celui de Washington. Excusez-moi de vous avoir interrompu, monsieur le major. Continuez, continuez donc...

Continuer? Je ne trouvais plus mes mots pour poursuivre mon discours. Bien qu'il n'y eût aucun lien logique entre ce nouveau don Raffaele, réformateur de la moralité de son bureau de poste, et ma difficulté à lui proposer une somme d'argent en échange des lettres, je sursautai aux mots « nettoyé la plaie », sentis ces hésitations grandir, et avec elle la somme que j'avais l'intention de lui offrir.

Don Raffaele avait certainement prévu ma réaction ; c'est pourquoi il m'avait interrompu avec une telle profusion de phrases, un tel étalage de moralité.

Il était le maire. Il avait réformé le bureau de poste. Le prix des lettres était donc beaucoup plus élevé que celui que je pensais.

J'ai dit que j'étais incapable de reprendre mon discours. Heureusement, Jane intervint.

— Don Raffaele, dit-elle, j'ai tout raconté à mon mari. Je lui ai parlé des six lettres que je vous ai confiées pour que vous les mettiez à la poste dans une autre enveloppe et que vous en écriviez vous-même l'adresse.

— Oui, madame, dit don Raffaele.

— Combien voulez-vous pour ces six lettres ? m'écriai-je brusquement en bondissant sur mes pieds et en frappant du poing sur la table.

Effrayé, don Raffaele eut un mouvement de recul.

— Je ne comprends pas, balbutia-t-il, je ne comprends pas ce que vous voulez dire, monsieur le major.

— Oh ! si, vous comprenez très bien ! Ne faites donc pas l'innocent. Allez, combien voulez-vous ? Je vous offre mille dollars ? Vous êtes d'accord ?

— Volontiers, monsieur le major... volontiers, de tout cœur. Même sans les mille dollars. Mais les lettres, je les ai postées !

J'étais debout, penché sur la table, penché sur don Raffaele qui me regardait en reculant, de plus en plus terrifié. Je le dominais de ma haute taille. Et je lui dis avec toute la haine dont j'étais capable :

— Ne racontez pas d'histoires. Ça suffit ! Les lettres ne sont jamais arrivées à destination. Et vous le savez très bien. Qui nous a téléphoné, à Rome, avant-hier ? Quelqu'un qui agissait pour votre compte. Maintenant, ça suffit. Combien voulez-vous? Mille dollars, cela n'est pas assez? Dites-le donc. Ayez au moins ce courage!

Je m'aperçus qu'il tremblait. Il tremblait et haletait, il était blême de peur.

— Permettez, monsieur le major, dit-il d'une voix implorante. Calmez-vous, je vous en conjure. Permettez que je me lève...

En s'appuyant des deux mains aux bras de son fauteuil, il se leva, tout tremblant, se tourna vers le mur, posa son regard sur le crucifix et tendit sa main droite.

— Voilà, voyez, monsieur le major, fit-il presque en pleurant. Je le jure sur le crucifix. Je jure sur le crucifix que j'ai fermé les six lettres... vous dites qu'il y en a six, et je ne le nie pas, mais je ne me souviens absolument pas de leur nombre... je les ai mises sous enveloppe sans les lire, j'ai écrit de ma main un nom que j'ai oublié; mais l'adresse était *Hôtel Excelsior,* Rome. Je les ai cachetées et je les ai postées. Puis je n'ai plus rien su, je ne sais rien. Je vous le répète, je le jure devant le crucifix. Que meure à l'instant même ma nièce : elle a seize ans et quatre mois, et c'est la seule personne que j'aime au monde, car ma femme ne m'a pas donné d'enfants; que meure à l'instant ma nièce Costanza si ce que j'ai dit n'est pas la simple et pure vérité!

Tout en prononçant son serment, il tournait son regard tantôt vers le crucifix, tantôt par-dessus son épaule, pour voir l'effet que ses paroles produisaient sur nous. Enfin, il baissa le bras et reprit sa place derrière son bureau en essuyant ses larmes de son mouchoir trempé de sueur, et en continuant de me fixer d'un air épouvanté. Je me taisais. Je regardai Jane. Elle était assise sur son fauteuil, la tête baissée, muette elle aussi.

Au bout d'une longue pause :

— Il ne faut pas agir ainsi », reprit don Raffaele à

mi-voix, en allongeant timidement la main vers moi. Il poursuivit sur un ton humble et presque paternel : « Écoutez donc un homme qui a pas mal d'années de plus que vous. Calmez-vous. Ne vous inquiétez donc pas autant. Il y a tant de malheurs, tant de souffrances dans la vie. Mais que sont vos problèmes et le scandale face à une maladie grave, à la maladie incurable d'un être cher, ou d'un membre de sa famille ? Rien, croyez-moi, rien... Je suis veuf, ma femme est morte d'un cancer. Sept années de tortures. Voilà les véritables malheurs de la vie, monsieur le major. Remerciez plutôt le Ciel et la Madone : votre femme se porte bien, vous vous portez bien, et vos enfants, en Amérique, aussi. Pour ce qui est du reste... essayez de résoudre cette affaire calmement, avec pondération, sans vous agiter ainsi. Que diable, monsieur le major, une personne comme vous !

Une émotion, que j'avais de la peine à refréner, me gonflait la poitrine, me nouait la gorge. Je tendis la main à cet homme que j'avais aussi injustement et bassement calomnié, je la lui tendis avec une immense honte car j'avais besoin qu'il me la serre :

— Pardonnez-moi, don Raffaele. J'ai agi comme un fou. Pardonnez-moi. Me pardonnez-vous ?

— Arrêtez donc avec vos pardons, monsieur le major, fit alors don Raffaele en prenant ma main dans les siennes. Ce sont des drames... des drames sentimentaux, cela arrive à tout le monde. On perd la tête, on ne sait plus ce qu'on fait. Et puis ça passe, et l'on oublie tout. C'est ce que je vous souhaite, major.

— Je vous demande pardon, moi aussi, don Raffaele, dit Jane, qui s'était levée et s'était approchée de la table, en tendant la main.

— Oh ! ça suffit avec tous ces pardons ! », répondit-il en se mettant debout, en s'inclinant, et en effleurant des lèvres la main de Jane. « Vous me prenez donc pour le Christ ? Non, je suis le maire de Capri, et en tant que maire, je suis très sévère, et je ne pardonne rien à personne ! Si quelqu'un jette un morceau de papier sur le trottoir, au lieu d'utiliser les poubelles en fer que j'ai fait mettre dans tous les coins : amende ! Si, la nuit, les touristes font du vacarme et réveillent les gens qui dorment : amende ! Si les maillots de bain des jolies baigneuses ne sont pas — nous nous comprenons, n'est-ce pas ? — conformes à la loi : amende ! amende, amende, amende, amende !

Il éclata de rire, et nous emmena boire un vermouth sur la place.

— Vous rentrez en Amérique, monsieur le major ? Vous prenez l'avion ?

Il ignorait donc que nous vivions à Paris, que je travaillais à l'Unesco, il ne savait rien. Notre mauvaise conscience lui avait attribué une vaste information et un pouvoir diabolique qu'il ne possédait pas.

Aussitôt après avoir bu son vermouth, il prit rapidement congé de nous. Il était près de deux heures. Il se faisait tard, dit-il, sa nièce l'attendait pour le déjeuner. En réalité, il eut la délicatesse de comprendre que, tout en étant convaincus de son innocence, nous l'associions toujours à nos angoisses, au mystère des lettres, et que son départ nous soulageait.

Et c'est ce qui se passa. Dès lors, et jusqu'à la fin, tout alla pour le mieux entre Jane et moi. Nous descendîmes sans tarder à la Marina Grande et nous y déjeunâmes pour être sûrs de ne pas manquer le bateau de quatre heures.

Cette nuit-là, nous dormîmes à Naples, où nous avions laissé nos bagages. Le lendemain matin, nous partîmes pour Paris par un *sleeping* direct.

Nous pensions à don Raffaele, et nous nous sentions tranquilles, rassérénés. Les lettres ? Le scandale ? Attendons la suite des événements, nous disions-nous. Si celui qui détient les lettres veut de l'argent, il nous le demandera bien avant de les rendre publiques. Nous avions agi sottement.

J'étais persuadé désormais que Jane n'avait pas bien compris ce que lui avait dit son mystérieux interlocuteur. J'essayai de reconstruire les phrases qui avaient provoqué ce malentendu. Bourrelée de remords, hantée par l'idée du chantage, Jane avait peut-être parlé des lettres la première. Et l'individu pouvait lui avoir dit dans son italien faussement enfantin : « *Lettere? mai sentito* », c'est-à-dire « Les lettres, jamais entendu parler », ce que Jane avait sans doute traduit par : « *Letters? they have never been sent.* » Elle avait confondu *sentito* et *sent,* expédiées. Les lettres n'ont jamais été expédiées. Et elle avait aussitôt pensé à don Raffaele. Qui sait?

J'expliquai à Jane mon raisonnement. C'était compliqué et improbable, mais cela nous permit de nous calmer.

Nous avions surtout été impressionnés par l'extraordinaire humilité de don Raffaele, qui nous avait rassurés comme par enchantement. Cet homme fourbe, cupide, et certainement coupable d'innombrables bassesses dans sa vie, ne s'était pas rebellé, ne s'était pas indigné devant des accusations pour une fois mensongères; mais il les avait supportées presque avec résignation, et ne s'était défendu que par la peur.

Voilà donc les Italiens! Humbles jusqu'à la lâcheté, sages jusqu'à la trahison, toujours humains, jamais héroïques, et parfois saints.

Don Raffaele, qui nous était apparu dès le premier instant comme un démon, avait révélé sa « sainteté » dans les cinq dernières minutes de notre entretien. Le bien qu'il nous avait fait était vraiment l'œuvre d'un saint!

J'en discutais paisiblement avec Jane dans le wagon-lit. Tout ce qui était arrivé ressemblait à un mauvais rêve. Le soir vint. Le train s'approchait de la frontière en franchissant les montagnes sombres. Nous n'avions pas allumé la lumière. Chaque fois que le train sortait d'un tunnel, à mi-côte, sur le flanc escarpé de la vallée, l'air pur de la nuit alpine s'engouffrait dans le compartiment. Couché sur le dos, je voyais de ma couchette les crêtes noires des montagnes, le ciel bleu sombre et les étoiles étincelantes.

J'avais tout oublié, y compris Dorothea, et j'aimais Jane.

Je fus heureux. Pourquoi ne pas l'admettre ? Pourquoi ne pas accepter de tels renversements de situation, de telles contradictions dans la vie ? Pourquoi chercher à tout prix une logique là où il n'y a que du mystère — et peut-être une logique suprême qui nous échappe, et que nous ne pouvons comprendre ?

Je fus heureux. Heureux avec Jane, comme je l'avais été avec Dorothea, et plus encore.

Je ne me rappelle plus ce à quoi je pensais, ce que je ressentais exactement. Je me souviens seulement de mon bonheur, dans ce train.

Et des mots de Jane, par la suite, qui me blessèrent, me déçurent, me remplirent d'amertume. J'avais cru qu'elle avait été heureuse de la même façon que moi. Mais non.

Après l'amour, elle me dit doucement, en me caressant :

— Nous nous aimons, Harry, je le sais. Nous nous aimons d'un véritable amour. Mais quel dommage que nous ne nous aimions pas quand nous faisons l'amour !

Le train ralentissait à ce moment-là aux abords de la dernière gare italienne. Le profil noir des montagnes, le ciel et les étoiles se figèrent tout doucement dans le cadre de la fenêtre. J'entendais les pas des employés du chemin de fer, ou de rares voyageurs, quelques voix éparses, un appel, un cri lointain, un coup de sifflet. Puis, le silence nocturne de la montagne, le grondement des torrents. Onze heures sonnèrent au clocher du village. Et je me répétais, j'apprenais, comme une condamnation, les mots de Jane : « Quel dommage que nous ne nous aimions pas quand nous faisons l'amour ! »

Je n'avais donc été, pour elle, sur ce point de vue, que de l'eau fraîche, pour utiliser son expression.

Je ne répondis pas. Elle était étendue sur moi, le visage enfoncé dans mon épaule. Je la serrais contre moi. Je la sentais maigre, petite, unie à moi. Je ne niai pas. Je ne dis rien. Je regardais la montagne. J'écoutais les torrents.

Le plus beau, ne pouvais-je m'empêcher de penser, le plus beau, c'était que Jane se trompait sans doute. Elle avait peut-être été heureuse elle aussi, mais son caractère pessimiste lui interdisait de voir ce bonheur, pourtant si proche.

Ou était-ce moi qui, par mon optimisme, flattais ainsi ma vanité ?

Mais un doute jaillit bientôt en moi : mon bonheur naissait peut-être du simple fait que je venais de lui faire l'amour pour la première fois depuis l'aveu de sa trahison ; et de l'idée qu'elle connaîtrait peut-être le même sentiment après avoir recueilli ma propre confession... Pourtant, il aurait été absurde de lui parler de Dorothea, cette nuit-là. Jane partait le lendemain pour les États-Unis. À son retour à Paris, en septembre, je lui raconterais tout calmement. Toutefois j'avais envie de lui dire quelque chose dès maintenant. Ne serait-ce que pour lui épargner de trop grands tourments, pour qu'elle ne se sente pas trop coupable à mon égard. Je l'avais trompée si souvent ! Pas seulement avec Dorothea, mais avec tant d'autres femmes. Je pensai soudain à Checchina et à la petite chaîne en or, à la médaille de Notre-Dame de Lourdes (la Vierge même à laquelle Jane avait fait un vœu), qu'elle m'avait offerte en me faisant promettre de la garder, ou d'en faire cadeau à ma femme, et seulement à elle.

Je cherchai la chaînette, que je gardais dans la poche intérieure de mon portefeuille, je l'en tirai et la tendis à Jane.

— Moi aussi, j'ai commis une faute envers toi, lui dis-je. Quand tu reviendras à Paris, je te raconterai tout. Cette médaille à l'effigie de Notre-Dame de Lourdes m'a été offerte par une femme, une Italienne, avec qui j'ai eu une liaison pendant que tu étais à Capri. Je te raconterai plus tard.

— Pourquoi devrais-je la prendre? dit Jane avec un air sombre. Je n'en veux pas.

— Je t'en prie, accepte-la, insistai-je. Ainsi, quand tu la regarderas, tu auras moins de remords. Du reste, c'était une fille très bien.

— Pourquoi « c'était »? Elle est morte?

— Non. Mais je crois que je ne la reverrai jamais plus. C'était une fille bien. Et même ton Aldo, au fond, est un brave garçon. Le mal, Jane, n'est jamais dans les autres. Nous l'avons toujours en nous, et c'est nous qui le désirons.

Elle resta muette un moment. Elle regardait la petite chaîne. Je compris qu'elle pensait intensément à quelque chose, avec force, et qu'elle n'avait pas le courage d'en parler. Elle se décida enfin :

— Aldo aussi a une chaîne de ce genre.

Elle se la mit au cou, et, bouleversée peut-être par cette pensée, commença à m'embrasser passionnément. Je me souvins alors des derniers mots de Checchina pour me persuader d'accepter ce cadeau : « Tu verras, elle te portera bonheur. »

Et qui sait? Cette fois-là Jane aussi fut peut-être heureuse.

Du moins le parut-elle jusqu'au dernier instant. Jusqu'à mon dernier baiser, à Orly, le lendemain soir.

Les adieux aux aéroports sont les plus déchirants. On est séparé, tout en étant dans le même lieu, par des bureaucrates en uniforme qui canalisent les voyageurs dans des petites palissades vitrées, dans des couloirs étroits, comme des bêtes que l'on conduit à l'abattoir.

J'attendais dehors, dans la nuit, en regardant le gros

Constellation qui allait emmener Jane. On faisait tourner les hélices. Mais les voyageurs étaient encore dans le bâtiment. Ils avancèrent enfin : un petit groupe chétif, au loin, un petit groupe humain qui semblait réticent, poussé par d'invisibles bourreaux vers le monstre qui allait les emmener au-delà de l'océan. Dans le soir, je tentai en vain de distinguer la frêle silhouette de Jane. Je levai et agitai la main en signe d'au revoir, en espérant qu'elle m'apercevrait.

Les passagers montèrent à bord. On retira la passerelle. Les hélices des quatre moteurs se remirent à tourner, l'une après l'autre, pour le dernier essai. Puis toutes les quatre à la fois. Et l'avion commença lentement à se mouvoir, à tourner sur place.

Il était lent. Pourtant, en quelques instants, il disparut mystérieusement dans l'obscurité vers le centre du terrain.

Je montai en voiture et pris la route de Paris. Je m'arrêtai au bout de cinq cents mètres et descendis. Je regardai du côté de la piste. J'entendais des bruits confus de moteurs. Je voyais, ici et là, des lumières et des phares. Où était l'avion de Jane ?

Quelques minutes plus tard, je crus deviner sa forme, grise dans la nuit noire, qui prenait de l'altitude.

Deux feux, un rouge, un vert, qui clignotaient alternativement, brillèrent un instant au milieu du ciel. Puis, plus rien.

Un bruit de moteur qui s'éloignait, seulement. Soudain, j'entendis le long chant des grillons, remplissant le ciel et la campagne.

Il faisait très chaud. Le ciel était couvert de nuages. On ne voyait pas une seule étoile.

*

Interruption du manuscrit de Harry

20

J'admets, en tant que metteur en scène, que le récit de Harry me parut indéniablement riche d'idées, de trouvailles et de faits ; mais qu'il aurait fallu le réécrire entièrement pour obtenir le financement d'un producteur, même le plus cultivé et le plus anticonformiste.

C'est ce que je répondis à Harry, aussitôt ma lecture achevée. J'ajoutai que son histoire m'avait impressionné, qu'il devait la terminer et m'envoyer immédiatement la conclusion. Dans deux ou trois mois, à mon retour à Rome, j'aurais sûrement des idées à lui proposer. Nous y travaillerions ensemble en essayant d'en tirer un scénario.

Je n'imaginais certes pas tourner un film avec des personnages d'une psychologie aussi compliquée et aussi particulière, pour ne pas dire folle. Je comptais seulement réussir à vendre ce scénario, en me basant sur le fait qu'il était possible d'insérer dans le *cast* deux grands acteurs américains, et permettre ainsi à Harry de gagner deux ou trois millions.

Je me gardai toutefois de le préciser à Harry, car je ne voulais pas le décourager de terminer son récit. Je ne soulignai pas non plus les contradictions et les absurdités que j'avais cru relever dans le cours des événements qu'il racontait, et qui m'amenaient parfois à douter de leur véracité. Il me paraissait improbable, par exemple, que sa femme et lui aient été bouleversés par ce mystérieux coup de téléphone anonyme au point de partir pour Capri et d'interroger don Raffaele d'une façon aussi absurde. Surtout, le coup de téléphone ne tenait pas la route. Aux dires de Harry, l'individu aurait proféré alors de vagues menaces, *mais n'avait pas demandé d'argent.* Pourquoi donc tant d'agitation ?

Quant au personnage, appelons-le ainsi, de don Raffaele, j'étais certain que Harry et Jane avaient exagéré dans les deux sens : en le croyant d'abord trop diabolique, et ensuite trop saint. La vérité se trouvait sans doute à mi-chemin. Don Raffaele était incapable de les faire chanter, comme ils l'avaient craint dans un premier temps, incapable aussi de ressentir cette profonde humanité et cette humilité qui les avaient émus et remplis d'enthousiasme. Face à ces deux personnes, qui lui apparaissaient sans aucun doute comme des déséquilibrés, des fous, don Raffaele avait très probablement préféré laisser de côté l'indignation pour prendre un air débonnaire et sage, et se tirer d'affaire le plus rapidement possible par quelques mots de circonstance. D'accord, il n'avait pas les lettres. Mais il avait devant lui des Américains, et il fallait éviter à tout prix, étant donné sa position de maire fraîchement élu, qu'ils aient le moindre doute sur son intégrité, et qu'ils en parlent autour d'eux. Il y avait pleinement réussi en jurant devant le crucifix, en versant des larmes et en faisant preuve de douceur et de mansuétude.

Mais qu'étaient devenues les lettres? Était-il vrai que le jeune homme ne les avait jamais reçues? Ne pouvait-il pas avoir passé lui-même ce coup de téléphone? Sur ce point-là, je n'étais pas aussi optimiste que Jane et Harry.

Et que leur était-il arrivé ensuite? Pourquoi Harry avait-il quitté Paris et son poste à l'Unesco pour vivre misérablement via Margutta, avec Dorothea? Avaient-ils fini par divorcer ? Harry, quand je l'avais revu, semblait s'être lié à cette femme à la vie, à la mort ; on aurait dit un homme désespéré, ruiné, à la dérive. Que s'était-il produit ?

J'avoue qu'au bout d'un certain temps, je me mis à attendre la fin du récit de Harry avec une véritable impatience. Quand je rentrais à l'hôtel, après ma journée de travail à Joinville, je demandais aussitôt au réceptionniste si aucun pli n'était arrivé pour moi. Ou une lettre, un télégramme qui me disait de me rendre à la gare de Lyon, comme l'autre fois.

Mais Harry ne répondit même pas à ma lettre. Je lui écrivis encore deux ou trois fois, en vain. Deux mois s'écoulèrent ainsi, et quand je rentrai à Rome au début du mois de septembre, je me précipitai via Margutta.

Je gravis l'escalier crasseux avec une certaine inquiétude. Oh, je ne pensais plus aux avances que j'avais faites à la belle Dorothea. Je pensais à Harry, à sa vie, dont je connaissais maintenant presque tout. Tout. À l'exception de Dorothea, qui, après la lecture de ce long récit détaillé, demeurait autant mystérieuse pour moi qu'elle l'était pour Harry.

Quel genre de femme était-elle, au fond ? Vénale ou généreuse ? Aimait-elle Harry, ou vivait-elle avec lui par simple calcul ? Il était difficile de répondre en se fondant seulement sur les aveux de Harry. Difficile, car il était clair que, sans le savoir, Harry n'aimait pas Dorothea pour ce qu'elle était réellement, mais pour l'image qu'il se faisait d'elle et qu'il se représentait avec une folle obstination : celle d'une prostituée égoïste, mauvaise, froide et autoritaire.

C'était exactement ce qui s'était passé avec don Raffaele. Harry n'abordait pas la personnalité réelle de Dorothea, animé par le désir (passionné ou non) de la connaître, mais par la volonté de retrouver l'image fulgurante, absurde et mythique, que l'apparence physique de cette femme avait, dès le premier instant, suscitée en lui.

La personnalité réelle de Dorothea, humble, prosaïque et débonnaire, ne correspondait pas au mythe que Harry s'était construit; pourtant, cela renforçait le mythe, au lieu de le détruire. Incapable et peu soucieux de connaître la véritable identité de sa déesse, Harry transformait les continuelles déceptions que celle-ci lui procurait en autant d'interrogations, pleines de mystère et de charme. Il s'apercevait, par exemple, qu'elle n'était pas aussi autoritaire et méchante qu'il le croyait? Eh bien, il n'en déduisait pas, comme tout le monde l'aurait fait, qu'elle était paisible et douce, mais qu'elle n'avait pas voulu, en cette occasion, se montrer telle qu'elle était : autoritaire et méchante. *Elle n'avait pas voulu.* Et la raison de cette dérobade était inexplicable : son charme n'en était que plus irrésistible. L'emprise de Dorothea sur lui était donc sans fin, car elle n'était pas alimentée par les qualités réelles de la jeune femme, ou par les illusions de Harry, mais par les déceptions mêmes qu'il éprouvait continuellement.

Raisonnons par l'absurde : si Harry avait trouvé une autre Dorothea, qui fût réellement, objectivement, la divinité bête et méchante qu'il adorait, il aurait cessé de l'adorer très rapidement. L'homme intelligent et bon qu'il était se serait immédiatement emporté contre la totale dureté, l'horreur et l'ennui d'une *véritable* méchanceté et d'une *véritable* bêtise. Non, s'il pouvait continuer à vivre avec Dorothea, c'était parce qu'elle était complètement différente de ce qu'il croyait.

C'était là mon interprétation. Mais je l'avais déduite du manuscrit de Harry, et j'étais impatient, naturellement, de la confronter à la réalité.

Je passai devant les ateliers de peintres, traversai la cour au sol pavé de vieilles céramiques, sonnai à leur porte.

J'attendis un long moment. Je sonnai de nouveau. En vain. Je me dis alors qu'ils étaient sortis, et je m'en allai. Je revins en fin d'après-midi, sans plus de résultat.

Je m'obstinai à ne pas téléphoner, car je voulais les surprendre. Mais je me décidai à les appeler dans la nuit, à onze heures, minuit, une heure. Et le matin, très tôt. La ligne était libre, mais personne ne répondait.

Je retournai alors via Margutta, et, après avoir sonné une fois encore à leur porte, je descendis chez la concierge. Harry était parti depuis douze jours au moins. La concierge ignorait où. Il ne lui avait rien dit, il n'avait pas laissé d'adresse. Je demandai des nouvelles de « Madame ». La concierge ne sut pas mieux me renseigner. Elle avait disparu elle aussi, le même jour. Ils étaient donc partis ensemble ? La concierge ne pouvait l'affirmer. Une seule chose était certaine : jusqu'au dernier moment, Dorothea et Harry étaient restés ensemble, ils étaient montés ensemble dans un taxi, avec leurs bagages, devant la porte d'entrée. Dans un taxi ? Pas à bord de la Jeep ? Il n'avait plus de Jeep, il l'avait vendue un mois plus tôt.

Je me rendis à l'Association de la presse étrangère, où Harry travaillait. On me dit qu'on ne l'y voyait plus depuis longtemps ; il avait plus ou moins annoncé qu'il rentrait aux États-Unis.

C'est alors que je me souvins de Borruso, le contrôleur des wagons-lits, qui avait prêté à Harry cinq cent mille lires, et qui m'avait donné son adresse à Rome. Borruso était en voyage. Il devait revenir quelques jours plus tard.

Quand je le retrouvai enfin, il me raconta tout ce qu'il savait. Harry était définitivement rentré aux États-Unis. Il était venu le voir avant de s'en aller. Il lui avait rendu son argent et lui avait raconté qu'il avait vendu sa Jeep. Il rentrait aux États-Unis, il reprenait son poste de professeur à l'université. Mais il ne lui avait pas laissé son adresse, à lui non plus. Sans faire allusion à Dorothea, dont Borruso ignorait peut-être l'existence, je me hasardai à lui demander si Harry était parti seul.

— Seul. Oui. Pourquoi ? Avec qui serait-il parti ? Il vivait seul, me semble-t-il...

— Je le suppose, dis-je. Il est sans doute retourné chez sa femme, aux États-Unis.

Borruso me lança un regard étonné.

— Chez sa femme ? Il s'est remarié ? Je l'ignorais.

— Mais non, chez sa femme, la première, toujours la même...

— Madame Jane ? dit alors Borruso. Vous ne savez donc pas qu'elle est morte ? Elle est morte dans un accident d'avion. Il y a deux ans. Vous vous rappelez cet avion qui avait décollé de Paris pour New York, à la fin du mois de juillet ? Cet avion qui s'était précipité au-dessus des Açores ? Il y avait aussi à bord ce champion de boxe...

Jane était donc morte. À présent, tout le récit de Harry m'apparaissait sous un autre jour. Je rentrai chez moi et je relus certains passages du manuscrit, notamment ceux que Harry avait consacrés à Jane, à leur dernier voyage de Naples à Paris, et à la médaille de Notre-Dame de Lourdes...

Je connaissais à peine Jane. Je l'avais rencontrée deux ou trois fois, pas plus, il y avait de cela quelques années. La nouvelle de sa mort ne pouvait donc me procurer que de la pitié, cette pitié que l'on ressent pour les inconnus qui vivent, souffrent, aiment et trouvent une mort soudaine, atroce et libératrice. Toutefois son caractère impétueux et tourmenté, sa silhouette frêle et maigre me semblaient vivants grâce au manuscrit de Harry, devant moi. Je songeai aux instants horribles qui avaient dû précéder sa mort. À qui a-t-elle pensé alors ? m'interrogeais-je. À ses enfants, à Harry, ou à Aldo, ou bien à toutes ces créatures réunies dans une ultime question sur le sens de la vie ? Qu'est-ce que la mort ? Et comment expliquer que, tout en sachant que nous devons tôt ou tard — en nous y préparant, ou dans le déchirement d'un seul instant monstrueux — subir le plus inévitable et le pire des tourments, nous nous obstinons à désirer des tourments mineurs, comme si nous ne devions pas mourir ?

Pendant une longue période, je n'eus plus aucune nouvelle de Harry.

Enfin, l'année suivante, au début de février, je reçus une lettre de lui. Elle disait :

Long Island, le 30 janvier 1951

Très cher Mario,

Après ce très long silence, mon premier devoir est de te demander pardon. Et pourtant, les derniers événements qui ont bouleversé ma vie et m'ont obligé à faire ce que je désirais et imaginais le moins ne justifient en rien ma paresse. J'admets que j'aurais pu, et dû, t'écrire un mot, ou au moins t'envoyer un télégramme à Paris, pour t'annoncer mon mariage avec Dorothea et mon retour aux States avec elle.

Mais je savais que tu ignorais la mort de Jane : je n'avais pas eu le courage de t'en parler dans le long récit que je t'ai adressé à Paris ; de la même façon, j'ai hésité, ces derniers temps, j'ai remis de jour en jour cette confession qui me pesait plus lourdement que toute autre.

Enfin, il y a une semaine, j'ai écrit quelques lignes à M. Borruso pour le charger d'une commission de la part de Dorothea. Je viens juste de recevoir sa réponse ; il m'apprend qu'il t'a vu, et qu'il t'a, par hasard, appris ce grand malheur.

Cela s'est produit le 28 juillet 1948, à l'aube, près des îles Açores.

Dès lors, et pendant deux ans, je me suis senti coupable de la mort de Jane. Maintenant que Dorothea l'a remplacée auprès de moi et auprès des enfants de manière imprévisible, je commence à penser que je me suis accusé à tort, et à retrouver, non pas la paix, car je ne l'ai jamais connue, mais au moins un peu de sérénité. Si je souffre aujourd'hui, c'est d'un mal nouveau, un mal que je n'avais jamais éprouvé, au moins à ce point-là : l'ennui.

Je déteste les États-Unis, et je ne souhaite qu'une seule chose : rentrer en Italie. Je prendrais pour cela n'importe quel prétexte. Naturellement, Dorothea veut rester aux États-Unis. Cela m'est complètement égal. Je la laisserais très volontiers ici, avec les enfants, puisque cela lui fait plaisir. Et je viendrais seul. J'ai besoin, comprends-moi bien, j'ai besoin *de retourner à Rome. Ne pourrais-tu pas me dénicher ce prétexte ? Au moins pour une courte période : trois, quatre mois. Je t'assure que je peux vivre avec peu d'argent, très peu d'argent. Trente mille lires par semaine me conviendraient très bien. L'important, ce n'est pas l'argent, mais le prétexte pour venir, un travail dans le cinéma, la rédaction du scénario, un doublage, tout ce que tu veux. Mais un prétexte qui soit vrai, naturellement ; qui corresponde à un travail réel, bien qu'inutile.*

Je peux demander un congé à l'université quand je le désire. Je dirai qu'il s'agit de mes recherches. Malgré le scandale de l'Unesco, Offner continue de me protéger. Je n'ai donc pas peur de perdre mon poste. D'autre part, les parents de Jane qui, comme je te l'ai dit, je crois, ont de gros moyens, me versent une pension plus que suffisante pour assurer une vie décente aux enfants et à Dorothea. Ils ont eu l'occasion de connaître et de fréquenter longuement Dorothea ; et ils nourrissent pour elle une admiration surprenante, une confiance sans bornes. Dans la débâcle de ma vie, il y a au moins cela de bon. Comme tu le comprendras, c'est la dernière chose à laquelle j'aurais pensé. Je ne m'y attendais absolument pas.

Très cher Mario, essaie de faire ce miracle et de m'appeler à Rome. De mon côté, je reprendrai le récit interrompu, le finirai au plus vite et te l'expédierai. J'en ferai un double, de façon à te l'envoyer par la poste sans inquiétude. Quand tu as reçu la première partie à Paris, tu m'as écrit deux ou trois lettres pleines d'enthousiasme. Tu m'as dit alors que tu avais l'impression, sous réserve de coupures et de modifications, de voir *le film. Et qu'il était possible de placer ce scénario, car il y avait là des rôles pour deux grands acteurs américains. J'espère que tu n'as pas changé d'avis. Tu as ajouté aussi que tu étais impatient de savoir la fin, puisque dans une bonne histoire, la fin est la partie la plus difficile et la plus importante, en tout cas celle qui frappe le plus les pauvres imaginations des producteurs.*

J'ignore si la chute que je t'enverrai conviendra au cinéma. J'ai bien peur que non. Mais je ne peux, hélas, que te raconter la vérité, comme je l'ai fait pour la première partie.

Réponds-moi tout de suite, je t'en prie. J'ai besoin d'un mot d'encouragement de ta part.

Je t'embrasse affectueusement.

Ton vieux Harry

P.S. Tu peux désormais me répondre avec une entière liberté. Depuis qu'elle est aux États-Unis, Dorothea est si heureuse qu'elle ne me cause plus le moindre problème. Elle s'occupe toute la journée des enfants et de la maison. Les appareils ménagers l'ont rendue folle (de joie). Elle a appris à conduire. Elle prend des leçons d'anglais. Et elle ne lit plus mon courrier. Mais l'Amérique, quel ennui ! H.

Le jour même où je reçus cette lettre, Borruso me téléphona pour me donner l'adresse de Harry. Je le remerciai de sa gentillesse en lui disant qu'il m'avait également écrit. Il m'apprit alors qu'il lui adresserait un paquet, le lendemain, par l'intermédiaire d'un de ses très bons amis de la TWA, ainsi que Harry l'en avait prié. Si je voulais lui écrire, ou lui envoyer quelque chose, moi aussi, autant en profiter. J'eus une idée. Un panettone, serait-ce trop encombrant ? demandai-je à Borruso.

J'envoyai donc à Dorothea et aux enfants de Harry et de Jane un panettone de Milan. Mais que contenait donc le petit paquet que Harry avait réclamé à Borruso pour Dorothea ?

J'allai chez Borruso porter le panettone, et ma curiosité fut aussitôt satisfaite.

Il s'agissait des petites perles multicolores de sucre fin, probablement introuvables aux États-Unis, dont Dorothea saupoudrait sa fameuse *scarcella.*

21

Environ deux mois plus tard, je reçus la suite du manuscrit de Harry. En voici la traduction :

Suite et fin du manuscrit de Harry

J'avais interrompu mon récit au moment où j'aurais dû t'annoncer la mort de Jane. La mort de Jane marqua une pause, comme un énorme vide, dans ma vie. Arrivé à ce point, je n'avais plus la force, naturellement, de continuer à écrire. Cet événement, ce crime, était encore trop proche. Je dis ce crime, parce que lorsque j'écrivais mon récit, l'année dernière, via Margutta, je considérais encore la mort de Jane comme un homicide que j'avais moi-même commis.

En effet, si je n'avais pas accueilli les scrupules et les remords de Jane d'une façon si bête, si morbide et si coupable, je ne me serais pas laissé troubler par le coup de téléphone anonyme, et je n'aurais pas accepté de l'accompagner à Capri pour rencontrer don Raffaele. Je l'aurais rassurée et convaincue de prendre le vol de Ciampino à New York, sur lequel elle avait réservé sa place depuis longtemps. Je n'avais pas bonne conscience. Sans le savoir, j'associais et je confondais ma faute avec celle de Jane. Et de même que je m'étais précipité chez Dorothea, que je croyais responsable du chantage, en fourrant dans mes poches deux liasses de billets de dix mille lires, de même j'étais parti pour Capri, tout excité, souhaitant trouver en don Raffaele un authentique bandit.

J'avais donné à Jane la petite chaîne de Checchina, avec la médaille de Notre-Dame de Lourdes... J'appris la nouvelle dans les quotidiens du soir. Quand je sortis de mon bureau, les crieurs de journaux, sur les Champs-Élysées, annonçaient l'accident. Je voudrais être capable de reporter ici, fidèlement, minute par minute, heure par heure, ce que j'éprouvai depuis ce moment-là jusqu'à ce que j'eusse la certitude de sa mort. D'abord le doute, un instant, d'avoir mal compris ce que les crieurs de journaux hurlaient. Pourquoi fallait-il que ce fût l'avion de Jane ? Puis la sensation, pendant la même fraction de seconde, d'avoir moi-même désiré la mort de Jane pour pouvoir me libérer d'elle et épouser Dorothea. J'avais déjà acheté le journal, je courais à l'American Press, je téléphonais à Air France, à notre consulat. Je m'informais désespérément, je ne me résignais pas à la vérité. Pendant trois jours et trois nuits, je cessai de dormir et de m'alimenter. Je fumais et buvais. Jusqu'à ce que le moindre doute se fût envolé. J'envoyai un télégramme à mes beaux-parents à Philadelphie. Heureusement, Donatella n'avait que quelques mois, et Duccio pas encore deux ans.

Mais à quoi bon relater les moindres faits de ces tristes journées ? Même si j'écrivais des centaines de pages, il me serait impossible de renverser le cours des événements. Jane avait disparu. Jane était morte. Je ne la reverrais jamais plus. Depuis ce moment-là, je n'ai plus peur de la mort. Ou bien si, j'en ai peur, mais quand j'y pense, je pense à Jane. Je pense à Jane, qui a déjà fait ce pas. Qui a su ce que sont ces instants. Alors, je me dis : Comment puis-je refuser cette épreuve ? Qu'il existe ou non un au-delà, que nous devions nous revoir et nous retrouver, ou non : dans les deux cas, la mort m'est, depuis cet instant plus familière. J'y songe et j'en parle plus volontiers, car elle a emporté Jane. Et parfois, j'ai l'impression que nous nous reverrons. Après avoir bu une demi-bouteille de whisky, je m'aperçois que Jane est là, invisible à mes côtés, qu'elle m'attend. Simple question de temps. D'années, de jours, peut-être d'heures ou de minutes. Peu importe. Elle est là, elle m'attend, et je suis content.

Plus d'une fois, j'ai rêvé (si je croyais à ce que je vais écrire, je n'aurais pas le courage de l'écrire), j'ai rêvé qu'elle était morte et qu'elle se trouvait en enfer ; mais par un obscur dessein du démon et par une inexplicable permission divine, elle était revenue sur terre pour quelques jours ou quelques semaines. Jane morte, Jane en enfer, et cependant présente parmi nous avec son corps, son visage, son regard, ses mouvements et même ses vêtements. Dans ce rêve, je sais qu'elle vient de l'enfer et qu'elle y retournera. Elle retournera en enfer car c'est au diable qu'elle appartient pour l'éternité. Je l'embrasse désespérément. Je la serre contre moi. Tout cela se passe dans la rue, au coin du boulevard Saint-Germain et de la rue des Ciseaux, près d'un restaurant où nous allions parfois dîner, dans le quartier de l'hôtel où je vivais et dormais pendant que je faisais ces rêves. Nous garions la voiture sur le boulevard, au coin de la rue des Ciseaux. C'est le soir dans le rêve aussi, c'est la nuit. Les vieilles boutiques sont fermées, leurs volets de bois tirés, traversés par une barre de fer. C'est là, sur le trottoir, après être descendu de voiture, c'est là, à deux pas, que je rencontre Jane. Je la serre contre moi et je la regarde. Ses joues, qui étaient jadis pâles, mais d'une pâleur saine, sèche et nerveuse, sont maintenant d'un rouge étrange, effrayant. Elles sont rouges, comme enflammées. Et je *sais* ce que cette rougeur signifie, je *sais* d'où vient la pauvre Jane. Ses yeux sont luisants. Elle me regarde. Sans rien dire. Mais ses yeux sont pleins de larmes et brillent terriblement, privés d'amour, car ils ont vu, et voient encore, le lieu qu'ils contempleront à jamais. Pourtant, elle est là, marche à mes côtés, me donne le bras. On dirait qu'elle souffre d'une maladie horrible, incurable et coupable, surtout coupable. L'enfer réside dans cette idée de faute. C'est elle qui l'avait voulu. Qui le veut encore, avec ses joues rouges, son regard brillant et désespéré, pleinement consciente du malheur éternel auquel elle se condamne, et dans une contorsion monstrueuse de sa propre volonté. Elle le veut, elle y est obligée. Elle n'a plus d'amour pour moi, et moi je n'ai presque plus pitié d'elle. J'en souffre comme d'un martyre. J'ai pitié de ne plus avoir pitié.

— Jane, lui dis-je en marchant avec elle vers le restaurant italien, on ne peut donc plus rien faire ? C'est décidé ? Définitivement ?

Elle me regarde sans me répondre... Oh ! ses yeux rouges de larmes, d'horreur, de haine, de désespoir ! Mon cœur est serré dans un étau de peine. Est-il donc vrai que la justice divine amène Dieu à faire le mal ? Ce mal suprême ? La torture éternelle d'une de ses créatures ? Avons-nous cru à tort en Sa miséricorde ? Je regarde Jane, je fixe ses yeux qui me fixent avec désespoir, et je suis brusquement incapable de prier ce Dieu. La seule chose que je peux faire, c'est aimer Jane, aimer Jane malgré tout, et contre Dieu lui-même, aimer Jane parce qu'elle est à moi, parce qu'elle est ma compagne chérie. Je sais combien elle est bonne. Je sais combien elle est douce. Je sais qu'il y a au plus profond de son cœur l'innocence et la charité. Pourquoi Dieu a-t-il permis qu'elle soit jugée non pour ce qu'elle était, mais pour ses actes ou ses pensées, à certains moments, longs ou brefs, de sa vie ? Pourquoi permet-il, maintenant, qu'elle revienne sur terre, dans son propre corps, au coin du boulevard Saint-Germain et de la rue des Ciseaux ? Quel est le but de ce prodige ? Y a-t-il un espoir pour Jane ?

Et je le demandais à Jane en lui serrant le bras.

— Jane, mon amour, y a-t-il un espoir ?

Mais Jane me lançait un regard sombre, torve, le regard même que j'avais surpris lorsqu'elle parlait au téléphone dans la chambre du *Grand Hôtel,* à Rome ; cette fois-là, ses yeux brillaient horriblement. Elle me regardait ainsi sans rien répondre. Y avait-il un espoir, oui ou non ?

Le pire était que, dans le rêve, j'étais traversé de temps à autre par la sensation de rêver : c'est impossible, me disais-je, Jane est morte, l'avion s'est précipité dans le vide et s'est englouti dans l'Atlantique près des Açores ; le corps de Jane ne peut donc être sur le boulevard Saint-Germain, au coin de la rue des Ciseaux ; donc, rien de ce que je vois et sens n'est vrai, je suis en train de rêver. Mais non, une voiture passait alors sur le boulevard, ou un homme sifflait gaiement, et je m'apercevais, dans le rêve, que je ne rêvais pas : c'était vrai, oui c'était inexplicablement vrai. Jane était là, avec son corps, et devait, *devait* retourner en enfer. Mais pourquoi était-elle venue ? Pour me le faire comprendre ? Et, au fond, quelle avait été sa faute ? celle qui lui avait valu de perdre son âme ?

Dans mon rêve, je pensais, sans le dire à la pauvre Jane, que sa faute avait été de commettre avec Aldo un péché de luxure, d'abord, puis un péché de désir, en caressant longuement ces pensées ; un sacrilège, en rompant son vœu, et un adultère. Mais quand je me réveillais... Je me redressais d'un bond dans mon lit, couvert de transpiration, le cœur battant, écarquillais mes yeux dans l'obscurité, et, terrorisé, allumait la lumière. J'étais seul, dans ma petite chambre d'hôtel, rue des Saints-Pères. Un hôtel modeste et familier dont je connaissais depuis longtemps le propriétaire, le personnel et de nombreux clients. Toutefois, quand je me réveillais après avoir fait ces rêves affreux, je me sentais seul, et je comprenais que je ne pouvais pas vivre ainsi, sans une compagne qui, la nuit, aurait chassé le diable de ma chambre de son corps nu allongé dans le lit. Je pensais à Dorothea. Non parce que je la désirais déjà. Mais parce que c'était la femme que je connaissais le mieux, à l'exception de Jane.

Je me réveillais et poussais un grand soupir de soulagement en me rendant compte que j'avais rêvé. Mes yeux étaient pleins de larmes contenues. Je repensais à Jane telle que je l'avais vue en rêve, et je fondais en larmes, éclatais en sanglots irrépressibles. Alors, oui, j'éprouvais de la pitié pour elle. Pour sa vie si brève, si tourmentée. Mais comment était-il possible que Dieu l'ait condamnée ? Non, non ce n'était pas possible. Même si sa véritable faute était ailleurs. Car il ne s'agissait pas de sa véritable faute. Mes pensées reprenaient leur cours et mes souvenirs me revenaient. La faute de Jane était celle dont elle s'était accusée à la fin de sa confession. Oui, elle était coupable de ne pas avoir osé pécher jusqu'au bout, courageusement ; coupable de croire trop au mal, et pas assez au bien ; coupable de ne pas avoir épousé Aldo ; coupable de ne pas avoir résisté à la tentation de faire un vœu, et de ne pas l'avoir rejoint, cette nuit-là, à Anacapri. Eh bien, même si tout cela constituait sa faute, pourquoi ne pas en avoir pitié ? Pourquoi ne pas lui pardonner ? Le Christ avait bien pardonné ses fautes à Marie-Madeleine, qui, avant de souffrir, avait aimé et joui. Pourquoi donc ne pas pardonner à Jane qui, avant de souffrir, avait eu peur d'aimer et de jouir ? Cette peur, cette retenue, cette contrainte n'étaient-elles pas une forme d'amour ?

Je sortais du lit, et pour la première fois depuis ma lointaine enfance, je priais. Je demandais pitié à Dieu pour Jane, pitié pour moi, pour mes enfants, pitié pour Dorothea aussi, et pitié pour tous les êtres humains.

Dieu ne pouvait pas refuser sa pitié. J'étais seul. J'éteignais la lumière, et parfois, j'avais l'impression qu'il y avait, à côté de mon lit, dans l'obscurité, une présence invisible et mauvaise, un démon dont je craignais de voir surgir les yeux rouges (la Jane qui m'était apparue en rêve n'était peut-être pas Jane, mais un être maléfique qui avait pris son apparence) ; j'entendais son grincement, sentais son haleine sur moi, distinguais son rictus ; alors je me remettais à prier. Seigneur, disais-je, pardonne-nous nos péchés comme nous les pardonnons à ceux qui nous ont offensés. Et libère-nous du mal. Amen.

De longs mois passèrent avant que j'éprouve de nouveau du désir pour une femme... Tu ne me crois pas, je le sens, après tout ce que tu sais sur mon compte, après tout ce que j'ai raconté ; tu me soupçonnes d'hypocrisie. Je serai donc sincère jusqu'au bout. J'admets que cette expression est ambiguë et qu'elle se prête, en ce qui me concerne, à une réserve mentale. Mais toi, prends-la à la lettre. Pendant de nombreux mois, je n'ai pas désiré de femme : cela ne signifie pas que je n'en ai pas eu. Je désirais désirer, voilà. Je voulais m'étourdir, me fatiguer. Et je n'y réussissais qu'en partie. Je reprenais une de mes vieilles habitudes. Je sortais, la nuit, et parcourais les boulevards où tapinent les prostituées ; très souvent, je me contentais de leur donner de l'argent en échange d'une demi-heure passée en leur compagnie dans un bistrot sordide, devant un verre d'armagnac.

Je n'avais pas besoin de faire l'amour. J'avais besoin de compagnie. Et la seule compagnie que je pouvais supporter était celle des prostituées. Pourquoi ? Je l'ignore. Les mensonges, les conventions, les institutions sociales, tout cela m'ennuyait. Je recherchais la vérité. Et je croyais la trouver seulement dans l'humilité sans prétention de ces filles, en particulier lorsqu'elles n'étaient ni belles ni jeunes. Elles me considéraient comme un fou, certaines pensaient que j'étais impuissant, d'autres dégénéré. Je ne me souciais pas de leur prouver le contraire. Dans quel but? Elles pouvaient bien penser de moi ce qu'elles voulaient. Je ne demandais que leur compagnie, tous les soirs, une oreille pour écouter mes divagations, mes lambeaux de confession; des réponses aux questions que je leur posais, des détails sur leur vie, leurs goûts, leur passé et leurs projets d'avenir. Je découvrais une grande variété de caractères et d'opinions. Il y avait les aigries, les sceptiques, les désespérées, les rebelles, les subversives. Et il y avait aussi les naïves, les heureuses, les confiantes, les conformistes, les conservatrices. Mais elles avaient toutes en commun le même rêve, qu'elles espéraient, ou non, réaliser : le pouvoir de l'argent. Et, là non plus, je ne me souciais pas de les contredire. Du reste, comment aurais-je osé? comment me serais-je permis de leur expliquer que l'argent, quelle que soit la façon dont on le possède ou l'obtient, est toujours payé, sinon par la perte de la douleur, du moins par la perte de quelque chose de vivant? Si je leur avais tenu ce genre de discours, je les aurais blessées, et ce inutilement car elles ne m'auraient pas compris. Elles étaient trop engagées dans le jeu pour en mesurer la mise.

L'argent! Cet argent pour lequel ces femmes sacrifiaient leur vie, je recommençais moi-même à le désirer lentement, aussi lentement que s'éloignait la mort de Jane. Mais uniquement par besoin de le perdre, ou plutôt par envie qu'on me le vole.

Après les longs mois de remords, de peur nocturne et d'indifférence devant la moindre forme d'activité, qui suivirent la mort de Jane, je sentis frémir à nouveau ma volonté de vivre. Le premier symptôme de mon retour à la vie (qui était, il est vrai, lié à la mort de Jane) fut le suivant : je me souvins des lettres de Capri. Où étaient-elles passées? Qui les détenait? Je me remis à y penser.

Il était peu probable que Jane eût mal compris ce que lui disait son interlocuteur, au téléphone. À l'époque, je m'étais efforcé de bâtir la thèse du malentendu. Mais surtout pour calmer Jane. Cette hypothèse était trop tirée par les cheveux : elle ne résistait pas à un examen plus sérieux.

Les lettres : celui qui les avait (Aldo, ou un autre) pouvait encore me faire chanter. Ce soupçon, cette idée me firent toucher un point, le seul point resté vivant et sensible d'un épiderme endormi, et je sentis en moi un léger frémissement, comme un brutal et bref arrêt du cœur : la tentation d'un plaisir profond, qui était à elle seule plus profonde et plus agréable que ce même plaisir, et dont, ne l'ayant plus goûtée, je croyais être libéré. Les six lettres de Jane ! Je me dis qu'il était de mon devoir de me mettre à leur recherche, non seulement pour me protéger et protéger mes enfants d'un éventuel chantage, mais aussi pour éviter une offense à la mémoire de Jane. Je ne serais pas sincère, toutefois, si je n'avouais pas que ce sens du devoir dissimulait une forte curiosité. Une curiosité qui n'avait rien de simple, elle non plus : il y avait là de la pitié, de la jalousie, de l'envie, et la volonté perfide de découvrir jusqu'où était allée la folie de la pauvre Jane ; c'était une promesse de sombre jouissance, le désir de continuer et de perfectionner, grâce à cette lecture, les propres péchés de Jane.

Cette analyse, bien sûr, je la fais à deux ans de distance. À l'époque, toutes ces passions étaient enchevêtrées ; et je sentais quelque chose se nouer en moi d'un nœud serré, aveugle, vivant et de plus en plus présent, chaque fois que je repensais (et j'y repensais de plus en plus souvent) à l'existence de ces lettres.

Enfin, un beau jour, ce lent travail d'imagination et d'exaltation porta ses fruits : avec un élan qui me sembla naturel et soudain, je partis pour Rome.

C'était l'époque des fêtes de Pâques. Je surpris

Dorothea aux environs de midi, un tablier serré autour de ses fortes hanches, un foulard sur la tête, les mains couvertes de farine, le visage sans fard, la bouche sans rouge à lèvres, et les yeux sans leur bistre habituel. Une beauté classique, magnifique. Jamais je ne l'avais vue ainsi. Elle ne pouvait pas me tendre la main. Elle leva les bras et écarta ses coudes pour que je puisse l'embrasser. Je lui obéis, même si je ne l'avais ni prévu, ni désiré. Le contact de son corps imposant, le souffle de son parfum, le souvenir immédiat de tant de joies auxquelles je n'avais plus songé chassèrent un instant de mes pensées le but de mon voyage et de ma visite.

Dorothea pétrissait la pâte de la *scarcella,* ce pain rustique et sucré que j'avais déjà goûté à plusieurs reprises, qu'elle faisait de temps à autre, et notamment à Pâques car il s'agissait, me dit-elle, d'une tradition de son pays. Il lui était impossible d'interrompre son travail. Je la suivis dans la cuisine. Je m'assis sur une chaise de paille et, m'obligeant à détourner mon attention du spectacle inattendu et séduisant de ses mouvements gais, robustes, antiques et merveilleusement esthétiques, je me mis à lui parler de la raison qui m'avait amené. Naturellement, pour arriver aux lettres et à Aldo, je dus commencer par le commencement. Lui dire que je lui avais toujours caché mon mariage. Et que ma femme était cette même Jane qu'elle avait connue.

Je parlais tandis que Dorothea, qui pétrissait la pâte sur la table, me tournait presque le dos. Je remarquai avec stupeur qu'elle ne paraissait pas surprise. Elle continuait sa besogne comme si elle ne m'entendait pas, ou comme si je ne lui apprenais rien. Cette réaction était si étrange que je dus m'interrompre.

— Qu'est-ce que tu as? lui dis-je. Tu n'as pas compris?

— Mais si, continue », me lança-t-elle d'un ton indifférent tout en pétrissant, plus violemment et plus rapidement me sembla-t-il. « Continue, viens-en au fait.

J'avais, en effet, commencé mon discours par un préambule étudié. Avant d'en arriver aux révélations, je lui avais dit que j'avais besoin d'un grand service, et que, cette fois, comme elle ne tarderait pas à le comprendre, ma visite n'avait pas d'autre intention ; je lui en serais tout aussi reconnaissant, et je le lui prouverais.

— Viens-en au fait, avait-elle dit en pétrissant, sans me regarder ; je m'apercevais maintenant que sa voix était teintée de ressentiment, plus que d'indifférence. Je pensai qu'elle voulait paraître, ou qu'elle était vraiment, blessée, parce que je lui avais toujours caché que j'étais marié et père de famille. Je me levai, m'approchai d'elle, et la pris des deux mains par les hanches en murmurant :

— Qu'y a-t-il, Dora ? Tu m'en veux de t'avoir autant menti ?

Elle se tourna à peine, et, ralentissant son travail, me sourit doucement d'un sourire presque maternel :

— Mais que vas-tu donc penser ? Tu es fou ! Pour moi, tu n'étais pas menteur parce que j'ai toujours su la vérité. Avant même que tu l'épouses, je savais que vous étiez fiancés. Je savais tout. Peu m'importait ce que tu disais ! Je la connaissais bien, la pauvre, elle était si gentille.

— Tu as appris également... le malheur ? fis-je abasourdi.

Elle s'était arrêtée, s'était tournée vers moi et me parlait en me regardant dans les yeux avec simplicité et sérieux :

— Bien sûr, le *Messagero* a publié le nom des victimes, non ? À vrai dire, j'ai d'abord cru, en voyant ton nom sur la liste, que c'était toi. Et puis, il était précisé que tu l'avais accompagnée à Paris, la veille, en venant d'Italie, et qu'elle avait pris cet avion par un concours de circonstances, car elle aurait dû partir de Rome. C'est vrai ?

— Oui, c'est vrai, lui dis-je.

— La pauvre. Trois ou quatre jours plus tôt, quand vous étiez à Rome, elle était venue me voir. Elle était jolie, si raffinée, si élégante. Si tu savais, Harry, combien j'ai eu de la peine ! Pour elle, mais aussi pour toi. Me croiras-tu si je te dis que, cette nuit-là, j'ai pleuré, je n'ai pas pu dormir ? Demande-le à madame...

Elle montra du menton les autres pièces, pour indiquer sa propriétaire.

Je regardais Dorothea comme j'avais regardé Jane quand elle m'avait avoué sa faute : avec la même stupeur, ou presque. À ce détail près : cette fois-ci ma stupeur n'était pas douloureuse, mais bien admirative. Dora avait donc toujours su, et elle s'était toujours tue ; elle avait fait semblant de croire ce que je lui disais. Et moi, j'avais toujours cru bon de lui cacher mon mariage par crainte du chantage. Elle avait sans doute deviné également le motif de ma longue et stupide dissimulation ; mais elle ne s'était pas indignée, elle avait même eu la délicatesse, l'élégance, d'entrer dans mon jeu.

Tout cela était extraordinaire. Et je n'aurais pas voulu y croire si je n'en avais pas eu la preuve, là, sous mes yeux. Je regardais Dorothea, et j'avais l'impression de voir une nouvelle personne, une âme pleine de noblesse et de délicatesse dans un corps... même son corps paraissait complètement différent. Et il avait perdu son charme : en tout cas, tout le charme qu'il avait eu jusqu'à présent, le charme du vice, du plaisir et de la sensualité.

Je me demandai s'il s'agissait d'une impression subjective et passagère, ou plutôt si cette nature, bonne, maternelle, astucieuse et casanière, que j'avais soupçonnée plus d'une fois par le passé derrière les apparences et les habitudes de son métier, n'était pas en réalité sa véritable, son authentique nature.

Elle s'était remise à pétrir la pâte avec entrain. Je la regardais sans mot dire, et je sentais en moi un calme immense, une profonde mélancolie, et plus aucun désir. Je repensai aux lettres. C'était désormais la seule chose qui me passionnait.

Avec le plus grand sérieux, je posai à Dorothea des questions au sujet d'Aldo. Pouvait-il avoir les lettres, à son avis ? Si elle n'était pas absolument certaine du contraire, elle devait me le dire : je ne reculerais devant aucun sacrifice financier, même des plus importants, pour les récupérer.

Sans hésiter, et avec une extrême simplicité, Dora me répondit qu'elle était sûre qu'Aldo ne les avait pas, et qu'il ne les avait jamais reçues. Elle m'en expliqua la raison, dont elle n'avait pu faire part à Jane, car, quand celle-ci était venue la voir, Aldo se trouvait à Milan, et Dorothea ignorait encore la vérité. Elle l'avait vu depuis, et il lui en avait parlé.

Quand Aldo avait écrit à Jane, à Capri, il lui avait dit de lui répondre à l'*Hôtel Excelsior,* à Rome. Il lui avait donné cette adresse parce qu'il avait honte de la chambre de dernière catégorie qu'il louait, et parce qu'il tenait à impressionner Jane, lui laisser croire qu'il était devenu un acteur de cinéma célèbre, et qu'il fréquentait le beau monde de la via Veneto. En réalité, il n'était qu'un extra, un figurant, et travaillait parfois comme danseur dans des revues. Comme c'était un beau garçon, il avait de temps à autre une aventure avec une actrice ou une chanteuse. Sachant qu'il avait un ascendant sur Jane, il voulait en profiter, et — qui sait ? — la faire divorcer et l'épouser. C'est du moins ce qu'il disait, ou plutôt ce qu'il imaginait. Car Aldo pensait être rusé, cynique et calculateur, et il se promettait de faire un beau coup, un jour ou l'autre. Mais en réalité, c'était un gentil garçon, plutôt timide et plutôt paresseux, qui n'aurait jamais eu la constance et la dureté nécessaire pour profiter d'une situation jusqu'au bout. La preuve, il avait indiqué l'adresse de l'*Excelsior* en toute bonne foi, c'est-à-dire avec les pires intentions du monde, mais il n'avait pas eu le courage d'entrer dans le hall de l'hôtel, d'aborder le réceptionniste, de lui glisser un pourboire dans la main et de prendre son courrier.

— Je ne serais pas étonnée que tu les retrouves à la réception de l'*Excelsior,* conclut Dorothea.

Deux ans plus tard? Cela me paraissait impossible. Toutefois je me précipitai au *Grand Hôtel,* et priai Guglielmo de faire les recherches nécessaires, en lui promettant un gros pourboire.

Avant la fin de l'après-midi, j'avais les lettres, toutes les six. Je filai à l'aéroport. Je rentrais à Paris. Et j'oubliai même de téléphoner à Dorothea pour la remercier ainsi que j'aurais dû.

22

Je détournai le regard du hublot, derrière lequel je voyais s'enfoncer et s'éloigner dans l'or du coucher de soleil la chère vieille ville de notre vie, pour examiner les six lettres que j'avais entre les mains. Les enveloppes, c'était certain, n'avaient pas été ouvertes et recollées. Elles étaient parfaitement cachetées, et un peu jaunies aux coins. La voix, au téléphone, n'avait donc pas parlé de lettres. Dans son angoisse, Jane avait mal compris.

Je déchiffrai les cachets de la poste et classai les lettres par ordre chronologique. Je les ouvris et les lus, l'une après l'autre.

Je les recopie, hélas ! telles quelles.

I

Capri, le 6 avril 1947

Aldo, mon amour,

Merci ! Avant tout, avant tout ce que je veux et dois te dire, merci, merci ! J'ai ta lettre devant moi. Depuis le moment où je l'ai reçue — le moment le plus beau, le plus intense et le plus heureux de ma vie après notre dernière rencontre —, depuis ce moment-là, je vis avec ta lettre. Je ne me lasse pas de la lire, de la regarder, de la toucher, de l'embrasser. À présent, je connais par cœur la forme de chaque mot, les boucles et les lignes que tu as tracées de ta main en pensant à moi.

En pensant à moi. Tu as pensé à moi. À moi, qui ne suis pas digne que ta pensée s'arrête sur moi ne fût-ce qu'un instant. Car tu es infiniment supérieur à moi. Et je suis profondément coupable devant toi.

Oui, c'est le sentiment le plus aigu que j'éprouve pour toi. Ma faute. Une faute aggravée par le fait qu'un immense laps de temps s'est écoulé sans que j'aie accompli mon devoir — me prosterner dans la poussière devant toi, et te demander pardon en sanglotant.

Je l'accomplis, je l'accomplis ici. Voilà, je me suis jetée nue sur le sol, comme le soir où je t'ai attendu dans la pension de la Danoise, à Anacapri ; je presse mes seins contre le carrelage froid, et je t'écris sur ce papier, devant moi. Mon devoir, je le sens, est de t'écrire ainsi, dans cette position même qui traduit ma peine et mon humilité.

Mon amour, je n'ai plus eu la grâce, la chance, le bonheur de te voir depuis la veille de Noël 1944. Tu m'avais donné rendez-vous le lendemain, t'en souviens-tu ? rendez-vous pour le jour de Noël, à midi, au café Picarozzi, *près de Sainte-Marie-Majeure. Nous devions déjeuner ensemble, passer ensemble toute la journée. Et la nuit, et le jour suivant. J'ai renoncé avec un fol élan de prétention et de révolte à tout le bien que tu m'offrais dans ta grande bonté. Je t'ai insulté, je t'ai bassement blessé ; ma main en tremble en écrivant. Je ne suis pas venue au rendez-vous, et comme si cette offense ne suffisait pas, je ne t'ai pas téléphoné pour te prévenir, pour implorer ton pardon, pour t'annoncer que je repartais et te dire au revoir. Je devrais te donner... oh ! non, pas des explications! Aucun motif (comme tu peux le comprendre) ne justifiait ma folie, mon orgueil, mon erreur. Mais je devrais t'expliquer mon raisonnement, te dire les absurdités qui m'ont persuadée de renoncer à toi. Les voici, brièvement : l'après-midi du 24 décembre, tu m'avais, dans ta bonté, dans ta beauté, dans ta grandeur, rendue si heureuse, tu m'avais comblée d'une telle joie, tu m'avais conduite dans un tel paradis, que, le soir, pendant la messe, j'ai entendu clairement une voix, dans ma conscience, qui m'enjoignait d'accepter ta proposition, de me lier à toi pour la vie, pour la vie et pour l'éternité, de devenir ton épouse fidèle, la compagne de ta vie. C'était un immense honneur que tu faisais à la misérable que je suis. Et pourtant j'ai été si cruelle, si* suicidaire, *que je n'ai pas eu ce courage. Voilà pourquoi je ne suis pas venue, voilà pourquoi je suis repartie sans te téléphoner. Car, à ce moment-là, je ne pouvais pas envisager la moindre aventure passagère avec toi. Ce devait être tout. Le mariage, ou rien. Tu as compris?*

À présent, ce tout est censé avoir pris fin. Tu as dû savoir par Dorothea que je suis mariée à un Américain. C'est un brave garçon, très gentil, mais je ne l'aime pas, ou plutôt si, je l'aime, mais comme un frère, un fils ou un père, ou un peu comme tout cela à la fois, mais pas comme un mari ou comme un amant. Non, pas du tout, pas un seul instant, comme un mari, un amant, un homme. J'ai eu un enfant. Un enfant qui est, avec toi, l'être que j'aime le plus au monde.

Je compte te voir à Capri, bientôt, très bientôt. Mon mari part demain et ne rentrera qu'à la fin du mois de mai, ou début juin. Nous avons donc devant nous deux longs mois de bonheur. Tu vois? Comme je suis présomptueuse, bête et égoïste! Je dis : bonheur. Et je ne pense qu'à moi. Et toi, es-tu heureux?

M'aimes-tu encore ? Ta lettre est très gentille, pleine de bonté. Mais j'ignore si tu m'aimes encore comme autrefois.

Eh bien, vois-tu, je suis sincère. Je serai heureuse même si tu ne m'aimes plus, il suffit pour cela que tu viennes à Capri et que tu daignes encore une fois me prendre dans tes bras. Si tu savais combien j'ai rêvé à tes bras, à tes épaules !

Comment pourrais-je exiger ton amour, alors que j'ai été assez folle, assez criminelle pour refuser ton offre et me dérober au rendez-vous que tu m'avais donné pour la vie, préférant épouser un homme que je respectais profondément, mais que je n'aimais pas ?

Je n'exige rien, Aldo, mon Aldo, et pardonne-moi si j'ose t'appeler ainsi. Je n'exige rien ? Je te supplie seulement de venir, de venir vite reprendre possession de ton humble servante et esclave

Jane

P.S. *Si, par hasard, tu ne pouvais partir au moment où tu reçois cette lettre, écris-moi aussitôt deux lignes, deux lignes seulement, pour me dire que tu seras en retard, et pour adoucir ma peine. Je t'adore. Je dépose un baiser sur ta main. La main gauche, te souviens-tu ? La main de mon maître. J'y dépose un baiser, des milliers de baisers. Ta J.*

II

Capri, le 11 avril

Seigneur et maître de ma vie,

Voilà trois jours que j'attends en vain ta réponse.

J'ai l'impression de devenir folle. J'ai besoin, comprends-tu, j'ai besoin de voir au moins *ton écriture.*

Ton écriture est comme toi, car c'est toi, de la main droite (pas la main du maître, mais sa compagne), c'est toi qui écris de la main droite.

Ce matin, je me suis réveillée à cinq heures. Mon bébé pleurait, il m'a réveillée. Il a une nurse qui s'appelle Schwester, et qui s'occupe de lui. Il ne faut donc pas que je m'inquiète. Mais j'ai aussitôt pensé à toi, et je n'ai pas pu me rendormir.

Ma seule consolation, ma seule vie est de t'écrire.

Cette lettre est la deuxième que je t'envoie. Mais si tu savais combien j'en ai rédigées, sans jamais te les envoyer ! Voilà plus d'un an que je t'écris. Pendant une période, aux États-Unis, je t'écrivais tous les jours. Puis j'ai tout brûlé.

J'ai attendu l'arrivée du courrier — c'est-à-dire l'heure où la personne à qui tu dois adresser tes lettres (je te répète son nom au cas où tu l'aurais perdu : maréchal Raffaele Criscuolo, Capri, cela suffit), j'ai attendu l'heure où don Raffaele aurait pu être chez moi, après l'arrivée du courrier. Et puis, je me suis mise à t'écrire, mon amour.

Mon amour, Aldo, pourquoi ne m'écris-tu pas ? Pourquoi ? Qu'ai-je donc fait ?

Je comprends que je ne mérite rien. Mais une ligne, un seul mot... Tu ne peux pas être aussi cruel. Oui, je le sais et je le répète, je suis coupable envers toi, et par conséquent envers moi-même. Coupable d'avoir oublié la joie juste *que tu m'as donnée. Mais pourquoi, maintenant, veux-tu me punir ainsi ?*

Je me dis que si tu n'écris pas, c'est peut-être parce que tu es déjà parti, ou que tu pars, et que ce n'est donc plus nécessaire.

Je vais sur la place à l'heure où arrivent les funiculaires qui emmènent les passagers à Capri. J'y vais le matin et le soir. Je regarde si tu es là.

Peut-être arriveras-tu aujourd'hui, qui sait ?

Mais si tu n'es pas parti, ou si tu dois encore tarder, écris-moi.

Quand ta lettre arrivera, j'embrasserai chacun de tes mots. Tu sais, je ne cesse de relire ta première et unique lettre. On dit que l'écriture traduit le caractère des gens. C'est vrai. Je vois dans la forme de tes mots ton caractère, ton caractère si beau. J'aime la façon dont tu écris les voyelles, les o *et les* a, *si ronds, si caressants, si accueillants. À chacun de tes* o *et de tes* a, *j'ai l'impression que tu es là, que tu m'enveloppes dans ton corps. Mais surtout, j'aime ta signature. Ta signature, qui, comme par un fait exprès, contient un* a *et un* o. *Le* l *aussi me plaît. Ta signature est comme toi. C'est toi, vivant, chaud, calme, affectueux, beau. Aldo. Aldo.*

Je dépose un baiser sur ta signature, et un autre sur ta main droite, mais je baise surtout ta main gauche.

Je t'appartiens. Je t'attends à chaque instant.

Jane

III

Capri, le 17 avril

Mon maître !

Onze jours se sont écoulés depuis que je t'ai écrit pour la première fois, répondant à ta lettre, si gentille, que je ne quitte pas, qui repose sous mon oreiller quand je dors, et que je relis à chaque instant pour reprendre courage. Onze jours se sont écoulés, et tu ne m'as pas encore répondu. Voici donc la troisième lettre que je t'écris. Tu as ouvert mon cœur à une grande espérance. Pourquoi veux-tu me faire souffrir ainsi, à présent ? Je comprends, jusqu'à un certain point, que c'est juste. J'ai le devoir de souffrir et de t'attendre. Pour solder, en quelque sorte, les lourdes dettes que j'ai envers toi. Il est juste que je t'attende et que je souffre comme je souffre, sans recevoir le moindre signe, la moindre réponse de toi : de cette manière, je mesure encore mieux l'énorme erreur de ma vie. Si tu agis dans ce sens, si tu te tais dans ce but, si tu retardes ta visite pour me punir et me donner ainsi le sentiment de ta réalité et de ton importance, sois béni. Sois béni de toute façon, et à jamais.

Mais je te supplie à genoux et en pleurs de mettre fin à ce supplice. Qu'il me soit de nouveau permis, à moi, femme indigne et coupable, pourtant bonifiée par l'attente, sinon purifiée et absoute, qu'il me soit permis de revoir la beauté de ton visage, la douceur de tes yeux et de tes lèvres, la merveille de ta Main.

Ta Main (la gauche, la main du maître) est toujours présente à mon esprit. Quand tu viendras, je veux l'adorer comme le symbole vivant de ton pouvoir sur moi. Je veux l'embrasser des heures durant. Je veux que tu la poses sur mon visage, comme ça. Elle est si grande qu'elle le recouvre entièrement. Elle est si forte qu'elle pourrait me tuer sans effort. Elle est si douce qu'elle peut à elle seule me rendre heureuse. Je veux que tu t'allonges sur le lit, et que, sans te soucier de moi, tu poses ta main sur mon visage, que tu l'y laisses jusqu'à ce que je m'endorme. Ce sera la plus belle nuit de ma vie.

Je me suis demandé souvent pourquoi j'adore ta Main. Je n'ai trouvé aucune réponse. C'est un mystère. Je n'ai pensé qu'à une chose : les chiens aussi adorent les mains de leurs maîtres.

Je veux être ton chien, et rien d'autre. Quand tu viendras (c'est une de mes pensées les plus fréquentes), tu mettras ta ceinture autour de mon cou. Tu te promèneras dans ma chambre en me tenant en laisse. Et je marcherai à quatre pattes. Tu ris ? Oui, bien sûr, je suis ridicule, je le sais. Eh bien, ce sera pour toi une distraction et pour moi une joie, une joie longuement désirée et imaginée, une joie enfin réalisée.

Quand je songeais à ta Main, combien de fois ai-je rêvé de t'offrir une bague en diamant, la plus belle, la plus coûteuse, et ai-je souhaité que tu acceptes ce cadeau comme le gage de ma dévotion. Lorsque j'étais à Paris, juste après la guerre, je ne pouvais passer devant la boutique d'un bijoutier sans y penser. J'étais parfois avec mon mari. Je m'arrêtais devant une vitrine ; il croyait que j'avais envie d'un bijou pour moi. Il s'arrêtait lui aussi, parfois longuement, et regardait les bijoux sans rien dire. Il est si bon ! Il n'a aucun soupçon, mais vraiment aucun, à mon sujet. Je peux dire qu'il ne me connaît pas.

Toi, au contraire, au bout de cinq minutes, le jour où tu m'as parlé dans cette église, à Naples — tu t'en souviens ? —, au bout de cinq minutes tu avais vu tout au fond de mon âme.

Et te rappelles-tu notre premier baiser, entre les deux portes, quand tu m'as serrée dans tes bras, et que tu m'as embrassée ? Si mes mots, mes regards, mon agitation ne t'avaient pas encore montré qui j'étais, ce long baiser te l'avait dit. Qui étais-je ? Qui suis-je ?

Tout disparaît. Rien n'a d'importance. Au fond de moi, dans ma vérité, je ne suis qu'amour. Amour de toi. Ton reflet. Au fond de moi, il n'y a que toi, rien d'autre. Tu me remplis tout entière. Le comprends-tu ?

Mais il y a beaucoup de choses que tu ignores. Il y a si longtemps que je vis pour toi, et de toi. Même lorsque je n'avais plus aucun espoir de te revoir, je te consacrais les heures les plus belles et les plus secrètes de ma vie. Ainsi, aux États-Unis, quand mon mari était à l'université (où il donnait des cours), je restais toute seule à la maison des après-midi entiers. Je prenais un bain où je versais des huiles parfumées, et j'en sortais enveloppée de par-

fum en pensant à toi, en pensant que tu étais là, que tu m'attendais dans la pièce d'à côté. Pourtant il n'y avait personne. J'entrais dans mon lit, toute nue, et je sentais mon parfum comme si c'était toi qui le sentais, et je serrais ma taille avec mes pauvres mains aussi fort que possible, comme si c'était toi qui la serrais. Peu à peu je devenais presque folle, tout contre toi qui n'étais pas là.

Je t'envoie une photo de moi. Elle a été prise il y a deux jours, à la Marina Piccola. J'y suis descendue tout exprès en maillot de bain, un maillot que j'ai acheté à New York, dans la Fifih Avenue, avant de partir, pour me faire photographier et t'envoyer les photos si tu tardais encore à venir. Tu as tardé, hélas, tu n'es pas encore là. Et tu ne m'écris même pas. De toutes les photos, seule celle-ci me ressemble. Comme tu vois, je suis toujours jeune. J'ai eu un enfant. Mais je n'ai pas beaucoup changé. Est-ce que je te plais encore?

Mon amour, mon doux amour, ma force, ma vie et ma mort, je t'embrasse comme je t'ai embrassé entre les deux portes de l'église de Naples, et plus encore, beaucoup plus.

Ta Jane

IV

Capri, le 23 avril

Mon Aldo,

Hier, je suis allée à Anacapri.

Ce n'était pas seulement une promenade sentimentale, ou évocatrice. Je voulais voir si la pension de la Danoise existait encore, et si elle pouvait nous héberger, sans que tu aies besoin cette fois de te cacher, ou de grimper sur la bougainvillée...

Oui, elle existe encore. Rien n'a changé. La

Danoise m'a reconnue et accueillie avec une grande gentillesse. Il suffira que tu descendes chez elle quand tu viendras. Tu prendras ma vieille chambre. Elle est libre. C'est moi, cette fois, qui viendrai te retrouver.

Tu comprendras qu'à la maison c'est impossible.

Tu viendras une fois ou deux, et tu verras mon bébé. Mais tu ne pourras pas venir souvent, et nous ne pourrons pas passer beaucoup de temps ensemble chez moi.

Ma vieille chambre n'a pas changé. Le même couvre-lit, les rideaux de cretonne à fleurs, la coiffeuse dans l'angle entre les deux fenêtres. Les volets étaient mi-clos. Un rayon de soleil jaune et chaud frappait le carrelage en céramique verte. On entendait, au-dehors, le gloussement des poules. Une grande paix. Une immense joie en pensant à la joie que j'éprouverai quand tu seras ici. Je me suis souvenue de ce jour où tu avais dû te cacher du matin jusqu'au soir dans ma chambre. Quelle peur ! Mais comme cette peur était douce ! Tu avais tellement sommeil. Depuis combien de nuits ne dormais-tu pas ? Ce jour-là le colonel n'était pas à Capri et tu avais quartier libre ; tu n'as pas eu la force de te lever à l'aube et de t'en aller, comme les autres fois. Tu t'es endormi. Tu as dormi presque toute la journée. Je marchais sur la pointe des pieds, dans la chambre, sans te perdre de vue un instant. Tu dormais sur mon lit. Tu étais nu, tu ne portais qu'un slip. Comme mon lit paraissait petit ! Comme tu étais grand ! Tu avais le bras replié et une main sous l'oreiller. L'autre, la main du Maître, pendait d'un côté, elle aussi endormie. Je me souviens que je me suis agenouillée et que je l'ai frôlée de mes lèvres, tout doucement pour ne pas te réveiller. Plus tard, quand tu t'es réveillé, tu as eu faim, te rappelles-tu comme tu avais faim ? Je suis descendue à la cuisine en t'enfermant à clef, et j'y ai pris pour toi du pain et du jambon.

Je suis revenue à Capri encore plus pleine de toi, si cela est possible. J'ai essayé de me rappeler, les uns après les autres, les moments que nous avons passés ensemble. D'abord à Anacapri. Puis à Rome. Je crois que je n'ai pas pu me rappeler toutes nos rencontres. Mais les lieux, oui. La chambre d'Anacapri. Ta première chambre à Rome, dans le quartier du Trastevere ; puis la seconde dans les Prati ; enfin la troisième, la dernière, à Sainte-Marie-Majeure, quand je suis venue de France te retrouver, la veille de Noël... Et la pinède de Fregene, ce jour de septembre où nous avons pris le car ; j'avais emporté un panier plein de sandwichs et de bière, et nous avons marché, marché dans la pinède, marché jusqu'à une clairière complètement déserte, non loin de la mer ; là, nous avons été si heureux...

Je ne te l'ai jamais dit ; mais sais-tu à quoi je pensais, presque chaque fois, aussitôt après ? Couchée sur toi, ma tête dans le nid (nous appelions le nid *cet endroit entre ton épaule et ton cou où je posais la tête, t'en souviens-tu ?), couchée sur toi, respirant le même souffle que toi, je pensais presque chaque fois — pourquoi ? je l'ignore —, à la mort. J'avais été, j'étais encore, si heureuse que je voulais mourir. Après cela, il ne me restait plus que la mort. Non. C'est vrai, mais pas exact. Il s'agissait d'une sensation plus complexe et plus profonde. La plénitude de l'amour que tu me donnais était inséparable de l'idée de la mort. L'amour dont tu me comblais était sûr, aussi sûr que la mort. Rien d'autre n'était aussi sûr. Je n'aurais jamais rien eu d'aussi vrai que ton amour, aussi vrai que la mort. Allongée sur toi, dans le silence, dans la paix, dans un bonheur infini et triste, j'avais l'impression d'être déjà morte, déjà paisible, déjà sûre des deux seules certi-*

tudes que nous pouvons avoir : la mort et l'amour. L'amour qui passe. La mort qui reste pour l'éternité.

Mon cher Aldo ! Est-il nécessaire de te dire que je n'ai jamais rien éprouvé de semblable avec aucun autre homme au monde ? Avant toi, comme je te l'ai dit, je n'ai jamais eu que des flirts stupides avec des camarades de l'université. Par la suite, mon mari. Mais jamais, oh ! non, je n'ai jamais pensé une seule fois à la mort après avoir fait l'amour avec mon mari.

Qu'est-ce que l'amour avec mon mari ? De l'eau fraîche ; et avec toi ? Une liqueur enivrante. Avec lui, un acte volontaire, voulu, forcé ; et avec toi, un abandon irrépressible de toute ma nature. Avec lui, une pensée froide, âcre, toujours présente ; avec toi, l'oubli de toute pensée pour n'être plus que sentiments et sensations, comme une fleur au vent, une pierre au soleil, un poisson dans l'eau.

Avec toi, le sommeil me cueillait par surprise, sans être désiré ni prévu. Avec lui, il tardait ; je l'invoquais avec angoisse, le provoquais, le simulais même dans l'attente. Combien de fois ai-je fait semblant de dormir, après, avec mon mari ? Il croyait toujours en ce mensonge. Il n'avait pas le moindre soupçon. Et si, dans un geste de tendresse (car il m'aime plus que tout au monde), il avait laissé son bras sous mon dos, il n'osait pas le retirer de peur de m'éveiller. Je m'apercevais qu'il était réveillé et que son bras était endolori... Mais je continuais à feindre de dormir, car je m'apitoyais, je pensais que je l'aurais blessé durement en mettant fin à cette douleur physique pour lui procurer la douleur morale de découvrir ma simulation et mon insatisfaction.

Très souvent, pour trouver le moyen et la force de ne pas me dérober à son étreinte, je pensais à toi. Je fermais les yeux, soupirais profondément, j'imaginais que c'était toi qui me serrais dans tes bras. Était-ce mal ? Bien sûr, c'était mal. Mais avais-je le choix ? J'étais punie parce que j'avais eu la sottise de t'avoir fui comme si tu étais une erreur, alors que tu étais, que tu es, la vérité. Ma vérité, mon chemin et ma vie.

L'erreur a été mon mari. C'est pour cela que j'en suis peu à peu arrivée à le haïr. Le haïr, non pas avec la raison. Il a toujours été parfait avec moi. Je n'ai jamais rien eu à lui reprocher. Plein d'attentions, de soins, de délicatesses. Je suis désolée d'assister avec indifférence aux manifestations de son amour.

Non, je ne l'ai jamais haï avec la raison. Mais avec les sens, avec mon corps. C'est plus fort que moi. À table, parfois, quand il mâche du céleri, une croûte de pain, ou une pomme, j'éprouve une impulsion absurde. Si je le pouvais, je le tuerais. Et dans ces moments-là, je crois que je n'aurais aucun remords.

Je te répète, je n'ai rien contre lui. Je ne peux penser et dire que du bien de lui. Il est intelligent, travailleur, bon ; il n'aime, au monde, que moi, mon enfant et son métier.

Et pourtant, chaque jour, je vois davantage en lui mon erreur. Je le déteste parce qu'il représente mon erreur. Si je ne l'avais pas épousé, je t'aurais épousé.

Ceci est la quatrième lettre que je t'écris, mon amour.

J'espère que ce sera la dernière, et je prie Dieu pour que ce le soit.

Je ne sais qui me donnera la force de continuer cette vie.

Si tu ne peux vraiment pas venir à Capri, à cause de ton travail ou d'un autre empêchement, écris-le-

moi franchement. J'essaierai de venir à Rome. Je trouverai un prétexte. Mais dis-le moi, au nom du Ciel !

As-tu aimé ma photo ? Je n'ai pas eu tort de te l'envoyer, n'est-ce pas ?

Assez, maintenant ; il est tard. Deux heures du matin. Ma main est lasse à force de t'écrire. Mais je n'ai pas d'autre activité. C'est la seule chose qui me permette de vivre.

Je me suis interrompue un moment. Je suis sortie sur la terrasse. L'air est étouffant, et il souffle ce vent chaud que tu connais bien. J'ai vu, derrière les plantes, au-delà de l'étendue noire des jardins et des villas, les lumières de la place et des hôtels, là-haut. Et si tu étais déjà arrivé ? Si tu étais là et que je l'ignorais ? Ce soir non plus, tu n'étais pas au funiculaire, après l'arrivée du bateau. Mais tu as peut-être pris une voiture, tu es peut-être monté à pied. Voilà, je pense que si tu étais à Capri, tout serait différent, même si nous ne pouvions pas nous voir pendant un certain temps, pour une raison quelconque. Comme ça, sans toi, Capri... est comme une prison, comme un supplice. Quand finira-t-il ?

Je suis ta Jane

V

Capri, 2 mai

Mon trésor et ma vie,

Je suis une idiote, une imbécile ; je suis tellement en colère contre moi-même que je me giflerais.

Cette nuit, comme souvent depuis quelque temps, mon désir pour toi était si intense que je n'arrivais pas à dormir.

Une idée m'a soudain traversé l'esprit. Je suis

furieuse contre moi-même car je n'y ai pas pensé plus tôt.

J'ai pensé que si tu ne te décides pas à venir, c'est peut-être parce que tu crois que tu n'as pas assez d'argent. Et tu ne veux pas me le dire. C'est pour cela aussi que tu ne m'écris pas.

Je joins à cette lettre un chèque de cent mille lires pour le cas où mon hypothèse serait la vraie. Je te supplie de l'encaisser et de venir aussitôt. Tu me rendras l'argent quand tu le pourras, à l'occasion d'un de tes prochains films. Dans ta lettre, tu m'as dit que tu avais l'espoir d'un bon engagement pour cet été. Considère donc que les producteurs t'ont versé une avance.

En tous les cas, ne te vexe pas. Essaie de comprendre dans quel état d'âme je me trouve. Je ferais n'importe quelle folie pour te voir ici !

À présent, chaque nuit, avant de me coucher, je passe autour de ma taille une grosse corde rêche, et je la serre sur ma peau nue. J'imagine que ce sont tes mains qui m'étreignent. La corde me blesse énormément, elle m'empêche de respirer. Le matin, quand je l'enlève, ma peau est toute rouge, livide, abîmée. Les premiers jours, cette marque disparaissait avant le soir. Mais désormais elle ne s'efface plus. Je sens que si je ne faisais pas cette folie, j'en ferais d'autres. Je frapperais peut-être mon bébé. Ou je serais dure avec la nurse. Je conclus donc que c'est mieux ainsi. Je suis la seule à souffrir par ma faute.

Depuis quelque temps, je vais tous les matins me promener longuement, seule, vers Punta Tragara. J'emprunte d'abord les sentiers, puis les prés couverts d'une herbe courte et dure, brûlée par le soleil. Le soleil est déjà aussi chaud qu'en été. Je marche une heure, peut-être plus. Puis je m'allonge sur une de ces pierres poreuses et rugueuses, dissé-

minées dans ces champs. Je reste là, immobile, un chapeau de paille sur les yeux, jusqu'à ce que la roche me blesse. Et puis, je résiste. Je résiste autant que je le peux, sans bouger. La souffrance physique est la seule chose qui me soulage du terrible désir que j'éprouve pour toi. À vrai dire, c'est sur les rochers, la première fois, que je l'ai compris. Le soir même, j'ai eu l'idée de me passer une corde autour de la taille.

Quand je n'en peux vraiment plus, je me lève, tout endolorie. La lumière, aveuglante, me fait mal, elle aussi. Je regarde ce paysage dur, aride et excitant, avec ses rochers tordus, informes, accumulés ici et là, comme bouleversés par un tremblement de terre. Je regarde la mer, d'un vert profond, presque noir, à mes pieds. Les récifs qui en émergent, énormes et absurdes. Je regarde la côte amalfitaine, estompée dans le lointain. Les montagnes à peine visibles, d'un bleu cendré. Et à mi-côte, les petites taches blanches, imprécises, des maisons et des villages. Je me dis que là-bas aussi, il y a une vie. Il y a des larmes et des souffrances, des désirs aussi torturants que les miens. Brusquement, le monde me semble tout de douleur. Même au fond de cette mer, qui paraît si lisse et si brillante, s'agite sans doute une vie informe et pénible, une vie de luttes déchirantes, de morts, de catastrophes.

Cependant, je ne peux empêcher mon imagination de travailler; peut-être arrives-tu, à cet instant même, à Capri. Tu as cherché don Raffaele. Il t'a indiqué le chemin de la villa. À la villa, la nurse t'a dit que je suis allée me promener en direction de Tragara. Alors, tu es venu vers moi. Tu viens vers moi, maintenant. Je n'entends pas ton pas sur l'herbe. Ou peut-être que je l'entends, mais je n'ose pas le croire. Tu m'aperçois, tu arrives dans mon dos, tu me saisis...

Jane

VI

Le 6 mai

Aldo,

Cette lettre est la dernière que je t'écris si tu ne me réponds pas, ou si tu ne viens pas.

Je me jette à tes pieds. Je veux être ta servante. Et si tu l'exiges, je ferai en sorte que mon mari et mon fils soient aussi tes domestiques.

Tu ne peux rien me demander de plus.

Mais peut-être ne veux-tu pas me demander cela, ni même beaucoup moins. Tu ne veux rien me demander. Tu ne veux pas de moi, tout simplement.

Pourtant, je te le jure, si tu le voulais, je serais prête à [...]

Je saute trois pages si folles qu'il m'est impossible de les recopier. Voici la fin de la lettre :

[...] Ce matin, à l'aube, j'étais encore réveillée. Comme les autres matins, j'ai commencé à entendre, sur le fond lointain du ressac, les cris des hirondelles. Des cris stridents, mais frais, mais doux. Ils ont augmenté rapidement. Ils ont fini par remplir l'air, par couvrir le bruit de la mer.

J'ai quitté mon lit de douleur, et je suis sortie sur la terrasse. Dans la lumière bleue et froide, tout était calme, immobile, incolore. À l'exception des hirondelles noir et blanc qui traversaient l'air dans tous les sens, devant moi.

Je me suis remise au lit. Sur le dos, les yeux fermés, j'entendais encore les cris des hirondelles. Alors, pour la première fois, j'ai réalisé une chose que je savais depuis longtemps. Les hirondelles rient ainsi parce qu'en filant dans l'air très rapidement, le bec ouvert, elles dévorent des insectes. Les écarts, les boucles et les éclairs qu'elles font en volant n'ont pas d'autre but. Elles dévorent, elles tuent.

J'ai imaginé leur bec ouvert, leurs petits yeux vifs, voraces et rapaces. Et brusquement, ces cris que j'aimais tant m'ont semblé horribles. J'ai fermé la fenêtre. J'ai mis ma tête sous l'oreiller. Mais j'entendais toujours, bien qu'étouffés, ces cris atroces. Au lever du soleil, ils ont enfin diminué et se sont tus ; alors, je me suis endormie.

J'ai dormi jusqu'à midi. Naturellement, je ne suis plus retournée à Punta Tragara.

Adieu, Aldo. T'attendrai-je encore ?

Je t'attendrai toute ma vie, tu le sais.

Tu es comme les hirondelles. Sans le savoir, peut-être, tu me dévores, tu me tues.

Je t'aime quand même. De toute mon âme et de tout mon corps, pour l'éternité.

Jane

Le soir même de mon retour à Paris, je téléphonai à Dorothea. J'obtins la communication vers minuit. Naturellement, elle n'était pas chez elle.

— Elle est allée au cinéma, m'annonça sa propriétaire.

— Dites-lui que je suis désolé d'être parti sans lui téléphoner. Dites-lui aussi que j'ai suivi son conseil et que j'ai trouvé ce que je cherchais. Que je la remercie. Et que tout va bien. Que nous nous reverrons très vite.

À la lecture des lettres, ma première réaction — une réaction instinctive, irraisonnée, incontrôlable — avait donc été de téléphoner à Dorothea. Pourquoi ?

Je me demandais si elle était vraiment allée au cinéma. Peut-être oui, peut-être non. Et avec qui ? À quelle heure rentrerait-elle ? Rentrerait-elle seule ? Je songeais à elle et n'arrivais pas à m'endormir.

Je n'avais pensé qu'à elle, rien qu'à elle, en lisant les lettres. Les sentiments que Jane avait eus pour Aldo me rappelaient ceux que j'avais pour Dorothea.

Tandis que je lisais la première lettre, la dernière

image de Dorothea s'était aussitôt renversée. Elle n'était plus une ménagère déguisée en prostituée ; elle était au contraire une prostituée déguisée en ménagère. Sa véritable nature était bien celle qui m'était apparue dès le tout premier instant, quand j'avais fait sa connaissance dans la trattoria en compagnie de Jane. Avais-je encore des doutes ? Ce coup de téléphone ne le confirmait-il pas ?... Je ne parvenais pas à m'endormir. Finalement, à trois heures du matin, je lui téléphonai de nouveau. Une fois encore, la propriétaire vint répondre. Elle était endormie et furieuse, malgré toute la déférence qu'elle avait envers moi. Non, Dorothea n'était pas encore rentrée.

Toutefois, l'image de la ménagère se superposait désormais et se fondait à l'autre image, celle de la femme débauchée, froide, énergique, qui n'hésitait pas pour de l'argent à coucher chaque nuit avec un homme différent. La figure de Dorothea qui pétrissait la pâte de la *scarcella* avec des gestes habiles et antiques, un torchon autour des hanches, les manches retroussées sur ses bras forts, s'insinuait lentement, en lui conférant une douceur et une ironie qui la rendaient, au fond, encore plus tentatrice, dans celle de la Dorothea maquillée et couverte de bijoux vulgaires qui, peut-être, aguichait encore les passants, assis à un café de la via Veneto, comme du temps de la Libération et des « *segnorine* ». Oui, voilà ce qu'était « ma » Dorothea, une « *segnorina* » de la Renaissance. Son visage au teint olivâtre et bleuâtre, ses yeux lumineux où brillait un éclat animal me rappelaient, comme je l'avais déjà observé, les modèles de Sebastiano del Piombo. Mais quand elle était sans maquillage et simplement vêtue pour la maison, comme je l'avais vue la dernière fois, ses formes sculpturales, robustes et arrondies, évoquaient même Piero della Francesca.

Je regardai de nouveau la photo de la pauvre Jane, qui était dans une des lettres. Ses efforts pour se transformer en *vamp* me blessaient douloureusement. Le bikini, acheté dans la Fifth Avenue, sa pose — jambes écartées — si gauche, son rire qui se voulait malicieux, et qui était seulement hystérique : une jeune fille de bonne famille, mal déguisée en prostituée, dans un show d'acteurs amateurs. Mon Dieu ! Était-ce donc là la véritable Jane ? Voilà ce qu'elle était devenue, en faisant des enfants sans pour autant se transformer en femme ? Était-ce parce qu'elle n'avait jamais donné son âme qu'elle l'avait perdue ?

J'étais toujours dans mon lit, le lit de la terreur et des angoisses du petit hôtel de la rue des Saints-Pères. Je revis la Jane qui m'était apparue en rêve. Farouche et muette ; ses yeux, qu'elle avait gris et doux, désormais presque noirs de désespoir, ses joues, si pâles, devenues rouges, de cette rougeur innommable...

Étais-je condamné, moi aussi, à la même fin ?

À chaque page, à chaque ligne de ses lettres, je m'étais reconnu. Les mêmes sentiments, les mêmes désirs, les mêmes folies.

Quand nous nous arrêtions ensemble devant la vitrine d'un bijoutier, elle regardait les ors et les pierres précieuses, symbole de la richesse, et pensait à Aldo ; je les regardais également, et pensais à Dorothea.

Il y avait, dans sa dernière lettre, le chèque de cent mille lires. Personne ne l'avait encaissé. Il m'était revenu. Il était désormais entre mes mains. Mais que signifiaient donc cette hystérie, ces tentatives, ces élans ?

Je ne croyais pas que Dieu était si méchant. Jane n'était pas en enfer. Elle avait trop souffert. Elle vivait déjà en enfer, ici, sur cette terre. Je pleurais pour elle, je l'aimais encore tendrement, comme une sœur, et plus encore, je l'aimais comme un double féminin, qui, en partant, m'avait laissé ces lettres pour me permettre de comprendre ce qu'il me restait à faire.

23

Je partis pour Rome. Je louai l'atelier de la via Margutta. Je demandai à Dorothea de venir habiter avec moi. Après quelques hésitations, elle accepta.

Tous les lundis matin je prenais un vol pour Paris, et je rentrais à Rome le vendredi soir par l'avion de nuit. Je ne passais avec Dorothea que deux jours par semaine, le samedi et le dimanche.

Pourquoi ne l'emmenais-je pas à Paris ?

Puisque j'avais décidé de vivre avec elle, pourquoi ne faisais-je pas cet autre pas ?

J'étais retenu par un sentiment, obscur et contradictoire, mais étroitement lié à la raison la plus profonde de mon amour pour elle. Si j'avais pu continuer d'obéir à ce sentiment, si j'avais pu ne pas l'emmener non plus aux États-Unis ! De toute façon, ce qui arrive doit fatalement arriver, et il est vain de se plaindre et de récriminer.

Je craignais, en l'emmenant dans une ville étrangère, elle qui n'était même pas allée jusqu'à Milan, de l'avoir tout à moi, et par conséquent de la perdre : je veux dire, de perdre l'intérêt que j'avais pour elle. Car je l'aimais telle qu'elle était, à travers sa misérable indépendance, sa cohabitation abjecte avec l'entremetteuse de la via Boncompagni, et ses mystérieuses absences nocturnes.

Pourquoi, alors, as-tu loué l'atelier de la via Margutta ? me demanderas-tu. Pourquoi as-tu voulu qu'elle vienne aussi ? N'était-ce pas le début de ce désenchantement que tu t'efforçais d'éviter en la laissant à Rome quand tu allais à Paris ?

Si, ça l'était. Mais justement, cette crainte cachait comme une force inconsciente, qui, petit à petit, presque insensiblement, par le biais d'espoirs et de déceptions qui se succédaient douloureusement avant de se raréfier, me poussait vers le but que j'ai à présent atteint : ne plus la désirer.

Si je l'avais emmenée à Paris, j'aurais accéléré ce processus. Et c'était, au fond, la seule chose à laquelle je répugnais. Car nous acceptons de nous perdre, mais peu à peu, lâchement, en nous leurrant, en nous disant jour après jour que nous continuons à nous sauver.

Dorothea m'assurait qu'elle vivait et dormait via Boncompagni quand j'étais à Paris. Mais je la soupçonnais (et maintenant encore, je ne peux dire si de tels soupçons me faisaient plus de peine que de plaisir, car, peut-être me procuraient-ils à la fois de la peine et du plaisir) de recevoir ses amants via Margutta.

Bien sûr, du jour où je louai l'atelier de la via Margutta et y passai tous les week-ends avec Dorothea, en faisant d'elle par ce biais mon amie officielle, je lui téléphonai plusieurs fois dans la semaine, de Paris, en guise de contrôle. Je l'ai toujours trouvée, après minuit et demi, heure que j'avais moi-même fixée, dans l'appartement de la via Boncompagni.

Mais elle pouvait très bien agir à sa guise à d'autres heures, dans d'autres lieux, et même via Margutta.

Cela donnait lieu, à chacun de mes retours, à des scènes de jalousie absurdes. Absurdes, parce que j'étais déçu de ne jamais découvrir dans le cendrier un mégot d'une marque différente de celle qu'elle fumait.

— Qui est venu ici, hier ? Je vais te chasser ! Je vais te tuer ! » hurlai-je, torturé en apparence par la jalousie.

Mais si j'avais été sincère, j'aurais dû, torturé par le désir comme je l'étais, me mettre à genoux devant elle et lui susurrer : « Je t'en supplie, dis-moi qu'il y avait quelqu'un ici, hier, dis-moi que tu as fait l'amour ici, dans notre lit ! Dis-moi, ou plutôt donne-m'en la preuve, et je te couvrirai de baisers ! »

En d'autres mots, je m'étais installé avec Dorothea pour vivre en compagnie d'une prostituée. Et non pour la transformer en épouse. Mais c'était sans compter avec elle. Elle ne partageait nullement mes intentions. Ou alors, l'entendait-elle justement ainsi, mais trop bien.

Au bout d'un certain temps, exaspéré de ne jamais trouver, à chacun de mes retours, aucune preuve de trahison, je la fis surveiller par une agence de détectives privés. Les comptes rendus hebdomadaires me décevaient toujours, car ils n'éveillaient jamais le moindre soupçon en moi. L'employé de l'agence me tendait la petite feuille avec un sourire satisfait. Et je lui souriais en la prenant. Voilà quelle était la situation. Et je ne peux affirmer que je n'étais pas satisfait dans ma déception. Au fond, que désirais-je ? Une souffrance. Par conséquent, j'étais en partie heureux d'y échapper.

J'avais même recommandé à l'agence de me télégraphier d'urgence au cas où Dorothea aurait été vue entrant dans l'atelier de la via Margutta, via Boncompagni, ou ailleurs, en compagnie d'un homme. Je serais arrivé avec le premier avion, j'aurais peut-être réussi à la surprendre et ensuite...

Mais rien de tout cela ne se produisit. La filature me coûtait très cher et, puisqu'elle était inutile, j'y renonçai.

Enfin, je demandai un mois de congé à l'Unesco en disant que je voulais aller aux États-Unis pour voir mes enfants ; et j'allai à Rome.

Au bout de ce mois, que je vécus, si je puis dire, avec Dorothea, nuit et jour, je n'eus plus la force de m'arracher à elle et de retourner à Paris. Cette absurde jalousie me rendait fou. Je la soupçonnais sans cesse de me tromper; mais je n'en avais pas la moindre preuve. On aurait dit que Dorothea avait tout compris; avant, mon absence de cinq jours par semaine suffisait à me jeter, à mon retour, dans cet état d'incertitude; mais maintenant, il fallait quelque chose de plus : de petits aiguillons continuels, des coups de téléphone que je surprenais en rentrant à l'improviste, et que je jugeais (ils l'étaient peut-être vraiment) mystérieux; des sorties prolongées; des retards aux rendez-vous que je lui fixais; des regards et des sourires que je croyais, quand nous nous promenions dans les rues de Rome, destinés à d'autres hommes, sans pour autant en être sûr.

Je ne pouvais jamais saisir un fait positif. Elle éludait mes questions tantôt par des étreintes, des caresses, des serments, tantôt par des réponses vagues, des monosyllabes à mi-voix, alors que brillait au fond de ses yeux un rire étrange et canaille, un rire que je ne lui connaissais pas; et parfois même par des mouvements violents et rageurs d'indignation, d'intolérance et d'agacement qui me faisaient taire sans me convaincre pour autant de leur sincérité.

En somme, j'étais pris au jeu; et je n'avais pas la force de l'abandonner pour rentrer à Paris comme je l'aurais dû. Je commençai par repousser mon départ de jour en jour. Puis j'annonçai à la direction de l'Unesco que j'étais malade. Un autre mois s'écoula, peut-être plus. Jusqu'au jour où un aimable compatriote (que je ne me souciai pas d'identifier) se donna la peine d'informer mes supérieurs que je n'étais pas allé aux States comme je l'avais déclaré, et de leur apprendre quelle était en réalité la maladie dont je souffrais.

Naturellement, j'ignorais tout de cet espionnage héroïque quand je fus rappelé d'urgence à Paris. Devinant la vérité, et mesurant les conséquences possibles de ma réponse, je tâchai toutefois de gagner du temps. Je ne bougeai pas de Rome. Dix jours plus tard, j'étais renvoyé de l'Unesco. C'était au début du mois de janvier, l'année dernière.

Alors commença une vie d'enfer avec Dorothea. Mes moyens financiers avaient brusquement diminué. Dorothea m'avait incité à renoncer à l'Unesco. Je lui avais pourtant dit, à plusieurs reprises, que je pourrais l'emmener à Paris. Je ne sais pourquoi, Paris ne l'intéressait pas. Elle préférait rester à Rome. Elle s'entêtait de façon inexplicable. Elle me dit qu'il s'agissait peut-être d'un complexe d'infériorité. Elle parlait un peu l'anglais, qu'elle avait appris à la Libération de la façon que tu peux imaginer ; mais pas un seul mot de français. Et qui sait, Paris, la ville des femmes chic et modernes, l'intimidait, l'effrayait. C'est ce qu'elle me dit. La vérité, je la découvris plus tard, petit à petit, car Dorothea avait un grand projet, et ce projet était pour elle si important, si vital, qu'elle essaya d'éviter à tout prix mon opposition, et ne me le dévoila qu'avec d'infinies précautions.

Depuis l'époque de la Libération, et peut-être même avant, quand, petite fille, dans son village, elle voyait partir pour l'Amérique les émigrants, et rentrer d'Amérique les millionnaires, elle avait rêvé de ce pays comme d'un paradis sur terre. C'était une idée fixe, enracinée, à toute épreuve. Quiconque connaît l'Italie du Sud le comprendra.

Mais si l'Amérique n'avait pas été le paradis sur terre, il n'aurait pas été aussi difficile d'y entrer. Même dans la folle période de la Libération, parvenir à se faire épouser par un GI était toujours, pour une Italienne, « *segnorina* » ou non, un grand coup de chance. Comme toutes les autres, Dorothea considérait les militaires américains comme les anges qui lui ouvriraient, si la Chance le voulait bien, la porte de ce paradis. Parmi ces anges, moi, officier, major, j'étais même un archange. De là vinrent sa douceur imperturbable à mon égard, sa complaisance face à chacun de mes caprices, sa patience devant mes impolitesses et mes rudoiements. Elle voyait en surimpression, sur mes traits, la statue de la Liberté, l'entrée de New York. Il lui était impossible, même quand j'étais à ses pieds, de me voir autrement. C'est pour cela qu'elle m'aimait, sans restriction et sans calcul. En effet, même si elle avait espéré, au début de notre liaison, que je l'emmènerais en Amérique, elle apprit par la suite que j'étais marié, elle apprit que j'étais père, et elle continua sans rien dire à montrer la même docilité. Oh ! non, il n'y avait là aucun calcul ! Elle nourrissait pour l'Amérique un amour mystique : et moi, je faisais partie de cet amour, j'en étais le symbole, l'objet le plus vivant.

Le calcul intervint ensuite. C'était inévitable.

Quand je l'entraînai via Margutta, quand je commençai à lui prouver par des signes explicites que je n'avais plus besoin seulement de son corps, mais aussi de son âme ; quand enfin je renonçai à l'Unesco pour rester à Rome avec elle, alors, naturellement, elle s'aperçut que le mythe pouvait devenir réalité. Je n'étais plus un archange, j'étais un citoyen américain en chair et en os, qui pouvait, qui devait l'épouser et l'emmener. Paris, Paris avait-il quelque importance ? À ses yeux, il ne valait pas le dernier village de l'Arkansas. Elle devinait, certainement à raison, qu'à Paris j'aurais fini par me lasser et me détourner d'elle. Non, non, il fallait que je reste là, via Margutta, jusqu'à ce que le grand moment se présente.

Elle joua la partie comme il le fallait : à la perfection. Nous sommes mariés depuis onze mois, et vivons depuis dix mois aux États-Unis, pourtant c'est seulement maintenant que je découvre les cartes de Dorothea. La dernière, je l'ai vue hier soir.

Via Margutta, je ne comprenais rien.

En laissant de côté l'Amérique un instant, peut-être

Dorothea m'aimait-elle pour moi-même, et peut-être non. Mais ce n'est pas là l'important, car dans les deux cas, elle ne voulait pas me perdre, et elle avait compris que pour me garder elle n'avait qu'une route à suivre, une route certes difficile et terriblement fatigante. Elle devait me donner quotidiennement le soupçon — et jamais la certitude — de son infidélité. Elle devait donc m'être effectivement fidèle afin d'écarter tout risque d'être prise sur le fait. Même si elle ne m'aimait pas, l'enjeu était énorme, pour elle, et méritait donc quelque sacrifice. Car je voulais être trompé. Elle n'était pas assez bête pour ne pas voir dans ma ridicule agitation, dans ma jalousie en quête d'abjection, cette volonté perverse. Son bon sens antique, sa méfiance paysanne lui permettaient de voir aussi ce que je ne voyais pas : l'avenir, un avenir très proche, où elle céderait à mes caprices, où elle m'offrirait cette abjection à laquelle j'aspirais. « Cet homme-là, se disait sans doute Dorothea en me jugeant dans sa simplicité toute romaine, cet homme-là meurt d'envie que je le cocufie et que je lui en donne la preuve mathématique, pour pouvoir ensuite se disputer avec moi, me frapper, être frappé, et enfin faire l'amour. Mais je sais, je sais comment se terminent ces choses-là. Trois petits tours, même si ce n'est pas beaucoup, et la fête prend fin. Il redevient le brave garçon qu'il est. Je le dégoûte, et comme je l'ai trompé (il en a la preuve !), il me chasse ; alors, adieu l'Amérique, c'est moi qui me roule de mes propres mains ! Non, non, soyons une bonne fille, une gentille fille sérieuse, et il comprendra bien que ce sont des folies. »

Le plus beau était qu'une femme sincèrement amoureuse aurait pu raisonner de la sorte, ou presque.

D'ailleurs, quel est mon avis sur la question ? Puis-je dire, aujourd'hui, que Dorothea ne m'aimait pas, qu'elle ne n'aime pas ?

Certainement pas. Au contraire.

Et quand bien même elle ne m'aimait pas, et ne m'aime pas d'un véritable amour, je peux dire qu'elle a pour moi de la tendresse, du respect et une profonde reconnaissance. Dorothea est honnête envers elle-même. Il n'y a pas le moindre doute. Elle n'oublie pas quelle a été sa vie jusqu'au jour où je lui ai donné la possibilité d'en changer. L'angoisse du lendemain, la nécessité de se procurer de l'argent jour après jour, pour elle, pour sa mère et pour sa tante, vieilles et malades, qu'elle entretenait dans son village. Elle avait choisi le métier de prostituée. Elle aurait pu, et dû, peut-être, en choisir un autre. Mais l'avait-elle véritablement *choisi*? Jusqu'à quel point était-elle coupable? Sa vie avait pris ce chemin-là. Quoi qu'il en soit, elle n'oublie pas ce qu'elle me doit, et elle me le montre par son affection, même après onze mois de mariage.

Pourquoi devrais-je dire qu'elle ne m'aime pas?

Quand nous nous sommes rencontrés, mon cher Mario, il y a environ un an, dans la via Margutta, Dorothea et moi, comme tu l'auras peut-être compris, vivions la période la plus critique de notre vie commune.

Tu sais, j'en suis sûr, que je m'étais aperçu qu'elle te plaisait, à toi aussi. Je me souviens très bien de la promenade que nous avons faite au bord de la mer, à Tor San Lorenzo. Dorothea assise entre nous, dans la Jeep. Je voyais, je comprenais, je sentais tout. Et tu as peut-être compris que je comprenais tout, et que ma jalousie était — comment dire? — ambiguë. Dorothea essayait de te séduire. Je suis certain que tu as tenté ta chance. Si seulement tu y avais réussi! Mais je suis convaincu du contraire. Dorothea était une place forte impénétrable. Stalingrad, mon cher.

Et quand, peu à peu, l'argent diminua et vint enfin à manquer, l'Amérique, dont Dorothea avait toujours parlé négligemment, de façon conventionnelle, comme une possibilité théorique, l'Amérique nous sembla la seule solution.

Il y avait toujours Offner, avec qui j'entretenais encore une correspondance, et pour qui j'effectuais de temps en temps de petits travaux, des photos, les mesures d'un tableau, la vérification d'un emplacement. J'écrivis à Offner. Et Offner me répondit, par retour d'avion, que je vienne immédiatement : il n'avait pas le courage de donner son cours habituel de la *Summer Session,* à la New York University. Je pouvais le remplacer. C'était l'idéal, me disait-il.

C'était aussi l'idéal, pour Dorothea.

Je l'épousai une semaine plus tard. Elle avait pour témoins son soi-disant beau-frère, celui des feux d'artifice, et le vieil ami de sa propriétaire de la via Boncompagni, un médecin septuagénaire, bedonnant et à moitié gâteux. Et moi, Peter Tompkins et Dale McAdoo. J'aurais voulu te télégraphier à Paris, pour te dire de venir. Mais je savais que tu n'aurais pas pu, que tu étais trop occupé par ton film. Du reste, il aurait fallu t'expliquer trop de choses.

Le 29 juillet, Dorothea vit de ses propres yeux la statue de la Liberté. Nous étions venus en bateau. Elle avait peur de l'avion.

Quelle raison m'avait-elle poussé à ce mariage et à ce retour aux États-Unis?

Le manque d'argent? Et par conséquent la nécessité de quitter Dorothea?

Mais cette nécessité était-elle si terrible pour que je n'aie pas le courage de l'affronter?

Non, mon cher, j'ai épousé Dorothea, et je l'ai emmenée aux États-Unis pour une tout autre raison, ou, au moins, en obéissant à une tout autre impulsion. Une impulsion secondaire et passagère. Et pourtant sans cette impulsion, je ne l'aurais pas épousée.

Je pris cette décision le soir où je reçus la lettre d'Offner. J'avais écrit à Offner parce que Dorothea m'y avait incité. Mais j'espérais, au moins pour le moment, une réponse négative.

Lorsque la lettre d'Offner m'arriva, et qu'il fut clair que je pouvais avoir immédiatement de l'argent et du travail, qu'il ne dépendait pas de moi d'accepter ou de refuser, de garder Dorothea et d'aller avec elle aux États-Unis, ou de rester seul en Europe, je fus, pour la première fois, mis en face de la réalité, et je me demandai pour la première fois ce qu'il se passerait si j'épousais Dorothea et l'emmenais aux States. La présenterais-je aux parents de Jane ? À ses frères, à ses oncles ? À mes collègues style Tutts ? À d'autres, pires encore, plus hypocrites, plus acerbes, plus imbéciles ? À tous ces gens que je détestais du plus profond de mon cœur ? À ce monde philistin, qui était responsable de la vie ratée et de la mort de cette pauvre Jane ?

J'imaginai la réaction puritaine et provinciale de mes compatriotes à la vue de Dorothea. Quelle jouissance ce serait ! Cela oui, c'était une belle vengeance. Arriver parmi eux, leur présenter ma femme, une prostituée.

Profanais-je ainsi la mémoire de Jane ? Je pensais à ses lettres, et je me disais que j'écoutais en réalité ses conseils, j'exécutais son testament, je faisais avec Dorothea ce que Jane se reprochait de ne pas avoir fait avec Aldo. Je choisissais pour la vie, j'épousais la créature avec laquelle je pensais avoir péché le plus fortement, l'être que je désirais le plus, tout en le méprisant.

Toutefois, il y avait bien dans mon cœur un espoir presque inavouable de profanation. Dorothea allait servir de mère à mes enfants. Ce don que je lui faisais de leur innocence, cette contamination de mon amour paternel que j'immolais à son impudeur, ce sacrilège... dès que l'idée s'en présenta, je sentis ma nature s'insurger, se raidir, y répugner. Non, pas ça, c'était trop, me dis-je : si j'épouse Dorothea, si je l'emmène aux États-Unis, nous ne vivrons pas avec mes enfants. Ma nature, mélange d'héritages physiologiques, d'éducation, de tradition, de religion, de culture, d'orgueil et de pitié, se rebellait.

Et pourtant ce fut là l'étincelle, la seule étincelle qui, me promettant un nouveau plaisir de l'incendie de tout un vieux fatras, détermina ma décision.

Ce soir-là, de retour vers neuf heures dans l'atelier de la via Margutta, j'avais trouvé la lettre d'Offner. Je l'avais lue, je l'avais traduite à Dora. Et celle-ci n'avait pas bronché. Durant tout ce temps-là, elle avait continué d'aller et venir entre la petite cuisine et la pièce principale, préparant le dîner. Moi aussi, une fois ma lecture finie, je me taisais. Je regardais la lettre et je regardais Dorothea chaque fois qu'elle revenait de la cuisine : je la regardais en essayant de lire sur ses traits ce qu'elle pensait. Oh! Je ne le savais que trop bien : j'essayais d'imaginer ce qu'elle me dirait quand elle se déciderait à parler.

Elle revint enfin, portant une soupière fumante. Elle la posa au centre de la table. Elle versa la soupe dans les assiettes. Elle s'assit. C'est alors qu'elle se mit à parler.

— Viens, dit-elle. Pour l'instant, contente-toi de manger. Tu décideras après.

Je mangeai. Et je l'observai tout en mangeant. En l'observant je pensais à tout ce que je t'ai dit. J'affrontais pour la première fois l'éventualité réelle d'un mariage avec elle et d'un retour aux States. Et quand le souvenir de mes enfants traversa mon esprit, j'éprouvai une douleur si aiguë que je dus m'interrompre, me lever de table, incapable de continuer.

Je sortis sur la terrasse.

Dora ne m'avait rien dit. Elle comprenait peut-être. Elle devinait peut-être.

Je sortis sur la terrasse, au-dessus de la petite cour bordée de petites maisons délabrées, tandis que, devant moi, s'étalait la masse haute et sombre du Pincio.

Là-haut, le long de l'allée, les lumières des lampadaires brillaient derrière la chevelure des arbres, alors que les phares des voitures, en bas, se croisaient rapidement. Les couples marchaient à petits pas et se penchaient à la balustrade, sur l'obscurité.

Je souffrais en pensant aux enfants, à mes enfants, aux enfants de Jane, je souffrais en pensant que je ne résisterais pas à la tentation de leur donner une prostituée pour seconde mère, et que c'était justement l'idée de cette souffrance, et ses promesses d'espoirs voluptueux, qui me poussaient à faire le grand pas.

Si j'étais un homme, me disais-je en levant le regard sur la masse noire du Pincio, si j'étais un homme, j'aurais la force d'épouser Dora, de l'emmener aux États-Unis sans céder à cette contamination.

Ou alors, je réaliserais que je n'en aurais pas la force, et je renoncerais complètement, pour toujours, à Dorothea.

Mais je ne suis pas un homme. Je suis un adolescent qui vieillit, un adolescent égoïste, compliqué et lâche ; assez sentimental pour adorer ses enfants et les tendres traditions dans lesquelles ils ont été élevés ; et un peu plus cynique que le nécessaire pour privilégier son plaisir, si son plaisir est constitué par l'oubli de ses enfants et des traditions.

Comme si j'avais ignoré le résultat final de ce débat, je continuais à me dire : pourquoi ne serais-je pas un homme ? Pourquoi n'aurais-je pas cette force ? Et j'envisageais les deux solutions qui excluaient la troisième, la seule vers laquelle je me sentais entraîné désormais. Abandonner Dorothea ? Ou bien l'épouser et l'emmener aux States sans vivre pour autant avec les enfants ?

Naturellement, je penchais pour cette dernière hypothèse. Car malgré la promesse solennelle que je me faisais à moi-même, je me disais que je pourrais toujours changer d'avis une fois aux États-Unis.

Je n'ai pas été sincère en insinuant, tout à l'heure, que je devinais comment tout cela se terminerait. Pour diminuer nos fautes passées, nous nous efforçons de croire qu'elles étaient fatales. Nous nous persuadons que nous avons lutté par scrupule, par générosité et par égoïsme, alors que nous savions dès le premier instant qu'il n'y avait rien à faire, que la tentation était trop forte, et la partie perdue d'avance. Et pourtant, si nous sommes honnêtes, si nous évoquons ces instants, parfois si brefs, hélas ! dans leurs détails tragiques, nous nous rappelons que nous étions alors libres, libres de choisir entre le sacrifice d'un plaisir et le sacrifice d'un devoir : et le remords que nous éprouvons aujourd'hui n'est que la certitude d'avoir été libres alors.

Je contemplais la masse noire du Pincio, et les phares des voitures, passant comme des flèches entre les arbres de l'allée. Je savais que, derrière moi, par la porte ouverte, Dorothea, encore à table, me regardait. Cette passion que je sentais déjà arrivée à son comble, et qui ne tarderait pas à commencer son déclin, allais-je donc la raviver par le sacrifice de mes sentiments les plus tendres et les plus enracinés ?

Une voix fraîche de jeune fille se mit à crier dans la nuit :

— Nando ! Maria !

Un chat miaula.

Oh ! mon Dieu, mon Dieu, je devais décider.

Non, me dis-je enfin, seulement *par l'éventualité* de ce sacrifice. Et je soupirais profondément. Je me retournai. Dorothea était assise, à table. Mais elle ne mangeait pas et ne me regardait pas. Elle lisait un petit journal illustré.

Je rentrai, posai une main sur son épaule. Elle leva les yeux de son journal et les fixa sur moi.

— Eh bien, dit-elle calmement, tu as décidé ?

À ce moment-là, ses yeux verts remplis de paillettes d'or, ses yeux mystérieux qui m'avaient tant fait rêver, et pendant si longtemps, ne me disaient plus rien, ne renfermaient plus le moindre mystère. Elle n'était plus rien, je le voyais. Elle n'était ni le bien, ni le mal, mais un être humain quelconque, avec ses propres problèmes, des problèmes qui ne me concernaient pas.

— J'ai décidé, dis-je en souriant. Et ce fut comme le saut dans le vide, dans le néant, de l'homme qui se tue en se jetant d'un précipice.

24

Une fois aux États-Unis, comme tu l'auras compris dans la lettre que je t'ai écrite il y a deux mois, il se produisit le contraire de ce que j'avais prévu. J'en suis encore abasourdi.

Mon cours à la New York University commençait en septembre. Nous arrivâmes le 29 juillet. Nous avions donc tout un mois devant nous. Nous passâmes la première semaine à New York. Offner, qui était au courant de la situation, fut généreux et humain ; il voulut à tout prix rétribuer les travaux que j'avais effectués pour lui en Italie, et me pria donc d'accepter deux mille dollars.

Alors j'habillai Dorothea à l'américaine de pied en cap. Je lui fis couper les cheveux, raccourcir les ongles, etc. Au bout d'une semaine, je l'emmenai à Atlantic Highlands, où mes beaux-parents passaient des vacances à la mer avec mes enfants, dans l'une de leurs villas.

Il n'y eut même pas, au début, un soupçon de méfiance. Mes beaux-parents accueillirent Dorothea avec une gentillesse paisible et affectueuse ; ce furent eux qui insistèrent, presque malgré moi, pour que les enfants se familiarisent avec elle. On aurait dit que mon beau-père, qui n'avait jamais vu d'un bon œil mon mariage avec sa fille, était enfin satisfait. « La mort de la pauvre Jane a été, c'est certain, un terrible malheur ; mais à présent tout va pour le mieux », semblait-il penser. Je connaissais sa haine pour l'Europe et les Européens, son mépris séculaire pour les peuples latins, et en particulier pour les Italiens. Et je ne parvenais pas à comprendre la raison de sa sympathie pour Dorothea, de sa confiance en elle.

De la part de ma belle-mère, qui avait au contraire adoré Jane et approuvé sans réserve la moindre de ses décisions, ce fait était encore plus surprenant, encore moins explicable.

Je pensai que leur attitude était tout simplement due aux responsabilités et à la gêne que les deux petits leur procuraient par leurs cris et leur vivacité, malgré l'affection qu'ils avaient pour leurs petits-enfants. Les enfants avaient bouleversé leur vie si rangée, si méthodique, si égoïste, comme la vie de toutes les personnes âgées, en particulier quand elles sont riches. Il leur tardait de se libérer de cet embarras. Dorothea représentait donc leur salut.

Il ne faut pas chercher, probablement, d'autres explications. Toutefois, il est certain que si Dorothea ne leur avait pas donné une impression aussi favorable, ils auraient eu l'honnêteté de continuer à s'occuper des enfants en sacrifiant leur confort.

Mais Dorothea fut parfaite. Premièrement, elle ne parlait presque pas. Deuxièmement, pendant les quinze jours que nous passâmes à Atlantic Highlands, chez mes beaux-parents, elle se consacra à la cuisine.

Chaque jour, elle cuisinait un plat nouveau. Spaghettis, raviolis, *fettucine,* gnocchis, elle fit goûter à mes beaux-parents tout le répertoire de la cuisine italienne, ainsi que la fameuse *scarcella,* qui, pourtant, n'obtint de succès qu'auprès de moi et des enfants.

Dorothea est une bonne cuisinière. Une fille qui cuisine de tels plats, se disaient mes beaux-parents, mais aussi mes beaux-frères, lorsqu'ils vinrent un dimanche à Atlantic Highlands, une fille qui cuisine de tels plats ne peut être qu'une brave fille. « *From the people, of course.* » Une fille du peuple, bien sûr. Mais une fille bien, honnête, sympathique. D'ailleurs, les gens les plus conservateurs, et les plus attachés au maintien des différences sociales, n'y regardent pas de trop près quand ils ont affaire à des étrangers, et quand cela les arrange. Dorothea était une fille du peuple. Mais on ne s'en apercevait presque pas, car elle était italienne et ne parlait pas l'anglais. Tout allait donc très bien.

En septembre, nous nous installâmes avec les enfants à Long Island. J'avais loué une jolie petite maison, entourée d'un beau jardin. Pour me rendre à l'université, à Manhattan, je mettais un peu plus d'une heure par le *subway*. Mais l'air était bon : il y avait des arbres tout autour, et la mer, non loin de là. Tout ce qu'il fallait pour les enfants. Et Dorothea ?

Dorothea est heureuse.

Mais, pour moi, Dorothea n'est plus rien. La lumière qui s'était déjà éteinte dans ses yeux durant mon dernier instant de liberté ne s'est plus rallumée. Mes beaux-parents ont parfaitement raison. Aujourd'hui, Dorothea est une brave fille. Je n'éprouve plus de désir pour elle. Il se produit avec elle, chaque nuit, ce qui se produisait avec Jane. Un acte volontaire, désespéré, pensé.

Je ne cesse de me demander comment cela est possible. Comment l'envoûtement qui me bouleversait s'est dissipé, s'est évanoui de son corps à l'image d'une charge radioactive qui se consume et s'éteint.

Était-ce donc ce que je cherchais, sans le savoir ?

Si c'est cela, je peux dire que j'ai atteint mon but.

Il est trois heures du matin. Dorothea et les enfants dorment à l'étage au-dessus.

J'écris ces dernières pages dans la maison de Long Island, où nous habitons depuis environ un an. Mon travail se poursuit bien, les enfants grandissent, Dorothea grossit, tout va bien. Tout, à part moi, qui me sens mourir d'ennui. Est-il possible que tu ne trouves pas un prétexte pour me rappeler à Rome ?

Je pense au coup de téléphone mystérieux que nous avons reçu au *Grand Hôtel,* la pauvre Jane et moi. Qui nous a appelés ? Qui voulait nous faire chanter ? Un ami de Dorothea ? Ou un ami d'Aldo ? J'aimerais venir à Rome pour rencontrer cet Aldo. Qui sait ?

Hier soir, Dorothea a abattu sa dernière carte. Elle est enceinte. Tu comprends ce que cela signifie ?

Alors aujourd'hui, vers cinq heures de l'après-midi, après mon dernier cours, je lui ai téléphoné pour lui dire que je rentrerais très tard ; qu'elle ne m'attende pas pour dîner ; qu'elle aille même se coucher. J'avais mal à la tête, et j'avais besoin d'exercice. Je voulais faire une folie : rentrer chez moi à pied. Une folie, oui, car il y a plus de dix miles, environ vingt kilomètres.

J'y ai réussi. Je suis rentré chez moi à pied. J'ai traversé le pont de Brooklyn, et puis tout Brooklyn. Le pont et l'East River, magnifique. Mais plus loin, une horreur. Toutes ces routes, toutes ces maisons, sans forme, sans caractère, un ramassis d'édifices qui servent à quelque chose et n'ont pas d'autre ambition. Un cinéma, un garage, une épicerie, une *apartment house,* un autre cinéma, un autre garage, une autre épicerie, une autre *apartment house.* Et les couleurs, les panneaux publicitaires, qui servent eux aussi à quelque chose. D'accord, les villes antiques étaient faites elles aussi, à leur époque, pour servir à quelque chose. Mais, de ce point de vue, elles ne sont plus l'idéal. Il y a mieux. Elles ne servent plus à rien. Elles sont inutiles et peu pratiques, et cela suffit à les rendre presque belles.

Peu à peu, pendant que je marchais, le soir est tombé ici aussi, dans les rues de Brooklyn et de Long Island, comme à Paris, à Capri et à Rome.

Longues, interminables avenues de Long Island. Des

deux côtés, les maisons entourées de leurs jardins et de leurs arbustes, les fenêtres éclairées, les voix et les musiques de la télévision, les braves familles américaines en train de dîner. De temps à autre, les bâtiments se multiplient. Voici les magasins, le drugstore, l'*undertaker,* le cinéma. Je m'arrête, je mange un sandwich, je bois une *salsaparilla.* Je reprends mon chemin. Il fait chaud. Je commence à avoir mal aux pieds. J'enlève ma veste, je la mets sur mon bras. Je sens, contre mon avant-bras, dans la poche intérieure de ma veste, les lettres de Jane, que je garde toujours sur moi, même si je ne les relirai jamais.

Je marche. Il fait nuit désormais. Il y a déjà des maisons, dans la verdure, sombres et silencieuses. Allez, allez. Ma maison est encore loin. À un carrefour désert, je m'arrête et me repose dix minutes. Je fume une cigarette. Je regarde ce que je vois devant moi. La nuit, trois ou quatre rues qui se perdent dans la nuit, avec leurs perspectives de lampadaires bleuâtres. Des maisons, ici et là, parmi les arbres. Les chaussées asphaltées propres et rêches, avec leurs clous, avec leurs lignes blanches. Des panneaux publicitaires. Les noms des rues, sur des plaques rectangulaires, claires, chacune bien à sa place. Sur d'autres panneaux jaunes, les flèches indiquant la direction des localités voisines.

Au milieu du carrefour, un grand lampadaire bleu oscille dans le vent de mer qui s'est levé. Les feux de circulation, rouges et verts, alternent à intervalles réguliers. De rares voitures passent très rapidement. Quand les feux sont rouges, elles surgissent, s'arrêtent, attendent.

Je regarde ce lampadaire bleu qui oscille sur le ciel noir, qui oscille désespérément dans le vent. Mon Dieu, faut-il donc que je finisse ma vie ici?

Et pourtant, ces visions devraient m'être familières. C'est le paysage de mon enfance, ou presque. Pourquoi est-ce que je pense à Rome?

Enfin, je me lève et reprends ma marche.

Il y a deux heures, vers une heure du matin, je suis arrivé en vue de la maison. *Ma* maison. La maison où dorment Dorothea et mes enfants. Je suis fatigué, j'ai envie de boire un verre de whisky ; je le trouverai chez moi. Et de fumer une pipe. Et de finir d'écrire. Mais je m'arrête à cent pas de la maison, que je regarde. Les fenêtres sont obscures. Mon cœur se serre, à l'idée d'entrer. Et si je m'enfuyais ? Comme ça, disparaître sans rien dire ? Où ? Dans l'Ouest, au Mexique ?

Non, non, je veux retourner à Rome.

Je m'assieds de nouveau sur le bord du trottoir. Je tire de ma poche le paquet des lettres de Capri. J'en ai envie depuis si longtemps... je décide de les brûler maintenant. Je les sors l'une après l'autre de leur enveloppe. Je plisse les yeux pour éviter de lire, même malgré moi, une phrase, un mot. Tout doucement, je déchire chaque enveloppe, chaque feuille, tout. Puis je cherche, et trouve, une petite branche sèche, là, dans le pré. Je la brise. Je construis une armature, comme un échafaudage, en appuyant les petits bouts de bois contre le bord du trottoir. Toujours les yeux mi-clos, j'y dispose les lettres et les enveloppes déchirées. Il y a du vent. Deux morceaux s'envolent. Je dois enfoncer les autres dans ma poche et courir reprendre ces deux-là. Je remets tout sur les petits bouts de bois et je regarde dans quelle direction souffle le vent, je m'agenouille pour faire un rempart de mon corps. Et j'allume. Les lettres brûlent rapidement.

Elles sont brûlées. Je me relève.

Un homme s'approche, un homme d'âge mûr, mal rasé, portant des vêtements de toile, un Irlandais ou un Allemand. Il me lance un regard mauvais. Je me dis qu'il va s'arrêter et me demander l'aumône. Mais non, rien. Il me dévisage avec des yeux pleins de méchanceté, de haine, de mépris, peut-être d'indifférence, et il s'éloigne dans la nuit.

Maintenant, je suis immobile devant ma maison. Il faut que je me décide à entrer. L'homme qui est passé... J'ai l'impression d'avoir déjà vécu ce moment. Peut-être une nuit à Princeton, quand j'étais avec Jane.

À présent, il faut que j'entre. Voilà, je m'avance. Je n'ai plus que la rue à traverser. Je sors de ma poche les clefs de la maison.

Je me demande si je réussirai à m'enfuir encore une fois.

Mais quand ?

Quand m'appelleras-tu ?

POSTFACE

Proposer, quarante-deux ans après sa sortie, une nouvelle traduction des *Lettres de Capri,* qui valut à son auteur, Mario Soldati, le prix Strega (le Goncourt italien) et la reconnaissance du grand public dans son pays et au-delà des frontières (ce roman a été traduit en trente langues) peut sembler étrange. Ça ne l'est point, hélas ! Hélas, car l'œuvre de Mario Soldati fait l'objet de plus d'un malentendu en France, tout autant qu'en Italie. Comment expliquer pourquoi cet auteur génial, l'un des plus inspirés de la littérature italienne, sinon « le plus inspiré », comme l'affirme le célèbre critique littéraire Cesare Garboli, est oublié en Italie, inconnu en France, et partout incompris ?

Des années 30 jusqu'à nos jours, la littérature italienne a été, en effet, marquée par deux grandes figures : Alberto Moravia et... Mario Soldati. Moravia était apprécié par un large public, tandis que Soldati connaissait les faveurs d'une élite et la reconnaissance d'auteurs tels qu'Antonio Borgese, Eugenio Montale, ou Giorgio Bassani, entre autres.

Né à Turin en 1906, Soldati a fait des études d'histoire de l'art en Italie et enseigné à la Colombia University, avant de se lancer dans le cinéma en 1931. S'il commence sa carrière littéraire en 1929 avec un recueil de nouvelles intitulé *Salmace,* il sera essentiellement connu, en Italie, en tant que metteur en scène jusqu'en 1949, date à laquelle sort *La Giacca verde* [1]. S'enchaînera alors une longue suite de romans et de nouvelles, à un rythme effréné — car Soldati publie en moyenne un ouvrage par an —, qui dressent une impressionnante galerie de portraits, centrés sur le conflit entre le sexe et les sentiments, une sorte de comédie humaine intime et douloureuse, servie par une écriture d'une virtuosité et d'une limpidité hors du commun.

Jusqu'en 1958, Soldati mènera de front une carrière cinématographique et une carrière littéraire, cueillant dans le milieu du cinéma une foule de personnages littéraires [2], et apportant au septième art les héros de Balzac ou de Fogazzaro [3]. *Les Lettres de Capri* en sont une parfaite illustration aussi bien sur le plan littéraire (certaines scènes sont décrites comme des plans de films, comportant des arrêts sur image ; des gros plans sur des yeux, une main, un détail ; des vues panoramiques ; un « montage » nerveux) que sur le plan « historique ». Venu à Paris pour négocier des contrats avec des producteurs et des acteurs américains, Soldati occupe son temps libre à prendre des notes dans sa chambre de l'hôtel Lancaster, sur les Champs-Élysées. Bientôt, l'écriture l'emporte sur le cinéma, les contrats sont oubliés. *Les Lettres de Capri* vont naître en l'espace de six mois, c'est « le premier best-seller de l'après-guerre [4] ».

1. Nouvelle présentée dans le recueil *A cena col commendatore* (*Le Festin du commandeur,* trad. Paul-Henri Michel, Paris, Plon, 1951).

2. *Les Lettres de Capri* nous offrent le personnage de Mario, metteur en scène, le double de Soldati.

3. Il met en scène *Piccolo Mondo antico (Un petit monde d'autrefois)* d'Antonio Fogazzaro, en 1941 ; *Malombra* du même auteur en 1942 ; *Eugénie Grandet* en 1946, *Daniele Cortis* toujours de Fogazzaro en 1947 ; *La Provinciale* d'Alberto Moravia, en 1952.

4. Cesare Garboli, préface à *La Confessione,* Adelphi, Milan, 1995.

La critique italienne est déconcertée. Sans nul doute, le thème de cet ouvrage, le conflit entre le sexe et les sentiments, qui accompagna Soldati tout au long de son œuvre, choqua plus d'un lecteur. Soldati était en avance sur son temps, en particulier dans un pays qui, contrairement à la France, ne possède pas de tradition littéraire ayant pour thème le sexe, et dont les critiques les plus puissants étaient alors, pour la plupart, catholiques. Car *Les Lettres de Capri* sont un ouvrage libertin, un jeu subtil et brillant. « Ce qui mécontenta fut donc un excès de fureur et de fougue, une intempérance, la conjuration d'innombrables qualités et énergies romanesques, comme un plat trop riche et trop fort », écrit Cesare Garboli, avant de citer le jugement sévère de Carlo Bo ou le constat embarrassé d'Emilio Cecchi [1].

Parmi ces qualités, l'architecture de l'ouvrage ne semble pas la moindre. L'intrigue se développe de façon concentrique, intégrant peu à peu des éléments qui s'encastrent et s'emboîtent, jusqu'à la découverte des fameuses lettres, jusqu'à la mort de Jane et au retour de Harry aux États-Unis.

Le roman débute sur la rencontre de Mario et de Harry, qui vit à Rome avec Dorothea, et se termine sur une lettre de Harry à Mario, dans laquelle l'Américain supplie son ami metteur en scène de lui trouver un prétexte pour rentrer à Rome. Quant au manuscrit du scénario, il commence sur le regard de Jane au *Grand Hôtel* de Rome, et y rebondit, en un procédé de flashback cinématographique, qui annonce la confession de

1. Cesare Garboli, préface aux œuvres complètes de Mario Soldati, *Opere,* I, *Racconti autobiografici,* Rizzoli, Milan, 1991. L'article de Carlo Bo parut dans l'*Europeo* du 11 juillet 1954. (« Soldati a exagéré, il a voulu trop en faire. ») Celui de Cecchi, publié le lendemain, est repris dans l'ouvrage *Di giorno in giorno,* du même auteur, Garzanti, Milan, 1954, p. 399-404.

la jeune femme et le coup de théâtre. La construction se fait alors symétrique, puisque, comme le souligne Soldati au chapitre XV, Harry trouve en Jane son « miroir » : le même attrait pour la transgression, le même goût pour l'amour vulgaire, le même masochisme. Et c'est justement cette découverte qui jettera Harry dans un état d'abattement extrême après la mort de Jane, qu'il avait pourtant désirée (admirable réflexion que celle du chapitre XIII (p. 159) quand Jane brise le silence pour dire à Harry : « Est-ce que tu te rends compte, chéri, que nous vivons en nous souhaitant l'un à l'autre la mort? »). Symétrie de pensées, mais aussi symétrie d'actions : Jane vole vers Aldo la veille de Noël, tandis que Harry part retrouver Dorothea à la basilique Saint-Pierre; ils contemplent égoïstement les vitrines des bijoutiers, en songeant respectivement à leur maîtresse et à leur amant.

Enfin, la boucle se boucle : l'énigme des lettres de Capri se résout par une trouvaille à la simplicité désarmante — les missives brûlantes de Jane n'ont pas quitté la réception de l'hôtel *Excelsior*, où Aldo n'est jamais descendu, et où Harry les retrouve deux ans plus tard; et Dorothea prend la place de Jane, perdant, avec le mariage, tout son attrait. Entre-temps, Soldati nous a gratifiés de petits mystères, lancés sur un ton fort naturel et éclaircis plus tard dans le cours du récit : que fait Dorothea auprès de Jane dans la trattoria? À qui Jane téléphone-t-elle dans les baraquements américains avant de partir pour Naples? Qui est la jeune femme en uniforme dans un taxi romain, la veille de Noël? Et le garçon à la main couverte de bijoux, en compagnie de Dorothea? etc.

Car si la structure est complexe, l'écriture est d'une limpidité déroutante. C'est dans ce ton naturel que réside la grande force de Soldati, comme si la narration n'était que le prolongement de ses pensées, comme si elle lui venait naturellement, sans effort — comment ne pas en être convaincu, d'ailleurs, en songeant que cet ouvrage à la construction si riche et si complexe fut pensé et rédigé en l'espace de six mois?

Pier Paolo Pasolini a parlé de « la légèreté absolue de l'écriture de Soldati [1] », et c'est, en effet, ce qui surprend d'emblée le lecteur; car cette écriture coule comme de l'eau de roche, et sait être aussi bien gaie, ironique, dure et poétique (c'est le cas de la promenade finale de Harry, tout en retenue). Cesare Garboli affirme, quant à lui : « Aucun écrivain italien du XXe siècle ne sait dire "je" mieux que lui. Dire "je" et se considérer comme une troisième personne est l'art dans lequel Soldati excelle [...] Le "je" de la *fiction* ne se manifeste qu'à condition de se dédoubler. » On a ainsi affaire à un « je » acteur et un « je » observateur, fort différents et caractéristiques de mentalités éloignées; et Garboli de conclure : « Soldati est un romancier du XXe siècle, qui a l'âme d'un écrivain du XIXe [2]. »

On peut aller peut-être plus loin, car cette dualité ne se limite pas au couple écrivain-narrateur, elle se retrouve dans les personnages : si Dorothea et Aldo sont monolithiques et interchangeables (ils représentent la même conception de l'amour-péché), Jane et Harry sont l'un et l'autre habités par deux êtres — le bon et le mauvais, le chrétien et le pécheur, qui symbolisent le cœur et la raison des dramaturges et des penseurs français du XVIIe siècle.

Mais cette dichotomie se présente ici comme l'opposition inébranlable du sexe et des sentiments, sur fond de catholicisme. Car le sexe est indissolument lié au péché chez les créatures de Soldati, en particulier

1. *Descriptions de descriptions,* trad. René de Ceccatty, Paris, Rivages, 1995, p. 248 (à propos de *L'Émeraude*).
2. Cesare Garboli, *op. cit.*

chez Harry et Jane. N'oublions pas que notre auteur a été élevé chez les jésuites, et qu'il a même songé un instant à entrer dans les ordres. Le personnage du révérend père de Lalande, confesseur de Jane, qui lui sert de mentor, s'inspire sans doute de cette expérience. Pour Soldati, affirme Garboli, le sexe se résume à ces mots de Baudelaire : « La volupté de l'amour gît dans la certitude de faire le mal [1] », et à ceux de Gide : « Que le plaisir est beau sans l'amour. Que l'amour est noble sans le désir. » À ses yeux donc, le sexe ne procure d'émotion que s'il est accompagné d'une transgression. Il est tout logiquement vécu en opposition avec la famille, qui représente la base de la société, et notamment de la société chrétienne. Et il se paie, moralement, physiquement et financièrement.

Ainsi, dans *Le Due Città,* Emilio est attiré par Veve parce qu'elle déplaît à ses parents; et dans *L'Enveloppe orange,* la figure de la mère est inséparable des choix, des indécisions et de la conscience de pécher de Carlo. Dans *Les Lettres de Capri,* ce mouvement irrésistible vers l'interdit, toujours contrebalancé par l'amour conjugal, ou l'amour maternel (car Harry semble dépourvu d'amour paternel) est poussé jusqu'au paroxysme puisqu'il débouche sur un sadomasochisme très net. Sadisme, avec l'épisode de Checchina [2], dans lequel nous voyons Harry rechercher le décor adéquat pour « attenter à l'honneur d'une jeune mère », et se livrer à une violence grossière sous l'impulsion de son désir (dès que la jeune femme entre, il la jette sur le lit et lui arrache ses vêtements). Masochisme, avec le vœu de Jane, symbole très significatif de cette tendance à la mortification et de l'impossibilité à vivre le plaisir naturellement.

1. *Ibid.*

2. Cet épisode, présent dans la première édition de l'ouvrage, fut ensuite supprimé par Soldati.

Les personnages de Soldati éprouvent comme une délectation à se « souiller », à faire l'amour avec des êtres vulgaires (Jane analyse d'ailleurs fort bien ce sentiment dans sa confession : « ... je me disais qu'il concentrait en lui tout ce que je détestais le plus... », chapitre XVI, p. 209) ou d'extraction populaire. Dans *Les Lettres de Capri,* en effet, le plaisir est intimement mêlé au mépris. De même, dans *Il Paseo de gracia,* Olga exerce sur Kramer une fascination charnelle qui s'efface dès que l'acte sexuel est consommé. Comme Harry, Kramer sent monter en lui une déception inéluctable, et un dégoût pour sa maîtresse qui se traduit par la fuite.

Cet amour vulgaire, amour païen dans ce qu'il a de licencieux et de dégradant, s'oppose constamment à l'amour divin, auquel il ressemble étrangement : Harry et Jane considèrent respectivement Dorothea et Aldo comme des idoles, ce qui accentue le côté sacrilège de leur désir. Et Jane met le même excès à prier Dieu, dans la chapelle de Naples (un excès qui pourra paraître démodé aux lecteurs de cette fin de siècle, mais qui traduit bien la nature du personnage), qu'à supplier et encenser Aldo, dans ses fameuses lettres.

La tentation, le péché, le diable, tout l'arsenal catholique est là ; Jane justifie le fait d'avoir perdu la tête par une « maladie » qui n'est autre que le *mal* : « J'avais l'enfer en moi », confesse-t-elle [1]. Au reste, Méphistophélès apparaît sous les traits d'un marchand ambulant dans les rues de Naples, et plus tard sous ceux de don Raffaele. On retombe là sur la dichotomie du cœur et de la raison, chère aux écrivains français du XVIIe.

Mais ici, malgré le côté dramatique du sujet, la tra-

1. Chap. XVI, p. 207, et un peu plus haut : « Épouser cet Italien vulgaire et efféminé ? Cela équivalait à donner mon âme au diable pour la vie entière. »

gédie est absente. On sent que Soldati s'amuse à analyser ces méandres subtils de l'esprit humain ; il y met tantôt de l'ironie, tantôt de l'ardeur, et toujours une distance nécessaire, comme un libertin qui se serait trompé de pays et de siècle. Il y a en lui le sourire omniscient du scientifique, l'ironie légère du joueur qui a gagné et perdu beaucoup d'argent, la séduction de celui qui aime la vie.

Soldati a sans doute souffert, en France (et ailleurs), du fait qu'il n'était pas typiquement italien et donc facilement classable : conjuguant une expérience anglo-saxonne et une formation française indiscutable (son père, homme d'affaires turinois naquit et fut élevé à Lyon), il ne pouvait naturellement écrire, par exemple, un roman tel que *La Ciociara.* Ainsi des années 30 à nos jours, critiques, lecteurs et éditeurs n'ont pas su, pour la plupart, attribuer à cet auteur la place que lui valent sa narration résolument moderne, son écriture masculine, si limpide et si intelligente, et son inspiration hors du commun. Souhaitons que justice soit rendue.

Nathalie BAUER [1]

1. Traductrice de littérature italienne moderne (écrivains et artistes du XVIe siècle) et contemporaine (D'Annunzio, De Roberto, Natalia Ginzburg, Francesca Sanvitale, Salvatore Mannuzzu, Sandro Veronesi, etc.)

Composition réalisée par EURONUMÉRIQUE

Imprimé en France sur Presse Offset par

BRODARD & TAUPIN

GROUPE CPI

La Flèche (Sarthe).
N° d'imprimeur : 16362 – Dépôt légal Édit. 29205-01/2003
LIBRAIRIE GÉNÉRALE FRANÇAISE - 43, quai de Grenelle - 75015 Paris.
ISBN : 2 - 253 - 15433 - 4

31/5433/3